生の万葉集

高岡市万葉歴史館論集

13

高岡市万葉歴史館［編］

笠間書院

生の万葉集【目次】

海山川のあそび

海人　鵜　鷹の歌

339　藤原茂樹

生きる

万葉びとの医療（医術と呪禁）

375　川崎晃

生の万葉集

生

——万葉集に歌われる「生」

小野　寛

一　はじめに

万葉集の「生」を考えよう。

万葉集はいつ生まれたか、確かなことは分らない。

万葉集の歌は、古い歌謡時代から育って来て、大化改新の前後から創作和歌に転生するきざしを見せ、和歌が誕生した。

万葉集の歌は、その時代の人々のその時々の感動が率直に生のまま表現されている。それは古代日本人の生の表白、生な生命の息吹きであった。

万葉集には古代日本人の「生」が歌われていると言っていい。万葉集の「生」は万葉集のすべての歌にある。

「老」も「病」も、「死」さえも「生」である。人が生まれ、生き、その中に時に病み、そして老い、そして死ぬところまでが人の「生」である。

「生」の字は呉音シヤウ（ショウ）、漢音セイで、仏教語としては呉音を用いる。中村元著『佛教語大辞典』によれば、「生《シヨウ》」とは生ずること。生起すること。また、生まれ出ること。出生・誕生である。そしてそれは「死」に対していうとある。

仏教語「生老病死」は、生まれること、老いること、病むこと、死ぬこと。人生における四つの苦であって、人間が生存するかぎり避けられないものであり、これを「四苦」ともいい、またこれを機縁として正法に帰するがゆえに、「四天使」ともいう。

その中でも「生」と「死」は対比して用いられ、「生と死」は衆生の「輪廻《りんね》」のすがたを表わすのに最もふさわしい、その代表的なことばで、生まれかわり死にかわって絶えることのない迷いの世界を「生《しよう》死《じ》」という。「生死」こそ「輪廻」である。「輪廻転生」であり、無限の迷いと苦しみの世界である。

万葉集巻十六に「世間《よのなか》の無常を厭《いと》ふ歌」と題して収載されている次の歌がある。

生死の　二海《ふたつのうみ》を　厭《いと》はしみ　潮干《しほひ》の山を　しのひつるかも　（巻十六・三八四九）

この初句の「生死」は「いきしに」と訓んでいるが、「しやうじ」と音読すべきかも知れない。「生死の二海」とは、人間の無限の迷いを海に喩《たと》えたことになる。大般涅槃経《だいはつねはんぎよう》に「衆生かくの如く久しく愚痴生死の大海に拠る」「この故に久しく生死の大苦海に流転す」などとあり、華厳経《けごん》にも「何《いつ》くんか能《よ》く生死の海を度《わた》りて、仏智海に入らむ」とあるという。

この歌は左注によれば、大和の飛鳥の河原寺《かわらでら》の仏堂の中にある和琴《やまとごと》の面に書いてあったものだという。歌の作者は分らない。その作者は「生死」には「生の海」と「死の海」という二つの海があると考えたのであろう。その二つの海に溺れていることの厭わしさに、「潮干の山」を思い願った、心に念じたことだという。

「潮干の山」は仏典にないのか、諸注いずれもその典拠をあげていない。しかしこの歌の作者は人の世を仏典にいう「生死の海」に喩えたのだから、そこからのがれたいと心に願ったという「潮干の山」も仏典にあるのではないか。

しかし契沖も『代匠記』（精撰本）に、

潮干乃山ハ、名所ニアラス。生死ヲ海ニ喩ヘタルニ付テ、海水ノ満ル時モ山ハサリケナキ如ク、涅槃究竟ノ処ニハ生滅ノ動転モナケレハ涅槃山ト云故ニ、寂滅無為ノ処ニ強テ名付タリ。塩ノ満ヌ処ニハ干ルト云名モナケレト、生死ノ此岸ヨリ彼岸ヲ指テ、仮ニ潮干ノ山ト云ナリ

と言うばかりで、鹿持雅澄『古義』にも、

これ仏籍にいはゆる仏智海をわたりたるを、彼岸に至ると云にたとへたるならむ、彼岸に至るを、

涅槃とも寂静とも云て、すなはち常楽我静の四徳の都と云とぞ、これをたとへて、生死二海の、潮の乾たる山と云なるべし

としかない。岩波日本古典文学大系『万葉集四』に、「潮干の山」は拙い表現だと、

表現は拙いが、海に対して山といい、生死を干満にたとえて、そうした影響を超脱していることを潮干の山といったのであろう。

という。岩波新大系『万葉集四』に大般若波羅蜜多《だいはんにゃはらみた》経四十七に「我当《まさ》に無辺甚深の生死の大海を枯竭すべし」とあるのをあげて、

仏典では、仏が生死の海を干上がらせて衆生を救うことが説かれる。

というが、ここから「潮干の山」は余りにも遠い。

二 「生」は生ずること

「生」は生ずること、生起することである。

万葉集巻五の巻尾に、山上憶良の歌風・歌体に似ているとして収載された「男子《をのこ》名を古日《ふるひ》といふに恋ふる歌」の長歌に、

世の人の　尊び願ふ　七種の　宝も我は　何せむに　我が中の　産礼《うまれ》出有《いでたる》　白玉の　我が子古日は

……　（巻五・九〇四）

とある。突然のよこしまな病いに幼くして死んだ我が子を悲傷する歌である。その冒頭に、その白玉のように美しく大切な我が子は夫婦二人の間にやっと生まれてくれたのだという思いが「我が中の生まれ出でたる」という表現に現われている。

子の誕生を歌う歌は他にないが、人がうつせみのこの世に生を享《う》けていること、この世の人であることを、

我がのちに　所レ生人は　我が如く　恋する道に　逢ひこすなゆめ　（巻十一・二三七五）

と歌っている。この第二句「所レ生人」はムマレムヒト、ウマレムヒトと訓まれて来たが、稲岡耕二氏はこの人は「これから生まれてくる人を指すわけではなく、自分より後にすでに生まれた人を指して」言ったのであると言って「ウマレシヒト」と訓む（有斐閣『全注』、明治書院和歌文学大系本）。

自分より若い人で、これから人生の経験をする人には「我がのちに生まれし人」も「我がのちに生まれむ人」もいる。「所レ生人」と書いてウマレシかウマレムか。柿本人麻呂歌集略体のこの歌はどちらの

訓みがよりふさわしいか、即断できないが、歌の意図はすでに生まれている若い人たちもこれから生まれてくるもっと若い人たちも含んでいるだろう。

人麻呂歌集は「人」をこの世に「生」を享ける者であることで言い表わした。

この世に人として「生」を享けることは稀なることであった。涅槃経高貴徳王菩薩品に「人身の得難きこと優曇華《うどんげ》の如し」と言う。優曇華は三〇〇〇年に一度だけ花を開き、その花の開く時に如来が世に出現すると伝えている。このように人の「生」の稀有なことはすでに万葉集に歌われている。

山上憶良は万葉集中誰よりも仏典に詳しい人であったが、彼の「貧窮問答《びんぐうもんだふ》の歌」の後半に、貧しい問者に「我よりも貧しき人」と呼びかけられる窮民ともいうべき人が自らをかへりみて語るのである。

天地《あめつち》は　広しといへど　我《あ》がためは　狭《さ》くやなりぬる　日月《ひつき》は　明しといへど　我《あ》がためは　照りや給はぬ　人皆か　我《あ》のみや然《しか》る　和久良婆尓《わくらばに》　人とはあるを　人並《ひとなみ》に　我《あれ》もなれるを　綿もなき　布肩衣《ぬのかたぎぬ》の　海松《みる》のごと　わわけ下がれる　襤褸《かかふ》のみ　肩にうち掛け…

（巻五・八九二）

自分の他人とは余りも違う窮状に「人皆か、我のみや然る」と疑い、自分は人と生まれている、「わくらばに人とはあるを、人並に我もなれるを」と反問する。集中「わくらばに」がもう一例ある。

人と成る　ことは難きを　和久良婆尓《わくらばに》　成れる我が身は　死にも生きも　君がまにまと　思ひつつ　ありし間《あひだ》に　うつせみの　世の人なれば　大君の　命恐《みことかしこ》み　天離《ざか》る　鄙《ひな》治めにと…（巻九・一七八五）

聖武天皇の神亀《じんき》五年（七二八）秋八月に笠金村の作った歌で、愛する夫を鄙治めに遠く越路の彼方へ送り出す妻の思いを代作してやったものである。冒頭に人に生まれることは難しいことといい、それなのに「わくらばに」人に生まれて、この世に得難いというわが身を夫に捧げ尽しているという。人に生まれることはこの世に得難いことという。人に生まれることはめったにないこと、それにたまさかになることを「わくらばに」成ったという。「わくらばに」は集中この二例のみで、後世には『古今和歌集』巻十八、雑歌下に一首ある。

田村の御時（文徳天皇）に、事に当りて、津国の須磨《すま》といふ所に籠《こも》り侍《はべ》りけるに、宮のうちに侍りける人に遣《つか》はしける　　在原行平

わくらばに問ふ人あらば須磨の浦に藻塩《もしほ》垂れつつ侘《わ》ぶとこたへよ

たまさかにでも私の消息を聞いてくれる人があったなら、「あの人は須磨の浦で藻塩草に潮水をかけるようにしおたれて、涙をこぼしてわび暮しをしている」と答えて下さいよという。

「わくらばに」はめったにないことであるから、他の人とは違って自分だけ特別になったという気持が見える。その語源は分らないが、井手至氏は「別《わ》く」と関連した語で、発生的には他と区別せられた情態を意味する語であったと考えられると論じ、「わくらま」ともなることを言い、万葉当時、接尾語「ま」が生産的に働いたことを考慮に入れて、発生的な意味で「取りわけて…」と解釈する方が妥当ではないかと言われた（「『わわらば』と『わくらば』」『万葉』8、昭和28・7）が、どうだろうか。澤瀉久孝『注釈』は採用している。

人と生まれることは特別な幸運なことなのだった。大宰帥大伴旅人の「酒を讃《ほ》むる歌」十三首に「生」の字が歌われている歌は二首ある。そしてその二首にだけ、他のすべての歌にある「酒」か「酔泣」の語が全くない。この二首は「讃酒歌」十三首が四面に区分されているその最終の一面で、作者はここまで来て、酒から目を離してその人生に目を向けたのだった。その二首は、

今代《このよ》にし　楽しくあらば　来生者《こむよには》　虫に鳥にも　我は成りなむ　（巻三・三四八）

生者《いけるひと》　遂にも死ぬる　ものにあれば　今生在間者《このよなるまは》　楽しくをあらな　（同・三四九）

とあり、次の三五〇歌で「讃酒歌」は完了する。前者は「今代」に対して「来生」と書記し、来世に虫か鳥かに成って「生」きるのだということを意識しているようである。そして後者は必ず「死」を迎えるこ

とを言ったあと、「今代」を「今生」と書記した。「生」ある今代であることを表わしているようである。その「来生」の「生」はもう人と成ることはない。人に生まれることはあと三〇〇〇年ないのだから。

三　生きと死にと

大伴旅人の「生者　遂にも死ぬるものにあれば」（巻三・三四九）は、「生者」は必ず最後には「死」を迎える定めであることを言う。初句「生者」は前節にイケルヒトと訓んだが、イケルモノとも訓み、またウマルレバとも訓む。これは旧訓イケルヒトで、紀州本のみイキタラハと訓んでいる。

それについて契沖『代匠記』（初稿本・精撰本ともに）に、『史記』「孟嘗君伝」に、「馮驩《カ》曰《ク》、生《ル》者《ノ》必有《ハ》レ死《ハコト》、物《ノ》之必《ラス》至《ルナリ》也」とあるのをあげて、解説はないが、訓みはイケルヒトである。

荷田春満『童蒙抄』に初めて「いけるもの」と訓み、賀茂真淵『万葉考』にもイケルモノと訓んだ。それに対して本居宣長は『玉の小琴』にウマルレハと訓み、荒木田久老『万葉考槻落葉』はイケルヒトの旧訓をとり、「ウマルレバとよみしは非也。集中、死にむかへて、皆いけるといへり」という。しかし加藤千蔭『略解』は宣長訓をとった。続いて岸本由豆流『攷証』はイケルモノと訓み、

生者の者の字、諸訓、みな、ひとゝ訓つれど、字のまゝに、ものと訓べき也。人をさして、ものといへる事、上にいへり。こゝに、鳥獣、虫魚までも、生あるものは、必らず死する故に、ひろく者《モノ》

といへる也。

という。鹿持雅澄『古義』は宣長訓をとって、

生者は、ウマルレバとよみたるよろし、(或人、死に対へては、いけるといふ例なりとて、こゝをイケルヒトと訓しは、いと偏僻なり、こゝは必ス然訓では、おもしろからず、) 此ノ下悲ニ歎尼理願死去ヲ歌にも、生者《ウマルレバ》死《シヌ》云《テフ》事《コト》尓《ニ》不免《ノガロエヌ》物《モノ》尓《ニ》之《シ》有者《アレバ》とあり、

という。

この「生者」は大槃涅槃経に「生者必滅、会者定離」とあるによって詠まれたと思われる。「生者必滅」はもう一首、『古義』のあげる大伴坂上郎女の歌にある。それは大伴宗家の屋敷内に庵を結んで長く暮していた新羅から渡来した尼僧理願の死を悲しむ挽歌で、

…敷たへの　宅《いへ》をも造り　あらたまの　年の緒長く　住まひつつ　いまししものを　生者　死ぬと
いふことに　免れぬ　ものにしあれば…　(巻三・四六〇)

とある。この「生者」も旧訓イケルヒトで、紀州本も同じ。そして古注釈の多くはその訓によっているが、『童蒙抄』と『攷証』はやはりイケルモノと訓んでいる。

『古義』はこれもウマルレバと訓み、山田孝雄『講義』も両歌ともウマルレバと訓み、その後は武田祐

吉『全註釈』と窪田空穂『評釈』がウマルレバと訓んでいる。

この「生」はイケルかウマルか。山田『講義』は大槃涅槃経の「生者必滅」は「生といふ始あるものは死といふ終をとるといふ義」であるから、「生は『生キテアル』意にあらずして『ウマル』の意にとるべきこと明かなり」というが、「生者必滅」は生あるものは必ず死ぬの意でもあり、「生ある者」とはイケルモノと言いかえられよう。

「生まる」の例は、

我がのちに　所レ生《うまれむ》人は　我が如く　恋する道に　逢ひこすなゆめ
（既出　巻十一・二三七五、柿本人麻呂歌集略体歌）

うぐひすの　卵《かひご》の中に　ほととぎす　独所レ生而《ひとりうまれて》　己《な》が父に　似ては鳴かず…
（巻九・一七五五、高橋虫麻呂歌集）

と「所レ生」と書かれていて、「生」一字でウマルと訓む歌は例がない。「生」はイクだが、イケリと訓ませる例が多い。「生者」はイケルモノと訓むのがいいだろう。

大伴旅人は、生ある者も遂には死んでしまう定めであるから「この世なる間は楽しくをあらな」と歌った。その「この世なる間」こそ生きている間で、それは「生ける日々」である。

大宰帥大伴旅人の部下として大宰大監をつとめた一族の大伴百代《ももよ》なる者が「恋の歌四首」を詠んでいるが、その先頭の二首は次のようにある。

事も無く　生来之物乎《いきこしものを》　老いなみに　かかる恋にも　我はあへるかも　（巻四・五五九）
恋ひ死なむ　後《のち》は何せむ　生日之　ためこそ妹を　見まく欲《ほ》りすれ　（同・五六〇）

誰を恋う歌か記されていないが、万葉集には続いて大伴坂上郎女の恋の歌二首が配列されているので、大宰府の兄旅人が妻を失くし、自らも重病の床に臥した時、その世話をするべく都からやって来た坂上郎女に、昔なじみの大伴百代がなかなか逢えないことを恨む戯れの贈答かも知れない。この年まで生きて来て、いまつらい恋に逢って、恋い死にしそうだが、恋い死にしたらもう妹に逢えない、死んだら何にもならない。「生日」はイケルヒと訓む。生きている日のためにこそ妹に逢いたいと思うのだというのである。この百代の歌のもとになったのは、

恋ひ死なむ　後《のち》は何せむ　わが命の　生日社　見まく欲りすれ　（巻十一・二五九二）

作者未詳の恋歌である。歌はこの方が分りやすい。「わが命の生ける日にこそ」と訓む。「社」は集中コ

ソと訓むことを慣いとしている。「生ける日」は集中この二例である。

　万葉集に「生」と「死」とを天秤にかけて歌うのは、もっぱら「恋」である。恋する時、己れの「生」を意識する。恋するのは生きているから。余りにもつらい恋である時、そこからのがれるにはその「生」をやめることだと思う。人麻呂歌集旋頭歌《せどうか》に、

　何せむに　命をもとな　長く欲《ほ》りせむ　雖レ生　我が思ふ妹《いも》に　安く逢はなくに　（巻十一・二三五八）

　旋頭歌体の前三句は、どうしてむやみに命を長くと願うのかという疑問文で、これが本旨のように歌われる。後三句は前句のその疑問を持った理由を明かすのだが、これが作者の実相なのである。その第一の条件が「雖レ生」である。生といえども、生であるといえども、生きているといえどもであり、それは五音句としてイケリトモと訓むことになる。

　生きていても「我が思ふ妹」に容易に逢えないのなら、これ以上の命を願うことはない。死んだ方がいいと言うのである。更に同じ人麻呂歌集旋頭歌に、一緒になれないのなら自分の命はいらないと言うのでなく、恋する相手の妹に早く死んでしまえと乱暴なことを言う歌がある。

　うつくしと　我が思ふ妹は　早も死なぬか　雖レ生《いけりとも》　我に寄るべしと　人の言はなくに　（巻十一・二三五五）

愛する激しい思いの裏返しの表現である。それだけ愛が深く大きいのだと言えよう。その妹を思う度合をいう初句「うつくしと」は、原文に「恵得」とあって、訓みが定まっていない。古写本には訓めないものもあったが、西本願寺本など一般にメクマムトで、「めぐまむと我が思ふ妹」に死んでしまえとは意味が通らない。契沖『代匠記』（初稿本）に「これをはうつくしと、よむべし。いつくしみといふにおなし」と改訓した。同精選本も同じである。

「恵」は『篆隷万象名義《てんれいばんしょうめいぎ》』に「胡桂反、愛也、従也、仁也」と注されている通り、「愛」と同義であった。その「愛」は万葉集ではウツクシまたはウルハシと訓む。ウツクシは「妻子《めこ》見ればめぐし宇都久志《うつくし》」（巻五・八〇〇）、「于都倶久枳《うつくしき》我が若き子を置きてか行かむ」（『日本書紀』斉明天皇、皇孫建王を思う）、「有都久之《うつくし》母にまた言問はむ」（巻二十・四三九二、防人）のように父母・妻子・夫婦など親密な肉親的感情を表わす。かわいい、いとしい意である。対してウルハシは、「たたなづく青垣　山籠《ごも》れる大和し宇流波斯《うるはし》」（『古事記』倭建命の望郷歌）、「宇流波之等《うるはしと》我が思ふ妹を」（巻十五・三七二九、三七五五）、「宇流波之《うるはし》と我が思ふ君は」（巻十七・三九七四、巻二十・四五〇四）など、国土が立派であるとか、容姿が端麗・端正であるのをたたえる気持を表わす。ここは「妹《いも》」を思うというのであるからウツクシがふさわしい。真淵『考』もウツクシと訓み、諸注多くこの訓みによる。しかし澤瀉久孝『注釈』に万葉集には前掲のように「ウルハシト…」の仮名書き例がいくつもあるが、「ウツクシト…」と続く仮名書き例はないので、ここもウルハシトと訓むとし、小学館全集および新全集と、有斐閣『全注巻十一』（稲岡耕二）がそれによった。しかし新潮古典集成も伊藤博『釈注』もウックシトと訓んでいる。新しい多田一臣『全解』は独自にウルハシトが適当だという。「恵」は『類聚名義抄《るいじゆうみようぎしよう》』に「ウックシブ」の訓みがあり、「恵」の字義の相手を慈しむ、思いやる意からもウックシがふさわしいと思われる。一首は、かわいいと私が思うあの娘《こ》は早く死なないものか、生きていても自分になびくだろうとは誰ひとり言ってくれないのだからという。

しかし恋が成就するあてがないからといって、いとしい恋人を「早も死なぬか」とは、さすが万葉集にも他に例がない。これは酒宴の席などで笑いの歌として作られたものかと言われる。実際、恋の成就する見込みがなければ、

今は我《あ》は　死なむよ我が背　生十方《いけりとも》　我に寄るべしと　言ふと言はなくに　（巻四・六八四）

と、自分が死んでしまいたいと思うのが普通であろう。これは大伴坂上郎女の恋の歌である。この下三句はまさに先の人麻呂歌集旋頭歌（二三五五）によったものである。また初二句「今は我《あ》は死なむよ我が背」は巻十三に次のようにある。

よしゑやし　死なむよ吾妹《わぎも》　生友《いけりとも》　かくのみこそ我《あ》が　恋ひ渡りなめ　（巻十三・三二九八）

歌は、生きていてもこうして逢えないまま、私は恋い続けるだけだろうから、えいもう「死なむよ吾妹」という。「イケリトモ」はここまで続いて来た。そしてこの「死なむよ吾妹」を坂上郎女が「死なむよ我が背」と歌ったが、それより以前に坂上郎女の娘大嬢の、大伴家持に「報《こた》へ贈る歌」に、

生而有者《いきてあらば》　見まくも知らず　何しかも　死なむよ妹と　夢に見えつる　（巻四・五八一）

とある。これは「死なむよ」と言う側の歌ではなく、「死なむよ」と言われた側の歌である。だから「生けりとも」の句がない。「死なむよ妹」と言ったはずの家持の贈歌は収載されていない。ところでこの報え歌は大嬢の母坂上郎女の代作だろうと多く言われ、私もそう考えている。坂上郎女にとってこの歌の方が先の作である。天平四、五年のころと思われる。家持が十五、六歳、大嬢はその後暫《しばら》く歌がないところから、私はまだ歌が作れないほど幼かったのではないだろうかと考え、十一、二歳かと考えている。この歌は四首の連作になっているのだが、五八一歌はその一番目で、その次の歌に「幼婦」とあって「タワヤメ」と訓ませているが、この表記はタワヤメには珍しく、坂上郎女の後の歌（六一九）に例が唯一つあるところから、この歌群も坂上郎女作かと考えるのである。

四　生けりともなし

柿本人麻呂の軽の妻の死に泣血哀慟《きゆうけつあいどう》して作ったという歌二首（巻二・二〇七、二一〇）の二番目の歌（二一〇）の反歌（短歌）に、

衾道《ふすまぢ》を　引手の山に　妹を置きて　山道を行けば　生跡毛無（巻二・二一二）

とある。「衾道の引手の山」はその死んだ妻を葬った山で、「衾道」は「引手の山」の枕詞の働きをしている。「衾道」はこの泣血哀慟歌第一首（巻二・二〇七）の冒頭の、

天飛ぶや　軽《かる》の路《みち》は　吾妹子《わぎもこ》が　里にしあれば…

と、「軽の路」が死んだ妻の里であると歌うように、「衾道」は「衾《ふすま》」が地名で、その地に引手の山があるということだろう。「衾《ふすま》」という地名は、『延喜式《えんぎしき》』の「諸陵寮」の陵墓一覧の中に「衾田墓」があり、「手《た》白香皇女《しらかのひめみこ》。在二大和国山辺郡一。兆域云々」とある。手白香皇女の御墓《ごぼ》で、手白香皇女は仁賢天皇の皇女で、母は雄略天皇皇女の春日大娘皇女。越前から入って皇統を継いだ継体天皇の皇后となった方であ

る。その衾田墓は山辺の道の近くにある大きな前方後円墳をそれと推定している。そのあたりは竜王山の麓の傾斜地で、大小の古墳がたくさん分布している所である。人麻呂のその妻の墓もここにあったのだろう。

山の墓所に妻をひとり置いて山道を帰って行くと、自分は「生ともなし」という。これは前節で「雖レ生」をイケリトモと訓んだようにイケリトモナシと訓む。「生けりともなし」とは、生きている心地もない（攷証）、自分は生きている気がしない（金子評釈、全註釈、全歌講義など）、生きた心地もない（大系、講談社文庫）、自分が生きているとは思えない（集成、釈注、全解）、生きている感じがしない（新大系）というのである。

妻を山にひとり置き去りにして、自分ひとり山道を帰って行く夫の心はいかばかりであっただろう。とても生きている気がしないだろう。「生きている」と思えないのである。それが「生けりともなし」である。「とも」は引用の助詞「と」に添加・強調の助詞「も」で、集中他には次のように用いられる。

君無くは　なぞ身装飾《よそ》はむ　櫛笥《くしげ》なる　黄楊《つげ》の小櫛《をぐし》も　将レ取跡毛《とらむとも》不レ念《おもはず》　（巻九・一七七七）

咲友《さけりとも》　知らずしあらば　黙然《もだ》もあらむ　この秋萩を　見せつつもとな　（巻十・二二九三）

佐家理等母《さけりとも》　知らずしあらば　もだもあらむ　この山吹を　見せつつもとな　（巻十七・三九七六、大伴家持）

引用の助詞「と」が受ける詞文は終止の形である。それが右の「咲けりとも知らず」であり、「生けりともなし」である。「生けりともなし」は集中次のようにある。

忘れ草　我が紐に付く　時となく　思ひ渡れば　生跡文奈思《いけりともなし》　（巻十二・三〇六〇）

うつせみの　人目を繁み　逢はずして　年の経ぬれば　生跡毛奈思《いけりともなし》　（巻十二・三一〇七）

まそ鏡　手に取り持ちて　見れど飽かぬ　君に後《おく》れて　生跡文無《いけりともなし》　（巻十二・三一八五）

三首とも巻十二で、「生跡《いけりと》」までが同文共通である。第一首（三〇六〇）は草に寄せる恋の歌で、恋を忘れようと忘れ草を私の着物の紐に付けた。こんなに絶え間なく恋い続けていると、生きていらそうもないという。第二首（三一〇七）は問答歌として組まれたその一首で、この世間の人目がうるさくて逢えずに年がたったので、生きていられそうもないという。第三首（三一八五）は真澄《ますみ》の鏡を手に取り持って見るように、いくら見ても見飽きないあなたに後《あと》に残されて、生きている気がしないというのである。また同じ巻十二に次の一首がある。

まそ鏡　見飽かぬ妹に　逢はずして　月の経ぬれば　生友名師《いけりともなし》　（巻十二・二九八〇）

右の上二句「まそ鏡見飽かぬ妹に」は先の第三首（三八五）の「まそ鏡手に取り持ちて見れど飽かぬ君に」の三句に共通で、下三句「逢はずして月の経ぬれば生友名師」は先の第二首（三〇七）の「逢はずして年の経ぬれば生跡毛奈思」と「月」と「年」の違いだけで、あとは同文になっている。この二九八〇歌の「生友名師」の「友」は前掲の「咲けりとも」にあった通り引用の助詞として用いられ、その「友・伴」の仮名書き例に、

…露霜の　秋に至れば　野もさはに　鳥すだけりと　ますらをの登《と》母《も》誘《いざな》ひて…　（巻十七・四〇一一）

…空言《むなこと》も　祖《おや》の名絶つな　大伴の　氏と名に負へる　ますらをの等《と》母《も》　（巻二十・四四六五）

などとあり、「登《と》」と「等《と》」は発音が「跡《と》」と同じ、トの乙類である。従って「生友名師」の「友」のトは助詞で、これはイケリトモナシと訓んでよい。一首は、真澄の鏡のようにいくら見ても見飽きないあの娘《こ》に逢えずに幾月もたったので、もう自分は生きていられそうもないというのである。

またもう一首、この「生友なし」と同文の次の歌がある。

…深海松《ふかみる》の　見まく欲しけど　莫名藻《なのりそ》の　己が名惜しみ　間使《まづかひ》も　遣《や》らずて我は　生友奈重二《いけりともなし》　（巻六・九四六、山部赤人）

山部赤人の、聖武天皇の播磨《はりま》方面への行幸に供奉して、「敏馬《みぬめ》の浦を過る時《よき》」に作ったという歌の結びである。最後の句の「重二」は数字の「二」を重ねるという意味で、「2×2＝4」で「シ」と訓ませる数字を使った戯訓である。旅に出て都に置いて来た妻が次第に恋しくなる。逢いたいと思うけれど、目に着く動きをしたり、目立つ振舞いをして浮き名を立てたくないので使いもやらず、我慢に我慢を重ねて生きた心地もないという。

「生けりともなし」は人麻呂に始まり、人麻呂歌集に数多く歌われ、奈良時代に入って一般人の間で、下級官人たちの間で、恋の歌に歌われた。恋い死にしそうだというのと同類である。苦しくて苦しくて、この世に「生きている」気がしない。「生きている」という意識がなくなるほどだというのである。

五　生けるともなし

前節の柿本人麻呂の泣血哀慟歌の「山道を行けば生跡毛無」(巻二・二一二)の結句の訓みは古写本すべてイケリトモナシであったが、新発見の広瀬本は「イケルトモナシ」と訓じ、その「ル」の右に「伊云リ」とある。違う本(異本《イホン》)には「リ」とあるというのである。そして『代匠記』(精撰本)に、

落句ハ、集中ニ多キ詞ナリ。イケル心チモセヌナリ。今按、第十九ニ、伊家流等毛奈之ト書タレハ、彼ニ准シテ、皆イケルトモナシト点スヘキカ

と新訓を提案した。真淵『考』はイケリトモナシと訓んでいるが、宣長『玉の小琴』別巻に、

衾道乎云々、生《イケル》跡《ト》毛《モ》無《ナシ》

いけるとと訓べし、この跡《ト》は、てにをはにあらず、焼大刀のとごゝろ、又心利《ココロド》もなしと多くいへる利《ト》にて、生《イケ》るともなしは、心のはたらきもなく、ほれて生《イケ》る如くにもなきをいふ也、此言集中に多し、皆同じこと也、十九の巻丁十六に、伊《イ》家《ケ》流《ル》等《ト》毛《モ》奈《ナ》之《シ》、とある流《ル》の字を、前に、もしは理《リ》の誤歟《リ》といへるは、ひがことなりけり、てにをはのとなれば、かならず上を伊《イ》家《ケ》理《リ》といはざれは叶はず、されどよく思へは、てにをはにはあらざる也、

と、始めて名詞の「と」を言い、宣長は更に詳しく『玉勝間』十三の巻に、

同集（万葉集のこと―小野注）の歌に生刀《イケルト》もなしといへる詞

同集《ノ》歌に、生《イケ》るともなしとよめる多し、二の巻に、衾道乎《フスマヂヲ》云々生跡毛無《イケルトモナシ》、また衾路《フスマヂヲ》云々生刀毛無《イケルトモナシ》、また天離《アマザカル》云々生刀毛無《イケルトモナシ》、十一の巻に、懃《ネモコロニ》云々吾情利乃生戸裳名寸《ワガココロトノイケルトモナキ》、十二の巻に、萱草《ワスレグサ》云々生跡文奈思《イケルトモナシ》、また空蟬之《ウツセミノ》云々生跡毛奈思《イケルトモナシ》、また白銅鏡《マソカガミ》云々生跡文無《イケルトモナシ》、十九の巻に、白玉之《シラタマノ》云々伊家流等毛奈之《イケルトモナシ》、これら也、いづれもみな、十九の巻なる假字書《キ》にならひて、イケルトモナシと訓べし、本にイケリトモナシと訓るは誤なり、生《イケ》刀《ト》とは、刀《ト》は、利心《トゴコロ》心利《ココロト》などの利《ト》にて、生《イケ》る利心《トゴコロ》もなく、心の空《ウツ》けたるよしなり、されば刀《ト》は、辭《テニヲハ》の登《ト》にはあらず、これによりて伊家流《イケル》等《ト》といへる也、もし辭《テニヲハ》なれば、いけりともなしといふぞ、詞のさだまりなる、又刀《ノ》字などは、てにをはのとには用ひざる假字

也、これらを以て、古《へ》假字づかひの嚴《オゴソカ》なりしこと、又詞つゞけのみだりならざりしほどをも知《ル》べし、然るを本に、いけりともなしと訓るは、これらのわきためなく、たゞ辭《テニヲハ》と心得たるひがこと也、

と述べ、すべてイケルトモナシと訓むべしとした。

この宣長説は顧られず、続く『略解』『攷証』はイケリトモナシと訓んだが、幕末になって『古義』が宣長説に注目し、『玉勝間』のほぼ全文を引用し、これによるべしとした。橘守部『万葉集檜嬬手』もこの「跡」は助詞の「ト」ではなく、利心《とごころ》、心利《こころど》などの「ト」で、「生《イケ》る利心《トゴコロ》もなく、心の空《ウツ》けたるよしなり」として、イケルトモナシと訓む。

近代に入って、木村正辞《まさこと》『万葉集美夫君志《みぶくし》』（巻一、二の注釈書。明治34年刊）は宣長のあげた巻十九の「伊家流等毛奈之」の「流」はルの音ではなくリだと論じて、すべてイケリトモナシと訓むとした。折口信夫『口訳万葉集』（上巻、大正5年9月刊）はイケルトモナシと訓み、「生きてゐる元気もない」と口訳している。しかし井上通泰『新考』は諸説をあげ、

案ずるに生ける利心といふ事あるべきにあらず。なほイケリトとよみ十九巻なる伊家流等の流は誤字とすべし

と言う。

山田『講義』は例によって、『代匠記』以来の諸説を詳しく八ページにわたって細かく検討し、巻十九

の仮名書きの例によってイケルトのトは助詞ではなく、名詞だとしても、利心・心利のように稀な例とは考え難く、「生」一字では四段活用のイクか、下二段活用のイクルとよむのが本体で、これをイケリとよむのは特別の場合で、「イケル」「イケリ」とよむにはそうよまざるを得ない理由を説明してのことでなければならないと言い、

余はこれは一字のままの時に普通の動詞として取扱ふものとし、「ト」は名詞として取扱ふものとして、「イクルトモナシ」とよむものならざるかと考ふるものなり。

と結論したが、ただしこれは断言できるものでなく、試みに一案を立てたまでだと述べて、その意味は「生命ある我とは思はれず」と記してある。これでは名詞「と」の意味が明確でないが、山田博士は「トは普通には時、所をあらはす語なるなり」と言っている。

しかし『全釈』『総釈』以後は、「生跡毛無」はイケリトモナシと訓み、それが正訓であることが今はわかっている。

宣長のイケルトモナシの訓みのヒントになったのは、この人麻呂の「泣血哀慟歌」の別伝「或本の歌」だった。「衾道を」の短歌にも「或本の歌」がある。そこには歌句と表記の本歌と少し異同がある。「或本の歌」は次の通り。

衾路を　引出の山に　妹を置きて　山路思ふに　生刀毛無　(巻二・二一五)

結句「生刀毛無」は、本歌は「生跡毛無」だった。トの音には甲乙の別があり、「刀」はトの甲類の音をさし、「跡」はトの乙類の音であった。助詞「ト」の音は乙類だった。この「刀《と》」が助詞でないとすると、その「トもなし」という「ト」は名詞と考えられる。そこで名詞にかかる動詞「生」はイケルと訓んだのである。

「生刀毛無」は集中にもう一例ある。柿本人麻呂の死に関する歌を集めたいわゆる「鴨山挽歌群」五首の最後尾に、丹比《たぢひの》真人《まひと》某（名は明らかでない）の柿本人麻呂の心に擬して報えるという歌（巻二・二二六）に続いて収録されている「或本の歌」である。

天離《あまざか》る　鄙《ひな》の荒野に　君を置きて　思ひつつあれば　生刀毛無　（巻二・二二七）

左注に、作者未詳とあり、ただし「古本」にこの歌をこの順で収載されているのでその通りに配列したとある。この歌は下三句が人麻呂の先の二二五歌に近似していて、結句の「生刀毛無」も全く同文である。どちらも死者を山や荒野に置いて深く思いを残しつつ行くと、「生けると」さえもないという。

またもう一首、巻十一の出典不明、作者未詳歌群の中に、

ねもころに　片思《かたもひ》すれか　このころの　我が情利《こころど》の　生戸裳名寸　（巻十一・二五二五）

とある。結句の「生戸」の「戸」は「刀」と同じ音、トの甲類である。助詞ではない。ねんごろに心深く片思いをするからか、このごろの「我がこころど」の「生けると」もないという。

「こころどの生けると」とは何か。「こころど」は集中に仮名書き例が一つ、全部で七例ある。巻十一・十二・十三の相聞歌はいずれも作者未詳で、作歌年時は分らないが、大凡の年代順に並べてみよう。

一人寝《ぬ》る　夜を数へむと　思へども　恋の茂きに　情利《こころど》もなし　（巻十三・三二七五）

ねもころに　片思すれか　このころの　我が情利《こころど》の　生けるともなき　（巻十一・二五二五）

山菅の　止まずて君を　思へかも　我が心神《こころど》の　このころはなき　（巻十二・三〇五五）

遠長く　仕へむものと　思へりし　君しまさねば　心神《こころど》もなし　（巻三・四五七、余明軍、天平三年）

家離《ざか》り　います吾妹《わぎも》を　停《とど》めかね　山隠しつれ　情神《こころど》もなし　（巻三・四七一、大伴家持、天平十一年）

出で立たむ　力を無みと　隠《こも》り居て　君に恋ふるに　許己呂度《こころど》もなし　（巻十七・三九七二、大伴家持、天平十九年）

妹を見ず　越《こし》の国辺《くにへ》に　年経れば　我が情度《こころど》の　和《な》ぐる日もなし　（巻十九・四一七三、大伴家持、天平勝宝二年）

「こころど」について夙《つと》に山口佳紀氏の論文「『情神（ココロド）』考」（『聖心女子大学論叢』35集、昭和45・6）がある。山口論文は「こころど」全七例と、これによく似たと言われる「とごころ」の三例をあげて、

朝夕《あさよひ》に　音《ね》のみし泣けば　焼き大刀《たち》の　刀其己呂《とごころ》も我《あれ》は　思ひかねつも

（巻二十・四四七九、天武天皇夫人《ぶにん》藤原氷上大刀自《ひかみのおおとじ》）

いで何か　ここだ甚だ　利心《とごころ》の　失《う》するまで思ふ　恋故にこそ

（巻十一・二四〇〇、柿本人麻呂歌集略体歌）

聞きしより　物を思へば　我が胸は　割れて砕けて　鋒心《とごころ》もなし

（巻十二・二八九四）

従来この「こころど」の「ど（と）」と「とごころ」の「と」とは同じく形容詞「利《と》し」の語幹で、この両語はいずれも「しっかりした心」の意であると解されていることを言い、形容詞語幹に名詞が下接するのは「赤玉・賢《さか》し女《め》」のように用いられ、名詞が上接するのも「腰細・根白」のように存在するが、後者は主格や目的格などに立つことはないことを実証し、「とごころ」は従来の解釈でいいが、「こころど」の「ど（と）」は形容詞「利《と》し」の語幹ではなく、「隈処《くまと》」「隠処《こもりど》」「立処《たちど》」「寝処《ねど》・寝屋処《ねやど》」などの「と・ど」と同じで、場所を意味する接尾辞ではないかと考え、「くまと」「ねやど」は「くま」「ねや」のみでも意味す

るところはそれほど違わないように、「こころど」は「こころ」と同じく「心臓」をいう語であったと考えるのである。

先掲の大伴家持の「我がこころどの和《な》ぐる日もなし」（巻十九・四一七三）は、「私のしっかりした心が平穏になる日もない」というような甚だ奇妙な解釈ではなく、ただ「私の心がなごむ日がない」という解釈ですむのである。

山口論文は「生けるともなし」の「と」については、

真栄葛《まさきづら》　たたきあざはり　宍串《ししくし》ろ　熟睡《うまい》寝し度《と》に　庭つ鳥　鶏《かけ》は鳴くなり　野つ鳥　雉《きぎし》は響《とよ》む…

（『日本書紀』継体天皇七年九月）

我がやどの　松の葉見つつ　我《あれ》待たむ　早帰りませ　恋ひ死なぬ刀《と》に

（巻十五・三七四七、狭野弟上娘子）

の例をあげて、この「と」に同じく「時間」を表わす「と」であろうという。巻十一の「生けるともなし」は「生きている時もない」の意となり、「我がこころどの生けるともなき」は私の心は生きている時もない（くらいだ）」というような意味になるだろう。

「生けるともなし」について、昭和四十五年以後の諸注釈でただ一つ、平成十八年三月に刊行された阿蘇瑞枝氏の『万葉集全歌講義（一）』の二一五歌の「注」欄に山口氏の「時間」説を紹介しているが、山口論文の名はあげていない。

「生けるともなし」の確かな例として諸注にあげられていたのは巻十九の次の歌である。

白玉の　見が欲《ほ》し君を　見ず久に　鄙《ひな》にし居れば　伊家流等毛奈之《いけるともなし》　（巻十九・四一七〇、大伴家持）

天平勝宝二年（七五〇）三月、大伴家持が越中守として四年目の春、前年の秋、都から漸《ようや》く連れて来た妻坂上大嬢の都に残して来た母坂上郎女に贈る歌を代作した、その長歌の反歌である。真珠のようにいつも見ていたいあなたを見ないで久しく鄙の地にいるので「生けるともなし」という。

「生けるともなし」は山口説によれば、「生きている時もない」。母を思って生きていながら「生きている時もない」とは、死んでいるようだというのだろうか。それは「生きている気がしない」ということか。それは「生きているとも思われない」ということか。それでは「生けりともなし」というのと変らない。家持のこの「と」の原文は「等」と書かれていて、元暦校本以来本文の異同はない。これはト乙類、つまり助詞の「と」である。家持は「生けりともなし」と書くべきところを「る（流）」に誤ったのか。それとも「と」の仮名を書き誤ったのか。

『古義』がすでにこのことに気付き、いずれを正しいとすべきか迷い、もし生《イケ》りとも無《シ》と云にて、等《ト》は常の語辞の等《ト》ならむには、流《ル》字は、利か理かを、写し誤《ヒガ》めたるものとすべし、しかする時は必《ズ》イケリトモといふ格にて、イケルトモとは、いふまじき語なればなり

と記している。

近代の諸注釈もこの両説が対立している。岩波古典大系は「ト」の甲乙について、

この辺では時代が降ったので表記上混同を来したのであろうと思われる。

と、家持の「ト」の誤記を認める表現をしているし、澤瀉『注釈』は「ト」の甲乙の混用はすでに人麻呂の時代に行われていると言いながら、家持は「ト」の甲乙を区別して使っている傾向があるので、イケリトモとあるべきをイケルトモとしたのが家持の誤用だと述べている。

柿本人麻呂に始まった「生けりともなし」と「生けるともなし」は合せて十例。その最後が越中時代の大伴家持であった。それが運命の集約となった。家持は何と言おうとしているのか。妻の、母に別れて鄙の地に過す思いは、「生きている心地もありません」「生きた気もありません」「生きた心地もいたしません」という。その心を句にしたのが、人麻呂以来の伝統のある、多くの人々の思いのこもった「生けるともなし」だったのである。

六　命は生けり

後遂《のち》に　妹《いも》は逢はむと　朝露の　命者生有《いのちはいけり》　恋は繁けど

（巻十二・三〇四〇）

どんな男の歌だろう。出典も作者も分らない。その男の胸の中は愛する人への熱い思い、恋しさにいっぱい。同じように恋しい人に逢えなくて「生けりともなし」に、死んでしまおうとさえ思った男もいた。女もいた。でもこの男は、あとでいつかきっと、最後にはあの娘《こ》は逢ってくれるだろうと頼みにして、朝露のように今にも消えそうな、はかない命を生かして来た。恋しさはつのって苦しいけれど、いまその男は何とか生きている。それを「命は生けり」という。

「命は生けり」という句は集中他に例がない。「後遂に妹は逢はむ」という句も他にないが、「遂に逢はず」という例がある。長歌の一節である。

…行く影の　月も経《へ》行けば　玉かぎる　日も重なりて　思へかも　胸安からぬ　恋ふれかも　心の痛き　末遂に　君に逢はずは　わが命の　生けらむ極《きは》み　恋ひつつも　我は渡らむ…

（巻十三・三二五〇）

光り行く月も経行き、きらめく日も重なって、思い続けているからか、心は安らかでないし、恋い続けているからか、胸が痛い。将来最後まであなたに逢うことができないならば、これから私の命の生きている限り、私は恋い続けて生きていることでしょうという。巻十二の「後遂に」の歌は「妹は逢はむ」と将来の希望を持って「命は生けり」と「生」の期待に溢れているのに対して、巻十三の「末遂に」の歌は「君に逢はずは」と暗い否定的な想像を持って「命の生けらむ」かぎり、ただ恋い続けるのだろうと推量する。

「命生く」は右の二首の他に次の歌がある。

恋ひ死なむ　後《のち》は何せむ　わが命の　生ける日にこそ　見まく欲りすれ　（巻十一・二五九二）

第三節に「恋ひ死なむ後は何せむ」の歌の類歌とした掲出した歌で、これも出典不明、作者未詳の恋歌である。恋い死にしたらあとは何が出来る。何も出来ない。わが命の生きている間にこそ逢いたいと願っているのだという。それが「生」である。また次の歌がある。

いつまでに　生かむ命そ　おほかたは　恋ひつつあらずは　死ぬるまされり　（巻十二・二九一三）

これも出典不明、作者未詳の恋歌である。いったいいつまで生きる命であろうぞ。いつまでも生きられる命であろうか。そんなに生きられるものではないという人の命への知的な認識を前提にかかげて、「大方《おおかた》は」と一般論、概論に入る。ざっと言えば、そんなに恋い続けているよりは死んだ方がまさっているという。「恋ひつつあらずは」と言えば、普通なら「死なまし（ものを）」と歌うところを「死ぬるまされり」と言ったのも知的な判断を示したように思われる。作者は記されていないが、やはり下級官人として宮仕えしていた知識人であっただろう。また「いつまでに生かむ命そ」は次のようにも歌われた。

いくばくも　生けらじ命を　恋ひつつそ　我は息づく　人に知らえず　（巻十二・二九〇五）

これも出典不明、作者未詳の恋歌である。いくらも生きていられそうもない命なのに、という。これは仏教の無常観によっているかと思われる。あるいはもっと素朴な認識かも知れない。そんな頼りない命なのに自分は生き続けている。恋い焦れながらため息をついている。その人には知ってもらえずに一人でため息をついているのである。この人も知識人に違いない。「命生く」には仏教の思想に基づく認識がある。

御民われ　生有《いける》験在《しるしあり》　天地の　栄《さか》ゆる時に　あへらく思へば　（巻六・九九六）

巻六の「天平六年」の歌群の冒頭にある。聖武天皇の天平六年（七三四）、海犬養宿祢岡麻呂《あまのいぬかいのすくねおかまろ》の「詔《みことのり》に応《こた》ふる歌」である。聖武天皇のお召しにその席で即座に応えて奉った歌である。海犬養岡麻呂はこの歌の作者として名を残すのみで、その履歴は全く分らない。ある時期、この歌一首の作者としてこれほど有名になった万葉歌人はいないだろう。

天皇陛下の御民である私は、生きている甲斐《かい》があります。この天地・国家の栄えている大御代に、生まれ合わせることができたことを思うと、と言う。「応詔」がいかなる場でなされたか分らないが、土屋文明『私注』は「年頭の賀宴などであらうか」と言い、北山茂夫『大伴家持』（平凡社、昭和46・9）は『続日本紀』に記載されている天平六年二月一日に朱雀門の広場で男女二百四十余人によって行なわれた天覧歌垣の時の作と推定している。万葉集巻六には本歌の次に、三月十日に行幸された難波宮での歌が配列されていることと、この二月一日の作は抵触しない。また『続日本紀』天平六年正月一日の条に、

天皇、中宮に御《おは》しまして侍臣を宴《うたげ》し、五位已上を朝堂に饗《みあへ》したまふ。

とある。『私注』が言い、諸注も言うこの元日の賀宴での讃歌にふさわしいが、作者海犬養岡麻呂は『続日本紀』に全く記載がなく「五位以上」の官人ではありえない。饗を賜わる朝堂に列せずに「応詔歌」を奉る場があったのだろうか。

「生けるしるしあり」とは人間として最高の誇りである。これ以上の喜びの言上げがあるだろうか。この詞句を大伴家持がのちに、越中守として越中で、都から叔母大伴坂上郎女の恋の贈歌を頂いた、その報えの歌に歌った。

天ざかる　鄙《ひな》の奴《やつこ》に　天人《あめひと》し　かく恋すらば　伊家流思留事安里《いけるしるしあり》　（巻十八・四〇八二）

「天ざかる鄙の奴」は家持自身のこと。「天人」は叔母坂上郎女をさす。坂上郎女の家持への贈歌は二首。その第一首が、

常人の　恋ふといふよりは　あまりにて　我は死ぬべく　なりにたらずや　（巻十八・四〇八〇）

とあった。世の常の人が「恋する」と言うよりも私はもっともっと恋しくて、もう死にそうになってしまったではありませんかと、激しい恋の告白であった。家持はこれをどう受けとめるか。郎女が「常人」でないというので、「天人」の恋に仕立てた。鄙の下郎が、こともあろうに天人さまに恋い慕われるとは。下郎にとってこれ以上の感激はない。これこそこの世に生きている甲斐があったというものだ。家持はそれを「生けるしるしあり」と歌い上げたのだった。

「老」の歌として享受された家持歌

――『類聚古集』・『古葉略類聚抄』から考える――

新谷秀夫

一　はじめに

「暑さ寒さも彼岸まで」ということばがある。これは全国的に共通するようだが、それぞれの地域には、その地域の行事・風土とかかわってこれに類することばも存する。中学二年生のとき、学習塾に行く前に寄った駄菓子屋の店先で、その店の主である老婆が隣家の老婆に「三月やっちゅうのに、まだまだ寒いなぁ。やっぱり、お水取《みずと》りが過ぎんと、春は来《こ》んのやなあ」と話しているのを耳にしたことがある。新聞の一面にカラー写真で載っている（もしかすると関西だけかもしれないが）のを何気なくながめているだけだった「お水取り」が、少しだけ身近なものに感じられるようになったきっかけになったからだろうか、この時の老婆のことばを今も鮮明に記憶している。

老婆が口にした「お水取り」とは、東大寺二月堂でおこなわれる「修二会」のなかでも、とりわけ見物客が集中する三月十二日深夜（正しくは十三日午前一時ごろ）の行事のことである。この行事に直接かかわるわけではないのだが、平安時代の年中行事に立春の日の「供若水」行事というのがある。稿者は以前、後掲する萬葉歌を根拠に、この年中行事の背景に古代の「若水＝をち水」信仰があったことを指摘（拙稿「「月夜見の持てるをち水」―立春「供若水」行事との関連から―」〔『日本文藝研究』43―1　平3・4〕）したことがある。

天橋《あまばし》も　長くもがも　高山《たかやま》も　高くもがも　月読《つくよみ》の　持てるをち水　い取り来《き》て　君に奉《まつ》りて　をち得てしかも

反歌

天《あめ》なるや　月日《つきひ》のごとく　我《あ》が思《おも》へる　君が日《ひ》に異《け》に　老《お》ゆらく惜《を》しも

（巻十三・三二四五～三二四六）

「月夜見の持てるをち水」の入手が困難なことを、単純ではあるが、「天橋も長くもがも　高山も高くもがも」とうたうことで強調し、主君の老いを嘆く気持ちの深さをあらわした歌である。

ところで、この歌に続いて、

沼名川《ぬながは》の　底なる玉　求めて　得《え》し玉かも　拾《ひり》ひて　得し玉かも　あたらしき　君が　老ゆらく惜しも
（巻十三・三二四七）

という、やはり主君の老いを嘆く気持ちを「沼名川の底なる玉」を求めることでうたう歌が存する。この二首はいずれも「君」に対して「老ゆらく惜しも」とうたっているのだが、じつは『萬葉集』（以下、たんに萬葉集と略す）における「老」の歌のなかでは、少しく珍しい用例であるという。

個別の歌や歌人に限らずに萬葉集全般における「老」について言及した近年の研究論文として、

・市村宏氏「老の歌—万葉集にみる—」（『東洋学研究』6　昭47・3）
・市村宏氏「万葉と老」（『古代文学』12　昭47・12）
・井上治夫氏「万葉集における「老」について」（『京都教育大学国文学会誌』12　昭48・3）
・岡田松之助氏「万葉集の老いの表現」（『富山女子短期大学紀要』12　昭55・4）
・佐々木民夫氏「『万葉集』の「老」の歌—「老」の語の周辺—」（仙台万葉研究会『万葉研究』14　平5・10）

などが存する。なかでも佐々木民夫氏は、「老」という語に限ってではあるが、萬葉集における「老」の歌を考える上で重要な発言をされている（以下、「佐々木論」と称して進める）。

萬葉集で「老」という語がうたわれている歌を佐々木論は、

A　相聞・恋の歌での「老」（9例＝巻四・五五九、五六三、七六四、巻七・一三四九、巻十一・二五八二、二六八九、巻十二・二九二六、三〇四三、巻十六・三七九一）

B　長寿を願い、祈る歌での「老」（3例＝巻六・一〇二四、巻十三・三二四六、三二四七）

C　老いを嘆く歌での「老」（3例＝巻五・八〇四、八九七、巻十九・四二二〇）

D　その他の「老」（3例＝巻九・一七四〇、巻十六・三八八五、巻十八・四〇九四）

という四種に分類された。そして、集中最多となるAの用例を「戯歌の要素が色濃く、それだけ根底にある老いへの嫌悪、忌避の心情が読み取れるもの」とし、先掲した巻十三所収歌をふくむBを「結局のところ不可避の老いへの嘆きの思いから発せられるもの」とまとめられた。そして、A・Bいずれもが「他との関係の中で取り上げられている」のに対して、Cは「老いの醜さを正面に据えてその実態を具体的に描写したものであり、それは老い、病の苦悩、死を思わずにおれない老いの嘆きを歌う中で」うたわれたものであるとして、三例のうち二例の作者である山上憶良を、「老」を本格的にうたった最初の歌人として位置づけられたのである。

佐々木論が提示された萬葉集における「老」の歌についての概観は、大筋で誤りないであろう。そこで、この佐々木論をふまえつつ、稿者の研究テーマである萬葉集の享受・伝来の視点から「老」をうたった歌について考えてみようというのが本稿である。具体的には、萬葉歌を分類して編まれた『類聚古集』と『古葉略類聚抄』という伝本に着目し、これら類聚本で「老」に分類されている萬葉歌を検討することで、萬葉集における「老」の歌について考えてみたいと思う。

二　萬葉集の「老」の歌

大久保廣行氏・上安広治氏・野呂香氏・早川芳枝氏・池原陽斉氏の五名による編著『老病死に関する万葉歌文集成』（笠間書院刊　平19・3）は、萬葉集のなかから「老・病・死」にかかわる語句を摘出してテーマ別に分類しており、指標として意義のあるものである。この編著が摘出した「老」にかかわる語句を有する歌を歌番号順に並べかえたのが、以下の表である。

	巻	歌番号	部立	歌体	作者	「老」をめぐる表現
1	巻二	八七	相聞	短歌	磐姫皇后	白髪（「霜の置く・降る」）
2		八九	相聞	短歌	（古歌集）	白髪（「霜の置く・降る」）
3		一二九	相聞	短歌	石川女郎	老人（「嫗《おみな》」）
4	巻三	三三一	雑歌	短歌	大伴旅人	若返り（「変若《をち》・変若《を》つ」）
5		四八一	挽歌	長歌	高橋朝臣	白髪（「白髪《しらか》」）
6	巻四	五五九	相聞	短歌	大伴百代	老化（「老並《おいなみ》」）

7	巻四	五六三	相聞	短歌	大伴坂上郎女	白髪（「白髪《しろかみ》」）、老化（「老ゆ」）
8		五七三	相聞	短歌	沙弥満誓	白髪（「黒髪変はる」「白《しら》く・白《しろ》し」）
9		六二七	相聞	短歌	娘子	若返り（「変若水《をちみづ》」）、白髪（「白髪」）
10		六二八	相聞	短歌	佐伯赤麻呂	白髪（「白髪」）、若返り（「変若水」）
11		六五〇	相聞	短歌	大伴三依	若返り（「変若・変若つ」）
12		七六四	相聞	短歌	大伴家持	老化（「老舌《おいした》」）
13	巻五	八〇四	雑歌	長歌	山上憶良	老化（「流る」「留難《とどみか》ぬ」「過ぐし遣る」「皺・皺む」「移ろふ」「綰《たが》ぬ」）、白髪（「霜の置く・降る」）、老人（「老《お》よし男《を》」）
14		八〇五	雑歌	短歌	山上憶良	老化（「留難ぬ」）
15		八四七	雑歌	短歌		老化（「降《くた》つ」）、若返り（「変若・変若つ」）
16		八四八	雑歌	短歌		若返り（「変若・変若つ」）
17		八九七	雑歌	長歌	山上憶良	老化（「老」）
18	巻六	九八八	雑歌	短歌	市原王	老化（「移ろふ」）

19	巻六	一〇三四	雑歌	短歌	大伴東人	老人（「老人《おいひと》」）、若返り（「変若水」）
20		一〇四六	雑歌	短歌	（作者未詳）	若返り（「変若《をち》返《かへ》る」）
21	巻七	一〇八〇	雑歌	短歌	（作者未詳）	若返り（「出《い》で反《かへ》る」）
22		一二八三	雑歌	旋頭歌	（作者未詳）	老化（「男盛《をざか》り」）
23		一三四九	譬喩歌	短歌	（作者未詳）	老化（「老ゆ」）
24		一四一一	挽歌	短歌	（作者未詳）	白髪（「白く・白し」）
25	巻九	一七四〇	雑歌	長歌	高橋虫麻呂歌集	老化（「老」、「皺・皺む」）白髪（「白く・白し」）
26	巻十	一八八四	雑歌	短歌	（作者未詳）	老化（「古《ふ》る」）
27		一八八五	雑歌	短歌	（作者未詳）	老化（「古る」）
28		一九二七	相聞	短歌	（作者未詳）	老化（「神《かむ》ぶ」）
29	巻十一	二五〇〇	相聞	短歌	（作者未詳）	老化（「古る」）
30		二五八二	相聞	短歌	（作者未詳）	老人（「老人」）
31		二六〇一	相聞	短歌	（作者未詳）	老化（「古る」）
32		二六〇二	相聞	短歌	（作者未詳）	白髪（「白髪」）

33	巻十一	二六四九	相聞	短歌	（作者未詳）	老人（「翁《おぢ》」）
34		二六八九	相聞	短歌	（作者未詳）	老化（「老ゆ」）、若返り（「変若返る」）
35	巻十二	二九二六	相聞	短歌	（作者未詳）	老化（「老ゆ」）
36		二九五二	相聞	短歌	（作者未詳）	老化（「衰ふ」）
37		三〇四三	相聞	短歌	（作者未詳）	老化（「老ゆ」）、若返り（「変若返る」）
38		三二一七	相聞	短歌	（作者未詳）	老化（「面変《おめがは》る・面変《おもがは》る」）
39	巻十三	三二四五	雑歌	長歌	（作者未詳）	若返り（「変若水」、「変若・変若つ」）
40		三二四六	雑歌	短歌	（作者未詳）	老化（「老ゆ」）
41		三二四七	雑歌	長歌	（作者未詳）	老化（「老ゆ」）
42	巻十六	三七九一	雑歌	長歌	（竹取翁の歌）	老人（「老人」）
43		三七九二	雑歌	短歌	（竹取翁の歌）	白髪（「白髪」）
44		三七九三	雑歌	短歌	（竹取翁の歌）	白髪（「白髪」）
45		三七九四	雑歌	短歌	（竹取翁の歌）	老人（「翁《おきな》」）
46		三八八五	雑歌	長歌	（乞食者）	老化（「老い果《は》つ」）

47	巻十七	三九二二		短歌	橘諸兄	白髪（「白髪」）
48		三九六九		長歌	大伴家持	老化（「過ぐし遣る」）
49	巻十八	四〇一一		長歌	大伴家持	老人（「翁《おきな》」）
50		四〇一四		短歌	大伴家持	老人（「翁《おぢ》」）
51		四〇九四		長歌	大伴家持	老人（「老人」）
52		四一一六		長歌	大伴家持	老化（「面変る・面変る」）
53		四一二八		短歌	大伴池主	老人（「翁《おきな》」）
54		四一三三		短歌	大伴池主	老人（「翁《おきな》さぶ」）
55	巻十九	四一六〇		長歌	大伴家持	白髪（「黒髪変はる」）
56		四二二〇		長歌	大伴坂上郎女	老化（「老《お》い付《づ》く」）
57	巻二十	四三四二		短歌	坂田部首麻呂	老化（「面変る・面変る」）
58		四四〇八		長歌	大伴家持	白髪（「白髭《しらひげ》」）
59		四四四六		短歌	丹比国人	若返り（「変若・変若つ」）

摘出された全五十九首を単純に三大部立ごとに数えると、

・雑歌（および巻十七以降）　22首（＋13首）　計45首

・相聞（および譬喩歌）　21首（＋1首）　計22首

・挽歌　2首

となり、「老」という語に限って検討された佐々木論が最多とした相聞の用例よりも雑歌の用例が多くなる。ただ、先掲編著が凡例で「直接的には老・病・死にかかわらないと判断される語であっても、ある程度関係が深いと判断したものについては、考察の上で参考になるかと考えて、できるだけ多く」採録したと述べられたように、前掲表の歌すべてが人の「老」（以下、人に限定する場合を《老》と記す）にかかわるとするには、少しく問題は存する。

たとえば雑歌に分類される歌のなかの、

18　春草《はるくさ》は　後《のち》はうつろふ　巌《いはほ》なす　常磐《ときは》にいませ　貴《たふと》き我《あ》が君　（巻六・九八八）

21　ひさかたの　天照《あまて》る月は　神代《かみよ》にか　出《い》で反《かへ》るらむ　年は経《へ》につつ　（巻七・一〇八〇）

59　我《わ》がやどに　咲けるなでしこ　賂《まひ》はせむ　ゆめ花散るな　いやをちに咲け　（巻二十・四四四六）

などに注目しよう。たしかに「うつろふ」（18）や「をつ」（59）は《老》にかかわる歌のなかでも使われ、『新編日本古典文学全集』(小学館刊)が、21について「月が欠けてもまた満ちるその性質から、老いを知らずいつまでも若い男子に擬せられることが多い」とし、59について「なでしこを擬人化して」と解説されたように、譬喩としてならば《老》の用例と言える。しかしながら、ただ素直に歌をよむならば、18で「うつろふ」のは「春草」で、21で「出で反る」のは「天照る月」である。また、59で「をちに咲け」と命ぜられているのは「我がやどに咲けるなでしこ」である。萬葉歌を分類した『類聚古集』がこの三首を、順に「慶賀」「月」「瞿麦」に分類していることを鑑みても、この三首を《老》の歌とするには、少しく躊躇する。

このように個別に検討を加えたならば、先掲編著が凡例で指摘されたように、直接的には《老》にかかわる表現とは言いがたい用例はほかにも存する。しかしながら、本稿では、あえてそれらを問題とはせず、あくまでも「老」にかかわる表現を知る指標として活用し、以下の論を進めたい。

ところで、雑歌に分類される「老」にかかわる表現を有する歌を一瞥すると、その作者に偏りがあることに気づく。家持の歌日記とも称される巻十七以降の用例の大半が家持歌であることは当然として、雑歌の部立に分類されている歌のなかに限ると、たしかに佐々木論が指摘されたように憶良の用例の多さが目につく。しかしながら、高橋虫麻呂歌集の「水江《みずのえ》の浦島子《うらのしまこ》を詠む一首」(25)やいわゆる「竹取《たけとりの》翁《おきな》の歌」(42~45)などの伝説歌と称される類いの歌や、上記二例に近しく物語めいた内容をうたう「放《はう》逸《いつ》せる鷹《たか》を思ひ、夢《いめ》に見て感悦《かんえつ》して作る歌」(49・50)や「乞食者《ほかひ》が詠《うた》ふ二首」(46)などの佐々木論が

D（その他の「老」）と分類されたものや、さらに、「はじめに」で引用した巻十三所収の二例（39〜41）や、

19　古《いにしへ》ゆ　人の言ひ来《け》る　老人《おいひと》の　をつといふ水そ　名に負《お》ふ滝《たき》の瀬　（巻六・一〇三四）

などの佐々木論がB（長寿を願い、祈る歌での「老」）と分類されたものは、いささか現実的でない用例と言え、これらを除外すると、やはり佐々木論が指摘されたように相聞に分類される歌に「老」にかかわる歌が多くなる。

　相聞歌に「老」にかかわる歌が多いことについて、佐々木論は、

　底流に古代歌謡の老人の歌を持ち、その流れを汲むかと思われる例（先掲表の23・42を指す　稿者注）もあるものの、多くは現実には未だ老いてはいないむしろ恋する若い者によって、戯れ、揶揄の中で取り上げられる「老」であって、そこに、『万葉集』の恋の歌での「老」の機能、さらには万葉人の恋の歌世界で捉えられる老いへの意識というものが考えられた。

とまとめられている。さらに、相聞歌にうたわれた「をつ」や「をち水」についても、「老いと若返りという元来相反するものが極めて近い関係を示し、歌の内容に照らしてそれが表裏の関係として取り上げられている」として、そこにもまた戯れの要素が色濃く読み取れると結論づけられている。

このような萬葉集における「老」の歌が、そのまま後世へとつながったわけではないことは、すでに佐々木論が『古今和歌集』（以下、たんに古今集と略す）を例に考察されている。「雑歌」巻に《老》を主題とした歌が一括されていると思しい古今集では、恋の歌で《老》が詠まれることはない。平安初期の漢詩文隆盛時代を経た王朝和歌の世界では、《老》とは嘆くものであり、述懐の時として意識される方向へと傾斜してゆく。そのあらわれのひとつが、「雑歌」巻への一括配列なのであろう。このような和歌の流れのなかで、萬葉歌を分類したのが『類聚古集』であり『古葉略類聚抄』であるということを、ここで喚起しておきたい。

そこで、『類聚古集』・『古葉略類聚抄』で「老」に分類された萬葉歌を具体的に検討する前に、佐々木論とは少しく視点を変えて、古今集における《老》の歌について検討を加えてみたい。

三　古今集の「老」の歌

古今集の巻十七「雑歌上」には、《老》の歌として一括されたと思しい一群の歌が存する。研究者によってその範囲認定に若干の差が存するが、『新日本古典文学大系』（岩波書店刊）に拠って、本稿ではつぎの十六首を《老》の歌として捉えておきたい。

ア　いにしへの倭文《しづ》の苧環《をだまき》いやしきも良きもさかりはありしものなり

イ　今こそあれ我も昔はをとこ山さかゆく時もありこしものを

ウ　世の中にふりぬるものは津の国のながらの橋と我となりけり

エ　ささの葉にふりつむ雪の末《うれ》を重《おも》み本《もと》くたち行《ゆ》くわが栄《さか》りはも

オ　大荒木《おほあらき》の森の下草《したくさ》老いぬれば駒《こま》もすさめず刈る人もなし

　　又は、さくら麻《あさ》の麻生《をふ》の下草

カ　数《かぞ》ふれば止《と》まらぬものをとしと言ひて今年《ことし》はいたく老いぞしにける

キ　おしてるやなにはの水に焼く塩《しほ》のからくも我は老いにけるかな

　　又は、大伴《おほとも》の御津《みつ》の浜辺《はまべ》に

ク　老いらくの来《こ》むと知りせば門《かど》さしてなしと答《こた》へて逢《あ》はざらましを

　　この三《み》つの歌は、昔ありける三人《みたり》の翁《おきな》のよめるとなむ

ケ　さかさまに年も行《ゆ》かなむ取《と》りもあへず過《す》ぐる齢《よはひ》やともに帰《かへ》ると

コ　取りとむるものにしあらねば年月をあはれあな憂《う》と過《す》ぐしつるかな

サ　留《とど》めあへずむべもとしとは言《い》はれけりしかもつれなく過《す》ぐる齢《よはひ》か

シ　鏡山いざたちよりて見てゆかむ年へぬる身は老いやしぬると

　　この歌は、ある人の曰《いは》く、大伴黒主《のくろぬし》がなり

業平《なりひらの》朝臣の母皇女《ははのみこ》、長岡《ながをか》に住み侍《はべ》りける時に、業平宮仕《みやづか》へすとて、時々も、えまかり訪《とぶら》はず侍りければ、師走《しはす》ばかりに、母皇女のもとより、とみの事とて、文《ふみ》を持《も》てまうできたり。開《あ》けて見れば、言葉《ことば》はなくて、ありけるうた

ス　老いぬればさらぬ別れもありと言《い》へばいよいよ見まくほしき君かな

業平朝臣

返し

セ　世の中にさらぬ別れのなくもがな千代《ちよ》もとなげく人の子《こ》のため

在原棟梁《ありはらのむねやな》

寛平御時　后宮歌合《きさいのみやのうたあはせ》の歌

ソ　白雪《しらゆき》の八重《やへ》ふりしけるかへる山かへるがへるも老いにけるかな

敏行朝臣《としゆきの》

同じ御時の殿上《うへ》の侍《さぶらひ》にて、男《をのこ》どもに、大御酒《おほみき》賜《たま》ひて、大御遊《おほみあそ》びありけるついでに、仕《つか》う奉《まつ》れる

タ　老いぬとてなどかわが身を責《せめ》きけむ老いずは今日《けふ》に逢《あ》はましものか

（巻十七「雑歌上」・八八八〜九〇三）

「さかりはありしものなり」（ア）・「さかゆく時もありこしものを」（イ）という懐旧・述懐の歌にはじまり、「くたち行くわが栄りはも」（エ）というつなぎの歌を経て、「老」を嘆く歌が配され、最後が「老」

を長寿と解して喜んだ歌（タ）となる。なお、このタに類する歌として、

染殿后《そめどののきさき》の御前《おまへ》に、花瓶《がめ》に、桜の花を挿させ給へるを見て、
よめる　　前太政大臣《さきのおほきおほいまうちぎみ》

チ　年ふればよはひは老いぬしかはあれど花をし見れば物思ひもなし

（巻一「春歌上」・五二）

という歌が古今集に存する。同じ古今集で「老」という語を詠んだ歌のなかに、

堀川大臣《ほりかはのおほいまうちぎみ》の四十《よそぢの》賀、九条の家にてしける時に、よめる　在原業平朝臣

ツ　さくら花ちりかひ曇《くも》れ老いらくの来《こ》むといふなる道まがふがに

（巻七「賀歌」・三四九）

という歌が存することを鑑みると、チが「しかはあれど」と詠み、タが「などかわが身を責きけむ」と詠んでいるように、あくまでもタ・チは「老いぬ」ことが歌の詮であり、単純に長寿を喜んでいるわけではなかろう。また、佐々木論の言を借りるならば、「他との関係の中で取り上げられている」チと異なり、タの「老いぬ」は「わが身」のこととして詠む。これらの差異から、撰者たちはタを《老》を嘆く歌として捉え、「雑歌上」に配したと考えられる。その点では、「結局のところ不可避の老いへの嘆きの思

いから発せられるもの」と佐々木論が指摘された萬葉集におけるB「長寿を願い、祈る歌」に同じい。

ところで、佐々木論が指摘されたように、「老」という語が詠まれた歌は古今集の「恋歌」に存しない。さらに、一括配列されたと思しい「雑歌上」の歌は、萬葉集では少数であったC「老いを嘆く歌での「老」」が中心となっている。三村晃功氏は、『歌ことば歌枕大辞典』（角川書店刊　平11・5）の「老い」の項目で、南北朝時代の歌学書『和歌題林抄』の記述をふまえ、

① 事にふれて昔を偲ぶ
② 盛りのときを思い出す
③ 白髪を嘆く
④ 人生の終わりが近づいたことを実感する
⑤ 年老いたことを憂う
⑥ 深夜の寝覚めに暇をもてあます

というように、王朝和歌以降の《老》の歌の内容を分類された。さきのア〜タのなかには、①や⑥の用例は認められないが、ア・イが②、ソが③、スが④と解されるほかは、⑤の用例と考えられる。これは、前節末尾でも述べたように、平安初期の漢詩文隆盛時代を経た王朝和歌の傾向である。

このように《老》を嘆く歌を中心とする古今集の歌世界は、萬葉集のそれとは「異質」であると佐々木論は指摘された。しかしながら、「雑歌上」に一括された《老》の歌のなかには、じつは萬葉集とのか

かわりを想定できる歌が存することに本稿は注目したい。

オ　大荒木の森の下草老いぬれば駒もすさめず刈る人もなし
　　又は、さくら麻の麻生の下草

「又は」として伝える上二句の異伝は、すでに古今集の諸注釈が指摘されているように、

・桜麻《さくらあさ》の　麻生《をふ》の下草《したくさ》　露《つゆ》しあれば　明かしてい行《ゆ》け　母は知るとも　（巻十一・二六八七）

・桜麻の　麻生の下草　早く生《お》ひば　妹《いも》が下紐《したびも》　解《と》かざらましを　（巻十二・三〇四九）

という萬葉集の相聞歌に用例を見る表現である。また、本文初句の「大荒木」についても、「地名か。仮の埋葬の「殯《あらき》」の意とする説もある」（岩波書店刊『新日本古典文学大系』脚注）とか「今の奈良県五条市にある荒木神社の森か。「大殯」（死体を葬るまでしぎらく置く所）と解して普通名詞とすることも出来る」（片桐洋一氏『古今和歌集（笠間文庫・原文&現代語訳シリーズ）』［笠間書院刊　平17・9］）などと解されているのは、

・大君《おほきみ》の　命恐《みことかしこ》み　大殯《おほあらき》の　時にはあらねど　雲隠《くもがく》ります　（巻三・四四一）

・かくしてや　なほや老《お》いなむ　み雪降る　大荒木野《おほあらきの》の　篠《しの》にあらなくに　（巻七・一三四九）

・かくしてや　なほやなりなむ　大荒木の　浮田《うきた》の社《もり》の　標《しめ》にあらなくに　（巻十一・二八三九）

という萬葉歌に拠ると思われる。このうち巻七の用例について、小学館刊『新編日本古典文学全集』頭注が「片思いのまま生涯を終えるのか、という気持だが、嘆老の歌とも解せる」と指摘されていることに着目するならば、オを嘆老の歌としてではなく「恋歌」に配することも可能だったのではなかろうか。それをあくまでも《老》の歌として配したのは、古今集が「老」を恋の歌の表現として認知していなかったからであるが、古今集の《老》の歌の表現基盤に萬葉歌があったことを示す好例と言えよう。

また、このオにつづく三首にも、萬葉集とのかかわりを見てとることができる用例が存する。

カ　数ふれば止まらぬものをとしと言ひて今年はいたく老いぞしにける

キ　おしてるやなにはの水に焼く塩のからくも我は老いにけるかな

又は、大伴の御津の浜辺に

ク　老いらくの来むと知りせば門さしてなしと答へて逢はざらましを

この三つの歌は、昔ありける三人の翁のよめるとなむ

「この三つの歌は」と一括されていることから、古今集撰進時には「三人の翁」をめぐるなんらかの伝承が存したと考えられている歌で、「伝承」という点で佐々木論が分類したD「その他の「老」」に近しい用例である。しかしながら、クが「老」を擬人化していることに注目するならば、佐々木論が指摘する萬葉集とは「異質」の歌のひとつということになる。

ところで、古今集ではこのクと先掲した業平の詠歌（ツ）のみの用例となる「老いらく」という歌ことばは、「はじめに」で掲出した巻十三所収歌二首に見える「老ゆらく」を源とするものである。また、クの三句目「門さして」についても、

・行《ゆ》かぬ我《あれ》を　来《こ》むとか夜《よる》も　門《かど》ささず　あはれ我妹子《わぎもこ》　待ちつつあるらむ　（巻十一・二五九四）
・人の見て　言咎《ことが》めせぬ　夢《いめ》に我《われ》　今夜《こよひ》至らむ　屋戸《やど》さすなゆめ　（巻十二・二九一二）
・門《かど》立てて　戸もさしたるを　いづくゆか　妹《いも》が入《い》り来《き》て　夢に見えつる　（巻十二・三一一七）
・門立てて　戸はさしたれど　盗人《ぬすびと》の　穿《ほ》れる穴より　入りて見えけむ　（巻十二・三一一八）

など、萬葉集では相聞歌に限られる表現である。さらに、キの「焼く塩のからくも我は」についても、

・志賀《しか》の海人《あま》の　火気《ほけ》焼き立てて　焼く塩の　辛《から》き恋をも　我《あれ》はするかも　（巻十一・二七四二）

・志賀の海人の　一日《ひとひ》も落ちず　焼く塩の　辛き恋をも　我はするかも　（巻十五・三六五二）
・須磨人《すまひと》の　海辺《うみへ》常《つね》去《さ》らず　焼く塩の　辛き恋をも　我はするかも　（巻十七・三九三二）

という萬葉集の相聞表現を継承したものであることは間違いあるまい。このキの冒頭「おしてるやなには」やその異伝「大伴の御津の浜辺」もまた萬葉集に多く見られる表現である。

　このように、三首のうち二首に萬葉集の相聞表現とのかかわりを見てとることができることを鑑みると、「昔ありける三人の翁」が詠んだとする伝承が萬葉集に由来するものであったと想定してみたくもなるが、いささか臆断に過ぎようか。ともかくも、「雑歌上」に一括配列された《老》の歌のなかに萬葉集の表現を継承した歌があることは間違いない。しかしながら、その内実においては萬葉集と「異質」であると解されてきたのは、クに見える擬人化表現や、「昔ありける三人の翁」が詠んだと伝承された歌の冒頭の「数ふれば止まらぬものをとしと言ひて今年はいたく老いぞしにける」（カ）という歌と、この「三人の翁」の歌につづいて、あたかも唱和したかのように配されている

ケ　さかさまに年も行かなむ取りもあへず過ぐる齢やともに帰ると
コ　取りとむるものにしあらねば年月をあはれあな憂と過ぐしつるかな
サ　留めあへずむべもとしとは言はれけりしかもつれなく過ぐる齢か

の三首で「年」と「齢」を区別して詠むというような理知的な《老》の捉え方が認められることに拠ると思われる。萬葉集に用例すらない「齢」(注)と違い、「年」は相聞歌などで相手と逢えない期間をあらわす表現として使用されている。しかしながら、「「とし」が加齢を促し老いに至るという形での用例は殆ど求め得」ないと佐々木論が指摘されたように、《老》にかかわる表現として「年」を詠むという点では、たしかに新機軸の《老》の歌であり、まさに萬葉集とは「異質」の歌世界であると言えるかもしれない。

相聞歌で「老」をうたう用例が多い萬葉集のなかで、少数ではあるが存した、おそらく山上憶良を最初とする嘆老の歌が、古今集以降の《老》の歌の中心となったことは間違いない。そのなかで、「止まらぬ」・「留めあへず」・「取りとむるものにしあら」ぬと嘆きつつ、その過ぎゆくさまを「疾し」との掛詞で詠まれる「年」と区別して、「取りもあへず過ぐる」「齢」が《老》にかかわるあらたな歌ことばとして詠まれるようになった。しかしながら、後述するように、「老」という語に限らなければこれら理知的なうたいぶりに近しい(正しくは、そう享受されていたと言うべきだが)用例が萬葉集にも存するのである。さらに、本節で検討してきた萬葉集とのかかわりを指摘しうる歌はいずれも、萬葉集から古今集への流れをつなぐものとして位置づけられることの多い「よみ人しらず」の歌であることも看過できない。これらのことを鑑みて稿者は、ふたつの歌集の《老》の歌を「異質」と峻別せず、そこに継承・発展を見てとるべきだと主張する。

そこで、《老》の歌の継承・発展という流れのなかで、『類聚古集』・『古葉略類聚抄』(以下、それぞれをたんに類聚古集・古葉略類聚抄と略す）という類聚本における「老」の歌を見てみたい。

四　類聚古集・古葉略類聚抄の「老」の歌

二節で活用した編著『老病死に関する万葉歌文集成』が摘出した「老」の用例が、萬葉歌を分類して編まれた類聚古集と古葉略類聚抄という伝本のなかで、どのように分類されているかを示したのが、以下の表である。いずれも完本でないため、萬葉歌すべての分類が確認できるわけではない。したがって、各伝本に見えない歌には「×」を付した。なお、分類のなかには細分化されているものもある。表作成にあたっては、分類のすべてを記載すべきかもしれないが、概要を示すことを目的としたため、各萬葉歌の分類基準を把握しやすい項目のみを記載したことをことわっておく。

	巻	歌番号	歌体	類聚古集	略類聚抄
1	巻二	八七	短歌	×	×
2		八九	短歌	×	×
3		一二九	短歌	嫗	嫗
4	巻三	三三一	短歌	旅舘	×
5	巻三	四八一	長歌	挽歌	×
6	巻四	五五九	短歌	×	×
7		五六三	短歌	×	×
8		五七三	短歌	朋友	朋友
9		六二七	短歌	×	×

10	巻四	六二八	短歌	×	×
11		六五〇	短歌	×	×
12		七六四	短歌	×	×
13	巻五	八〇四	長歌	×	×
14		八〇五	短歌	無常	無常
15		八四七	短歌	薬	薬
16		八四八	短歌	薬	薬
17		八九七	長歌	×	×
18	巻六	九八八	短歌	慶賀	慶賀
19		一〇三四	短歌	瀧	瀧
20		一〇四六	短歌	故京	故都
21	巻七	一〇八〇	短歌	月	×
22		一二八三	旋頭歌	×	河
23		一三四九	短歌	竹	竹

24	巻七	一四一一	短歌	妻	妻
25	巻九	一七四〇	長歌	雑古人	×
26	巻十	一八八四	短歌	歎旧	歎旧
27		一八八五	短歌	歎旧	歎旧
28		一九二七	短歌	杉	杉?
29	巻十一	二五〇〇	短歌	日	櫛
30		二五八二	短歌	子	子
31		二六〇一	短歌	×	×
32		二六〇二	短歌	×	×
33		二六四九	短歌	蚊火	×
34		二六八九	短歌	露	×
35	巻十二	二九二六	短歌	乳母	乳母
36		二九五二	短歌	×	×
37		三〇四三	短歌	露霜	×

38	巻十二	三二一七	短歌	離別	×
39	巻十三	三二四五	長歌	×	×
40		三二四六	短歌	老	歎旧
41		三二四七	長歌	×	×
42	巻十六	三七九一	長歌	雑古人	×
43		三七九二	短歌	有由縁歌	有由縁歌
44		三七九三	短歌	有由縁歌	有由縁歌
45		三七九四	短歌	有由縁歌	有由縁歌
46		三八八五	長歌	鹿	×
47	巻十七	三九二二	短歌	残雪	×
48		三九六九	長歌	×	×
49	巻十八	四〇一一	長歌	鷹	×
50		四〇一四	短歌	鷹	×
51		四〇九四	長歌	金	×
52		四一一六	長歌	×	×
53		四一二八	短歌	戯咲歌	針
54		四一三三	短歌	戯咲歌	針
55	巻十九	四一六〇	長歌	×	×
56		四二二〇	長歌	相聞	×
57	巻二十	四三四二	短歌	真木	真木
58		四四〇八	長歌	防人	×
59		四四四六	短歌	瞿麦	×

現存五巻の古葉略類聚抄と全二十巻のうち四巻を欠く類聚古集とではあるが、一瞥してわかるように、分類においてはほぼ一致する結果を示す。類聚古集の欠巻のうち巻十九が「長歌（中）」と推定されていることから、表で「×」を付した長歌のなかには「老」で分類された歌が存した可能性は高いと稿者

は考えているが、あくまでも臆測に過ぎない。

ところで、前掲編著が「老」にかかわるとした「嫗」(3)を、類聚古集・古葉略類聚抄はいずれもこの一首のみを「嫗」に分類していることから、年老いた女性という素材をうたったものであって《老》の歌ではないと判断していたことがうかがえる。おそらくは同様な判断基準をもって歌の詮となる素材で分類したからであろうか、前掲編著が「老」にかかわるとされた歌の大半は、《老》の歌と分類されていない。これは、前節で検討したように、古今集を先蹤とする王朝和歌の流れのなかで《老》の歌とは嘆老の歌であると認知されたことに由来すると言っても過言ではなかろう。

そのなかにあって、少数ではあるが《老》の歌として分類された萬葉歌が存する。それを類聚古集の「愁歎部・老付貧」に拠って掲出する。なお、頭書された巻数を省き、代わりに先掲表の番号を付して、下部に巻・歌番号を記した。また、二行書きされている本文は「／」を挿入して一行書きとし、後続する「付貧」に分類された歌(巻五・八九二)は本旨とかかわらないので除外した。

40　天有哉月日如吾思有公之日異老落惜文　(巻十三・三二四六)
反哥長哥　天橋文
あめなるや月ひのことくわかおもへる／きみかひことにおいらくおしも
歎舊

26　寒過暖来者年月者雖新有人者舊去
ふゆすきてはるのきぬれはとし月は／あらたまれとも人はふりゆく　（巻十・一八八四）

27　物皆者新吉唯人者舊之應宜
（巻十・一八八五）

大監物三形王之宅宴歌　兵部大輔家持

★　宇都里由久時見其登尓許己呂伊多久／牟可之能比等之於毛保由流加母
うつりゆくときみることにこゝろいたく／むかしの人しおも（ほ）ゆるかも　（巻二十・四四八三）

ちなみに、古葉略類聚抄は「老」の分類のもとに同一歌を、除外した「貧」の歌（巻五・八九三）・26・27・40・★というように萬葉集の巻順に配列している。

さて、「おいらく」と王朝和歌風に訓読はされているが40を《老》の歌と認知したのは当然であろう。つづく26・27は、巻十「春雑歌」において「歎旧」の分類細目で一括されている歌である。「年月《としつき》は新《あら》たなれども人は古《ふ》り行《ゆ》く」（26）といううたいぶりは、前節で新機軸の《老》の歌として掲出したカ・ケ～サなどの古今集歌に近しく、「人は古りにし宜《よろ》しかるべし」（27）という発想も、

タ　老いぬとてなどかわが身を責きけむ老いずは今日に逢はましものか

に通ずるものと言え、いずれも王朝和歌の流れのなかにあっては《老》の歌として認知されるべき歌であろう。佐々木論が「老」という語に限って「異質」とされた萬葉集と古今集の《老》の歌だが、このように、古今集における新機軸の先蹤となる《老》の歌が萬葉集に存するのである。なお、この二首についてはべつに論ずる用意があり、いまは古今集における継承・発展の源にあることを指摘するに留めておきたい。

あと一首に★を付したのは、先掲編著『老病死に関する万葉歌文集成』が「老」の歌として摘出していないからである（ただし、「昔の人」という語で「死」にかかわる歌として摘出されている）。後続する歌とともに、当該歌を掲出する。

勝宝《しようほう》九歳六月二十三日に、大監物《だいけんもつ》三形王《みかたのおほきみ》の宅《いへ》にして宴する歌一首

移り行《ゆ》く　時見るごとに　心痛く　昔の人し　思《おも》ほゆるかも　（巻二十・四四八三）

右、兵部大輔《ひやうぶのだいぶ》大伴宿禰家持が作

咲く花は　うつろふ時あり　あしひきの　山菅《やますが》の根し　長くはありけり　（巻二十・四四八四）

右の一首、大伴宿禰家持、物色《ぶつしよく》の変化《うつろ》ふことを悲しび怜《あはれ》びて作る。

時の花　いやめづらしも　かくしこそ　見《め》し明《あき》らめめ　秋立つごとに　（巻二十・四四八五）

右、大伴宿禰家持作る。

この三首について詳細に論じたものに、伊藤博氏『萬葉集釋注』（集英社刊）や粂川光樹氏「「移り行く時見るごとに」考―試論・家持の時間（二）―」（『論集上代文学　第十冊』笠間書院刊　昭55・4）、古屋彰氏「物色の変化」（『セミナー万葉の歌人と作品　第九巻』所収　和泉書院刊　平15・7）などがある。詳細はそれぞれを参照願いたいが、本稿では、そのような近代萬葉学の成果による解釈について論ずるつもりはなく、あくまでも類聚古集や古葉略類聚抄が「老」の歌として分類したことについて考えてみたい。

さて、類聚古集も古葉略類聚抄も、四四八三番歌のみを「老」の歌として位置づける。先掲編著が「老」にかかわるとして摘出した語句を有しない四四八五番歌はともかくも、二節でいささか言及したが、「うつろふ」は二例（13・18）摘出されていることから、四四八四番歌を「老」にかかわる歌とすることも可能であろう。

13　世の中の　すべなきものは　年月《としつき》は　流るるごとし　…（中略）…　蜷《みな》の腸《わた》　か黒《ぐろ》き髪に　いつの間《ま》か　霜《しも》の降《ふ》りけむ　紅《くれなゐ》の〈一に云ふ、「丹《に》のほなす」〉　面《おもて》の上《うへ》に　いづくゆか　皺《しわ》が来《きた》りし
〈一に云ふ、「常なりし　笑《ゑ》まひ眉引《まよび》き　咲く花の　うつろひにけり　世の中は　かくのみならし」〉…
（巻五・八〇四）

18　春草《はるくさ》は　後《のち》はうつろふ　巌《いはほ》なす　常磐《ときは》にいませ　貴《たふと》き我《あ》が君
（巻六・九八八）

二節で言及したように、18の「うつろふ」が「春草」の動作であるのと同じく、13の「うつろふ」も「咲く花」の動作としてうたわれている。これらを先掲編著が「老」にかかわるとしたのは、18が「貴き我が君」と呼びかけ、13が老化現象をうたう表現の「一に云ふ」として記すことに拠るからであり、四四八四番歌を摘出しなかったのは、左注で「物色の変化ふことを悲しび怜びて作る」と家持が記していることをふまえ、それがまったく人にかかわらないと判断したからであろう。おそらく同様な判断に拠って、当該四四八三番歌もまた「老」にかかわる歌として摘出しなかったと思われる。それでは、なぜ類聚古集や古葉略類聚抄は四四八三番歌（以下、当該歌と称する）のみを「老」の歌として分類したのであろうか。おそらくその判断基準は、「移り行く」のが「時」とうたっていることと下二句「昔の人し思ほゆるかも」に拠るのであろう。

a　楽浪《ささなみ》の　志賀《しが》の大わだ　淀《よど》むとも　昔の人に　またも逢《あ》はめやも　（巻一・三一）
b　岩屋戸《いはやど》に　立てる松の木　汝《な》を見れば　昔の人を　相見《あひみ》るごとし　（巻三・三〇九）
c　今日《けふ》の日に　いかにか及《し》かむ　筑波嶺《つくはね》に　昔の人の　来《き》けむその日も　（巻九・一七五四）
d　夜《よ》くたちて　鳴く川千鳥《かはちどり》　うべしこそ　昔の人も　しのひ来《き》にけれ　（巻十九・四一四七）

当該歌以外で「昔の人」をうたった用例である。cが「今日の日」をうたっているように、これら四首はいずれも、作者が生きている《今》から「昔」を懐古している歌と考えられる。同様に、たんに「昔」とうたっている歌のなかにも、

・昔こそ　難波田舎《なにはゐなか》と　言はれけめ　今は都引《みやこひ》き　都びにけり　（巻三・三一二）
・昔見し　象《きさ》の小川《をがは》を　今見れば　いよよさやけく　なりにけるかも　（巻三・三一六）
・昔こそ　外《よそ》にも見しか　我妹子《わぎもこ》が　奥つきと思へば　愛《は》しき佐保山《さほやま》　（巻三・四七四）
・我妹子は　常世《とこよ》の国に　住みけらし　昔見しより　をちましにけり　（巻四・六五〇）

など、「今」をうたい、《今》から「昔」を懐古しているようなうたいぶりが確認しうる。小野寛館長「いにしへとむかし（万葉集「ことば」考・155）」（『コスモス』44―11　平8・11）が「直接経験した中で過去として思い出される時」と定義されたように、「昔」とは懐古の歌のなかでうたわれるもののひとつであったと思われる。この点から鑑みると、当該歌は、前節で言及した三村晃功氏による《老》の歌の六分類のなかで、古今集では確認できなかった①「事にふれて昔を偲ぶ」歌に分類する基準を満たしていると言えよう。

ただし、「昔の人」とうたっていることだけでは《老》の歌とは言えまい。もしそうであるならば、先掲したa～dの懐旧の歌すべてが《老》の歌に分類されていたはずであるが、実際には類聚古集・古葉

略類聚抄のいずれも四首を《老》の歌として分類しない。当該歌が《老》の歌として分類されたのは、「事にふれて昔を偲ぶ」の「事にふれて」のうたいぶりに拠るのであろう。そして、この「事にふれて」にあたるのが上二句である。

小野寛館長「万葉集抄購読（一七九）—移りゆく時と移ろふ花と時の花—」（『四季』31—4 平16・7）が指摘されたように、萬葉集のなかで「時を見る」という用例はほかにない。また、「移り行く」ものが「時」であるという歌も、巻十四・三三五五番歌に一例確認できるだけであるという。四四八四番歌の「うつろふ」について『新日本古典文学大系』（岩波書店刊）の脚注が「花・もみじ・色などが、褪せたり散ったりすることを言うのが大半である」と指摘することを鑑みるならば、家持が「移り行く」ものとして「時」をうたったのは例外であると言えよう。

このような「移り行く時見るごとに」という異例の表現であるが、その内実はおそらく諸注釈が指摘しているように、後続する四四八四番歌の左注にある「物色の変化ふこと」を示しているにちがいない。ここに「時勢の移り行きも重ねて詠んでいる」（『新日本古典文学大系』脚注）と解するのは、あきらかに近代萬葉学の成果による解釈である。むしろ時代の趨勢から切り離し、たんに素直に歌をよんだならば、「移り行く時」とは「春夏秋冬と移り行く時節の意」（先掲古屋彰氏論）にすぎない、と言うか、そのように王朝和歌の世界では解されていたのであろう。つまり、「春夏秋冬と移り行く時節」としてうたわれた「時」が、前節でも掲出した

カ　数ふれば止まらぬものをとしと言ひて今年はいたく老いぞしにける
ケ　さかさまに年も行かなむ取りもあへず過ぐる齢やともに帰ると
コ　取りとむるものにしあらねば年月をあはれあな憂と過ぐしつるかな
サ　留めあへずむべもとしとは言はれけりしかもつれなく過ぐる齢か

という古今集歌において過ぎゆくさまを嘆きつつ「疾し」との掛詞で理知的に詠まれた「年」に類する表現として享受されていたのである。そして、この享受を継承して類聚古集や古葉略類聚抄は当該歌を《老》の歌に分類したのである。

家持は《老》を意図して「移り行く時」をうたったわけではないのかもしれないが、王朝和歌というフィルターを通して《老》と解されるようになった。恋の歌で「老」にかかわる表現を詠まない古今集で一括配列された《老》の歌に萬葉集の相聞歌を源とする表現を見てとることができたのと同じく、誤解であるかもしれないが、このような家持歌の享受が王朝和歌の世界でおこなわれたことを、佐々木論が「異質」として峻別した萬葉集と古今集の《老》の歌に継承・発展を見てとる用例のひとつとして位置づけるべきだというのが本稿の結論である。

五 さいごに

いま一度、当該家持歌を掲出しておく。

移り行《ゆ》く　時見るごとに　心痛く　昔の人し　思《おも》ほゆるかも

（巻二十・四四八三）

家持が「心痛く」思い出した「昔の人」が誰を指すかの詮索はともかく、「時」の「移り行く」なかで「思ほゆるかも」と懐旧の念をうたったことはまちがいない。しかしながら、そのような懐旧の歌を、近代萬葉学の成果のひとつである先掲編著『老病死に関する万葉歌文集成』は、《老》の歌として分類しない。「事にふれて昔を偲ぶ」ことは萬葉集では《老》と捉えられていなかったという判断によるのかもしれないが、当該歌の作歌時である天平勝宝九歳（七五七）、家持は四十歳であった。伊藤博氏『萬葉集釋注』や一節で掲出した井上治夫氏「万葉集における「老」について」などが指摘されたように、「四十賀」を祝うような初老にはいっていたわけである。もしかすると「物色の変化ふこと」には、時勢の移り行きではなくみずからの《老》が重ね合わせられていて、家持は当該歌で《老》をうたっているのではないかとも考えたいが、いささか臆断に過ぎよう。

さて、私事で申し訳ないが、一昨年両親を高岡に迎えた。「死ぬときは故郷で」のことばに抗うこともできず、三十年ぶりの同居となったのである。最近、その両親から昔話を聞くことが多くなった。それも、私が知るはずもない両親の幼いときの話である。「歳とともに昔の話をしたくなるものなんだ」と教えてくれた人もいたが、幼いころに祖父母（私からみれば曾祖父母）が話していた方言が突然飛び出すなど、「歳とともに」では片付けられない部分もある。

まだ館長だったころの大久間喜一郎名誉館長に「最近一年が速く感じられるようになったんです」と話したことがある。その時、大久間名誉館長は「私は、君が感じているよりもずっと速く感じているよ」と応えられた。十歳の人にとっての一年は十分の一であるのに対して、五十歳の一年は五十分の一であると考えれば当然のことかもしれないが、最近とみに一年を速く感じるようになったことはまちがいない。

年齢を重ねると、古今集が詠んでいるように、たしかに「年」は「疾し」と感じられるようになる。また、両親に限らず私もまた、聞く者にとっては迷惑かもしれない昔話をすることが多くなったような気がする。これこそが《老》の証なのだろう。このような《老》を感じた古今集の歌人たちは、理知的にそれを歌に詠んだ。その先蹤として萬葉集には山上憶良という歌人がいたこともまちがいない。このような和歌の流れのなかで、おそらくは《老》とかかわらない歌であったはずの家持歌は、類聚古集や古葉略類聚抄の分類にみるように《老》の歌として享受されるようになったのである。はなはだ煩雑な上に、性急な結論であるが、ご教示・ご叱正をお願いする次第である。

注

巻十二・二九五二番歌の初句「吾歯之」を、廣瀬本や紀州本などは「吾齢之」とし、訓についても「わがよはひ」とする諸本や注釈書があることをもって一例を数えることもできる。しかしながら、小野寛館長『萬葉集全注　巻第十二』（有斐閣刊）が詳細に検討されたように、ここは「わが命の・わが命し」と訓ずるのが妥当であり、本稿では用例として数えなかった。ただし、当該歌が『新古今和歌集』巻十五「恋歌五」に「わが齢おとろへゆけばしろたへのわが衣手のかはく時なき」と異伝形ではあるが収載されていることに着目するならば、王朝和歌の世界では「よはひ」の用例として享受されていたかもしれないことを付言しておきたい。

＊使用テキスト（なお、適宜引用の表記を改めたところがある）
萬葉集　↓　小学館刊『新編日本古典文学全集』
（なお、類聚古集と古葉略類聚抄は複製本を参照した）
勅撰集　↓　岩波書店刊『新日本古典文学大系』

病苦との対峙
——旅人・憶良の場合——

大久保廣行

一 はじめに

病床に寝て、身動きの出来る間は、敢て病気を辛しとも思はず、平気で寝転んで居つたが、此頃のやうに、身動きが出来なくなつては、精神の煩悶を起して、殆ど毎日気違のやうな苦しみをする。(中略)絶叫。号泣。益〻絶叫する。益〻号泣する。その苦その痛何とも形容することは出来ない。寧ろ真の狂人となつてしまへば楽であらうと思ふけれどそれも出来ぬ。若し死ぬることが出来ればそれは何よりも望むところである、併し死ぬることも出来ねば殺して呉れるものもない。(中略)誰かこの苦を助けて呉れるものはあるまいか、誰かこの苦を助けて呉れるものはあるまいか。

これは、正岡子規が明治三五年(一九〇二)三十六歳で亡くなる年に記した『病牀六尺』の記録(六月二一十日）である。「脊椎カリエス」（診断名。脊椎の結核）の末期的病状における耐えがたい苦痛とそれからの解放をこいねがう叫びが、もはや我慢の限界を越えて噴き出していて凄絶でさえある。しかし、そんな煩悶を感じさせないほどに、日々綴る随想は縦横に論じて力強い。

万葉時代は疫病が各国に発生して、身分を問わずいかに多数の人々が苦しみ死んでいったかは、『続日本紀』のページを繰れば想像に難くない。しかし、その具体的な窮状が個人レベルで記し留められたものはあまりなく、万葉歌人に絞った場合、典型的な例としては大伴旅人と山上憶良が挙げられよう。

二人がまさに子規と同様の終末的状況にまで追い込まれた時、それをどう受け止め、どう対処しようとしたか、そもそもその病は何だったのか。目前の死を予期しているだけに、いわば生と死の狭間にあっての老病苦は並大抵のものではなかったろう。ここでは病名も考え合わせながら、二人がそれとどう向き合おうとしたかを探ってみたい。

二　大伴旅人

（1）脚瘡罹病から死へ

大伴旅人が大宰帥《そち》（大宰府の長官）に任命されたのは神亀四年（七二七）十月のころであった。赴任は翌年春かとされるが、実に養老四年（七二〇）征隼人持節大将軍となって以来二度目の筑紫下向である。

時に旅人は六十四歳であった。

しかし、早々に（四月ごろ）妻大伴郎女《いらつめ》を病で喪うことになり、続いて都の近親者（弟の宿奈麻呂か。田形皇女とも）の死にも出遭った。のみならず翌神亀六年（七二九）二月に、都では左大臣長屋王が謀反の密告により自尽を遂げるという事件が起きた。旅人自身にとっても大伴氏にとっても、私的・公的に最も大切な拠り所を立て続けに失って、老境に在る旅人は深い傷心にうちひしがれたことだろう。

それらのかけがえのない他者の死は、さらに翌天平二年六月突然わが身にも襲いかかることになった。その経緯は明らかではないが、『万葉集』（巻四）の左注は次のように記している。

以前《さき》に天平二年庚午《かうご》の夏六月、帥《そち》大伴卿《まへつきみ》、忽ちに瘡《かさ》を脚《あし》に生《え》て、枕席に疾苦《くる》しみき。これにより て駅《はゆま》を馳せて上奏し、望請《ねが》はくは、庶弟稲公《ままおといなきみ》、姪《をひ》胡麻呂に、遺言を語らむとすといへれば、右兵《みぎのひやう》庫助《ごのすけ》大伴宿祢稲公、治部少丞《ぢぶせうじよう》大伴宿祢胡麻呂の両人に勅《みことのり》して、駅《はゆま》を給ひて発遣《つかは》し、卿《まへつきみ》の病を省《み》しむ。しかして数旬に逕《いた》りて、幸《さきはひ》に平復するを得たり。時に稲公等、病既に癒えたるを以ちて、府《つかさ》を発《た》ちて京《みやこ》に上る。（以下略）

この時、府の官人である大伴百代（大監）、山口若麻呂（少典）の二人と十三歳の子息家持（旅人の名代としてか）らが夷守《ひなもり》の駅《うまや》まで「駅使《はゆまつかひ》」たちを送り、餞別の酒宴で別れを惜しんで贈った歌二首（同・五六六・五六七）が残される。

さて、筑紫における、この「夏六月」の「瘡脚」の病とは一体何であったか。それは急性であり、病床に苦しんで死を覚悟するほど重症であった。「瘡」は『和名抄』（巻三、瘡類第四十二）に「瘡、音倉和名加佐」とあるが、諸注「腫《は》れもの」とあるのみで（伊藤博氏『万葉集釈注二』〈集英社・一九九六年〉は「化膿性の腫物」とする）、具体的病名についての指摘は見当たらない。

夏期の腫れものとすれば、細菌性の皮膚病が考えられるが、これは最近滅多に見かけなくなった丹毒ではなかろうか。これも『和名抄』（同）には「丹毒瘡、掌中要方云丹或本作瘑未詳要毒之気其色無常」とあって、その毒気と色には触れるが、それ以上の症状については示されていない。

一般に丹毒は、小さな外傷が誘因となり、黄色ブドウ球菌・化膿連鎖球菌などの感染で発症する。よく下肢に（顔面にも）赤い浮腫を伴った化膿性炎症が生じて、三九～四〇度の高熱を発し、悪感・戦慄・頭痛・嘔吐・痙攣《けいれん》・全身倦怠などの症状が出て、悪化すると敗血症を起こして、数日で死に至る場合もあるようだ。静脈瘤などリンパ管の鬱血でも発症するから、高齢者や免疫力の低下した人に多く、きちんと治さないと、習慣性（再発）を伴うという。

旅人の病状がどの段階まで進んでいたか不明だが、全身的な症状が激しいので、周囲も驚き旅人自身も最期を覚悟して、遺言を語るべく上奏したのだろう。しかし、稲公を初めとする手厚い看病の甲斐あって、数十日後には本復して一先ず死の彷徨から生還できたことは、大伴氏の首長として大きな安堵を得たに違いない。

この年の九月に大納言多治比池守が薨じ、そのあとを襲って旅人は中納言から大納言へと昇格し、十二月には帥兼任のまま上京することとなって、年内には佐保の自邸に戻ったものと考えられる。明けて天平三年（七三一）正月二十七日には叙位が行われ、旅人は正三位から従二位へと昇進する。それによって大伴氏の社会的面目は一応保ったものの、それも束の間の栄誉で、数ヶ月ののちには再び重い病の床に臥すことになってしまう。

六月には紀伊国阿弖《あて》郡の海水が五日間も「血の如く」変じたというが（『続日本紀』）、この赤潮と思われる現象は、夏から秋にかけての暑い時期に水中のプランクトンが大発生して起こる異変だから、この酷暑が老いの身には相当応えたに違いない。実は、前年脚瘡に苦しんだ時も六月に畿内は「旱《ひでり》」に見舞われているから（『同』）、筑紫での猛暑も思いやられ、丹毒が発症しやすい状況下にあったと言えよう。高齢による体力や免疫力の低下とこのような気候条件に加えて、丹毒の習慣性を考え合わせると、あるいは再び「瘡」が発症して急速に悪化したのではなかろうか。(1)

「凡《およ》そ五位以上疾患《しちぐゑん》せば、並に奏聞《そうもん》せよ。医《くすし》を遣《や》りて療《いや》すこと為《せ》よ。仍《よ》りて病を量《はか》りて薬給へ。」という「医疾令」の規定に従って、この時当然医師が派遣されて治療に当たったはずだが、それがだれかは定かではない。典薬寮の医師の場合、「諸《もろもろ》の疾病」であれば「医師《くすし》」が、「諸の瘡病」であれば「針師《しむのし》」が救療を施すことになっていた。(2)ほかに「検護」のために、特に内礼正《ないらいのかみ》（中務《なかつかさ》省内礼司の長官）県犬養宿祢《あがたいぬかひのすくね》人上《ひとかみ》が遣わされた（巻三・四九左注）。また、見舞いに訪れた者も記したものはないが、前年みやびの歌巻を贈り交わした吉田宜も医術に長《た》けていたから、見舞いを兼ねて病状を看に来たかもしれない。前年駅使として筑紫まで派遣され、旅人の看護に当たった庶弟の稲公や甥の胡麻呂も当然駆けつけたことだろう。

そして七月二十五日（『続日本紀』）。『公卿補任』によれば七月一日）、家持や大伴坂上郎女たちに手篤く看取られながら、「医薬験《しるし》無くして、逝《ゆ》く水留まらず」（巻三・四九左注）、旅人は静かに息を引き取ったのである。享年六十七歳であった（『懐風藻』）。

（2）空海の「悪瘡」と安積皇子の「脚病」

因みに類似した病について少しく触れておこう。

ずっとのちの話になるが、空海もまた「悪瘡」を患ったことがあった。天長八年（八三一）六月、「病に嬰《かか》」ったために大僧都位の僧官の解任を時の淳和天皇に上表したのである（『性霊集』巻九）。その文中に、「去る月日の尽日《つごもりのひ》に悪瘡体《てい》に起つて吉相現ぜず。」とある。悪質なできものが体にできて、一向に回復の兆しが見えないというのである。願いは聴き入れられず却下されたが、そこまで意を決するほどに病は急で重かったのだろう。幸い大事には至らず死は免れたが、この時空海は五十八歳、四年後の承和二年（八三五）三月には高野山で入滅している。「悪瘡」の部位は不明だが、時期も夏の盛りで、体力の衰えを思えば旅人の場合と共通していて、これも丹毒のような疾病が疑われる。

『続日本紀』に「疫瘡」とある（四例）のは、天平七年（七三五）から九年にかけて猖獗《しようけつ》を極めた「豌豆《わんとう》瘡《さう》 俗《くにぶり》に裳瘡《もがさ》と曰ふ」（七年是歳条）つまり天然痘である。九年四月〜八月の間に、房前《ふささき》（不比等第二子）・麻呂（第四子）・武智麻呂《むちまろ》（第一子）・宇合《うまかい》（第三子）の順で、政権の中枢に在った藤原四兄弟の命を次々と奪ったのもみなこの疫瘡であった。これら以外に「瘡」は見当たらないが、令で「疾病」と区別して「瘡病」を挙げ、担当の医師も区別している（注2）のは、それだけ「瘡」による病が多かったということだろう。

また、「脚」に着目すると、安積皇子の「脚病」がある。

天平十六年（七四四）閏正月十一日、聖武天皇は恭仁《くに》京から難波宮へ行幸した。この日従駕した安積親王は、「脚の病に縁《よ》りて」河内国桜井頓宮から急遽恭仁京に還り、翌々日の十三日には十七歳で薨じた、と『続日本紀』は伝える。この急死については、親王が藤原氏とは血縁のない（母は県犬養広《あがたのいぬかいのひろ》刀自《とじ》）唯一の男子皇子であったことから、恭仁京の留守官であった藤原仲麻呂がその暗殺を図ったのではないかとの歴史家の推測もある（横田健一氏「安積親王の死とその前後」『白鳳天平の世界』創元社・一九七三年　など）。光明皇后の生んだ安倍内親王（のちの孝謙天皇）をすでに天平十年に立太子させたものの、なおも有力な皇位継承者としての安積皇子の存在には不安が残るからである。

しかし、平生病弱らしかった皇子の体調を考えると、病死を一概に否定し去るわけにはいかない。行幸一日目に皇子一人帰京したことは確かに異常で、同行困難に陥った理由はやはり「脚病」によると考えてさしつかえないと思われる。『和名抄』（巻三、病類第四十）には、「脚気、医家書有脚気論脚気一云脚病俗云阿之乃介」とあり、皇子の「脚病」は「脚気のことか」（新日本古典文学大系『続日本紀二』補注。岩波書店・一九九〇年）と言われ、多田一臣氏もその死因を「いわゆる脚気衝心であろう」と解される（「安積皇子への挽歌」『大伴家持―古代和歌表現の基層』至文堂・一九九四年）。

脚気は一般にビタミンB_1の欠乏によって生じ、手足はしびれ、下肢はむくんで重く、全身の倦怠感や運動麻痺のために歩行困難となる。さらには心臓の機能が低下し、動悸は激しく、呼吸は苦しくなる。激しい嘔吐も起こし、胸内の苦悶を訴えて、もだえ苦しみながらそのまま死に至ることもある。

皇子の症状については記載がないので、これまた詳しくは不明というほかはないが、心臓脚気から来る脚気衝心と診るのが一番近いだろう。これも丹毒として扱えないこともないが、「脚瘡」とは示されていないので、皮膚に生じた外科的な病因とは異なるものと考えた方がよさそうである。

皇子の心境を詠んだ歌も残されていないので、この病をどう受け止めたかもつかめないが、親交のあった内舎人《うどねり》家持の歌った二組の挽歌（巻三・四七五〜四七七、四七八〜四八〇）は哀切を極める。

〔3〕 嘆老と望郷のこころ

問題を旅人に戻して、その心情を探ってみよう。

先にも触れたように、大宰府に赴任した直後から連続的に直面した、妻大伴郎女、都の近親者、長屋王らの死は、旅人にとっては予想だにしない「禍故重畳《くわこちようでふ》」（巻五・七九三書簡）したものだった。「崩心の悲しび」のあまり「断腸の泣《なみだ》」（同）に暮れるほかはなかったが、その涙も乾かぬうちに自分自身が生死の境をさまようことになったのだった。まさか自分がという狼狽と衝撃は歌など詠む余裕も奪ってしまったのか、病と向き合った歌は一首も残されていない。つらいとかかなしいとかありきたりの表現ではとても表しきれない虚脱感や喪失感の底に突き落とされて、生き抜く意志も歌作の意欲も希薄化して、ただ病苦に喘《あえ》ぎ沈黙するほかはなかったのだろうか。

では、不安と心配で枕辺を離れぬ十三歳の家持を前にして、都から駆けつけた稲公たちにはどんな「遺言」を残すつもりだったのだろうか。白鳳時代の終焉や大伴家の凋落といった世の趨勢を背景に、二人が一族の近親者であることを思い合わせると、伊藤博氏が指摘されたように、「旅人が弟と甥を筑紫に呼んだのは、一子家持の面倒も含めて、名門大伴家の後事を、この二人に遺言の形で託そうとしたのであろう。」（『万葉集釈注二』同前）と考えられる。しかし、そのことはあまりに現実に過ぎるのか、そうした思いも歌で示すことはなかった。

憶良は、老いの身に病を加えた苦痛から逃れようとして死さえ願うに至るが、幼子を前にしてはそれも成らぬ苦悩を「老身重病歌」（巻五・八九七〜九〇三）に結晶させたが（後述）、旅人はよく似た状況下にありながら、死は覚悟してもそれを自ら欲することはなかったものと思われる。「数旬」ののちの一先ずの「平復」はまことに幸いであったが、それも歌には残していない。

しかし旅人は、これらの体験を通して、留まることなく進行する老いの自覚はつのる一方で、それを振り払わんとむなしくもがいた。

例えば、神亀六年長屋王事件後、望京の思いに浸る五首（巻三・三三一～三三五）の中で、

わが盛りまた変若《を》ちめやもほとほとに寧楽《なら》の京《みやこ》を見ずかなりなむ　（三三一）

わが命も常にあらぬか昔見し象《きさ》の小河《をがは》を行きて見むため　（三三二）

と歌い、天平二年梅花の歌宴後、「員外、故郷を思《しの》へる歌両首」（巻五）でも、

わが盛りいたく降《くた》ちぬ雲に飛ぶ薬はむともまた変若《を》ちめやも　（八四七）

雲に飛ぶ薬はむよは都見ばいやしき吾が身また変若《を》ちぬべし　（八四八）

と詠じている。

このように、「わが盛り」の急速な下降は、もはや若返りの絶対不可能なことを認めざるをえない限界にまで達している。歌中の「いやしき吾《あ》が身」とは、孤独の中に鄙の気にまみれて老残の度を増す、わ

が心身の忌まわしき姿にほかならない（拙稿「『いやし』の意識」『筑紫文学圏論　大伴旅人・筑紫文学圏』笠間書院・一九九八年）。それだけに不老長生の願いは一途なのだが、仙薬を以てしてもすでに効力のないことも十分承知している。唯一若返りが実現するとすれば、それは一日も早くこの「天ざかる鄙」（巻五・八八〇）を後にして、盛りの時を過ごした懐しい都に再び身を置くことであった。不可逆的な若返りを直接嘆くことをせずに限りない都への憧憬に擦り替えることによって強調したのである。表向き望京歌群ではあるのだが、その思いの熾烈さは深い老いの実感に裏打ちされている。これらの四首に必ず示す「わが」「吾《あ》が」という形容辞には、「命」や「盛り」への切ないまでの自己意識の反映が見られ、身の衰えに対する狼狽と焦慮を露わにしている。それを筑紫官人たちに共感を得やすい望京というテーマに韜晦させて、嘆老という自分自身の心の奥底からの叫びを表出したかったのだろう。

　旅人が筑紫という辺境に在って望郷の対象としたものは、奈良の都（巻三・三三一、巻五・八〇六、八四八、巻八・一六三九）であり、行幸従駕した吉野（巻三・三三二・三三五、巻六・九六〇）であり、生まれ育った明日香（巻三・三三三・三三四）であった。故郷を喪失したまま自分もまた異郷の地に朽ち果てるかもしれないという不安とおののきが、多くの望郷歌を生み出したのだろう。

　しかし、いざ帰還して佐保の自邸に戻ってみれば、妻のいない空虚なわが家は旅以上の苦しみでしかなく（巻三・四五二）、孤愁を深めるばかりだった。その挙句、ひたすらな思いは年若きころの思い出の詰まった明日香の里へと向かった。

萩の花（写真提供：高岡市万葉歴史館）

三年辛未《しんび》に大納言大伴卿の寧楽《なら》の家に在りて故郷《ふるさと》を思《しの》へる歌二首

須臾《しましく》も行きて見てしか神名火《かむなび》の淵は浅《あ》さびて瀬にかなるらむ　（巻六・九六九）

指進《さしずみ》の栗栖《くるす》の小野の萩が花散らむ時にし行きて手向《たむ》けむ　（九七〇）

これは恐らく最期の病臥にあっての作であろう。明日香の地を二度と訪れることはもうあるまいとあきらめつつも、全快したらどうしても訪れてみたいとの熱い思いが深くこもっている。「神名火の淵」も「栗栖の小野の萩」も、青春の体験とかかわって最も印象鮮明に脳裏に焼き付いていたのであろう。その具体性がつのる郷愁の度をよく示している。

死の床で旅人は、資人《しじん》（朝廷から貴族に与えられた従者）の余明軍《よのみょうぐん》に

かくのみにありけるものを萩の花咲きてありやと問ひし君はも　（巻三・四五五）

と萩の開花の時を尋ねているが、それは病癒えて栗栖の小野で神祭りをしたいとの先の強い願いに発するものであろう（萩は梅と共に旅人の好んだ花で、筑紫でも亡妻追慕の心を重ねて詠んでいる〈巻八・一五四一・一五四二〉）。明軍は「犬馬《けんま》の慕《したひ》」（巻三・四五八左注）を以て旅人に親しく仕えたが、主人の死を悼んだ、右の一首を含む五首の悲傷歌（巻三・四五四〜四五八）は真率の情を尽くしている。

命の終焉にあって誕生と生育の地への回帰をこいねがうということは、結局、旅人にとって明日香は心の原郷としてあり続けたということだろう。奈良から明日香への思いの飛翔は、能煩野で「国思《しの》ひ歌」を歌い続けた倭建《やまとたける》にも似て、彷徨の果てにわが魂をその原郷に帰還させたかったのであろう。まさに明日香こそ、妻の魂と共に鎮もるに最もふさわしい安住の地と考えていたのではなかろうか。実に、病んだ旅人の思いは故郷を求めてかけめぐったのであった。

三　山上憶良

（1）病状と病名の再吟味

山上憶良が筑前の国守の任を解かれて懐かしい奈良の都に戻ったのは、旅人亡きあと、天平三年（七三二）冬か四年夏ごろと考えられる（拙稿「貧窮問答の歌」『筑紫文学圏論　山上憶良』笠間書院・一九九七年）。官人は七十歳以上になれば、自ら願い出て官職を辞することができたから、これを機に上表して退官したことだろう。[3] 天平五年に入ると病床に臥していることが多くなったようだ。その六月には、最後の力を振り絞って詩文二編（巻五）と和歌（同・八九七～九〇三、巻六・九七八）を集中的に制作し、[4] 秋には七十四年の生涯を閉じたらしい。遺作となったこれらの作品群は、いずれも自己の老病死を巡って委曲を尽くして語った長大なもので（九七八のみ短歌）、憶良の死生観がどのようなものであったかを窺い知ることができる。

まず、病について憶良の記すところをまとめてみよう。

右の作品群の第一作は、「沈痾《ちんあ》自哀の文」という一八箇所にも及ぶ自注まで施した長文（漢文）であるが、「沈痾」とは重病に苦しむことをいうから、それを自ら悼み哀しんだ文章である。

それはまず「嗟乎《ああ》媿《はづか》しきかも、我何の罪を犯してか、この重き疾《やまひ》に遭《あ》へる。」と嘆じ、続けて、

初め痾《やまひ》に沈みしより已来《このかた》、年月稍《やや》に多し。〔十余年を経《ふ》るを謂《い》ふ〕この時に年は七十有四にして、鬢髪《ひんはつ》斑《しら》白け、筋力尩《つか》羸れたり。

と説き始める。この病苦は昨日や今日に始まったものではなく、発病は十年以上も前からで、現在は七十四歳、鬢も髪も白髪混じりで、筋肉の力もすっかり衰弱してしまったと、病の経過と老化の現状を語

る。

霊亀二年（七一六）、五十七歳の憶良は初めて国守として伯耆国《ほうき》に赴任したから、それから三年ほどたって発症したことになり、北陸の寒冷な気候・風土が持病の悪化を早めたのではないかと想像される。さらに遡れば、憶良は若いころ写経に従事していた時期があったのではないかと考えられており、冷たい床に正座して長時間極度の緊張を強いられる厳しい写経の作業は、後の病の遠因になった可能性もある。

伯耆の国守の在任期間は四年ほどと思われるが、養老五年（七二一）には佐為王ら東宮侍講者十六名の一人に加えられて、皇太子教育にも携わった。その首皇子《おびと》が即位した（聖武天皇）翌年（神亀二年〈七二五〉）、

倭文《しつ》手纏《たまき》数にもあらぬ身にはあれど千年《ちとせ》にもがと思ほゆるかも（巻五・九〇三）

という一首を詠んで、その翌年六十七歳の憶良は筑前の国守としてさらに遠い筑紫へと赴いたのである。

ここで、とるに足らぬ身ながら千年も長生きできたらいいと長命を切望するのは、老齢に加えて病状も進行していて、急速に死期が近づくことへの怖れからであろう。上三句には、のちの沈痾口吟の辞世

歌（巻六・九七八、後述）に見られる、士大夫としての立名も叶わぬまま生を閉じる無念の予感を深め、下二句には、千年の齢《よわい》あらば新たな官命を立派に全うしうるものをと、不如意の状況下にある苦渋を滲ませている。このような心身の不安を内に抱えながら、五年にわたる筑紫での任を果たし終えて、憶良は帰京したのである。

「自哀文」ではさらに続けて、

ただに年の老いたるのみにあらず、復《また》かの病を加ふ。諺《ことわざ》に曰《い》はく、「痛き瘡《きず》に塩を灌《そそ》き、短き材《き》の端を截《き》る」といふは、この謂《いひ》なり。

と老いに加えた長患いの苛酷な苦しみを訴えている。この諺を第三作の「老身重病歌」にも再度用いていることは、老病の重層した苦痛がいかに深刻なものであったかを物語っている。その宿痾とも言うべき症状はこうである。

四支動かず、百節皆疼《いた》み、身体太《はなは》だ重く、猶《な》ほ鈞石《きんせき》を負へるが如し。…布に懸りて立たむと欲《す》れば、翼折れたる鳥の如く、杖に倚《よ》りて歩まむとすれば、足跛《ひ》ける驢《うさぎうま》の比《ごと》し。

もはや手足は思うように動かず、関節という関節はことごとくうずき、体はだるくてたまらず、まるで錘《おもり》を背負ったように重い。布に寄りかかって立ち上がろうとすると、翼の折れた鳥のように倒れ、杖にすがって歩こうとすると、足のなえたロバのように左右不均衡だ、というのである。

これによれば、①手足を自由に動かせないこと、②すべての関節が痛むこと、③体全体がきわめて重くだるいこと、④物に寄りかかって立とうにも倒れ、杖にすがって歩こうにも跛行《はこう》すること（起居・歩行が大変困難なこと）、といった重い状態にある。それは、何をどう考えようと、「今吾《われ》病の為に悩まされ、臥坐するを得ず。向東向西《かにかく》に為す所を知らず。福《さきはひ》無きことの至りて甚だしき、すべて我に集まる。」と自ら認めざるをえないところまで達していて、もはや天に平癒を祈願するほかにはすべがない。あらゆる不幸を一身に負って、死期が間近に迫っていることを確実なものとして感じ取っており、進退ここに窮まったと言うべきである。

さて、その諸症状だが、諸関節の疼痛を重視してのことであろう、その病はリウマチだろうとする推定（『万葉集釈注三』同前など）がほぼ通説化していて、筆者もこれまでそう考えてきた。リウマチならば、手指・手首・肘・膝などに腫れと痛みが生じ（それも左右対称が特徴的）、やがて骨や軟骨が破壊されて関節に変形をきたす。リウマチ性多発筋痛症からリウマチ性関節炎へと進む難病である。原因は今なお不明で、膠原病と言われる自己免疫疾患の一つとされる。発症のピークは三十～五十代にあり、寒冷・湿気などの気候条件も関係するようだ。これなら先の①～④の諸症状はすべてあてはまると考えられ、理解しやすいことは確かである（また、成年男子、とりわけ高齢者に多い痛風性関節炎を疑う一説もある）。

ところがその場合、よく考えると、逆に大きな疑問も生じてくる。それは、十数年もリウマチの病状が進行悪化した場合、遠く筑紫まで赴いた上で、果たして国守の職務を忠実に全うできたかということである。民情視察や農功奨励のための国内巡行の義務など果たせたのだろうか。「嘉摩郡《かまのこほり》」を訪れて、三編の長反歌の作品群（いわゆる「嘉摩三部作」[5]〈巻五〉）を「撰定」したのは神亀五年（七二八）七月のことで、着任後二年目に当たり、六十九歳の時である。

さらにそれから五年を経て、手指や手首が変形を来し、腫れや痛みで不自由なはずなのに、これほど長編の歌文を、それも多くの自注を加えて、いくつも丹念に記録することなど可能だったのだろうか[6]。それがどんなに困難なことであるかは、リウマチが悪化して亡くなった友人の様子を見ても明らかだと思われる。別の患者さんや外の看護に当たる家族の話を聞いても、憶良の症状はどうもリウマチとは違うようだ。

そこで、リウマチに代わるものとして思い至ったのが坐骨神経痛（症状名[7]）で、諸関節の痛みを除けば、憶良の諸症状はいずれも該当すると思われる。これは、腰の痛みと共に特に足の痛みやしびれがひどく、爪先立ちなどは困難で、背骨も左右どちらかに傾いて、体のバランスがとりにくい特徴がある。しかしそれほど重症にならなければ、多少不自由でも歩行や外出は可能である。さらにその原因である腰部脊柱間狭窄症が進行して椎間板ヘルニアに至れば、疼痛は一層ひどくなり坐臥もままならなくなるだろう。問題の天平五年にはこの状態にまで達していたかと推測されるが、ものを書くことはできるので、精神を奮い立たせ死力を尽くしてこれだけの作品を立て続けに生み出したのだろう。

その場合、ふつう坐骨神経痛に伴わない諸関節の疼痛はどういうことになるのかという別の疑問が浮上してくる。しかしそれは、加齢による老化性変形関節炎を併発していたと考えれば、説明がつくのではなかろうか。これは特に膝の場合、関節軟骨がすり減って炎症を起こし、腫れや痛みを生じてやがて歩行も困難になるから（変形性膝関節症）、リウマチ性関節炎とよく似ている。老齢者に多いかなり一般的な病状なので、憶良の場合、手首や指は痛みはあってもまだ動かせて、筆が使えたのだろう（頸椎間の狭窄による手先のしびれや手関節の炎症は足腰ほどではなかったか）。

一つの病気で説明をつけようとするとどうしても無理が生ずるもので、当時としては憶良がかなりの高齢だったことを考えれば、老化に伴う二つや三つの病に合わせ苦しめられていたとしても不思議はないだろう。

右のような理由から、憶良の業病は言われるようなリウマチ性関節炎ではなく、脊柱間狭窄症から椎間板ヘルニアへと進行するに従ってその症状も激化する坐骨神経痛に、骨密度も低下し関節軟骨の摩耗した老化性変形関節炎（特に膝が重度）を加えた併合症状と見立ててみたが、いかがであろうか。これがリウマチ説に代わる私見の別解である。

それにしても憶良は、「自哀文」の中で古代中国の名医の名を八名も挙げて、今やそんな「聖医」や

「神薬（霊薬）」に巡り合えないことを嘆いているが、五位以上の貴族は朝廷派遣の医師による救療が受けられるという先の「医疾令」の規定は、退官したのちにも適用されたので、この時典薬寮の医針の師から一体どんな治療を受けていたのだろうか。それも知る由もないのだが、間近な死を予感しながら病床で何を考えていたかは、かなり汲み取ることができる。

〔2〕老病死を巡る思索

先に示した「遺作三編」（巻五）には天平五年六月三日に作ったという旨の左注があり（作歌時期を明記した最後の作）、三編は連続的な一まとまりをなしていて、第一・第二作の詩文を包摂して第三作の和歌が成り立つ関係にある。そのような三位一体構造の展開を改めて見直しておきたい。

① 「自哀文」

重病に喘ぐわが身を哀嘆する思考の流れはこうである。自分は生来「作悪の心」なく、「修善の志」を積んで神仏を敬重してきたにも拘らず、なぜこんな「重病」に遭うことになるのか、という大疑問をまず己に突きつける。そして先掲のような病状を具体的に記した上で、その原因の究明と除去のために占い師や巫祝《ふしゆく》の門を訪れて祈祷を尽くしてみたが、苦痛は増すばかりで何の効果も得られない。次に求めたのは古代中国の「良き医《くすりし》」や諸家の教示であった。その中で「病は口より入る。故《かれ》、君子はその飲食《おんじき》を節《ただ》す。」という任徴君《じんちようくん》の言葉に導かれて、「人の疾病《やまひ》に遇《あ》へるは、必《うつたへ》に妖鬼ならず」と気づき、「我が病は蓋《けだ》しこれ飲食の招くところ」と認めるほかはなくなる。結果として、それは節制を実行しなかった自己の怠慢によるものだから、今となっては「みづから治むる能はぬものか」と思い知らされるに至る。根治不能というこの結論は最も回避したかったものだが、それを受け容れるとすれば、当然次に当面するのは寿命や死の問題である。

そもそもいかなる富も権勢も死の前にはまったく無力である。生こそ天地の大徳と言うべきだ。しかしその生たるや、孔子の言うように天命によって定められていて、寿命は決してこちらから乞い求めることはできない。そこで憶良は、「生の極めて尊く、命の至りて重き」こと、つまり生命の貴重さを今さらながら深く認識する。自分には「老疾」が相競ってわが身を侵し、長年の愁苦は背後に迫っている。人はだれも有限の身を以て無限の命を求めるが、不幸にして長寿を得られないのなら、せめて生涯無病で過ごせるのが最大の幸いとすべきだろう。しかし自分は今病に悩まされて寝起きもままならず、まったくなすすべがない。不幸の最たるものがすべて自分に集まっている。何とかこの重病を除き、平生の幸せを得たいものだ。

このように、長生も叶わず不治の疾患に苦しめられ続ける最悪の事態からの脱出が、人知ではもはや不可能であることを思い知らされたからには、最後は天にすがって病の平癒と人生のさきわいをこいねがうしかないところにまで追い込まれているのである。

一大長文であるにも拘らず、必ずしも理路整然とした論理で直線的に貫かれているとは言えず、思いはあちらへ行きこちらへ飛びして揺れ動いている。(8) 多くの古人の言説に拠りながら何とか自己を説得しようと努めた結果、到り着いた結論は救いのないきわめて悲劇的なものであった。信じたくないものを信じざるをえなくなる過程を右を見左を見ながら辿っているから、ここには自己の現状を容認し、従容として死へ赴こうとする肝の据わった潔さは見られない。目前の死を予感した時の、否定したいものをしだいに肯定せざるをえなくなっていく苦渋ぶりは、憶良の人間的で率直な迷妄を示している。

② 「悲嘆俗道詩序」

第二作は、世の存在はすべて仮のものでしかなく、無常迅速であることを嘆く詩文である。

まず人を導く理には儒仏の二つがあっても、悟りを得るのは一つであることを踏まえた上で、世の中には恒久の存在などないと強調する。だから人の命に定まった期限はなく、天寿を全うする者もいれば若死にする者もいる。あっという間に死期は迫って、この世には死から身を隠す家などない。独り永らえてこの世の終わりを見た人だって聞いたこともなく、いかなる過去の聖人・賢人も世に留まることはできなかった。現に、「維摩《ゆいま》大士も五体を方丈に疾《や》ましめ、釈迦能仁《のうに》も金容《こんよう》（お体）を双樹に掩《おほ》ひたまへり。」と、二人共疾病や死滅の魔手から逃れえなかった事実を指摘し（すでに神亀五年〈七二八〉の旅人の妻の死去に際しての悼亡文でも同様の表現が見られる）、況や凡愚の一般人であればなおさらのことだと悟る。そこで終焉近き自分にこう言い聞かせるのである。

故《かれ》知りぬ、生まるれば必ず死あるを。死をもし欲《ねが》はずは生まれぬに如《し》かず。

そして、たとえ生死の命数がわかったとしても、死すべきその瞬間はだれも知ることは不可能だと言い切って結ぶ。

詩では、世の存在の変化はすばやく、人事の経過がきわめて短い理を思うと、それをわが身にあてはめれば、心は浮雲と共にあてもなく大空を漂い、気力も体力も共に尽き果てて、もはや頼るべき何ものもないと思い屈する。

格調高い論理的な文章の発する迫力は、死の到来の近いことを理性的に受け止め、自分に覚悟を促す姿勢を感じさせるが、にも拘らず詩では、「心力共に尽きて寄る所なし。」と力なく本音を吐き出している。死の直前まで最善の生を尽くしたいと願ってはみても、現実は今や精神的にも肉体的にもすべてが萎えてしまったという、偽らざる、しかし絶望的な表白と言えよう。道理として死は理解できても、自分としては受け容れかね、かと言ってもはやあらゆる手だてを失って、どうしてよいやらわからぬ放心状態にあり、魂は宙をさまよっている。

このことからすれば、「生まれた以上は必ず死ぬ。死がいやなら生まれてこないに限る」という先の決然とした生者必滅の思想は、おそらくは観念的な結論であって、大悟徹底にまで達したものではあるまい。とは言っても、神亀五年の「嘉摩三部作」の第三作では、「常磐《ときは》なすかくしがも（岩石のようにいつまでも長生きしたい）と思へども世の事なれば留みかねつも」（八〇五）と詠んで、人は年老いて死ぬのが定めで、生命の永遠はいくら希求しても世の理として不可能であることを断じ、生命の有限は、「…たまきはる　命惜しけど　せむ術《すべ》も無し」（八〇四）と、すべなきことつまり人知では如何とも及びがたく不可避なことをすでに見通している。

　実は「生あれば即ち死あり」というこの理は、諸種の仏典や『楊子法言』にも説かれるばかりか、潘岳《はんがく》や陶淵明や王梵志《おうぼんし》も繰り返したし、旅人も「生ける者つひにも死ぬるものにあれば…」（巻三・三四九）、坂上郎女も「…生ける者　死ぬとふことに　免れぬ　ものにしあれば…」（同・四六〇）と共通した認識を示している（拙稿「潘岳から憶良へ―六朝文学の一つの流れ―」『筑紫文学圏と高橋虫麻呂』笠間書院・二〇〇六年二月）。だから憶良は、死期の切迫を確実視した今、生はその瞬間から死に向かって進行するものであることを改めて再確認して、自分自身を説得する表明としたかったのだろう。

　それは、とりもなおさず「自哀文」の「生命貴重」の再認識につながるものであって、自己の死から目をそむけることなく、老身重病の喘ぎの中から発せられただけに実感のこもった重みがあり、憶良の死生観を考える上で重要である。生が有限である限り、死を前提としてこの生はいかにあるべきかという根源的な大事に当然突き当たることになるからである。老病死に直面することで、これまでの生を見つめ、今の生のあり方を強く意識するのである（後述の沈痾口吟の一首もこれと通底する）。

　天から授かった命がきわめて貴重である以上、それは充実して全うするものでなければならない。つらい世から逃避して己のみの充足を図ることではなくて、この大地にしっかりと足を踏ん張って最後まで生き抜くことである。それは、具体的にはかつて「嘉摩三部作」で示した通り、世間からの離脱を排して父母・妻子に孝養を尽くすこと（「令反惑情歌」）であり、あるいは子らへの愛苦に身を苛むこと（「思子等歌」）であり、また急迫する老醜にまみれても貫かれなくてはならないもの（「哀世間難住歌」）であった。

それは時として投げ捨ててしまいたいほどの苦衷に満ちたものではあるけれども、そんなことは人間として採るべき道ではない。その後の「貧窮問答の歌」（巻五・八九二・八九三）の反歌に、「世間《よのなか》を憂しとやさしと思へども飛び立ちかねつ鳥にしあらねば」とあるように、人間が鳥でありえぬ限り、いや鳥という霊魂に化さぬ現世にいまだ生ある限り、この世に生きることがどんなに身も細るようにつらいものであったとしても、決して放棄することなく、父母・妻子を守り抜いて最後まで耐え続けて生きていかねばならないのである。

この世は八大辛苦に満ちてはいるが、人間が人間でありきるためには、その中で呻吟することを避けてはならないのであり、また避けるわけにはいかないのが現実の生のありようでもある。家族という人間的な恩愛の絆を生の中軸に据えて、あくまでも現実に執して生き通すことが人間のあるべき姿と考えたのである。そこには国守として民政に携わる教化的色彩も濃厚に滲み出ていて、貧窮の民衆の実態を踏まえた理想論・建前論とも言えるが、憶良の信条でもあったようだ。

右のような思想を鮮明に集約した作品が先掲第三作のいわゆる「老身重病歌」で、長歌一首、反歌六首から成る力作である。(9)

第一作で治癒不能の病苦の進行を自覚し、第二作で無常迅速の世の理により死の接近の自覚を深めたことから、第三作で死の願望へと急傾斜していく構図がとられるのは必然の流れでもある。第三作は第二作の詩の極限状況を承けて次のように展開する。

③「老身重病歌」

たまきはる　現《うち》の限りは　〔瞻浮州《せんぶしう》の人の寿《よはひ》の一百二十年なるを謂ふ〕　平《たひら》けく　安くもあらむを　事も
無く　喪《も》も無くあらむを　世間《よのなか》の　憂けく辛《つら》けく　いとのきて　痛き瘡《きず》には　鹹塩《からしほ》を　灌《そそ》くちふが
如く　ますますも　重き馬荷《うまに》に　表荷《うはに》打つと　いふことの如　老いにてある　わが身の上に　病を
と　加へてあれば　昼はも　嘆かひ暮らし　夜はも　息衝《いきづ》き明かし　年長く　病みし渡れば　月累《かさ》
ね　憂へ吟《さまよ》ひ　ことことは　死ななと思へど　五月蠅《さばへ》なす　騒く児どもを　打棄《うつ》てては　死《しに》は知ら
ず　見つつあれば　心は燃えぬ　かにかくに　思ひわづらひ　哭《ね》のみし泣かゆ　（八九七）

反　歌

慰むる心はなしに雲隠り鳴き行く鳥の哭のみし泣かゆ　（八九八）
術《すべ》も無く苦しくあれば出で走り去《い》ななと思へど児らに障《さや》りぬ　（八九九）

富人《とみひと》の家の児どもの着る身無み腐《くた》し棄《す》つらむ絁綿《きぬわた》らはも　（九〇〇）
荒栲《あらたへ》の布衣《ぬのきぬ》をだに着せかてに斯《か》くや嘆かむ為《せ》むすべを無み　（九〇一）
水沫《みなわ》なす微《いや》しき命も栲縄《たくなは》の千尋《ちひろ》にもがと願ひ暮らしつ　（九〇二）
倭文《しつ》手纏《たまき》数にもあらぬ身にはあれど千年《ちとせ》にもがと思ほゆるかも〔去《い》にし神亀二年に作れり。ただ、類《たぐひ》を以ちての故に、更茲《またここ》に載す。〕　（九〇三）

長歌では、憶良は、この世に生を受けたからには安穏で無事息災でありたいのに、最もいやでつらいことには年老いた身に長年にわたる病まで加わっているので、苦痛のあまりいっそのことわが命を絶ってしまいたいとさえ思うに至る。そのつらさは冒頭の子規のそれと変わるところがない。病苦を過去の罪過の応報と考えれば、自ら死を選んだのでは永劫にその業は消えることがないから、仏教的にそれは許されない。しかし、死の願望の前に突如として立ちはだかったのは、そうした仏教的理ではなくて、意外にも、きわめて現実的な「五月蠅《さばへ》なす　騒く児ども」であった。子供については、第一・二作では全く排除して触れることがなかったが、ここでは最後まで抛擲《ほうてき》しえぬあまりかえって己の死の願望を翻えさせるものとして急浮上させる。その結果、「…打棄《うつ》てては　死《しに》は知らず　見つつあれば　心は燃えぬ　かにかくに　思ひわづらひ　哭《ね》のみし泣かゆ」と、金縛りにあったように身動きがとれなくなってしまう。まさに生死の迷情のただ中にあると言ってよい。

ここで「見つつあれば　心は燃えぬ」とは、死によって苦痛からの解放を願う内なる声を振り払って、最後の一瞬まで長く子と共にありその愛苦に身を委ねようという、胸中を突き上げる強固な意志の表現であろう。また、「かにかくに　思ひわづらひ」とは、身の消滅と苦の消去を一刻も早く図りたいというエゴと、それを振り切って子への愛に一心に生きぬきたいという切なる情《こころ》との激しいせめぎ合いである。さらに末句の「哭のみし泣かゆ」には、そんな自己の願望と現実への執着という背反した力の綱引きの中で、なおいずれにも徹しきれぬ今の自分への情けなさと、それゆえに心の慰めようもない深い悲しみが露呈している。

反歌群は、第一首は長歌末尾の思い屈した心を承け、第二首は死へ走りたい心を妨げる子の存在を強調し、長歌の核心を集約して一応の締め括りをつける。第三・第四首はその「見ども」に焦点を移し、寒さ＝貧から救ってやりたいとの切なる親心を叙して新たな展開を見せる。第五・第六首は、残り少ないつまらぬ命でも親として子のためにひたすら長生を願い、わが心を奪い起こして結んでいる。子は親を選べずにとるに足らぬ自分の子として生まれ、「何処《いづく》より　来《きた》りしものそ」（巻五・八〇二）としか言いようのない運命的存在であることに思い至った時、もう採るべき道は一つしかないことに気づくのである。

とりわけ第六首は、老病の中で男子として永生を求めた旧作の個人的願望から、死と対峙して子のためにこそそれを欲する現時の親の願望へと変容させてここに位置づけ、二首一連でそれを強調したのである。旅人の永生の願いは心の原郷である明日香に還るためのものだったが、憶良のそれはあくまでも子を思う親心に発するものであった。

このように反歌群は、子の存在を軸に死への志向から生への志向へと反転・上昇していく心情を描き上げ、そこに長生への希求がどこまで実現できるか満腔の思いを込めている。長歌の思いわずらい燃え立つ心の内実を吐露して余すところがない。

当時の憶良にこのような幼子がいたかは多分に疑問であるが、憶良はここで追い詰められた自分の姿と、幼児を残して死なねばならない世の親の姿を重ね合わせて、その苦痛の度を強調しかつ一般化しようと試みているものと考えられる。第三・第四の反歌でこの親と子が「富人《とみひと》」ではないことを自ら明らかにしているのは、この歌がもはや憶良個人を離れて、民衆の現実に立った一般論として展開されていることを示すものであろう。

重要なのは、老と幼、死と生という典型的な対比の構図である。貧窮という生の極限状況の中で死というさらなる極限を迎えた時、否定しえぬ究極のものとして子の存在に照明を当てる。そのことで恩愛の絆を尊ぶ儒教倫理さえも超えて、子のために生き抜くことを普遍的な人間の生き方として提示したかったのである。生の執着の中で、子への煩悩のみは最後まで捨て去ることができず、また捨て去ってはならないものと考えたのである。それは、「嘉摩三部作」の第二作「子らを思《しの》へる歌」で詠い上げた、親の眼前にちらついて安眠を妨げる子の幻影と、子を金銀珠玉にまさる至上の宝と謳歌する価値観に深くつながっていて、形を変えてここに再登場させたものと考えられる。子の存在をいわば最後の切り札として持ち出したわけだが、あるいは憶良自身は、脳裏に明滅する子の幻像に死からの蘇生を感じ取り、自己の生まれ変わり、有限の自己を無限に再生・連続させてくれるいわば命の循環を見通していたのかもしれない。

このように、彼はまずおもむろに「わが身の上」を語ると見せかけて、幼児や貧窮を次々と繰り出してぎりぎりの限界状況に追い込んでいくことにより、死の間際における老身重病の悲嘆を、一個人に限らぬ「世間《よのなか》の蒼生《あをひとくさ》」(世間一般の人びと。「思子等歌」)のおしなべての問題として投げかけようとしたのである。「貧窮問答の歌」を持ち出すまでもなく、民衆にとっては、父母・妻子と肩を寄せ合って飢寒・窮乏に耐えぬく日々こそ、紛れもなく厳しい現実そのものだったのである。死への憧憬(長歌)から長生への祈願(第五・第六反歌)へと子の存在を介して反転したのも、命の有限と身の不条理をどんなに知り尽くしてはいても、子を前に死を間近に感ずれば、なおも自己の生の無限をこいねがわずにはいられないのがむしろ人間本然の情だと言いたかったのだろう。人は今わの際の生に執すれば執するほど、孤独と不安と絶望に陥るのが常だが、幼子の存在はそれを払拭して自己の生存を確固たらしめ、永生への願望を噴出させて自己を奮い立たせてくれるものとなる。理と情、諦念と煩悩の間を大きく振幅しながら生きる姿こそ、世の人間のあまりにも人間的な実相であり、それこそまさに「世間蒼生」の真実の生きざまだったのである。

憶良自身も直前の死期を実感するところまで至って、賢しらぶって泰然と死を受け容れることの不可能なことを知り、むしろそれを放棄して、一般人の迷いと揺れの中にわが身を置くことの方に安らぎを覚え、それこそが偽りのない人間らしいあり方であると認識し直したのではあるまいか。建て前として現実の生を重視した憶良は、自分もまた降りかかる現実苦の中でもがき足搔きながら死を迎えたのである。老病死の責め苦に屈して黙して語らなかったり、観念的に悟りすますような虚勢を張ったりすることなく、真正面からそれと立ち向かい、心の自然な流れに委せて苦闘したところに、かえってあるがままの真情が溢れ出ている。自己に降りかかる事態から決して逃避せず、終始その中にあって、体裁をとり繕わぬ自然体を貫く愚直さこそ、いかにも憶良らしい人間性に根ざすものであろう。

このように、自己の死を美化したり特殊化したりせずに、普通の人間と同列に埋没させ、われもまた凡愚の死に徹しきるという自他同一視のあり方が、作品を一般化・普遍化する方向を生み、成功させたのである。それは、自己の不徹底を曝すのも厭わぬ勇気と、真実を見通す目を備えていなければなしえないことであった。

かくしてこの「遺作三編」は、肉体的苦痛と精神的苦悩に彩られた、まさに「老身重病三部作」として括りうる、最後にして最大の雄編となったのである。

〔3〕「老身重病三部作」の意義

この三部作は、見てきたように、わが病苦を詳述した第一作、世の無常の理を説く文章に背後に迫る最期を悲しむ詩を添えた第二作、老病辛苦のあまり死への願望と子への愛執に揺れる心情を吐露した第三作で構成され、病と死を巡る密接で有機的な連続性がきわめて顕著である。それも事の理を叙述した散文と、それを踏まえた情を描出する韻文を配して、漢和融合による叙事と抒情の一体構造を極めたものとなっている。このような文学様式を、憶良は神亀五年の大伴郎女の死を悼む「日本挽歌」(巻五・七九四〜七九九)の作成に当たって編み出したが、当三部作には文学的出発点への回帰とその集大成を認めることができ、そこに憶良の文学的一貫性と自己完結性が読み取れよう。

その結果、概ね自己の現況の概嘆に終始しているように見えて、実はそうではなかった。改めて第二作を見直すと、これだけの歌に「われ」の表現は「わが身」のみであること、幼子の出現が取って付けたように唐突であること、第三・第四反歌では歌の詠み手は貧窮者になっていること、この歌群を贈る相手の名が明記されていないことなど、憶良自身を詠んだとは思えぬ要素がいくつも含まれていることに気づく。それらが、語り出しこそ自己の窮状に発していながら、次第にそれを万民一般に通ずるものへとすり替え移行させていく意図によるものであったことは、もはや明らかであろう。

そんな仕掛けは、読む者(歌の享受者)をして歌の主体である「われ」が憶良自身から読み手自身でもあるという意識に誘い込んでいく。やがて読み手はその辛苦がまさにわが身のことだという共感を呼び醒まし、何によって生くべきかを気づかされて深い感慨に浸るのである。

先に触れた一般性・普遍性とは、このように個人の作品が不特定多数の個々のものとして時空を超えて共有され拡大することであり、すでに憶良は「嘉摩三部作」や「貧窮問答の歌」などでこれを試みている。どうやら憶良の到り着いた究極の文学とは、「述志」あるいは「言志」の態度に基づいて、一回的な個人の感懐を表出するものに留まらず、広く人間的普遍に通ずるものを創作する営為と信じていたように思われる。

こうして憶良は、病臥の床で死と対峙しながら、溢れ出てやまぬ思索を、内容的にも形式的にも過去の総決算的な文学として結晶させるべく、全身全霊を傾けて集中したのであった。それはまさに己の考えた生の全うのしかたの実践でもあって、歌文を記すことをこの世を最後まで生きる証しとしたかったのである。結果としてそれは、広く「世間蒼生」に遺した、己が命をかく生きてあれというメッセージともなっている。

〔4〕 辞世の沈痾口吟

山上臣憶良の痾《やまひ》に沈みし時の歌一首

士《をのこ》やも空しくあるべき万代《よろづよ》に語り続《つ》ぐべき名は立てずして　（巻六・九七八）

右の一首は、山上憶良臣《のおみ》の痾に沈みし時に、藤原朝臣八束《やつか》、河辺朝臣東人《あづまひと》をして疾《や》める状《さま》を問はしむ。ここに憶良臣、報《こたへ》の語《ことば》已《すで》に畢《をは》り、須《しまらく》ありて涕《なみだ》を拭《のご》ひ、悲しび嘆きて、この歌を口吟《うた》へり。

「老身重病三部作」を完成して精も根も尽き果てたのか、憶良はまさに重き「痾《やまひ》」の床に沈んで、二度と再び起きあがることは困難になっていったらしい。宿痾と老衰にがんじがらめにからめとられて、精神的衰耗も激しかったことだろう。そこへ河辺東人を遣わしてやさしく見舞ったのは、聖武天皇の内臣（側近の臣）藤原房前《ふささき》の子息八束であった。まだ十九歳の八束は、帰京した憶良から親しく教えを受けたらしく、父の期待を背負った青年貴公子であった。八束がどんな慰問の口上を使者の東人に告げさせたのかは定かでないが、憶良はその温情に感激して感謝の言葉を返したに違いない。ややあって涙もろくなった憶良は感極まり、従五位下の国守止まりで一生を終えようとする自分を顧みて、律令官人として輝かしい成名を果たしえなかった無念と悔恨の情がどっとこみ上げてきたことだろう。

しかし気を取り直し、声を振り絞ってこの歌をおもむろに口ずさんだのである。それは半ば独り言のようでもあり、半ば八束への返答のようでもある。自分は今官人としての立名も遂げぬまま空しく朽ち果てようとしておりますが、あなた様は後の世まで盛名も馳せることなく、無為にこの世を過ごしてはなりませぬぞ——自分と違って家柄も高いこの前途有為の青年なら、律令官人の理想を実現できると確信して、こんな熱いメッセージを送ろうとしたものと思われる。官人としての名誉・名声と家の名を長く後世に伝えることは、男子の大望だったのである。

この一首は、厳密に言えば自己の死を対象としたものではないが、わが死の真近なことを見通して、自己の生涯を重ね合わせた若者への激励歌と見ることができる。この歌に張りつめているきっぱりとした口調には、己の過去にうちひしがれることなく、八束の将来を見据える憶良の心遣りが色濃くにじみ出ている。それを以て愛すべき八束に最後のはなむけとして贈るつもりだったのだろう。

家持もこの歌を後人への激励歌として心に深く受け止めていたことは、後年（天平勝宝二年〈七五〇〉）これに追和した「勇士《ますらを》の名を振るはむことを慕《ねが》へる歌」（巻十九・四一六四・四一六五）の表現からも明らかである。憶良のこの姿勢は、己の死を客体化して他者の生に活かそうとするものであって、自から他への方向性がここにも認められる。果たして八束は、明敏の誉れ高く聖武帝の寵も厚く、遂に正三位大納言にまで登りつめたから、憶良の言を見事に実現して本懐を遂げたことになる。

自己の人生に対する万感の情を凝縮させて八束を激励したこの一首を残して、憶良は間もなく鳥となってあの世へと飛び立ったらしいから、これは文字通り辞世歌となってしまったのである。

四　結び

旅人の場合も憶良の場合も、共通するのは、その病が老いという人生の果てに襲った重篤のものであったということである。旅人のそれはいくつもの他者の死に続いてわが身に急接近してきたものであり、憶良のそれは長年にわたって身をむしばみ続けた業病であった。
病の種類こそ違っていても、それらはそのまま死へと直結していくだけに、二人にとって病苦は同時に死苦につながるものであったから、それぞれ死生観も深めたはずである。しかし旅人はそれを歌によって直接表現することは避け、思いは深く内に封じ込めた。対して憶良は、文章と歌で思索の跡を丹念に綴り、普遍性のあるものに仕上げようと試みた。このように、病と文学的営為の関係は二人の間で異なっていたが、とりわけ憶良が老病死を人間苦の問題として文学の俎上に乗せ、思想的展開を図ったことは、他に例を見ぬ独創と言うべきで、抒情の域を脱した和歌の新地平を切り拓いたものとして評価されよう。結果として、「老身重病三部作」や辞世歌などの遺作群は、憶良が命を燃やして成った、奈良時代の『病牀六尺』とも言えるだろう。

（'09・9・1）

注1　気候条件にのみ着目すると、かつて征隼人持節大将軍として筑紫に在った養老四年の夏も、「盛熱」に喘いだことがあった。「原野に暴露《さらさ》れて久しく旬日を延ぶ」ほどの「艱苦」を察して、天皇は慰問の使者を遣わしたこと（『続日本紀』六月）が思い合わされる。その時罹患したことは記述にないが、外傷による最初の瘡の感染があったのではないかと想像される。

2　「医師《くすし》十人。掌らむこと、諸の疾病療さむこと、及び診候《みうかが》はむこと。…針師《しむのし》五人。掌らむこと、諸の瘡病療さむこと、及び補写《ぶしや》せむこと。」（「職員令」典薬寮）

3 「凡そ官人《くわんにん》年七十以上にして、致仕聴《ちじゆる》す。五位以上は上表せよ。六位以下は官に申牒《しんでふ》して奏聞《そうもん》せよ。」（「選叙令」）

4 遺作三編（老身重病三部作）

「沈痾自哀の文」（以下「自哀文」と略記）

「俗《よ》の道の、仮に合ひ即ち離れ、去り易く留まり難きを悲しび嘆ける詩一首并せて序」（以下「悲嘆俗道詩序」と略記）

「老いたる身に病を重ね、年を経て辛苦《たしな》み、及《また》、児等《こら》を思《しの》へる歌七首」（以下「老身重病歌」と略記）（八九七〜九〇三）

5 沈痾口吟（辞世歌）

「山上臣《おみ》憶良の痾《やまひ》に沈みし時の歌一首」（九七八）

嘉摩三部作

「惑《まと》へる情《こころ》を反《かへ》さしむるの歌」（「令反惑情歌」、巻五・八〇〇・八〇一）

「子らを思《しの》へる歌」（「思子等歌」、八〇二・八〇三）

「世間《よのなか》の住《とどま》り難きを哀しびたる歌」（「哀世間難住歌」、八〇四・八〇五）

左注に「神亀五年七月二十一日、嘉摩郡にして撰定す。筑前国守山上憶良」とある。

6 遺作三編の文字数

第一作…題詞五字（作者名五字）　本文六五八字　自注18・五九〇字

第二作…題詞一七字　本文二三七字　詩二八字　自注6・六一字

第三作…題詞一五字（注六字）

長歌…本文三九句・一八〇字　自注1・一二字

反歌…本文三〇句・一四七字　自注1・一五字　左注一四字

7　実は筆者自身この一年余坐骨神経痛を患って治療を続ける中で、その症状や進行状況が憶良の場合に酷似していることに気づき、その経緯を「老病苦と対峙した万葉歌人―山上憶良の病名と思索を探る―」（教育・文芸同人誌『琅』22号、二〇〇九年八月）という小文にまとめた。憶良に関する以下（3まで）の考察は、内容的にその後半部と重なることをお断わりする。

8　一八箇所にも及ぶ自注の多くは直前の表現の解説や補足でくどいばかりだが（文字数は本文の九割にも及ぶ）、それだけ自分の思いを正確に固定したかったのだろう。中で13番目の長文の注記（「志怪記に云はく……みづから治むる能はぬものか、と」。二五〇字、自注の文字数の四割強を占める）は、他とは性格が異なっていて注目される。それはまず本文の夭逝の大患に思いついて人間の寿命を取り上げ、その長短は業報によるものだと説く。さらに先掲の任徴君の言葉に突き当たり、自分の真の病因を知って今さらどうにもならないことに愕然とする。これは原因究明の結論ともなるものだから、思考の流れの中では重要で、むしろ本文に組み入れてしかるべきである。しかしそうすれば、それを全面的に認めることになるので、それをためらって補注の中に押し込めたものか。

9　本歌の題詞、長歌及び反歌の構成等については、小野寛氏が従来の諸説に行き届いた整理を施していて参考になる（「老身に病を重ね年を経て辛苦み、また児等を思ふ歌」『セミナー万葉の歌人と作品』第五巻大伴旅人 山上憶良（二）、和泉書院・二〇〇〇年九月）。

＊『万葉集』の引用は、中西進氏『万葉集全訳注原文付』（講談社・一九八四年）に拠ったが、一部私に表記を改めた。

白露の消かも死なまし

平舘英子

◆一 死なましものを

『萬葉集』において「死」という語を詠む歌は死者を悼む挽歌ではなく、恋に悩む相聞歌に多い。死者を悼む挽歌では「死」は「死」という直接的な表現を殆ど用いない、例えば人麻呂は「泣血哀慟歌」で「妹を求めむ山路知らずも」（巻二・二〇八）と亡き妹が山に迷い行ったかのように詠み、或いは「吉備津采女挽歌」で「時ならず　過ぎにし児らが　朝露のごと　夕霧のごと」（巻二・二一七）と「過ぐ」の語でその「死」を暗示している。

ところが、相聞歌には恋情の表現方法の一つとして「死」が用いられている。

恋ふること増される今は玉の緒《を》の絶えて乱れて死ぬべく思ほゆ　（巻十二・三〇八三）

恋情の強さがあたかも「死」と同じ比重であるかのようである。こうした表現がどのように生じているのか。相聞歌を中心に「死」とある表現性について検討して見たい。

「死」を詠む歌として『萬葉集』中でまず挙げられるのは巻二相聞の冒頭に載せる磐姫皇后歌群中の一首であろう。

磐姫皇后思二天皇一御作歌四首

君が行き日長くなりぬ山尋ね迎へか行かむ待ちにか待たむ　（巻二・八五）
かくばかり恋ひつつあらずは高山の岩根しまきて死なましものを　（巻二・八六）
ありつつも君をば待たむうちなびく我が黒髪に霜の置くまでに　（巻二・八七）
秋の田の穂の上に霧らふ朝霞いつへの方に我が恋止まむ　（巻二・八八）

右の歌群については、第一首の左注が「右の一首の歌は、山上憶良臣の類聚歌林に載せたり」とし、四首の後の左注には作者及び語句の異伝を持つ古事記歌謡を載せ、第三首は「古歌集の中に出でたり」とする「或本の歌」の異伝を載せている。また山田孝雄はその歌群構成について起承転結に基づくと言及する（萬葉集講義）。成立においても構成においても問題が指摘される歌群である。(1) その中で、「死」の語を詠むのは第二首八六番歌である。なお第二首及び第四首八八番歌には異伝は伝わらない。磐姫皇后の作という題詞は持つが、他の歌が異伝を持つことからしても、皇后の作というよりも後に皇后に仮託された作と見るのが穏当であろう。

八六番歌については「恋ひつつあらずは」という「恋ひつつあること」の対比として「死」への反実仮想による願望が表明される。その「死」の表現は「高山の岩根」を枕として臥す具象的な「死」を想像させる。可視的な「死」である。四首を一つの構成体として見ると、第一首で君に対して「待ちにか待たむ」とある逡巡は第二首ではその「待つ」状況を打破する方法への思考であり、第三首は「待つ」ことの実態に他ならない。更に第四首は「待つ」状況の中で行き所のない恋情を表明しており、「待つ」情感の流れを読むことができる。そうした四首の中で、第二首の可視的な「死」への願望は異質ともいえるものである。その「高山に岩根しまきて」という表現の「高山」は単に高い山としてだけでなく、「妹を求めむ山路知らずも」に通じる要素を持ち、挽歌中の表現としてもある。「石田王卒之時丹生王作歌一首并短歌」には「高山の　巌の上に　いませつるかも」（巻三・四二〇）「高山の巌の上に君が臥やせる」（巻三・四二一）と「高山」は石田王の「死」の場所として詠まれている。また、「岩根しまきて」は、早く上宮聖徳皇子が「見二竜田山死人一悲傷御作歌」に「草枕旅に臥やせるこの旅人あはれ」（巻三・四一五）と詠み、柿本人麻呂が「讃岐狭岑島視二石中死人一作歌」において「波の音の　繁き浜辺を　しきたへの　枕になして　荒床にころ臥す君が……」（巻二・二二〇）と詠み、また「いさなとり　海の浜辺に　うらもなく　臥したる人は」（巻十三・三三三六）と詠むように、旅の途中、道や浜辺に倒れたまま息絶えた人々を描写する「行路死人歌」

の表現と類似している。八六番歌が恋の情感に対して、「行路死人歌」に匹敵する表現で「死」を詠む背景に、青木生子氏はその旅先で共に死ぬことを願うという物語性を推測されてもいる。[2]「恋ひつつあらずは」という待つ辛さと岩根を枕とする「行路死人歌」に類似する表現の結び付きが他に見えないこともそうした推測の可能性を考えさせる。「行路死人歌」において「死」は路傍に倒れている遺骸という非常に現実的な把握の中で詠まれている。八六番歌においても類似性が窺えるが、一方で「高山」は単に高い山としてだけでなく、「妹を求めむ山路知らずも」に通じる要素を持ち、挽歌中の表現としてもあることは石田王の「死」が「高山の　巌の上に　いませつるかも」（巻三・四二〇）「高山の巌の上に君が臥やせる」（巻三・四二一）と詠まれていることから知られている。「高山の岩根しまきて」は、この句のみであれば石田王挽歌のこうした「死」の表現と重なるが、八六番歌においては「恋つつある」という静の「待つ」姿勢を「恋つつあらずは」と否定して、「高山の岩根しまきて」が詠まれており、そこには高山に出掛けて行く動の行為を伴うことが印象づけられていると思われる。

相聞歌に見える「死」と「行路死人歌」との表現の類似性は当時における「死」に対する把握を垣間見させる。一方で、こうした「死」の把握は火葬によって大きく変わったであろうことが推測される。[3] 文武四年（七〇〇）、粟原における道昭の火葬が火葬の始まりとして『続日本紀』（文武四年三月十日の記事）には位置づけられている。そこに「死」は目に見える形での喪失として捉え得たであろう。人麻呂は「泣血哀慟歌」の「或本の歌」の長歌では妹の死を「灰にていませば」（巻二・二一三）と詠み、また「溺死出雲娘子火二葬吉野一時柿本朝臣人麻呂作歌二首」を詠んでもいる。それらに見える「死」の不在に対して、磐姫皇后歌の詠む「行路死人」的「死」は、しかし、他の相聞歌では詠まれた例が見えない。

八六番歌に見える「恋ひつつあらずは」は『萬葉集』中、他に一七例も見える常套句である。八六番歌では「恋ひつつある」という「待つ」静の姿勢に対して、「死」を意味する「高山の岩根しまきて」には高山に出掛けて行く動の行為を伴う願望が含まれていよう。「恋ひつつあること」に対して、そうした動の世界を対比させている歌としてまず挙げられるのは次の作であろう。

後れ居て恋ひつつあらずは追ひ及《し》かむ道の隈廻《くまみ》に標結《しめ》へ我が背　（巻二・一一五）

一一五番歌は穂積皇子が滋賀の山寺（崇福寺か）に派遣された時に、但馬皇女が贈った歌である。崇福寺派遣は皇女との関係が露顕し勅勘による追放との説も有る。許されない関係であったのであろう。その道を追う皇女に道しるべとしての標をという説と、皇女がその道へ出て行かないようにという標ととる説、大きくは二つの説(4)に分かれるが、そこに籠められているのは「追ひ及かむ」という具体的な行為を想起する皇女の激しい慕情であろう。

皇女歌と共通する句「後れ居て恋ひつつあらずは」を持つ類歌では次のようにも詠まれている。

後れ居て恋ひつつあらずは田子の浦の海人《あま》ならましを玉藻刈る刈る　（巻十二・三二〇五）

三二〇五番歌は「悲レ別歌」に属し、旅行く人への慕情は遠い地へと思いをめぐらせる。「田子の浦の海人」の句に含まれるのは鄙の地という地域性、海人という低い身分、更に「玉藻刈る」という都人には似つかわしくない行為であろう。「田子の浦の海人」であることの願望は、取り残された我の慕情が、都人に相応しくない状況に身を置く苦を越えるものとして位置づけられる。こうした表現、即ち都人が海人として玉藻刈る姿は次の歌にも共通する。

麻　績王《をみのおほきみ》流二於伊勢国伊良虞島一之時人哀傷作歌

打麻《うちそ》を麻績王海人なれや伊良虞《いらご》の島の玉藻刈ります　（巻一・二三）

麻績王聞レ之感傷和歌

うつせみの命を惜しみ波に濡れ伊良虞の島の玉藻刈り食む　（巻一・二四）

流罪になった麻績王の姿を身分低い海人が玉藻刈る姿に譬えて具象化し、哀傷する表現は「罪人麻績王を揶揄する意にもなりうる」（全注）とされるように、純粋な憐れみでは無い見方も許容する。二三番歌を受ける王の和歌について窪田『評釈』は「『浪に濡れ』『苅り食む』は、労苦して命をつないでゐる意」として具象化の巧みさを指摘する。命を惜しむが故に賤しい海人と同じ生業にいそしむ姿に自嘲が感得でき、題詞はその心情を「感傷」という語で把握する。都を離れて玉藻を刈る生活は流人のそれに匹敵するものであった。三二〇五番歌における慕情は鄙の生活におけるそうした心身の苦と対比され、それを越えるものとしてある。取り残されてなお恋う苦しさは、鄙の生活の苦とそこに身を置く吾への自嘲に満ちた心身の荒廃以上であるとする把握は恋う苦の身体化ともいえよう。ただし、三二〇五番歌には「死」の要素は窺えない。

「恋ひつつあらずは」という待ち恋う情感の否定に対して「行路死人歌」の表現に類似する具象的な「死」を意味する「高山の岩根しまきて死なましものを」の提示の根底にあるのは「行路」での「死」以外に救いのない絶望感ではなかったか。恋して家にある状況の苦痛に対して、そこに語られるのはむしろ一人あったとしても慕情が停止する「死」という安堵感ではないのだろうか。「行路死人歌」において、詠まれるのは死自体の苦痛ではなく、その死に至る苦痛であり、一人死んでいる寂寥への同情であろう。四首の纏まりとして載せられる磐姫皇后歌はその構成のあり方こそが問われなければならないけれども、「死」という表現に視点をあてると、第二首における「死」という表現に見えてくるのは「恋ひつつある」ことの苦が心身の苦を伴う行路での「死」に宿る寂寥感に匹敵することを詠んでいるといえることであろう。

次の「寄物陳思」に配列される歌は、他所を詠む点で共通する。ただし、慕情を地名あるいはその地にある物に託す点では共通性があっても、その対比は恋情の不安定さを窺わせるものであり、八六番歌とはその意識を異にした慕情の表現の広がりを考えさせる。

後れ居て恋ひつつあらずは紀伊の国の妹背の山にあらましものを　（巻四・五四四）

住吉の津守《つもり》網引の浮けの緒の浮かれか行かむ恋ひつつあらずは　（巻十一・二六四六）

「後れ居て恋ひつつあらずは」と類句を持つ右の二首において、五四四番歌は「妹背」の名を負う山への変身に慕情を比しており、ことばの遊びの要素が窺える。自然への変身願望は次のようにも見える。

白波の来寄する島の荒磯にもあらましものを恋ひつつあらずは　（巻十一・二七三三）

白波が寄せる荒涼とした景への変身の願望には恋の苦に対して、それを感じない物への変身の望みであり、恋の苦が荒涼とした景以上に荒涼とした寂寥感に支配されていることを窺わせる。二七三三番歌が詠む「白波の来寄する島の荒磯」は地名が明記されていないことによって、人知れぬ荒涼たる磯に化す事の願望であり、三二〇五番歌以上に恋情が生む寂寥感と荒廃した心情の内奥が推測できよう。又二六四六番では浮かれ行く「網引の浮けの緒の」に恋の苦から逃れたい一心の表明を読み取れる。

二　白露のごとく

「恋ひつつあらずは」に対比される「死」には具象的な「死」の姿とは異なる「消《け》」なるものとして「露」に託した把握が見られる。次は「寄レ露」とされる一群の中に「死」を詠む歌が配列されている例である。

秋萩の咲き散る野辺の夕露に濡れつつ来ませ夜は更けぬとも　（巻十・二二五二）
色付かふ秋の露霜な降りそね妹が手本をまかぬ今夜は　（巻十・二二五三）
秋萩の上に置きたる白露の消かも死なまし恋ひつつあらずは　（巻十・二二五四）
我がやどの秋萩の上に置く露のいちしろくしも我恋ひめやも　（巻十・二二五五）
秋の穂をしのに押しなべ置く露の消かも死なまし恋ひつつあらずは　（巻十・二二五六）
露霜に衣手濡れて今だにも妹がり行かな夜は更けぬとも　（巻十・二二五七）
秋萩の枝もとををに置く露の消かも死なまし恋ひつつあらずは　（巻十・二二五八）
秋萩の上に白露置くごとに見つつそ偲ふ君が姿を　（巻十・二二五九）

右の八首において、傍線を付した「消かも死なまし」の本文は「消鴨死猨」（巻十・二二五四）「消鴨死益」（巻十・二二五六）「消毳死猨」（巻十・二二五八）と繰り返されている。ただし二二五四番歌は次の類歌を持つ。

弓削皇子御歌一首

秋萩の上に置きたる白露の消かも思奈萬思《しなまし》恋ひつつあらずは　（巻八・一六〇八）

右の一六〇八番歌には「死」の文字は無く「消かもしなまし」と訓読され「し」はサ変動詞と考えられる。巻十に用いられる「死」の文字については『代匠記』は「死猿とかきたれとも、為なましにて、死の字に心なし」とするが、『私注』は「死」の字義を認めている。「死」の文字が繰り返されることからすれば、そこに「消えて死ぬ」意への意識が働いていると思われ、一六〇八番歌の成立について弓削皇子が古歌を伝誦し、伝承の間に皇子を作者とみなすように固定したという推測（完訳・新編古典全集）が納得される。「消かもしなまし」「消かも死なまし」が「恋ひつつあらずは」との対比として詠まれていることからすると、「消かも死なまし」が本来の発想であろうと推測でき、両者の差は伝誦による差と考えるのが穏当であろう。「消かもしなまし」が「恋ひつつあらずは……死なましものを」（巻二・八六）の表現の型の延長線上にある事を窺わせる「消かも死なまし」において、「露」「白露」の「消」を「死」として把握しているその関係性を探ってみたい。

右の八首において第一首は「夕露に濡れつつ来ませ」という来訪を願う懇願で始まり、第八首は「白露」を見ることを「君が姿」の「偲ひ」に繋げる女の歌で結ばれている。その間に「恋ひつつあらずは」という待ち恋う心情の否定に対して「露」「白露」に導かれる「消かも死なまし」の句が第三・五・七首に繰り返され、女の心情が表明されるのに対して、第二首では「妹が手本をまかぬ今夜は」と行かない表明をし、第四首は露の「いちしろし」にたいして「恋ひめやも」と反語で結んで、目に立つ恋はしないと明言し、第六首は「今だにも」と訪れることを言い出すものの、第七首に「消かも死なまし」が繰り返されることで男が訪れなかったことが理解される。もとより、右の八首を巻十全体の中でどのように位置づけるかは問われねばならないが、八首に焦点を絞るとほぼ女の歌、男の歌の順をなして、「白露」「露」を含む序詞が「消かも死なまし」を導く歌を一首おきに繰り返すという配列には待つ女の焦燥感が巧みに構成されており、訪れを求める女とそれに答えつつ、結局は訪れない男という一夜の物語りとして読むことが可能である。そこで「寄レ露」とある一群に位置づけられている「消かも死なまし」を導く序詞の表現内容を確認しておきたい。

　第三首の序詞「秋萩の上に置きたる白露の」の「白露」が「消」を導く関係について「白露のようにはかなく消えて死んでしまいたい」と現代語訳するのは『全注』である。『全注』は第五首については、「『秋萩の上に置く白露』のはかなげで楚々とした感じが失われ、田園風景の健康なすがすがしさが感じられる。下二句のはかなげな情の表現とややそぐわないところがあるように思われる」とし、さらに第八首の「白露」と君との関係について「秋萩にやどる白露を見ながら、その白露のように美しい君」として「序詞に用いられる露の多くが、消えやすいものとして詠まれているのとは、異なる」としている。歌に即してものの表現性が異なった面を見せるのは当然といえるが、それらは「白露」に対するどのような把握に基づくのであろうか。「白露」「露」の表現性を確認しておきたい。「白露」について『時代別国語大辞典　上代編』は「露は消えやすいので、死ぬことを意味する消《ケ》を引き出す序の中に用いられることが多い」とする。確かに「白露」は、「白露の消ぬがにもとな」（巻四・五九四）、「消たず賜らむ……置ける白露」（巻八・一六一八）、「白露を取らば消ぬべし」（巻十・二一七三）、「白露の消ぬべくも我は」（巻十・二二四六）、「白露の消ぬべき恋も」（巻十二・三〇三九）のように「消」と関連する。ただし、「白露の」「露の」が「消やすし」を導くことは無い。「消やすし」を導く語は「朝霧の」（巻五・八八五）「朝霜の」（巻七・一三七五）「朝露の」（巻九・一八〇四、巻十一・二六八九）「露霜の」（巻十二・三〇四三）で、いずれも枕詞と見られる。[5]「白露」「露」と「消」との関係を考えてみたい。

夕置きて朝は消ぬる白露の消ぬべき恋も我はするかも　（巻十二・三〇三九）

「白露」は夕べに置いて朝に消えるという性質が詠まれ、「消」の時間は限定されている。

山ぢさの白露重みうらぶれて心に深く我が恋止まず　（巻十一・二四六九　人麻呂歌集）

「白露」の重さで山ぢさ（山野に自生する落葉小高木えごのき）の枝がたわむようにしおれている様に「う

らぶれて」という心情を託し、なお心の深い処で諦めきれない恋情の表明になっている。二四六九番歌で「白露」が示すのは山ぢさの枝がたわむほどの重さである。これは秋の夕方の冷え込みの中でたっぷりと水分を含んだ「白露」の表現であり、朝の光の中で「消やすし」とある「朝露」とは異なる把握と思われる。では夕方の露はどうか。「夕露」の語が集注に二例見え、一例は巻十の「寄㆑露」の第一首二二二五二番歌である。野辺を通って夕方やって来る男に「夕露に濡れつつ来ませ」と、野辺の露で濡れることも厭わない恋情を求めている。もう一例は次の作である。

玉かつま安倍島山の夕露に旅寝えせめや長きこの夜を　（巻十二・三一五二）

「旅寝えせめや」と野宿が出来ない状況を推測して憂えるのは「夕露」に濡れる実態を知るからであろう。秋の夕から夜の「露」に濡れることは、伊勢神宮にあって都に戻る弟大津皇子を見送った大来皇女の歌うところでもある。

我が背子を大和へ遣るとさ夜ふけて暁《あかとき》露に我が立ち濡れし　（巻二・一〇五）

暁（本文「鶏鳴」）は朝の前の時間(6)であり、消える前の「露」は弟を見送って、夜更けから暁へと立ち尽くした皇女を濡らしている。二二五二番歌と同様、「夕露」は衣を濡らすという印象に結びつく。そこに「露」に対する「消」の把握はない。また、二二五三番歌は「露霜」を「色付かふ秋の露霜」と黄葉へと景を変えて行くものとして捉え直し、寒さの到来の予感を表現して、独り寝の侘びしさへと情感を転換する。二二五四番歌が序詞に詠む「白露」は、第二首から続いて詠む時、黄葉へと景を変える「露」に他ならないであろう。それが導く「消」は、季節を変え、景を変える「白露重み」とも詠まれる「白露」であるとすれば、それが「消かも死なまし」と詠まれるときには「重み」とされる「白露」が秋萩に置いたまま一晩中待って朝にやがて消えるように「死なまし」の意となる。その「白露」に「我が身」が託されるのである。「我が身」は「露」の消えやすさの如くではなく、「白露重み　うらぶれて」ある、その先に「消かも死なまし」なのであろう。その「死」は消えるものとしてはあるが消えやすいはかなさとして把握されているのではない。そして第四首で恋情をはっきりとは表に出すことを拒否しており、訪れの無いことが第三首と同じ下の句を詠む第五首から理解される。「秋の穂をしのに押しなべ置く露の」の状態副詞「しのに」(7)はおし靡かすほど穂をぐっしょり濡らした露の状況を表現する。「しの」の重複形と推測される「しののに」は次のように詠まれている。(8)

朝霧にしののに濡れて呼子鳥三船の山ゆ鳴き渡る見ゆ　（巻十・一八三一）

「朝の冷気が感じられる歌」（全注）と表されるように、朝霧の中を濡れながら飛ぶ呼子鳥の姿を表現する。二二五六番歌では、秋の穂をぐっしょり濡らした「露」が「消」を導くのである。そこには二二五四番歌と同じく「うらぶれて」ある「我が身」が連想される。第六首が「今だにも妹がり行かな」と慰めざるを得ない状況であろう。第七首二二五四・二二五八番歌は「枝もとををに置く露」とあって序詞が表す枝もたわむほどに「露」のおいた景は二二五六番歌と類似する景を直接的に表現している。第七首が詠まれたことは男の訪れが無い故であり、枝もたわむほどの「露」は、「妹がり行かな」と詠んだにも関わらず、訪れのなかった嘆きの大きさを表象しよう。「露」を含む序詞が表現する世界と「消かも死なまし」との関係には夕方置いた「白露」の重さに我の恋情が託され、それが朝に消えるようにその重さから逃れたいという願望とが内在していると考えられる。そこには、人の訪れる時間である夕方の光を受けてきらめく「白露」「露」に対してその重さと美の把握があり、それらが「消」とあることに「死」の意を重ねている。そこには「露」が消える朝までの時間の把握があり、男女の出合いが叶えば生き生きとした「命」の時間となるはずの時間とは対照的な時間の拒絶としての「消」があり、さらに「消」という無としての「死」の表現が浮揚する。

三　命死なずは

相聞歌における「死」の表現は「死なまし」という反実仮想による願望を詠むことで、恋情の強さに耐えることの難しさを表現していた。「秋萩の上に起きたる白露の消かも死なまし」も序詞が表現する萩の枝においた「露」という具象的な美的世界を提示した上で、「露」が消えた後の萩の枝との対比に「死」の無を表象する。そこには恋情と無との対比があるともいえる。そうした中で、「死」は語としての自立性を持つようである。

記紀歌謡に見える「死」は次のように歌われる。

ぬばたまの　甲斐の黒駒　鞍着せば　命死なまし　甲斐の黒駒　一本に「命しなまし」に換えて「い及《し》かずあらまし」と云ふ。　（紀八一）

雄略天皇十三年秋九月、天皇が木工猪名部真根の処刑を止めて許した時に赦使が甲斐の黒駒に乗って来たことを仲間の工匠が歌った歌で、「馬に鞍を着けていれば（間にあわずに真根の）命が死んだことであろう」の意で「マシは、明白に、反実仮説で、マシの用法として新しいものと考えられる」（記紀歌謡集全講）とされる。命が死ぬことが「死」であると把握していたと考えられるが、こうした繰り返しをもつ類似の用法が記紀歌謡に見える。

八千矛の　神の命　萎《ぬ》え草の　女にしあれば　我が心　浦渚《うらす》の鳥ぞ　今こそば　我鳥《わどり》にあらめ　後は　汝鳥《などり》にあらむを　命は　な志勢《しせ》たまひそ　いしたふや　天馳使　事の　語り言も　此をば　（記三）

御真木入日子《みまきいりひこ》はや　御真木入日子はや　己が緒を　盗み斯勢《しせ》むと　後つ戸よ　い行き違《たが》ひ　前つ戸よ　い行き違ひ　窺はく　知らにと　御真木入日子はや　（記二二）

記二二は日本書紀に類歌があり、「己が命を《を》　志斉《しせ》むと」（紀一八）とする。記紀歌謡の中で「志勢」「斯勢」「志斉」とあるのは下二段動詞「殺《し》す（死す）」の連用形で、「殺す」「死なす」意。記三は八千矛の神が高志国の沼河日売に求愛した歌に対する沼河比売の答歌であり、記二二（類歌紀一八）は崇神天皇の御代、大毘古命が四道将軍の一人として越の国に赴いた時に、途中山城の幣羅坂で出会った少女が歌った歌で、崇神天皇への反逆の兆候を知らせる意図を込めているとされる。「緒」は「命」の意であり、いずれも「命」と共に歌われる。こうした繰り返しの用法について『古代歌謡全注釈（古事記編）』は「眠は寝さむを」（記三）「眠をし寝せ」（記五）と同じ用法とする。歌謡としてのリズムを整えるという面もあるかと思われるが、「命死ぬ」或いは「命（は・を）死す」という強調は、「命」に対する意識の強さの表れでもあろう。「死」とは他ならぬ「命（生命）」が死ぬことであるとする理解が「命死ぬ・死す」には把握され、「死」の姿を「岩根しまきて」とする具象的表現や、「白露」の消える様に表象される表現に対して、「死」を説明する表現といえる。

『萬葉集』中には「命死す」は見えず、「命死ぬ」が次のように見える。

君が家に我が住坂の家道をも我は忘れじ命死なずは　（巻四・五〇四）

外目にも君が姿を見てばこそ我が恋止まめ〈命に向かふ〉命死なずは〈我が恋止まめ〉　（巻十二・二八八三）

妹待つと三笠の山の山菅の止まずや恋ひむ命死なずは　（巻十二・三〇六六）

右の三例は「命死なずは」が常套句として用いられていたことを理解させる。「命死ぬ」を「恋の止む」一つの限界として三首は詠まれている。五〇四番歌は「君が家に我が住坂の」とあって、妹が君の家に住み着くと詠むとする説（注釈など）と伝誦される間に君と妹の転換を推測する説（全注など）に分かれるが、「住坂」という坂に境界のある事を窺わせる表現からは君と妹に転換があり、通い路を忘れないとする読みに信憑性が感じられる。また、三〇六六番歌は「止まずや恋ひむ」とあって「死」が恋情を止める、言い換えると生の間は恋情が続くことの表明である。二八八三番歌について本文の「命死なずは」

の理解は必ずしも一様ではない。(9)ただし、他の二首のように、「命死なずは」をある限界とすると、恋の苦しさに「命死ぬ」心情に陥っていることを詠んでおり、遠くからでも「君」を見ることができれば恋がやんで「命死ぬ」も免れうる意である。異伝に「命に向かふ」とするのは命を的にする「命がけ」の意であり、「命の限界に直面するぎりぎりの気持」(釈注)と解される。

直に逢ひて見てばのみこそたまきはる命にむかふ吾が恋止まめ　(巻四・六七八)

まそ鏡直目に君を見てばこそ命に向かふ我が恋止まめ　(巻十二・二九七九)

「直に逢ひて」「直目」は共に直接見る意であり、「よそ目」との差はあるが同類の発想といえよう。「命に向かふ」と「命死なずは」は発想の根底に命の限界という意識を共通して持っていよう。ここには、「命」の限界、それを越えることこそが「死」であるという把握があろう。その「命」に枕詞「たまきはる」が懸かっている。

「たまきはる」が「命」に続く例は『萬葉集』から見え、最も古い例と考えられるのは次の人麻呂歌集の作である。

かくのみし恋ひや渡らむたまきはる命も知らぬ年は経につつ　(巻十一・二三七四)

「たまきはる」は記紀では「うち」にも続く枕詞でもあることから、その語義は「決定し難い」（時代別国語大辞典上代編）とされる。ただし、「たまきはる」と「命」の関係を『冠辞考』は「多麻は魂也、岐波流は極にて、人の生れしより、ながらふる涯を遥にかけていふ語也」と説く。この説は二三七四番歌の理解において説得力を持つと思われる。「命に向かふ」を「命がけ」の意とする時、その「命」は生まれた時から遥かに極まれるまで続く、言い換えれば生から老を経て後の終焉までを含むことに意義があると推測されるからである。

黒かりし　髪も白けぬ　ゆなゆなは　息さへ絶えて　後遂に　命死にける　水江の　浦島子が　家所見ゆ
（巻九・一七四〇）

「詠二水江浦島子一一首」の末尾部分であるが、相聞歌的要素はない。海神の神の宮から戻ってきた故郷の変貌に耐え難く、「開くなゆめ」と言われた玉櫛笥を開けたところ、「白雲の　箱より出でて　常世辺に　たなびきぬれば」とある後の姿を詠んでいる。「命死ぬ」引き金になるのは玉櫛笥を開けたことである。神の宮の娘子の力を失うことで、浦島子は急に年老い、息絶えて、遂に「命死にける」に至る。一七四〇番歌が詠む「命死ぬ」は実態としての「死」が目前の「死」のみを指すのではなく、若さから老いへ、そして「つひに」という時間を含んだ後に訪れる「死」であることを示している。「命」に続く「たまきはる」を「霊十極まる」の意と解しうる所以でもある。
「命」に続く枕詞には次のような用法が見える。(10)

後つひに妹は逢はむと朝露の命は生けり恋は繁けど　（巻十二・三〇四〇）
うつせみの命を長くありこそと留まれる我は斎ひて待たむ　（巻十三・三二九二）

「朝露の」が「朝露の消易き我が身」（巻八・二六八九）のように「消やすし」に懸かる枕詞ともとれる事は前に触れた。朝の光の中ですぐに消えてしまう露の現象に「はかない」意を読み取ることは難しいことではない。だが、それは「夕方置いて朝消える」という時間の経過を含んだ「朝露」であることが詠まれていた。このことは「朝露」においても「命」においても単に「はかない」と理解することを躊躇させよう。長らえるべき遙かな時間を約束されているはずの「命」が恋の前に消える、それを夕から朝への時間を経て朝に消える「露」の消え方に託すとき、その命は消えるべきであるかのようにある。三〇四〇番歌ではそれを「妹は逢はむ」の思いで生きている意とする。三二九二番歌は天皇の命令によって旅に行く夫の身を案じ、旅の無事を祈る歌であり、枕詞「うつせみの」を冠して、生きている「命」を「長く有りこそ」と願っている。「命」は「生命」の意ととれるがそれは「たまきはる」がかかるようにそこに「遙かな生」を内在させていると考えられる。

朝霧の凡に相見し人故に命死ぬべく恋ひ渡るかも
（巻四・五九九）

「凡（おほ）に」はぼんやりとの意である。朝霧の中で、輪廓もはっきりしないままにお互いを見交わしたことから生じた恋情を「命死ぬ」ことに匹敵すると詠んで、お互いの実像の不明瞭さと恋情の激しいほどの明瞭さとの対比を際だたせている。恋情が「命死ぬ」と対比される時、長くあるべき生の遮断が恋の情調を強く感じさせる手法となっていよう。

四 恋は死ぬとも

「恋」の苦しさを歌う歌は集中に多い。次はそれが現実の「死」に至る例である。

さにつらふ　君がみ言と　玉梓の　使ひも来ねば　思ひ病む　我が身ひとつそ　ちはやぶる　神にもな負ほせ　占部据ゑ　亀もな焼きそ　恋しくに　痛き我が身そ　いちしろく　身にしみ通り　むら肝の　心砕けて　死なむ命　にはかになりぬ　今更に　君か我を呼ぶ　……死ぬべき我が故
（巻十六・三八一一）

巻十六「有由縁并雑歌」の部にあって、「恋二夫君一歌」と題される右の歌は、訪れはもちろん、使いの者さえ来ない中で、思い病み、恢復の卜占も拒否し、恋しさを「痛い」と捉える身体的感覚によるその痛みが心身を砕いて「死」に至らしめることを詠んでいる。「有由縁并雑歌」部からなる巻十六について、内田賢徳氏は「由縁」の意味を解き「歌にまつわる綺譚集」と捉えている。(11) このことは、三八一一番歌において恋情が現実の「死」に結びつくこととして具体的に詠まれているけれども、その関係―恋情と「死」―に物語性を有することを考えさせ、恋情と「死」を対比させる表現方法に新たな視点を与えると思われる。相聞歌における「死」の表現への反映を探っておきたい。

　恋といへば薄きことなり然れども我は忘れじ恋ひは死ぬとも　（巻十二・二九三九）

　すべもなき片恋をすとこのころに我が死ぬべきは夢に見えきや　（巻十二・三一一一）

二九三九番歌の「薄し」について「恋情」を厚さ、薄さでは計りがたく、『全注』が「薄いのは言葉だろう」とする理解が適切だと思われる。言葉で「恋ふ」と言っても表しがたいほどの情感の強さは「恋ひ死ぬ」ことに繋がるほどであることと、「忘れじ」というその情感の継続とが詠まれている。恋情と「死」との対比を基盤において、その上で「死」を越える感情の表明となっていよう。三一一一番歌はなすすべもないほどの片恋の心情は「死ぬべきは」によって「死」に繋がっている。その事情を知らない片恋の相手に「夢に見たか」と尋ねるという発想には矛盾があるが、恋情と「死」の対比を越えようとする表現意欲がそうした矛盾に繋がっているのではないだろうか。

夢にだに見えばこそあれかくばかり見えずしあるは恋ひて死ねとか（巻四・七四九）

里人も語り継ぐがねよしゑやし恋ひても死なむ誰が名ならめや（巻十二・二八七三）

七四九番歌は現《うつつ》はもちろん、夢にも訪れないと相手をなじり、それは「死ねというのか」と相手に脅しを掛ける内容になっている。当然相手が夢にも訪れないことは自らの恋情を募らせ「死」に繋がるという前提に立っている。恋情と「死」とが対比的に捉えられ、それが現実の事柄として繋がるという関係であったのに対して、「恋ひて死ぬ」は恋情の強さが「死」に結びつくことを当然の帰結として、一体化したものとして把握しているといえよう。恋情が募ることと「死」の結び付きは起こるべき前提とすることで「見えずあり」が脅しの対象としての要素を持ちうるのである。二八七三番歌は噂を恐れて逢ってくれない相手に「恋ひて死ぬ」後に相手の名が立つことを詠んでおり「訴えではあるが、むしろ威嚇と称すべきものである」（窪田『評釈』）とするなど脅しの側面を持つことが読み取れる。二八七三番歌も「恋ふ」ことの延長線上に「死」が想定されている如くである。

今は我は死なむよ我が背生けりとも我に寄るべしと言ふといはなくに　（巻四・六八四）

今は我は死なむよ我妹逢はずして思ひ渡れば安けくもなし　（巻十二・二八六九）

六八四番歌は「生きる」ことと恋の成就とが等価としてあり、恋の成就が叶わない現実からの逃避を願う自嘲的な歌になっている。類句を持つ二八六九番歌も「今は我は死なむよ」の句に類似の自嘲的な要素が見られるが「安けくもなし」は叶わない恋情の質を判断しており、そこに恋情と「死」との関係性へのある種冷静な情感を窺える。

剣大刀両刃の利きに足踏みて死なば死なむよ君によりては　（巻十一・二四九八）

二四九八番歌はその「死」の具体的方法を述べているが、八六番歌が相手を追いかけた末に行路死人に類似した「死」に我が身をおこうとするのに対して、相手との具体的な関係は見えず、「死」の方法との間にも有機的な関係は築かれていないといえよう。恋の語も持たず、「死なば死なむよ」と繰り返しによる強調された「死」が、表現の手法としてあるといえるのではないか。

恋ひ死なば恋ひも死ねとや玉桙の道行き人の言告げもなき　（巻十一・二三七〇）

恋ひ死なば恋ひも死ねとや我妹子が我家の門を過ぎて行くらむ　（巻十一・二四〇一）

二三七〇番歌は「道行き人の言告げもなき」と衢で夕占をしても通行する人が何も言葉を発せずに通り過ぎてしまうことに対して、「恋ひ死なば恋ひも死ねとや」という激しい表現で自虐的な心情を表明し、二四〇一番歌は本来であれば妻問いをするべき男が、恋人である女性が我が家の門の前を通り過ぎて行くのを嘆いていて同様に自虐的な上二句を発している。二四〇一番歌には男女の立場の逆転という笑いの要素も見られ、いずれも深刻な恋の情感を詠むのではなく、宴の場などで、人々の笑いを誘う歌としての要素が強いと見られる。

以上、相聞歌を中心に「死」の表現について見るとき、そこに「生」（「命」といってもよいであろう）への願望が逆説としての「死」への願いに繋がっている。それは恋情に対比される具象的な「死」の把握から、「死」が「生」から「死」に至る把握のもとにあることを象徴する「白露の消かも死なまし」と表現されることによって、「死」は恋情表現の方法として定着し、表現の諸相を生じていると考えられる。

注１　研究史については寺川真知夫氏「磐姫皇后の相聞歌」『セミナー　万葉の歌人と作品』第一巻（和泉書院　平成一一）に詳しい。

2　青木生子氏「万葉集挽歌論」『青木生子著作集　第四巻』おうふう　平成十、初出昭和五九
3　堀一郎「万葉集にあらわれた葬制と他界観・霊魂観について」『万葉集大成　第八巻』平凡社　昭和二八
4　拙稿「天武天皇の皇女たち—四人の皇女を中心に」『女人の万葉集』笠間書院　平成一九
5　白井伊津子氏「上代被枕詞索引」『古代和歌における修辞』（塙書房　平成一七）による。
6　小島憲之『上代日本文学と中国文学　中』塙書房　昭和三九
7　「近江の海夕浪千鳥汝が鳴けば心もしのに古思ほゆ」（巻三・二六六）の「しのに」も同義の擬声語と推測され、二六六番歌はは心がうちしおれた状態を表すと考えられる。
8　「しののに」から「しとど」になったとされる。山口佳紀氏『古代日本語文法の成立の研究』有精堂出版　昭和六〇
9　諸説は『全注』【考】に整理されている
10　「夏麻引く　命かたまけ」（巻十三・三二五五）の例も指摘されるが、「夏麻引く」は　麻を引いて糸にするところからイに懸かるとも「かたまけ」に懸かるともされるので、今回は対象とするのを控えた。
11　内田賢徳氏「巻十六　桜児・縵児の歌」『萬葉集研究　第二十集』塙書房　平成六年
＊『萬葉集』の引用は新編日本古典文学全集『萬葉集』によった。

万葉集における「よろこびの歌」

田中夏陽子

・よろこびは祈り、よろこびは力、よろこびは愛。
Joy is prayer, joy is strength, joy is love.
・よろこびとは魂を捕まえられる愛の網なのです。
Joy is a net of love by which you can catch souls.
（マザー・テレサ）

一 はじめに

人間の感情「喜怒哀楽」のうち、人が幸福感をもって生きていくための心の糧は、「よろこび」である。一九七九年にノーベル平和賞を受賞したマザー・テレサは、「よろこび（joy）」は、人を幸福へと導く「ちから（strength）」と考えていた。

人間が積極的に生きていくためには、「よろこび」の感情がなくてはならない。古代日本人の「よろこび」は、『万葉集』にどのようにうたわれているのか探っていきたい。

二 懽

『万葉集』の中でよろこびの歌といえば、まず志貴皇子の「さわらびの歌」が思い出される。

志貴《しき》皇子の懽《よろこ》びの御歌一首
石《いは》走る　垂水《たるみ》の上の　さわらびの　萌え出づる春に　なりにけるかも
（巻八・一四一八）

二〇〇八年にＮＨＫで放映された「日めくり万葉集」の特別番組で、万葉ファン二百人が選んだベスト十首の中、二位に選ばれている。この歌は、『万葉集』巻八の冒頭を飾っていることからすれば、当時においても春を代表する有名な歌だったと考えていいのだろう。

しかしながら、よろこびの内容については、昇進など諸説あるが定かでない。ただし、この歌が宴席でうたわれた可能性は高く、早春の景にこと寄せ、春の到来のよろこびをうたっている歌であることには相違ない。

「懽」という文字は、『万葉集』には題詞に五例、歌には二例みられる。

逢ふを懽ぶる（懽逢）

住吉《すみのえ》の　里行きしかば　春花の　いやめづらしき　君に逢へるかも（巻十・一八八六）

巻十の春雑歌《ぞうか》の題詞《だいし》である。逢うことをよろこぶとある。歌は、住吉の里に行くと、春の花のように心惹かれる君にお逢いしたことよと、逢えたことのよろこびを、春になると咲く花にたとえてうたっている。春花は、その時期にしか見ることができない貴重なものであり、毎年咲くとわかっていても、寒くて長い冬にあれば、開花は待ち遠しいものである。

「春花のいやめづらしき君に逢へるかも」という表現は、冬が終わり、めぐり来る春の到来をよろこぶ右のさわらびの歌に相通じるものがある。

大伴家持、霍公鳥《ほととぎす》を懽《よろこ》ぶる歌一首（大伴家持懽霍公鳥歌一首）

いづくには　鳴きもしにけむ　ほととぎす　我家《わぎへ》の里に　今日のみそ鳴く（巻八・一四八八）

右は、ホトトギスをよろこぶ歌と題詞にある。大伴家持はホトトギスをこよなく愛し、多くの歌によんだ。しかしながら、ホトトギスは家持が思うようにはなかなか鳴かない。そのため、多くがホトトギスに対する恨みの歌で、この一四八八番歌の直前にも、次のような恨みの歌が並んでいる。

大伴家持、霍公鳥の晩く喧《な》くを恨むる歌二首（大伴家持恨霍公鳥晩喧歌二首）

我がやどの　花橘を　ほととぎす　来鳴かず地《つち》に　散らしてむとか　（一四八六）

ほととぎす　思はずありき　木《こ》の暗《くれ》の　かくなるまでに　なにか来鳴かぬ　（一四八七）

恨みの内容は、題詞にあるとおりホトトギスがなかなか鳴かないことなのだが、家持はホトトギスに対して何を求めているのかというと、家の庭の橘の花が散る前に鳴いてほしい（一四八六）のである。なのに、木の下陰がこんなに深くなる時期になっても鳴かない（一四八七）と恨んでいる。

つまり、ホトトギスに対して漠然と鳴くのが早い遅いと言っているわけではないのである。家持には、自分の家に生えている橘の花が咲いている時に、自分の家の近辺で鳴いて欲しいという、ホトトギスの鳴き方に対する時と場所を限定した理想とするシチュエーションがあるのだ。

では、一四八八番歌で、家持はホトトギスの何についてよろこんでいるのだろうか。家持はホトトギスが鳴いたと単純に喜んでいるのではない。ただ鳴いただけでは家持はよろこばない。木陰がすっかり濃くなってはいるが、よそではなく、橘の花が咲く自分の家の近辺（「我家の里」）で、今日やっとホトトギスが鳴いたからよろこんでいる。つまり、家持が思い描く理想のシチュエーションの範疇で、ホトトギスは何とか鳴いたとよろこんでいるのである。

恨みの思いがあればこそ、よろこびの思いもひとしお。題詞の「懽」には、家持のホトトギスの声に対する通り一遍でないこだわりによって生み出されたよろこびの思いが込められているのである。

次の二例は、歌の前に添えられている漢文で書かれた序の一部である。

A 跪《ひざまづ》きて芳音《ほうおん》を承り、嘉懽《かくわん》交《こもごも》深し。……（巻五・八一二・藤原房前）

B……一代の懽楽《くわんらく》、未だ席前に尽きずして、（割注省略）千年の愁苦、更《さら》に坐の後に継ぐ。……（巻五・沈痾自哀文《ちんあじあいぶん》・山上憶良）

Aは、天平元年十一月に大伴旅人《たびと》から日本琴《やまとこと》を贈られた際に、藤原房前《ふささき》が返歌した歌の序の冒頭である。「芳音」とは相手から送られた手紙に敬意を込めた表現で、「嘉懽」の「嘉」とは、褒め称える心、「懽」はよろこびを意味する。旅人から歌と琴を受け取った房前のよろこびの気持ちが表現されている。

Bは、山上憶良が、老病を嘆いて自らを哀れむ思いを漢文で綴った沈痾自哀文の一節である。一生の楽しみが、まだ目の前に尽きないのに、年長い愁い苦しみは、背後にせまっている。『万葉集』の中でも憶良の死生観が述べられている沈痾自哀文は異色の漢文である。人間が生涯の中で体験できる「懽楽《かんらく》（うれしさ・楽しさ）」がまだまだ尽きないのに、朝に夕に競い合うように我が身を老いと病が侵していくと、七十四歳の憶良は自らの身を嘆いている。

どちらも散文の中でよろこびを意味する一般的な言葉としてみられる。

歌中で「懽」がつかわれている例は次の二例で、「うれし」と訓《よ》ませている。

C我が背子《せこ》と　二人見ませば　いくばくか　この降る雪の　うれしからまし（懽有麻思）　（巻八・一六五八）

D待つらむに　至らば妹が　うれしみと（懽跡）　笑まむ姿を　行きてはや見む　（巻十一・二五二六）

Cは「藤皇后、天皇に奉る御歌一首」という題詞を持つ歌で、光明皇后が聖武天皇に奉った歌。結句「懽有麻思」は、「うれしくあらまし」ともよまれているが、二人で降る雪を見ることができたら、どれほどうれしいことでしょうか、とうたっている。つまり、この歌をよんでいる瞬間、光明皇后の夫の聖武天皇は傍にいないのである。だからこそ、こうした恋しい者を希求する歌をよむことになる。

Dは「正述心緒」に分類された歌である。通い婚の相思相愛の男女の歌であろう。自分の訪れを首を長くして持っているだろう妹《いも》が、逢いに行って自分の姿を見た瞬間、うれしいと笑う姿を早く行って見たい、と男である詠み手はうたっている。

この歌については、鴻巣盛廣『万葉集全釈』が「純真その物のやうな作である。後世の恋歌にはこんな、さつぱりした、純情の儘の歌は見えないやうである」、佐佐木信綱『評釈万葉集』は「単純にして明朗、読む者すらほほ笑ましめる純真な快さがある」と評している。窪田空穂『万葉集評釈』が「語続きも、気分の動くまま口語的に続けたもので、型よりは離れている」というように、韻文的な優美さには欠けるが、まさしく「正に心緒《こころ》を述」べた歌、ストレートに心境をうたった歌である。

このように、愛する者同士が一緒にいられる状態は、うれしい、よろこびの状態であるはずである。だが当時は、通い婚という婚姻形態も要因となり、愛する男女が一緒にいられる時間は今日よりも短かったのかもしれない。万葉の恋歌は、逢えない辛い気持ちを相手へ訴える重要な手段なのである。

三　用字

万葉集には、「懽」の他にも、「悦」「歓」「欣」「賀」などといったよろこびの意味のある漢字を見いだすことができる。

白川静の『字通』『字訓』によれば、「歓」「懽」は歓喜する意、「悦」は神と一体化して法悦の状態にあること、「欣」は神意の反応があること、「喜」「楽」は神を楽しませること、「慶」は神判の勝者を示す、「賀」

は豊年を祝うといった原義があるという。

よろこぶ

平安時代末の辞書『類聚名義抄《るいじゆみようぎしよう》』（観智院本）には、七十以上の漢字に「よろこひ」「よろこふ」といった和訓がふられている。同じ頃成立した『色葉字類抄《いろはじるいしよう》』（黒川本）でも、「悦ヨロコフ 慶怡喜欣歓忻愉賀……」と四十以上の漢字をあげている。ただし、『万葉集』の歌に限定してみてみれば、「よろこぶ」という訓《よ》みがみられる歌は、下記の秋の相聞歌一首しかなく、仮名書き例はない。

蟋《こほろぎ》に寄する

こほろぎの　待ちよろこぶる（待歓）　秋の夜を　寝る験《しるし》なし　枕と我とは

（巻十・二二六四）

こおろぎは待ちよろこぶ秋の夜だが、私には寝る甲斐がない、枕と私とでは。という独り寝を嘆く歌で、「歓」を「よろこぶる」と上二段動詞によみ下している。ちなみに、『続日本紀』宣命（四六）には、「よろこばし」の古形である「よろこぼし（与呂許保志）」という形容詞の仮名書き例もみられる。

今日は新嘗《にいなめ》のなほらひの豊《とよ》の明聞《あかりき》こしめす日に在り。然《しか》るに昨日《きのふ》の冬至《ふゆのきはみ》の日に、天雨《あめふ》りて地も潤《うるほ》ひ、万物《よろづのもの》も萌《めぐ》みもえ始《はじ》めて、好《よ》かるらむと念《おも》ふに、伊与国《いよのくに》より白き祥《しるし》の鹿《しか》を献奉《たてまつ》りて在《あ》れば、うれしよろこぼしとなも（有礼志与呂許保志止奈毛）見《み》る。復《また》三つの善事《よごと》の同じ時に集りて在ること、甚《いと》希有《めづら》しと念《おも》ひ畏《かしこ》まり尊《とうと》み、諸臣等《おおみたち》と共《とも》に異《こと》に奇《あや》しく麗《うるは》しく白き形《かたち》をなも見よろこぶる（喜流）。

（『続日本紀』神護景雲三年（七六九）十一月二十八日条）

新嘗祭における直会《なおらい》の宴の日に称徳女帝によって発せられた宣命である。前日は偶然冬至で、しかもその日に伊予国より瑞祥の印である白鹿が献上されたので、うれしくよろこばしく見たとある。この例によって、ヨ・ロ・コの三文字は乙類表記ということがわかる。

うれし

「うれし」という語についてはどうであろう。

現代では「うれし」の漢字は「嬉」に当てることが多いが、この文字は『万葉集』にはみられない。平安時代中期成立の辞書『新撰字鏡《しんせんじきよう》』も、「宇礼志《うれし》偉慶」と、「嬉」を当てていない。古辞書類では『色葉字類抄《いろはじるいしよう》』が「嬉ウレシ」と初出である。『類聚名義抄《るいじゆみようぎしよう》』（観智院本）では、「嬉」について、タノム《シヒ》・ヨロコフ・アソフ・タハフ《レ》ル・タハルという訓しかない。そもそも『類聚名義抄《るいじゆみようぎしよう》』には、「うれし」の和訓は「偉・晏・怡・忉・悠・京・懿」の七文字しかなく、『万葉集』で「うれし」とよませることがある「歓」「懽」といった文字は含まれていない。

さて、左は、『万葉集』の「うれし」の仮名書き例で、五例もある。

E……山川の　隔りてあれば　恋しけく　日長《け》きものを　見まく欲《ほ》り　思ふ間に　玉梓の　使の来れば　うれしみと（宇礼之美登）　我が待ち問ふに　およづれの　たはこととかも　はしきよし　汝弟《なおと》の命《みこと》　なにしかも　時しはあらむを……

（巻十七・三九五七・大伴家持）

F……老人も　女童も　しが願ふ　心足らひに　撫でたまひ　治めたまへば　ここをしも　あやに貴み　うれしけく（宇礼之家久）　いよよ思ひて……

（巻十八・四〇九四・大伴家持）

G……石瀬野《いわせの》に　馬だき行きて　をちこちに　鳥踏《ふ》み立て　白塗の　小鈴《こすず》もゆらに　あはせやり　振り放《さ》け見つつ　憤《いきどほ》る　心の内を　思ひ延べ　うれしびながら（宇礼之備奈我良）　枕づく　つま屋の内に　鳥座《とくら》結ひ　据ゑてそ我が飼ふ　真白斑《ましらふ》の鷹

（巻十九・四一五四・大伴家持）

H天地《あめつち》と　相栄《あい》えむと　大宮を　仕へ奉れば　貴《たふと》くうれしき（貴久宇礼之伎）

（巻十九・四二七三・巨勢朝臣）

I新《あらた》しき　年の初めに　思ふどち　い群れて居れば　うれしくもあるか（宇礼之久母安流可）

（巻十九・四二八四・道祖王《ふなど》）

用例はすべて『万葉集』末四巻に集中しており、長歌三例（E・F・G）はすべて家持の歌である。

「うれしみ」とミ語法のEは、弟が亡くなった時の歌。越中国に赴任している大伴家持のもとに奈良の都から使者が来たので、うれしいと思いながら尋ねると、弟が亡くなった知らせであった。「うれし」は都からの使者の来訪をよろこぶ心情をいっている。

「うれしけく」とク語法でみられるFは、聖武天皇が老若男女の願いを満たされるように治められるので、家持はそれが有り難くうれしいと、治世讃美をしている。

動詞のG「うれしび」も、越中の地で、ふさぎがちな気持ちを鷹狩りに興じて発散していることをよんだ歌。鷹を飛ばして振り仰ぎつつ、鬱鬱とした気持ちをまぎらわし、うれしく思いながら自分は鷹を飼っているといっている。

短歌のHは、宮廷行事である新嘗の肆宴《しえん》で天皇の求めに応じてよまれた応詔歌で、朝廷に仕えることのよろこびを、Iは天平勝宝五年（七五二）の正月に石上宅嗣《やかつぐ》の私邸で催された宴で、気心のしれた仲間たちと宴に参加するよろこびを、「うれし」という表現に集約させている。当時二十五歳であった石上宅嗣は、後に大納言正三位となる人物で、日本最初の図書館といわれる芸《うん》亭をひらいたことで知られる文人でもある。二〇〇九年十二月には、奈良市の西大寺旧境内から宅嗣をさす「石上朝臣」と書かれた木簡が出土したことが発表された。道祖《ふなど》王は、新田部皇子の子で、この歌の四年後に聖武天皇の遺言で皇太子となるが翌年廃された上、天平宝字元年（七五七）の橘奈良麻呂の変で拷問死している。

長歌であるE・F・Gは大伴家持自身の時々の心情であるのに対し、短歌H・Iは、儀礼的で祝賀的な讃美が要求される宴席歌である。

これら以外に歌に「うれし」の語が歌にみられるものは、先にあげた「懽」を「うれし」と訓《よ》むC光明皇后の歌・D正述心緒の歌と、次のような長歌一首と短歌四首がある。

J……筑波嶺を　さやに照らして　いふかりし　国のまほらを　つばらかに　示したまへば　うれしみと（歓登）　紐の緒解きて　家のごと　解けてそ遊ぶ　うちなびく　春見ましゆは　夏草の繁きはあれど　今日の楽しさ　（巻九・一七五三・筑波山に登る時の歌・検税使《けんぜいし》大伴卿）

Kなにすとか　君を厭《いと》はむ　秋萩の　その初花の　うれしきものを（歓寸物乎）（巻十・二二七三・寄花）

L思はぬに　至らば妹《いも》が　うれしみと（歓三跡）　笑まむ眉引き　思ほゆるかも　（巻十一・二五四六・正述心緒）

M玉くしろ　まき寝《ぬ》る妹も　あらばこそ　夜の長けくも　うれしかるべき（歓有倍吉）（巻十二・二八六五・正述心緒）

N夕さらば　君に逢はむと　思へこそ　日の暮るらくも　うれしかりけれ（悞有家礼）（巻十二・二九二二・正述心緒）

J・K・L・Mは「うれし」という言葉に「歓」の字を当てている。「歓」は、歌以外にも再会をよろこぶことを述べた題詞（①②）や書簡の漢文（③）にみられる。

①大伴宿祢三依《みより》、離れてまた逢ふことを歓《よろこ》ぶる歌（離復相歓歌）一首　（巻四・六五〇題詞）

②相歓《よろこ》ぶる歌（相歓歌）二首　（巻十七・三九六〇題詞）

③……耽読吟諷《たんどくきんぷう》し、戚謝歓怡《せきしやくわんい》す。……　（巻五・八六四・吉田宜の書簡）

また、植物のネムの漢字表記は「合歓（合歓木）」で、漢籍での表記も同様である。『万葉集』にはネムの歌が三首（巻八・一四六一、巻八・一四六三、巻十一・二七五二）みられるが、仮名ではなくすべてこの表記である。日本最古の本草書で平安中期の『本草《ほんぞう》和《わ》名《みょう》』では、「合歓」の項目に「和名祢布利乃岐」と、同じ頃成立した『倭《わ》名《みょう》類《るい》聚《じゅう》抄《しょう》』にも「合歓木」の項目に「和名祢布里乃木」とある。

ネムの名は、夜や酷暑になると羽状のたくさんの小さな葉が閉じる就眠運動に由来する。小島憲之[1]によれば、漢籍では「合歓」は男女の共寝のことをいう。紀女郎と大伴家持の戯れの贈答歌（巻八・一四六一、一四六三）も、それを意識した表現だとする。

また、別の論[2]では、右にあげた二二六四番歌のこおろぎの「待ちよろこぶる（待歓）」の部分も、単なるよろこびではなく、共寝を意味しているとする。

ネムの花（撮影：高岡市万葉歴史館）

そうした観点からすれば、K・L・Mも恋歌であるので、「うれし（歓）」という表記には、男女の交歓、共寝が間接的ではあるが意識されているのであろう。Jは、筑波山の頂上から眺めが晴れ晴れとすばらしいことが「うれし」くて、「紐の緒解きて　家のごと　解けてそ遊ぶ」と、家にいるように紐を解いてくつろいだとある。この紐を解いて遊ぶ行為が、共寝とイコールであるわけではないが、「人妻に　我も交はらむ　我が妻に　人も言問へ」（巻九・一七五九）と歌垣のおこなわれる筑波山の歌であるから、「歓」の字が引き寄せられたと思われる。

Nは少し問題ある。「悞」は、漢字本来の意味は「誤り」である。諸本に異同はなく、『万葉集』では他に使用されていない。契沖が『万葉代匠記』（精撰本）で「娯」の誤りだとして「娯」

に改めているが、新編日本古典全集などがいうように、共に「ゴ」と同音のために用いたものかもしれない。

歌の意味については、Kは、なぜあなたを厭いましょうか、秋萩の初花のようにうれしいものなのに、と男の歌にこたえたもの。

Lは先にあげたDの類想歌である。思いかげず訪れたら、うれしいと笑う妹《いも》の眉の様子が思い浮かぶという歌で、D「待つらむに」→L「思はぬに」、D「笑まむ姿を行きてはや見む」→L「笑まむ眉引き思ほゆるかも」と表現が替わっている。『万葉集全注（巻十二）』（稲岡耕二）が「改作だろうが、表情の焦点とされた眉が印象的である」というように、Dよりこちらの歌の方が総じて評価が高い。

Mは、腕をまき寝る彼女もいればこそ、夜が長いのもうれしいことだと、独り寝のさみしさをうたっており、Nは、夕方になればあなたに逢えると思えるからこそ、日が暮れるのもうれしいと、二首ともに、夜、一緒にいられる状況がうれしいことを前提とした表現である。

その他

歌の中の「よろこび」「うれし」といった語の用例は以上のとおりだが、題詞や左注などには、「怡」「欣」「悦」「賀」の例がある。

③……耽読吟諷《たんどんきんぷう》し、戚謝歓怡《せきしやくわんい》す。……
(巻五・八六四・吉田宜の書簡)

④……道人方士の、自ら丹経《たんきやう》を負ひ名山に入りて、薬を合はするは、性を養ひ、神《こころ》を怡《よろこ》びしめて、以て長生《ちやうせい》を求む。……
(巻五・沈痾自哀文・山上憶良)

③の「怡」は、大伴旅人から手紙をもらった吉田宜が、手紙に書かれている歌を繰り返し読んで口ずさんで感謝しながらよろこび楽しんでいるという意。病身の山上憶良の沈痾自哀文④は、人は皆永遠の命を求める、道人や方士は、自分で書物を持って名山に入って、薬を調合し、身体を養い精神を安らかにして長寿を求めると述べている。

「驚欣」とあるのは、越前国の大伴池主が大伴家持へ贈った戯れの歌四首の前文である。

⑤忽《たちま》ちに恩賜《おんし》を辱《かたじけな》くし、驚欣《きやうきん》已《すで》に深し。心中咲みを含み、独り座りて稍《やうや》くに開けば、表裏同じからず、相違何《なに》しかも異なる。……
(巻十八・四一二八・前文)

思いがけずかたじけない贈り物をいただき、驚きとよろこびでいっぱいです。心の中でほほえみながら、独り座っておもむろに開いてみると、表書きと中身が違っている、どうしてこうなったのか、という内容である。新日本古典文学大系によれば、「心中含笑」というのは漢語表現としては珍しく、異郷の地にいる旧知の大伴家持から贈り物を受け取った池主のよろこびの様が目に浮かぶ。実際に贈られてきたものは、歌から針と針袋であることがわかるが、表書きには、羅《ら》（うすぎぬ）と書かれていたことが推測される。

⑥⑦⑧は「悦」の例で、⑥は滋賀県甲賀市からこの歌の一部が書かれた木簡も出土している「安積香山影さへ見ゆる山の井の浅き心を我が思はなくに」の左注である。

> ⑥右の歌、伝へて云はく、葛城王、陸奥国に遣はされたる時に、国司の祇承《ししよう》の、緩怠なること異《こと》に甚だし。ここに王の意《こころ》に悦《よろこ》びずして、怒りの色面《おも》に顕《あら》はれぬ。飲饌《いんぜん》を設けたれど、肯《あ》へて宴楽せず。ここに前《さき》の采女《うねめ》あり、風流《みや》びたる娘子《をとめ》なり。左手に觴《さかづき》を捧げ、右手に水を持ち王の膝を撃ちて、この歌を詠む。すなはち王の意解《と》け悦びて、楽飲すること終日《ひねもす》なり、といふ。
>
> （巻十六・三八〇七左注）

葛城王（後の橘諸兄）が陸奥国に派遣された時、その国の国司の接待がなおざりだったため、悦ばず、憤怒の表情のままだった。宴席を設けても楽しまないでいるところに、都で采女だった風流な娘が、左手に盃を持ち、右手に水を持って、葛城王の膝をたたいてこの歌をよんだ。すると、葛城王の心も和らいで、一日中宴を楽しんだ、というものである。葛城王は、国司の怠惰な対応を悦ばず、采女だった娘の風流な対応を悦んだ、ということである。

左の「感悦」は、大伴家持が越中国守赴任中、逃げた鷹が見つかると夢に見え、感激して作った歌の題詞である。

⑦放逸《ほういつ》せし鷹を思ひ、夢に見て感悦《かんえつ》して作る歌一首　（巻十八・四〇一一題詞・大伴家持）

大伴家持はGでもふれたが、自分の寝室で飼うほどに鷹を可愛がっていたためだろうか、題詞の説明だけでは物足りず、次のように左注で「感悦」に至る経緯をさらに詳しく述べている。

⑧……ここに夢の裏に娘子有り。喩《をし》へて曰く「使君《しくん》、苦念を作《な》して空しく精神を費やすことなかれ。放逸せるその鷹は獲り得むこと幾《いくばく》だもあらじ」といふ。須臾《しばらく》して覚き寤《めざ》め、懐《こころ》に悦《よろこ》び有り、因《よ》りて恨《うらみ》を却《しりぞ》くる歌を作り、式《も》ちて感信を旌《あらは》す。

夢の中で乙女から、逃げた鷹を近々捕らえることができるとお告げがあったので、すぐに目覚めて、悦び、恨めしさを払う歌を作ったと、非常によろこんだのである。しかし、この後、鷹が捕獲されたという歌が載っていないので、おそらく戻っては来なかったのだろう。

「賀」については、下記のような例をひろうことができる。⑨は葛城王の一族が橘の姓を賜わった時の宴席で植物の橘を、⑩は大仏を鋳造するために必要な黄金が陸奥国から産出された時に聖武天皇から発せられた詔書を、⑪は日照りが続く時に雨が降ったことを、⑫は新年を、「賀」している。

⑨右、冬十一月九日に、従三位葛城王・従四位上佐為《さい》王等、皇族の高名を辞して、外家の橘の姓を賜はること已《すで》に訖《をは》りぬ。ここに、太上天皇・天皇・皇后、共に皇后の宮に在して、肆宴《しえん》をなし、即ち橘を賀《ほ》く歌を御製《つく》らし、并《あは》せて御酒を宿祢等に賜ふ。（巻六・一〇〇九左注）

⑩陸奥国に金を出だす詔書《しようしよ》を賀く歌一首（巻十八・四〇九四題詞）

⑪雨落《ふ》るを賀く歌一首（巻十八・四一二四題詞）

⑫六年正月四日に、氏族の人等、少納言大伴宿祢家持の宅《いへ》に賀き集ひて宴飲する歌三首（巻二十・四二九八題詞）

「賀」は、よろこび祝う言葉を発する言祝《ことほ》ぎを意味する。「賀《ほ》く」とよみ下されることが一般的だが、新日本古典文学大系は、⑩・⑪については、『名義抄』に「賀　ヨロコフ」とあるので、「よろこびし」とよみくだしている（⑨⑫については「賀《が》する」「賀集《がしふ》して」とよむ）。

⑪は「我が欲りし　雨は降り来ぬ　かくしあらば　言挙《ことあ》げせずとも　稔《とし》は栄えむ」（巻十八・四〇九四・大伴家持）、待ち望んでいた雨が降ってきた、これなら、わざわざ言挙げしなくても豊作になるだろうという歌の題詞である。

唐代初期の類書『芸文類聚《げいもんるいじゅう》』の雨部には、「賀雨」「喜雨」と題する多くの漢詩が引かれているが、大伴家持のこの歌の作歌が、こうした漢詩の影響化にあることは間違いない。

昨年、川﨑晃氏が国司の雨乞いについて論じられたが、(3) この歌の「言挙げせずとも」の解釈については、川﨑氏同様、雨乞いや豊年を祈念する儀礼をせずとも豊作になるだろうという意味の歌と解し、漢詩世界の影響化にある文芸性を志向した歌だと思われる。

こうしてみてみると、大伴家持自身の記載と思われる越中万葉の題詞や左注については、左のように、親しい部下との再会には「歓」、夢で良い託宣を受けたことには「悦」、天皇や神に関連したものには「賀」を使用しており、よろこびの質によって文字についても使い分けがみられる。それらは、白川静のいう原義に通じるものがある。

歓…池主との再会（②）
悦…逃げた鷹が見つかると夢で少女から託宣をうける（⑦・⑧）
賀…出金詔書（⑩）、雨が降ること（⑪）

このように、『万葉集』の歌以外の部分から垣間見られる「よろこび」は、山上憶良の人生論の中で展開する思索的で概念的なものがある一方で、大伴家持とその周辺の人々の例は、日常生活に密着した現代に生きる我々にも十分共感可能なものであった。

四　儀礼歌のよろこび

さて、当然のことだが、歌の中に「よろこぶ」「うれしい」などという言葉が直接つかわれなくとも、よろこびの感情がうたわれている歌がある。吉野讃歌などと称される讃歌類も、広義にとらえればよろこびの歌である。

「初春のよろこび」をうたう正月の賀の歌も同様である。『万葉集』の巻末を飾る有名な、

三年春正月一日に、因幡国庁にして饗を国郡の司等に賜ふ宴の歌一首

新《あら》しき　年の初めの　初春の　今日降る雪の　いやしけ吉事《よごと》

（巻二十・四五一六・大伴家持）

は、因幡守《いなばのかみ》であった大伴家持が、元旦に国庁で因幡国の役人たちに宴を賜わった時によんだ歌とある。降る雪に豊作の予兆を見出し、「いやしけ吉事」と、吉事、よろこびが度重なるようにと歌にして予祝《よしゅく》し

ている。
また、題詞を⑫でとりあげた左の三首も、正月に少納言であった大伴家持の自宅に大伴一族が集って宴飲した時の歌である。

六年正月四日に、氏族の人等、少納言大伴宿祢家持の宅に賀き集ひて宴飲する歌三首

霜の上に　あられたばしり　いや増しに　我は参ゐ来む　年の緒長く　古今未だ詳らかならず

（巻二十・四二九八）

右の一首、左《さ》兵衛督《ひやうゑのかみ》大伴宿祢《おおとものすくね》千室《ちむろ》

年月は　新た新たに　相《あひ》見れど　我が思《も》ふ君は　飽き足らぬかも　古今未だ詳らかならず　（四二九九）

右の一首、民部少丞《みんぶのせうじやう》大伴宿祢村上

霞立つ　春の初めを　今日のごと　見むと思へば　楽しとそ思ふ　（四三〇〇）

右の一首、左《さ》京少進《きやうのせうしん》大伴宿祢池主

年の始めに一族が参賀できることをよろこびとし、そのよろこびがいつまでも続くように「我は参ゐ来む年の緒長く」「飽き足らぬかも」とうたって予祝するのである。
再会を祝する歌もよろこびの歌である。①②でとりあげた以外にも、次のような家持による例があ

る。

国の掾《じよう》久米朝臣広縄、天平二十年を以て朝集使に付きて京に入る。その事畢《をは》りて、天平感宝元年閏五月二十七日に本任に還り到る。よりて長官の館に詩酒の宴を設け楽飲す。ここに主人守大伴宿祢家持が作る歌一首　并せて短歌（巻十八・四一一六題詞）

（歌は省略）

『万葉集』には旅の別れの歌、いわゆる悲別歌は数多くみられるが、旅から帰還し、再会を祝う歌は少ない。大伴家持の日常が日記的に知ることができる越中万葉の歌の中には、大帳使の任を終えて都から越中に帰還した池主との再会（②）や、右のような朝集使の任を終えて越中へ帰ってきた久米広縄との再会をよろこぶ歌がみられる。

どちらも、「詩酒の宴を設け、弾糸飲楽す」（②左注）、「長官の館に詩酒の宴を設け楽飲す」（四一一六題詞）と、宴席を場とした歌なのである。

このように、多くの場合、『万葉集』にみられるよろこびの歌には宴などの公的な儀礼性が伴うのである。

次の有名な藤原鎌足の歌はどうであろう。

内大臣藤原卿、采女の安見児《やすみこ》を娶《ま》く時に作る歌一首

我はもや　安見児得たり　皆人の　得かてにすといふ　安見児得たり

（巻二・九五・藤原鎌足）

「私は安見児を得た。誰も手に入れ難いという、安見児を得た」と、「安見児得たり」を二回繰り返しただけの恥ずかしいほど率直なよろこびの歌である。単純な歌詞、繰り返しの表現から、即興的で口誦された歌、すなわち天智天皇から安見児を賜わった時の宴席の歌と考えられる。

妻となる安見児本人に対する思慕の強さをうたったというよりも、采女との結婚は臣下には許されていなかったので、安見児を下してくれた天皇に対する返礼の気持ちを述べた歌である。最高権力者である内大臣の鎌足が、安見児を得たよろこびを愚直ともいえるような歌でもってしか表現できないほど、手放しでよろこんだ。それが、返礼の歌を受け取った天皇に満足感を与えるのである。

さらに左の詔に応ふる歌、天皇の命による応詔歌は、戦時中、愛国心高揚に利用された歌で、儀礼の極みともいうべき歌である。

六年甲戌《かふじゆつ》、海犬養宿祢岡麻呂《あまのいぬかいのすくね》の、詔に応ふる歌一首

御民我《みたみわれ》　生ける験《しるし》あり　天地《あめつち》の　栄ゆる時に　あへらく思へば

（巻六・九九六）

配列から天平六年（七三四）、聖武天皇の命による新春賀宴の応詔歌と考えられている。天地の栄える時に自分は出会うことができ、「生ける験《しるし》あり」と、天皇の民であることが生きるよろこびであるとまで海犬養岡麻呂はいっている。

このように、万葉歌にみられるよろこびの表現は、儀礼、特に宴席によって養われてきたといってよいのではないだろうか。

五　おわりに

以上、『万葉集』にみられる「よろこび」の表現について見てきた。

『万葉集』の恋歌には、恋を謳歌するよろこびの歌はほとんどみられない。愛する者同士が一緒にいられる時、二人はよろこびの境地にあり、恋歌は必要ない。共にいられないからこそ、あるいは思いが相手に通じないからこそ、孤独感、欠乏感が、よろこびの境地を獲得するために恋歌をよませるのである。

一方、宴席などを場する儀礼の歌においては、その状況に身を置けること自体がよろこびなのである。今の状況が如何によろこばしい状態であるかを述べることによって、さらなるよろこびを期待し、言祝《ことほ》く。それが儀礼歌のよろこびの表現なのである。

このように、万葉びとにとって、歌は、よろこびを獲得するための「力(strength)」なのであった。
何故、志貴皇子は最初に掲げたよろこびの歌をよんだのか。題詞の「懽《よろこ》び」とは何であったか定かでない。しかし、宴という儀礼の場が、彼によろこびの歌をよませたと言って間違いはないはずである。

注1 小島憲之「遊仙窟の投げた影」(『上代日本文学と中国文学 中』塙書房・昭和三十九年)
2 小島憲之「詩語一つ二つ—石上乙麻呂の場合—」(『國文學論叢(龍谷大学)』三〇号・昭和六十年二月)
3 川崎晃「大地裂ける夏から稔りの秋へ—国司の雨乞いと稲種をめぐる二題—」(高岡市万葉歴史館論集12『四季の万葉集』笠間書院・平成二十一年)

【参考文献】
・高岡市万葉歴史館論集11『恋の万葉集』(笠間書院・平成二十年)

＊使用したテキストは下記のとおりであるが、適宜表記を改めたところもある。
CD-ROM版塙本『萬葉集』、新日本古典文学大系『続日本紀』(岩波書店)

〈怒り〉と〈恨み〉

――歌における感情の表出――

飯泉健司

一 序

1はね縵《かづら》　今《いま》する妹《いも》が　うら若《わか》み　笑《ゑ》みみ怒《いか》りみ（咲見慍見）　付けし紐解《ひもと》く　（巻十一・二六二七）

右の歌は万葉集で唯一「怒り」を詠み込んだ歌である。万葉の歌ことばとして「怒り」は定着していない。というより、日本の和歌史においても「怒り」を詠み込むことはほとんどない。勅撰集をみても「怒り」と詠む歌は見あたらない。拾遺集には、

いかるがにげ

2事ぞとも　聞きだにわかず　わりなくも　人のいかるが　にげやしなまし　（拾遺・物名・四三〇）

と、「いかるがにげ」（ひとが怒るので逃げてしまう）が詠まれるが、ここでは「いかるがにげ」に二毛の馬（斑鳩二毛《いかるがにげ》）の意を掛けている。「怒る」という言葉は、そのままでは歌ことばには相応しく無いとの認識が古典和歌には存したようだ。

では、なぜ和歌に「怒る」は相応しくないのか。また古代人にとって〈怒り〉とはどのようなものであり、さらに怒る心を万葉人はどのように表現したのか。本論では怒る心と歌表現との関係性から、歌における感情表出方法について考えてみる。

二 古代人の怒る心——散文世界から

歌表現と感情の有無とはイコールではない。つまり歌に詠まれないから、古代人には怒る心が無かったということではない。古代人も怒る。万葉集でも国司の対応の悪さに葛城王は怒っている。

3ここに王の意《こころ》悦びずして、怒りの色面《おもへり》に顕れぬ。（巻十六・三八〇七左注）

〈怒り〉の心が顔色に出ている。ここで気がつくのは〈怒り〉は外部から見えるもの、ということである。〈怒り〉は外部に表れる。ここで古代人の怒る心を概観するため、散文世界の表現をみてみよう。

〈怒り〉には「忿」「怒」「憤」「慍」「恚」等の文字が使用されるが、今は、古代人の〈怒り〉全般を概観するので、用字の差（書き手の区別や意識）には敢えて拘らない。

古代人が怒る場合、往々にして、顔色に出る。「赫然《おもほて》りて大きに怒りたまふ。」（武烈前紀）、「邪睨《にら》みて大きに怒る」（用明紀二年四月）、「赫然《いか》り発憤《むつか》りて」（斉明紀六年九月）、「大く苦憤《うれへいきどほ》り、天に号《さけ》び地に踊り」（出雲国風土記・意宇郡）というように、顔や態度に出して〈怒り〉を表現する。「慍《いか》れる湯の泉、処々より出でき。」（豊後国風土記・日田郡）とあるのも、表面に出た湯を〈怒り〉と表現している。そしてその〈怒り〉は、相手に向けられ、相手を責めるようになる。

〈A〉〈怒り〉から責めへ

4 兄忿《いか》りて…〈中略〉…急《せ》め責《はた》る。（神代紀十段本書）

5（天皇）大きに怒り詰び嘖《ころ》ひて…〈中略〉…（機《おし》に）剱案《つるぎのたかみとりしば》り弓彎《ゆみひきまかな》ひて、逼めて催《お》ひ入れしむ（神武前紀戊午年八月）

6 菟道稚郎子、其の表《ふみ》を読みて、怒りて、高麗の使を責むるに、表の状の礼無きことを以てして、則ち其の表を破りつ。（応神紀二十八年九月）

7 毛野臣、大きに怒りて、二つの国の使を責めて…（継体紀二十三年四月是月）

8 膳臣大麻呂、大きに怒りて、国造等を収へて縛りて、所由を推問《と》ふ。（安閑紀元年四月）

9 嗔《いか》り罵《の》りて　（皇極紀二年十一月）

責めて、尋問する。そしてその責めは、言葉に飽きたらず、行動へと移り、攻撃へと転じる。

【B】〈怒り〉から攻撃へ

10 鹿葦津姫、忿《いか》り恨みまつりて…〈中略〉…火を放けて室を焼く。　（神代紀九段本書）

11 天皇聞こしめして、重発震忿《またいか》りたまひて、大きに軍衆を起したまひて、頓に新羅を滅ぼさむとす　（神功前紀）

12 百済の王、大きに怒りて、…〈中略〉…攻む。　（顕宗紀三年是歳）

13（火明命）大きに瞋怨《いか》る。仍りて波風を起こして其の船に追ひ迫りき。　（播磨国風土記・飾磨郡）

14（神）大きに怒りて、即て暴風を起し、客の船を打ち破りき。　（播磨国風土記・揖保郡）

15 冰上刀売、怒りて…〈中略〉…兵を以ちて相闘ひき。　（播磨国風土記・託賀郡）

16 志毘臣　愈《いよいよ》怒りて歌ひて曰く「大君の　御子の柴垣　八節結《やふじま》り　結《しま》り廻《もとほ》し　切れむ柴垣　焼けむ柴垣」　（清寧記）

火を点け(10)、滅ぼし(11)、攻め(12)、相手の船に迫り(13)、船を打ち破って(14)、闘いの姿勢を示す(15)。16志毘の歌も、怒った瞬間に、「焼けむ柴垣」と過激に攻撃的態度をとるようになる。〈怒り〉の攻撃は破壊力をもつ。

〔C〕〈怒り〉から破壊

17味耜高彦根神、忿然《いかり》作色《おもほてり》して、…〈中略〉…喪屋をきり仆《ふ》せつ。（神代紀九段本書）

18天皇、大きに怒りたまひて…〈中略〉…社稷《くに》を復《かへ》したまふ。（神功紀六十二年）

19神忿《いか》りて殿を壊つ（斉明紀七年五月）

葬儀を行う重要な喪屋（17）、社稷（18）や天皇の殿（19）も破壊する。さらに過激に怒ると、相手を殺してしまう。

〔D〕〈怒り〉から殺害へ

20月夜見尊、忿然《いか》り作色《おもほてり》して…〈中略〉…剣を抜きて撃ち殺しつ。（神代紀五段一書十一）

21兄磯城忿《いか》りて…〈中略〉…弓を彎《ひきまかな》ひて射る。（神武前紀戊午年十一月）

22（出雲振根）猶恨忿《うらみふつくむこと》を懐きて、弟を殺さむといふ志有り。（崇神紀六十年）

23（天皇）大きに怒り…〈中略〉…殺さむと欲す。（仁徳紀四十年二月）

24忿《いか》りたまふときには、朝に見ゆる者は夕には殺されぬ。（安康前紀）

25大きに怒りて、兵を起こして大草香皇子の家を囲みて、殺しつ。（安康紀元年二月）

26天皇、忿怒《みいかり》弥盛《いやさかり》なり。乃ち復《また》あはせて眉輪王を殺さむと欲す。（雄略前紀）

27天皇、大きに怒りたまひて…〈中略〉…火を以て焼き殺しつ。（雄略紀二年七月）

28天皇、大きに怒りたまひて、刀を抜きて御者大津馬飼《おほうまそひのひとおほつのうまかひ》を斬りたまふ。（雄略紀二年十月）
29嗔《いか》りて、数十人を殺しつ　（天智紀二年八月）
30其の神大く忿《いか》りて詔らす「…〈中略〉…汝は一道に向ひたまへ」（仲哀記）
31大きなる怒猪《いかりゐ》出で、其の歴木《くぬぎ》を掘りて、即ち其の香坂王を咋《く》ひ食《は》みき。（仲哀記）
32天皇大く忿《いか》りて矢刺したまひて、百官の人等悉に矢刺しつ。（雄略記）
33麻多智、大きに怒りの情を起こし、…〈中略〉…打ち殺し駆逐《おひやら》ひき。（常陸国風土記・行方郡）

かくも多く、〈怒り〉による殺害が古代では語られている。古代人は〈怒り〉によって、破壊・殺害をなす。概して「怒る」場合は、その激情が面に表れ、過激な行動を引き起こさせている。怒る場合、何かしらの行動が伴う。

【E】〈怒り〉から行動へ

34天照大神怒りますこと甚しくして曰はく「汝は是悪しき神なり。相見じ」（神代紀五段一書十一）
35（天照大神）発慍《いか》りまして、乃ち天石窟に入りまして、磐戸を閉《さ》して幽《こも》り居《ま》しぬ。故、六合《くに》の内常闇にして、昼夜の相代《あひかはるわき》もしらず。（神代紀七段本書）
36（天皇）怒りたまふ。輒《すなは》ち菟代宿禰《うしろのすくね》が所有《たも》てる猪使部《ゐかひべ》を奪ひて物部目連に賜ふ。（雄略紀十八年八月）

37「発憤《いきどほ》りて称《ことあげ》し」（敏達紀十四年八月）

38伊耶那岐大御神忿怒《いか》りて…〈中略〉…神夜良比爾夜良比《かむやらひにやらひ》賜ひき。（神代記）

39大后是の御歌を聞き、大く忿《いか》りまして、人を大浦に遣はして、（黒日売を）追ひ下して、歩《かち》より追ひ去ります。（仁徳記）

月神との別居（34）、籠もりによる常闇（35）、略奪（36）、言挙げ（37）、追放（38・39）等、その〈怒り〉は解けるまで続けられる。前掲3の葛城王もその後、前の采女が歓待して〈怒り〉は「解け悦ぶ」という。〈怒り〉は解けるまで継続する。

〔F〕〈怒り〉が解ける

40皇后、是の魚鳥の遊を看して、忿の心稍に解けぬ。（仲哀紀八年正月）

40では魚鳥の遊びを見て怒りが解けている。魚鳥は霊魂と関わる。ホムチワケが鳥を見て「アギトヒ」（口をぱくぱく）したので、その鳥を捕まえようとする（古事記）のも、ホムチワケに欠けていた霊魂（言語能力を司る霊魂）をその鳥が運搬していたからであろう。怒る場合も、何かの霊魂や心が欠けていたことによって怒るものだと考えられていたようだ。その心は「平恕」「平明」等と記される。

〔G〕 怒らず→平明・平恕

41 日神、恩親しき意《このかみおとどむつまみこころもち》にして慍《とが》めたまはず、恨みたまはず。（神代紀七段一書二）

42 日神、慍《とが》めたまはず、恆に平恕を以て《たいらかなるこころ》相容《ゆる》したまふこと、云々（神代紀七段一書三）

43「吾が御子、平明《やすらか》にして憤《いく》まず」（出雲国風土記・島根郡）

というように、「恩親しき意」(41)、「平恕」(42)、「平明」(43)の心によって抑制する。そのことによって〈怒り〉から引き起こされる攻撃や破壊は回避できる。攻撃的な〈怒り〉は、危険なものであるから、なるべく怒らないように古代人は注意をしていた。換言すれば、怒る状態になったときの怖さを古代人自身が自覚していたことを物語っている。

三 〈怒り〉と〈恨み〉——表裏一体の感情

このようにみてくると〈怒り〉とは感情の単純な発露とも思える。しかし今少し複雑な思いが潜んでいるようだ。というのも〈怒り〉の文脈に「恨み・怨み」が併記されることが多いからである。

〔H〕〈恨み〉と〈怒り〉

44 女神怨み怒りますなり（播磨国風土記・揖保郡）

45及伐干《きふばつかん》、忿《いか》り、恨みて罷《こも》りぬ。（欽明紀二十二年）

46大后、大く恨み怒りまして、其の御船に載せたる御綱柏を悉に海に投げ棄てましき。（仁徳記）

47上宮大娘姫王、発憤《いかり》りて歎きて曰はく…〈中略〉…これより恨みを結びて（皇極紀元年是歳）

怒る心と恨む心とは同時に発生する。〈怒り〉と〈恨み〉は表裏一体の感情であった。そのことは、「佷」（「佷、恨也」廣雅釈詁四）字に「伊加留《いかる》」（新撰字鏡）の訓をあてたり、「忿、怨也」（戦国策・秦、高誘注）、「慍、於問反恚也、怨也、恨也」（万象名義）とあることからも知られる。そこで〈怒り〉を〈恨み〉と言い換えている箇所を中心に検討して両者の関係性について考えてみる。なお〈怒り〉同様、「恨」「怨」「憾」等の用字には拘らずに、〈恨み〉の全般を概観してみる。

48（聖明王）「天皇を怒りまさしめて、任那をして憤恨《うら》みしむることを寡人《おのれ》の過《あやまり》なり」（欽明紀二年四月）

49天皇、是に、皇后の大きに忿《いか》りたまふことを恨みたまふ。（仁徳紀三十年十一月）

50（皇后）大きに恨みたまふ。則ち其の採れる御綱葉を海に投げ入れて、著岸《とま》りたまはず。…〈中略〉…天皇、皇后の忿《いか》りて著岸りたまはずことを知しめさず。（仁徳紀三十年九月）

51「大きに忿《いか》りて」「忍びて怨むることなし」（舒明前紀）

52忿《いか》りを絶ち、瞋《おもへりのいかり》を棄てて人の違ふことを怒《いか》らざれ。…〈中略〉…凡て人私有るときは、必ず恨み有り。憾《うらみ》有《あ》るときは必ず同《おなじか》らず。…〈中略〉…上下和《あまな》ひ諧《ととのほ》れ…（推古紀十二年四月）

53子恨みを含みて、事吐《ものい》はず。決別るる時に臨みて、怒怨《いかり》に勝へず、伯父を震殺《ふりころ》して（常陸国風土記・久慈郡）

54懐《みこころのうちにおも》恨ひて、忍びて顔《みおもへり》に発《いだ》したまはず。（武烈前紀）

55天皇、隼別皇子の密《ひそか》に婚《たは》けたることを知りたまひて、恨みたまふ。…〈中略〉…忍びて罪せず。（仁徳紀三十八年七月）

48では「怒る」主体（天皇）と、「憤恨《うら》む」主体（任那）とが区別されている。49では皇后が怒ったことに対して天皇が恨む。50では皇后の〈恨み〉について、天皇主体の叙述では〈怒り〉と理解している。主体によって怒るか恨むか、という反応及び捉え方の違いが見られる。〈恨み〉と〈怒り〉とには、微妙に違いが見て取れるのである。〈怒り〉は「大きに」怒るもの（50・51）であり、増幅する。解決法は棄てるか（52）、解くか（40）による。一方〈恨み〉は忍ぶもの（54・55）であり、和ませること（52）によって終結を迎える。そして53のように、恨む場合には「事吐《ものい》はず」状態で行動は起こさないが、「怒怨《いかる》」場合には攻撃的に殺してしまう。総じて、怒る者は感情を露わにして相手を責めて攻撃して殺す、というように外向的な感情と古代人は考えていた。対して恨むは、沈黙して忍ぶという内向的な感情であり、顔色にはだすことは慎まれた（54・55）。恨む場合、攻撃的な行動をとることは少ない。

〔I〕〈恨み〉によって泣く

56伊奘諾尊、恨みて曰はく、……〈中略〉……哭き流涕《かなし》びたまふ。（神代紀五段一書六）

57（スサノヲ）常に啼き泣ち恚《いさ》恨《うら》む。（神代紀五段一書六）

58「今朝涕泣つること、何の恨み有るか」（継体紀八年正月）

59血に泣き怨み（欽明紀二十三年六月）

内向的な〈恨み〉は泣くという行動をとらせる。そして「歎き恨みて」（敏達紀十二年是歳）というように歎く。「歎く」「泣く」は相手に向けられたものではない。よって攻撃性を持たない内向的な感情なのである。だから〈怒り〉のように直接的な行動を起こすことは少ない。

〔J〕〈恨み〉は攻撃せず

60二の国の怨み、始めて是の時に起こる。（垂仁紀二年是歳）

61二の国（高麗・新羅）の怨み、此より生る。（雄略紀八年二月）

62（天皇）大碓命を恨みたまふ。（景行紀四年二月）

60〜62は、具体的な破壊行動へとは繋がっていない。恨むには外向的な力はなかったようだ。むしろ内向的な力が働いている。例えば、

〔K〕〈恨み〉から帰る

63（豊玉姫）辱められたるを以て恨《うらめ》しとして、則ち径に海郷《わたつみのくに》に帰る（神代紀十段一書二）

64三毛入野命、亦恨みて…〈中略〉…常世郷に往でましぬ。（神武前紀戊午年六月）

というように、恨む心は海郷（63）即ち元つ国に帰る、という行動を選択させる。自分のホームグランドへ帰るという点で自分の殻に閉じこもろうとする力が働く。64でも、遭難という現場から逃げ出して常世に行ってしまう。相手への攻撃や窮状打破の勢いはない。内省的である。

〔L〕〈恨み〉＝内省

65天皇、恨みて国位《くに》を捨《さ》りたまはむと欲して（孝徳紀白雉四年是歳）

66（皇后は）妾《やつこ》に因りて恆《つね》に陛下《きみ》を恨みたまふ。亦妾が為に苦びたまふ。（允恭紀八年二月）

67怨《うら》み瞋《いか》りて、妾、刀を以ちて腹を辟《さ》きて此の沼に没《おち》りき。（播磨国風土記・賀毛郡）

68皇后、聞しめして恨みて…〈中略〉…自ら出でて、産殿を焼きて、死せむとす。（允恭紀七年十二月）

天皇位を放棄しようとしたり（65）、皇后は〈恨み〉の心によって自ら苦しむ（66）。さらに苦しい状況が進行すれば、自分の腹を割き（67）、自殺をも考える（68）。このような〈恨み〉の解消は容易ではない。長い間、恨む状態は続く。

〔M〕 長時間続く〈恨み〉

69唯以て恨をのみ留む。今、年若干《そこら》を踰《こ》えぬ。　（雄略紀二十三年八月）

70新羅の怨曠《うら》むること積年《ひさ》し。　（欽明紀元年九月）

71「我生生《よ》世世《よ》に、君王を怨みじ」　（孝徳紀大化五年三月）

〈恨み〉は留まるもの（69）であり、長年続く（70）。71からは逆に何代も続く〈恨み〉の継続があったことが知られる。積もり積もった〈恨み〉の解消は難しい。内向性があることによって、自己の奥深いところにまで〈恨み〉は浸透してしまう。そうなるともはや自己内では解決できなくなる。自己内で消化できないから、自分以外の力（他力）によって、相手に攻撃することも起こる。

〔N〕 呪いの〈恨み〉

72磐長姫恥ぢ恨みて、唾き泣ちて曰はく、「顕見蒼生《うつしきあをひとくさ》は、木の花の如《ごと》に、俄《しばらく》に遷転《うつろ》ひて、衰去《おとろ》へなむ」といふ。　（神代紀九段一書二）

73神祖の尊、恨み泣きて詈告《の》りたまひけらく「…〈中略〉…汝が居《す》める山は、生涯《いき》の極み、冬も夏も雪ふり、霜おきて、冷寒《さむさ》重襲《しき》り、人民登らず、飲食《をしもの》な奠《まつ》りそ」　（常陸国風土記・筑波郡）

74使人等が怨み、上天の神に徹りて、足嶋を震《かむとき》して死《ころ》しつ　（斉明紀七年五月）

72では一般人を殺すが如き呪いを述べ、73では富士山が零落するよう呪う。〈恨み〉の心を呪いの言葉によって外部に表現し、外部化された言霊によって〈恨み〉を晴らす。74で神に祈って相手を殺すというのも、自分とは離れた存在（他力＝神や言霊）によって攻撃するのである。〈恨み〉は内向的であるがために、自らの行動によって攻撃へと転じることはできない。だから自分とはかけ離れた存在（外部化した言霊や神。超越的な存在）によって、相手を攻撃し、〈恨み〉を解消する。内省的ゆえに、自身の手による過激な攻撃は行われない。あくまでも〈恨み〉は面に出さないのが原則であった。面に出すのは、

75（熊襲）怨《あた》を見ては必ず報ゆ　（景行紀四十年七月）

というように、異民族の熊襲がする野蛮な行為であった。都人は〈恨み〉は報いなかった。〈恨み〉というものは内省化させるものであった、との考え方が存したことを逆に示している。

繰り返すが、〈恨み〉は内省的である。だから〈恨み〉が生じるメカニズムにも、やはり内省的な心が関係する。我を見つめる時に〈恨み〉が生じる。

76物部弓削守屋大連、听然而咲《あざわら》ひて曰はく「猟箭中《ししやお》へる雀鳥《すずめ》の如し」…〈中略〉…馬子宿禰大臣、咲ひて曰はく「鈴懸《か》くべし」…〈中略〉…是に由りて二の大臣怨恨を生す。　（敏達紀十四年八月）

嘲りが〈恨み〉を生じさせている。76では誄《しのびごと》を奏上する際に、小柄な守屋が大きな剣を帯びていたことについて馬子が「猟箭《ししや》中《お》へる雀鳥《すずめ》の如し」と嘲る。対して馬子は、緊張のあまりブルブルと震えている守屋について「鈴懸《か》くべし」と嘲る。嘲りを受けた本人は、我の状態（小柄・震え）を鑑みる。そして心に傷を負うので〈恨み〉となる。その傷は多くの場合「ハヂ（恥・辱・慙）」（以下「恥」とする）と表現される。

〔O〕 恥→〈恨み〉→抵抗

77伊奘冉尊、恨みて曰はく、「何ぞ要し言を用ゐたまはずして、吾に恥辱《はぢ》みせます」…〈中略〉…泉津醜女八人を遣して追ひ留めまつる。（神代紀五段一書六）

78伊奘冉尊、恥ぢ恨みて曰はく「…我、復汝が情《あるかたち》を見む」（神代紀五段一書十）

79婦人、甚だ以て慙《は》ぢ怨みて、…〈中略〉…遂に肯《あひしたが》言はず。（欽明紀二十三年七月）

80宇能治比古命、御祖須美祢命を恨みまして、北の方、出雲の海の潮を押し上げて、御祖の神を漂はすに…（出雲国風土記・大原郡）

77〜79の例では心の傷を恥と表現し、その恥が〈恨み〉を生じさせている。元来、〈恨み〉と〈怒り〉とは表裏一体であったから、恥は〈怒り〉へと発展することもある。

81吾田鹿葦津姫、乃ち慍《いか》りて曰はく「何為れぞ。妾を嘲りたまふや」
（神代紀九段一書五）

嘲りを受けた姫が怒っている。嘲りが〈怒り〉になる場合と〈恨み〉になる場合とがあったようだ。どちらに進むかは、嘲りを受けた者の心の持ちようによって異なる。81では怒っているが、76では〈恨み〉になっている。両者の違いは、笑いの反撃があるか否かである。76で嘲りを受けたものが「笑い」によって反撃している。笑いという穏やかな方法による反撃である。〈恨み〉の心は相手への反撃に転ずることもある。しかし、〈怒り〉の場合のような、過激な攻撃ではなく、追い留めたり(77)、相手の真意を確かめたり(78)、従わなかったり(79)、漂わす(80)程度である。やはり怒る場合とは異なり、内省化された〈恨み〉には、〈怒り〉のような過激さ・攻撃性は認められない。恥→〈恨み〉による反撃は抵抗程度のものであり、〈怒り〉と比較して穏やかである。〈恨み〉による攻撃に暴力性は薄い。笑いによる切り返しが行われることからもわかるように、〈恨み〉を回避する効果が、笑いにはあったようだ。そのことは万葉集の笑いの歌からもうかがえる。

〔P〕笑い歌

82池田朝臣、大神朝臣奥守を嗤《わら》ふ歌一首［池田朝臣が名は忘失《まうしつ》せり］
寺々の　女餓鬼申さく　大神《おほみわ》の　男餓鬼賜《たば》りて　その子孕《はら》まむ
（巻十六・三八四〇）

83大神朝臣奥守が嗤《わら》ひに報ふる歌一首

仏造る　ま朱足《そほ》らずは　水溜まる　池田の朝臣《あそ》が　鼻の上を掘れ　（巻十六・三八四一）

84或は云ふ　平群朝臣が嗤ふ歌一首

童《わらは》ども　草はな刈りそ　八穂蓼《やほたで》を　穂積の朝臣《あそ》が　腋草《わきくさ》を刈れ　（巻十六・三八四二）

85穂積朝臣が和《こた》ふる歌一首

いづくにそ　ま朱《そほ》掘る岡　薦畳《こもたたみ》　平群の朝臣《あそ》が　鼻の上掘れ　（巻十六・三八四三）

86黒き色なるを嗤咲《わら》ふ歌一首

ぬばたまの　斐太《ひだ》の大黒　見るごとに　巨勢の小黒《をぐろ》し　思ほゆるかも　（巻十六・三八四四）

87答ふる歌一首

駒造る　土師《はじ》の志婢《しび》麻呂　白くあれば　うべ欲しからむ　その黒き色を　（巻十六・三八四五）

88僧を戯り嗤《わら》ふ歌一首

法師らが　鬚の剃《そ》り杭《くひ》　馬繋《うまつな》ぎ　いたくな引きそ　僧は泣かむ　（巻十六・三八四六）

89法師の報ふる歌一首

檀越《だんをち》や　然もな言ひそ　里長が　課役徴《くわやくはた》らば　汝《いまし》も泣かむ　（巻十六・三八四七）

83・85・87・89は笑われた者が答えた歌である。笑われた者は言い返す。恥の心を笑いで返すことによって、〈怒り〉や〈恨み〉に転じることは避けられる。嘲りによる恥は笑いによって解消される。

ここで〈怒り〉と〈恨み〉との関係を一旦まとめてみる。根本には恥があった。恥とは〈怒り〉とも

〈恨み〉とも言い切れない複雑で混然とした感情なのであろう。そしてその混然とした感情が外向的な方向へ進むと〈怒り〉となり、攻撃的な行動を導く。対して恥が内向的な方向に進むと恨む心になり、我は内省化して内面的な世界へと引きこもる。笑いによって恥の心を解消して〈恨み〉を回避することもあったが、それは〈恨み〉の内省化が時として自身を崩壊させてしまうからである。恨む前に回避する必要があった。

概して、恥という混然とした感情を基に、〈怒り〉は外向的、〈恨み〉は内向的な方向性を持っている。

四 恨む歌

では万葉人の〈恨み〉とは、どのようなものであったのか。

【Q】 恨む歌

90春日野に　粟蒔《ま》けりせば　鹿《しし》待ちに　継ぎて行かましを　社し恨めし　（巻三・四〇五）

91見欲しきは　雲居に見ゆる　うるはしき　十羽の松原　童ども　いざわ出で見む　こと放けば　国
に放けなむ　こと放けば　家に放けなむ　天地の　神し恨めし　草枕　この旅の日に　妻放くべ

しや　（巻十三・三三四六）

92ひさかたの　天つしるしと　水無し川　隔てて置きし　神代し恨めし　（巻十・二〇〇七）

93耳無の　池し恨めし　我妹子が　来つつ潜かば　水は涸《かれ》れなむ　（巻十六・三七八八）

94冬ごもり　春さり来れば　鳴かざりし　鳥も来鳴きぬ　咲かざりし　花も咲けれど　山をしみ　入りても取らず　草深み　取りても見ず　秋山の　木の葉を見ては　黄葉をば　取りてそしのふ　青きをば　置きてそ嘆く　そこし恨めし　秋山そ我は　（巻一・一六）

社（90）・神（91）、神代（92）、池（93）、秋山（94）といったものを恨んでいる。概して人以外のものを擬人化する。これらは、実際には対話できない対象であり、恨んでもどうにもならない対象といえる。直接的に恨むべき対象（恋人や親、任務、離別等）ではない。神や社、自然物を恨むのは、少々お門違いであろう。だが、ここに万葉歌の〈恨み〉の特徴が窺える。直接被害を与えた相手ではなく、間接的に被害を与えるものに対して、いわば八つ当たり的に恨むのである。恋歌をみると分かりやすい。

95我妹子を　相知らしめし　人をこそ　恋の増されば　恨めしみ思へ　（巻四・四九四）

我妹子を直接恨めばよいはずなのに、「相知らしめし人」（恋人を紹介した者）を恨んでいる。これなども八つ当たり的である。万葉人は、〈恨み〉を当面する対象には向けない。恨む場合には、恨む心を第三者に転換する。ということは、恨む心を間接的に消化しようとしているのではあるまいか。

96恨めしく　君はもあるか　やどの梅の　散り過ぐるまで　見しめずありける
（巻二十・四四九六）

97ここにして　そがひに見ゆる　我が背子が　垣内の谷に　明けされば　榛のさ枝に　夕されば　藤の繁みに　はろはろに　鳴くほととぎす　我がやどの　植ゑ木橘　花に散る　時をまだしみ　来鳴かなく　そこは恨みず　然れども　谷片付きて　家居せる　君が聞きつつ　告げなくも憂し
（巻十九・四二〇七、家持）

96の場合も梅が散ったこと自体に対して、梅を恨めば良いはずのに、梅を見せなかった主人を恨む。97は、ホトトギスの来訪を告げなかった人を「憂し」といい、ホトトギスは「恨みず」と述べる。戯れの要素もあろう、〈恨み〉を直接の対象に向けないこと、そしてそれを八つ当たり的に第三者に転換することによって、戯れの中で恨む心を隠している。このように恨む心を隠して表現する点に万葉歌の一つの特徴を見て取ることができよう。感情を素直に表現しないのが、万葉人の歌の詠み方であったのだろう。例えば、次の二首はそのことをよく示している。

愛《うるは》しと　我が思ふ妹は　はやも死なぬか　生けりとも　我に寄るべしと　人の言はなくに
（巻十一・二三五五）

今は我は　死なむよ我が背　生けりとも　我に寄るべしと　言ふといはなくに
（巻四・六八四、大伴坂上郎女）

ともに、相手が自分に寄り添ってくれないことを、「人」（他人）がそのように言わないからとしている。実際には相手自身が自分に寄り添う様子を見せない、もしくは寄り添うことを拒否したのであろう。それを他人の言に転嫁している。相手の言動を他人にすり替えている。言わば八つ当たり的に他人を引き合いに出す。この二首には〈怒り〉〈恨み〉の言葉は詠まれないが、ふられた作者は「恥」を感じている。その感情を前者は外向的に捉えて相手の死を望み（〈怒り〉の感情）、後者は内向的に捉えて自身の死を考える（〈恨み〉の感情）。同じ事象の捉え方が主体によって異なるが、ここでも万葉人は素直には表現していない。

ではなぜ感情を素直に表現しないのか。恨む歌を再び追ってみる。恨む本人の状況をみてみよう。

98大君の　遠の朝廷と　しらぬひ　筑紫の国に　泣く子なす　慕ひ来まして　息だにも　いまだ休めず　年月も　いまだあらねば　心ゆも　思はぬ間に　うちなびき　臥やしぬれ　言はむすべ　せむすべ知らに　石木をも　問ひ放け知らず　家ならば　かたちはあらむを　恨めしき　妹の命の　我をばも　いかにせよとか　にほ鳥の　二人並び居　語らひし　心そむきて　家離りいます

（巻五・七九四）

98では、死んでしまった妹を恨む。その原因は、死そのものというよりも心が背いたことにある。夫婦の一体感が喪失したことを恨んでいる。

99恨みむと　思ひて背なは　ありしかば　外のみそ見し　心は思へど　（巻十一・二五二三）

99でも、「心は思へど」、「外のみ」で「見る」状態で恨んでいる。ここにも一体感は見られない。そのことを恨む。逆に一体感を感じた場合には恨まない。

100逢はずとも　我は恨みじ　この枕　我と思ひて　まきてさ寝ませ　（巻十一・二六二九）

枕を自分だと思ってくれれば、一体感を保てるので恨まない。恨む原因には、一体感の喪失が存したようだ。死別や帰京など別離に際しての一体感の喪失、または美しい風景を共有できないことから来る一体感の喪失が、その根底には存在する。万葉歌では、社に邪魔されたり（90）、家と離れていたり（91）、川に隔てられたり（92）すること、美しい景を共有できないこと[1]（96・97）が原因で恨んでいる。散文でも、自分以外の相手との恋を恨んだり（49・50・55・66・67・72）、親しいものとの離別を恨む（56・57）。遷都によって孤独になり（65）、信頼関係が損なわれた場合（63・73）も、一体感の喪失によって恨んでいる。〈恨み〉の過程は、一体感の喪失→内省化→自虐的という道をたどる。信頼する相手との一体感が喪失しているので、自然、第三者に〈恨み〉の矛先が向けられる。その結果、第三者への八つ当たり的な〈恨み〉が発生しているのであろう。要するに、万葉人が恨む心をそのまま「恨む」とは表現しないのは、恨む相手との一体感の喪失によって、相手を恨むことができないのであろう。だからやり場のない恨む心を、半ば八つ当たり的に直接恨むべき相手ではない第三者に向けるのである。内省化が進めば進むほど一体感の喪失が感じられ、我の孤独が感じられる。これは、内省化するという〈恨み〉の構造とも一致する。内省化する我の恨む心は、やり場が無くなるから解決方法に苦慮する。しかしこのままでは自虐的になり、死ぬしか術がない。そこで第三者に八つ当たりすることによって〈恨み〉を解消する。外部に言葉として表現することによって恨む心を晴らしているのであろう。そのように考えると、〈恨み〉の歌は、内省化して限界になった我を救う手段であったことが分かる。歌によって、感情をコントロールしているのである。換言すれば、「恨む」心を、八つ当たりという戯れの中で表出することをもって、自虐的な我を救出する。このように歌を詠む行為は、奥底の心を別の形に変形させて表出させることであり、自虐的な我を救済する方法でもあった。歌は素直な感情を詠むのではない。奥底の心を変形させ、苦しみを解放させるために感情表出の歌が存在しているのである。同じような現象が「うれたし」（心痛し）にもある。

〔R〕うれたし

101（五瀬命）「慨哉《うれたきかや》。大丈夫にて虜《いやしきやつこ》が手を被傷《お》ひて、報いずしてや死《や》みなむとよ」（神武前紀戊午年五月）

102うれたくも　鳴くなる鳥か　此の鳥も打ち止めこせね（神代記・神語）

101は、敵に反撃できずに死ぬ際に内向的な気持ちになり「うれたし」と述べる。102は、妹に拒否された八千矛神が、やり場の無い〈怒り〉を、鳥に向ける。鳥は、二人（男と女）の恋路には無関係に時を告げているだけなのに、八つ当たり的に殺されそうになる。万葉の「うれたし」でも、いわんかた無い対象に対して、「うれたし」の感情をもつ[2]。

103 いかといかと　ある我がやどに　百枝さし　生ふる橘　玉に貫く　五月を近み　あえぬがに　花咲きにけり　朝に日に　出で見るごとに　息の緒に　我が思ふ妹に　まそ鏡　清き月夜に　ただ一目　見するまでには　散りこすな　ゆめと言ひつつ　ここだくも　我が守るものを　うれたきや　醜《しこ》ほととぎす　暁の　うら悲しきに　追へど追へど　なほし来鳴きて　いたづらに　地に散らさば　すべをなみ　攀ぢて手折りつ　見ませ我妹子　（巻八・一五〇七）

104 うれたきや　醜《しこ》ほととぎす　今こそば　声の嗄るがに　来鳴きとよめめ　（巻十・一九五一）

ホトトギスという、人の言うことを解さない対象に対して、忌々しく思う。その根底には、妹と一緒に見たかった橘が散ってしまうことによる、妹との一体感の喪失があり、さらに「すべをなみ」というどうしようもないやり場のない〈恨み〉がある。そこで第三者の「醜ほととぎす」を卑しめ責める言葉を表出することによって恨む心を解消しようとしているのであろう。そのような心の経緯を最もよく示しているのが、次の歌である。

大伴坂上郎女怨恨歌一首［并短歌］

105 おしてる　難波の菅の　ねもころに　君が聞こして　年深く　長くし言へば　まそ鏡　磨ぎし心を許してし　その日の極み　波のむた　なびく玉藻の　かにかくに　心は持たず　大船の　頼める時に　ちはやぶる　神か放けけむ　うつせみの　人か障ふらむ　通はしし　君も来まさず　玉梓の使ひも見えず　なりぬれば　いたもすべなみ　ぬばたまの　夜はすがらに　赤らひく　日も暮るるまで　嘆けども　験《しるし》をなみ　思へども　たづきを知らに　たわやめと　言はくも著く　手童の音のみ泣きつつ　たもとほり　君が使ひを　待ちやかねてむ　（巻四・六一九）

男が訪れない状況下で、女は赤子のように泣きながら歎き狼狽える。どうすることも出来ない我を見出し、「神か放けけむ」と第三者に責任転換させようとする。心の奥底には、会いに来ない男への恨む心があるが、〈恨み〉は表現されない。題詞に「怨恨」とあるので〈恨み〉が根底にあることが分かる。〈恨み〉は恨む心のまま表現するのではない。恨む心を転換させることによって、歌になるのであり、また歌とは心を転換させることの出来る装置でもあったのであろう。要するに万葉人が内省化した感情を隠すかのように詠うのは、恨む相手を第三者に転換させて責めることによって、内省化した心を外向的な方向へと変化させるためであろう。表現の根底にある本当の心は封印され、歌によって、内省化して行き詰まった心を解放させているのである。ここに歌のもつ効力があり、万葉人が感情を詠み込む理由が隠されていると見ることが出来よう。

つまり〈恨み〉の原因を究極まで突き詰めて考えると、内省的な我が出現する。どうにもならないという諦念に至り、その打開策として責任転嫁させて戯れ的に第三者に八つ当たりする。そうすることによって〈恨み〉が解消する。〈恨み〉は〈恨み〉のまま表すのではなく、解消法をも考慮して歌は詠まれている。

ここで注意したいのは、歌とは本当の心を素直に詠んだものではないことである。歌は、心の内を詠むものと考えられがちであるが、心の内をそのまま表現したのではなく、心の奥底を解放させる為の手段であったのだ。その意味では、歌と心とは密接な関係にありながらも、歌＝心と規定できない世界を歌は含み持つ。

このように、万葉人は、〈恨み〉を別の形に変えて解消させる術を知っていた。それは自己の内面を追究した結果のことであり、心の解放を歌に期待した万葉人の知恵とも言えよう。

結　万葉歌の〈怒り〉

最後に以上のことを踏まえて1にあげた〈怒り〉の歌（二六二七番歌）の表現について考えてみる。〈怒り〉の主体については、A説男とするか、B説娘とするかに別れる。(3) A説は、作者（男）が言うことをきかない娘を怒ったり笑い宥めたりして紐を解かせるという解釈である。B説は、娘が怒ったり笑ったりして紐を解くという解釈になる。万葉人は〈怒り〉や〈恨み〉を直接表現することはなかった。そのことを踏まえると、作者自身の〈怒り〉の表現とするのは、万葉の表現には則さない。〈怒り〉は攻撃を伴うものであったからだ。仮に男が己の心を〈怒り〉と認識した場合には、その〈怒り〉は娘への攻撃へと変わるはずである。しかし、作者は娘を攻撃しない。むしろ「笑みみ怒りみ」には娘への好意が読み取れる。〈怒り〉のもつ攻撃性が当該歌には見られない。

ならばB説、娘の〈怒り〉とすべきではないか。娘が本当に怒っているか否かは問題ではない。男が「怒っている」と感じているだけなのだ。前掲50で、皇后の〈恨み〉を天皇側が〈怒り〉と感じているのと同じ現象であろう。また「笑む」行為として相応しい者と考えられていたのが女性であった[4]点からも、B説の方が妥当性が高い。

「はねかづら」（成女の飾り）を今つけた若い女性とは、おそらく成女式を今終えたばかりの女子なのであろう。式の緊張から解放されたばかりの女子であったか。そのような女性と紐を解き共寝をする者とは神の資格を有する男であったのだろう。そして女性は神の嫁である。[5]この理解に従えば、神（好きな男）との初夜（神婚幻想）に生じる歓びと興奮（笑み）、さらに戸惑いから恥を感じて体を強ばらせ[6]怒ったような仕草（怒りみ）を女はとった。それを男は「笑みみ怒りみ」と捉えたのであろう。体を強ばらせる娘に、男は娘の拒否・攻撃を感じ、「娘の〈怒り〉」と理解した。笑み＝好意、〈怒り〉＝拒否・攻撃を繰り返す娘に、男は愛おしさを感じる。〈怒り〉と「笑み」とをセットに表現することにより、〈怒り〉のもつ破壊力や攻撃性が回避される。そのあたりも「笑い」の切り返し歌によって〈怒り〉を回避するという万葉歌の表現性と連動していよう。散文世界のように、喧嘩や破壊には繋がらない。〈怒り〉を変化させて捉える。その意味で唯一の〈怒り〉歌は、逆に万葉集の歌表現の特徴を示していると考えることができる。

以上、〈怒り〉をとおして万葉歌の表現について考えてきた。歌が志向する世界（内省化）と「〈怒り〉の心」（外向化）とが異なるベクトルを向いていた。まとめると図のようになる（次頁【図】参照）。万葉歌人たちは、〈怒り〉の根底にある恥の心（混然とした感情）を、〈怒り〉ではなく〈恨み〉に転じた。歌が外向性を志向せず内向的な世界であったことによる。恥を〈恨み〉に転じる契機としては、一体感の喪失によって我を凝視する態度が存するのであろう。そして自己を見つめ直すと、如何ともしがたい自虐・諦念をもつ。そこから脱却するために、八つ当たり的に第三者を恨むことによって〈恨み〉の心を解消した。このことは〈恨み〉を解消し、〈怒り〉を鎮めるという効果が歌にあったことを思わせる。神語（神代記）・天語り歌（雄略記）が怒れる者を鎮める効果があったように、歌によって万葉人は自身の心を沈静化させた。それは歌自体が志向する世界（内向化・内省化）と軌を一にしている。よって歌では「怒り」の語は詠まれず、〈恨み〉の歌が多く残るのであろう。

歌が志向する（散文とは異なる）世界、また万葉人の心のコントロール方法と、歌における感情の表出方法とが、唯一の「怒る」歌から窺えるのである。

【図 恥→〈怒り〉・〈恨み〉→解消・回避の構造】

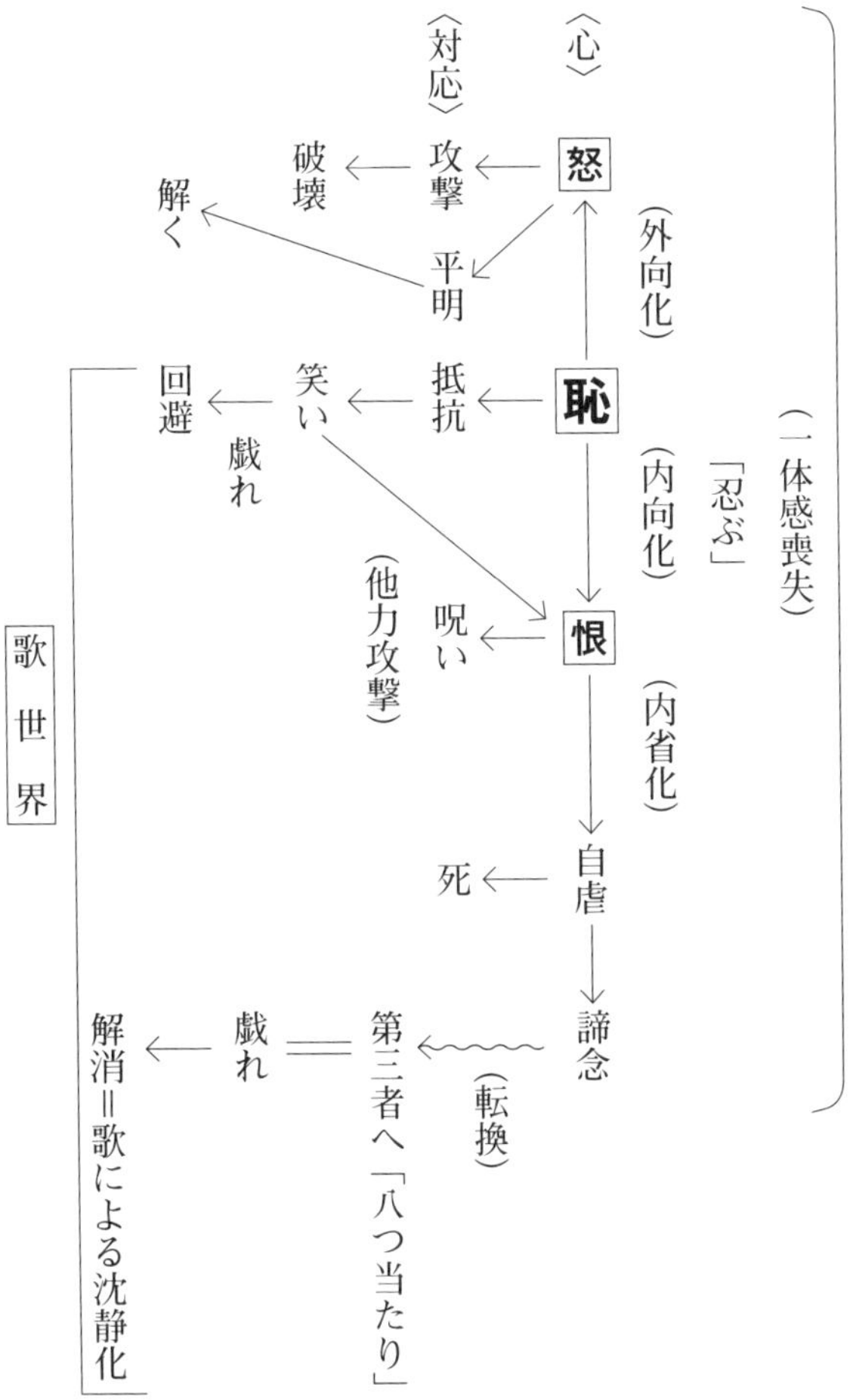

注

1 家持の97「怨」（巻十九・四二〇七）が、ホトトギスに対する〈恨み〉に加えて、文学的な交友観を基にした、友人との文雅・景を共有出来ないことへの怨であることは、池田三枝子「家持の『怨』」（上代文学75、一九九五年十一月）に詳しい。

2 同様の現象は「ねたし」を詠む歌にも見られる。「ほととぎす いとねたけくは橘の花散る時に来鳴き響むる」（巻十八・四〇九二）の「ねたし」も内省的な感情である。その点で「ねたし」も「うれたし」と近しい感情であり、〈恨み〉とも通じる。イハノヒメの嫉妬《ねたみ》も「怒り」「恨み」と表現されている（49・50）。「ねたし」も恥を取り巻く混然とした感情から発していることがわかる。

3 怒る主体を男とするもの（A説）は、万葉集新考（井上通泰）、岩波大系（高木市之助・五味智英・大野晋）、新編全集（小島憲之・木下正俊・東野治之）、万葉集釈注（伊藤博）等。怒る主体を女とするもの（B説）は、万葉代匠記（契沖）、万葉集古義（鹿持雅澄部）、万葉集注釈（澤瀉久孝）、万葉集全注（稲岡耕二）等。

4 「笑む」が女性の行為であるとする歌は左の通り。

①思はぬに　妹が笑まひを　夢に見て　心の内に　燃えつつそ居る（巻四・七一八、大伴家持）
②…娘子らが　娘子さびすと…〈中略〉…面の上に　いづくゆか　皺が来りし［一に云ふ、「常なりし　笑まひ眉引き　咲く花の　うつろひにけり　世の中は　かくのみならし」］（巻五・八〇四、哀世間難住歌一首）
③明石潟　潮干の道を　明日よりは　下笑ましけむ　家近づけば（巻六・九四一、山部赤人）
④道の辺の　草深百合の　花笑みに　笑みしがからに　妻と言ふべしや（巻七・一二五七）
⑤我がやどの　時じき藤の　めづらしく　今も見てしか　妹が笑まひを（巻八・一六二七、大伴家持）
⑥…すがる娘子の　その姿の　きらぎらしきに　花のごと　笑みて立てれば（巻九・一七三八、詠上総末珠名娘子一首）

⑦…葛飾の　真間の手児名が…〈中略〉…望月の　足れる面わに　花のごと　笑みて立てれば（巻九・一八〇七、詠勝鹿真間娘子歌一首）
⑧待つらむに　至らば妹が　嬉しみと　笑まむ姿を　行きてはや見む（巻十一・二五二六）
⑨思はぬに　至らば妹が　嬉しみと　笑まむ眉引き　思ほゆるかも（巻十一・二五四六）
⑩灯火の　かげにかがよふ　うつせみの　妹が笑まひし　面影に見ゆ（巻十一・二六四二）
⑪我妹子が　笑まひ眉引き　面影に　かかりてもとな　思ほゆるかも（巻十二・二九〇〇）
⑫遠くあれば　姿は見えず　常のごと　妹が笑まひは　面影にして（巻十二・三一三七）
⑬己が命を　凡にな思ひそ　庭に立ち　笑ますがからに　駒に会ふものを（巻十四・三五三五）
⑭油火の　光に見ゆる　我が縵　さ百合の花の　笑まはしきかも（巻十八・四〇八六）
⑮…はしきよし　その妻の児と　朝夕に　笑みみ笑まずも　うち嘆き　語りけまくは…（巻十八・四一〇六、教喩史生尾張少咋歌一首并短歌）
⑯なでしこが　花見るごとに　娘子らが　笑まひのにほひ　思ほゆるかも（巻十八・四一一四）
⑰天地の　遠き初めよ　世間は　常なきものと…〈中略〉…紅の　色もうつろひ　ぬばたまの　黒髪変はり　朝の笑み　夕変はらひ…（巻十九・四一六〇、悲世間無常歌一首）
⑱桃の花　紅色に　にほひたる　面輪のうちに　青柳の　細き眉根を　笑み曲がり　朝影見つつ　娘子らが　手に取り持てる…（巻十九・四一九二）
また男の行為としては左の例がある。
a道に逢ひて　笑まししからに　降る雪の　消なば消ぬがに　恋ふと言ふ我妹（巻四・六二四、天皇思酒人女王御製歌一首）
b青山を　横ぎる雲の　いちしろく　我と笑まして　人に知らゆな（巻四・六八八、大伴坂上郎女）

c葦垣の　中のにこ草　にこよかに　我と笑まして　人に知らゆな　（巻十一・二七六二）
dかるうすは　田廬の本に　我が背子は　にふぶに笑みて　立ちませり見ゆ　（巻十六・三八一七）
e…これをおきて　またはありがたし　さ馴へる　鷹はなけむと　心には　思ひ誇りて　笑まひつつ　渡る間に…　（巻十七・四〇一一、思放逸鷹夢見感悦作歌一首）
f…我が待つ君が　事終り　帰り罷りて　夏の野の　さ百合の花の　花笑みに　にふぶに笑みて　逢はしたる…今日を始めて　鏡なす　かくし常見む　面変はりせず
（巻十八・四一一六、國掾久米朝臣廣縄以天平廿年附朝集使入京…〈中略〉…於時主人守大伴宿禰家持作歌一首）
g正月立つ　春の初めに　かくしつつ　相し笑みてば　時じけめやも
（巻十八・四一三七、判官久米朝臣廣縄之舘宴歌一首）

aは天皇という特別な存在。bは恐らくcの如き歌（男女は不明）を踏まえているので、男の「笑み」を詠むことに斬新さを見出したのであろう。eは我の内面から湧き出る笑み（心中に自慢に思っての笑み）であり、誰かに向けられたものではない。f gは、中国の交友詩の影響を受けた、特別に親密な友人との恋情表現である。一般的には、①～⑱のように娘の行為として「笑む」は認識されていたのであろう。なお〈怒り〉の主体は三人称で示され、〈恨み〉の主体は一人称で示されることが多い。その点でも「怒りみ」の主体を娘とする理解の方がよさそうである。また歌は一人称で詠まれるものであるから、三人称の〈怒り〉よりも一人称〈恨み〉の方が使用しやすかったのではないか（太田豊明氏から「ひむかし会」の席上でご教授頂いた）と考えることも出来る。

5　池田弥三郎『万葉びとの一生』（講談社現代新書、一九七八年三月）25頁。
6　日本古典文学大系『万葉集　三』（補注471頁）が、イカルとは「体をイカラスこと」で、当該歌の「怒りみ」について「身をこわばらせたりしての意」と解釈するのに従う。

＊『万葉集』の訓読文は『新編 日本古典文学全集 万葉集』に拠った。

私的領域を組み込み、感情を組織して成り立つ世界

――泣血哀慟歌から考える――

神野志隆光

一 「歴史」としての『万葉集』

『万葉集』巻一、二は、天皇代を標題として立て、題詞によって状況を説明し作者の名を記すとともに、左注に「日本紀」を引用して、歴史的な文脈のなかに歌を定位して構成される。標題・題詞・左注があいまって歌を成り立たせるという、そのありようは、ただ「歌集」というのでは十分ではない。むしろ「歴史」というのがふさわしい。歌を軸とする独自な「歴史」というべきである。(1)

さらにいえば、巻一、二が基本的に平城京までを範囲とするのに対して、平城京時代の歌を主とする巻三～六をつないで、その「歴史」を延伸する。天皇の歌を先頭にたて天皇代の標題のもとに構成する巻一、二が、雑歌・相聞・挽歌という部立てをもってつくるものを、巻三、四も承けてゆくのである。(2)巻六は、巻一を直列的に受け継ぐものとしてある。(3)巻三、四、六は（巻五にかんしては今措く）、単線的な

延長ではないが、巻一、二を延伸して全体としてひとつの「歴史」をつくる。二十巻のテキストとしての『万葉集』の根幹をになうのは、その「歴史」である。

その「歴史」は現実の歌の世界に還元することはできない。『万葉集』のつくる歌の「歴史」であり、いわば、あるべきものとしてもとめられた「歴史」である。人麻呂など「歌人」は、この「歴史」世界のなかにあるのであり、現実の歌の世界や、現実の歌人をそこに見るべきものではないと考える(4)

雑歌・相聞・挽歌という部立てによって構成することも、「歴史」という視点から考えることが必要であろう。部立て、標題・題詞・左注があいまってつくる「歴史」としてある、その世界のありようをどう見るか。『万葉集』の機軸となる、あるいは全体を規制する巻一、二把握の要であり、それゆえ、『万葉集』の根本的な問題として、ひとつのアプローチをこころみたい。

二　泣血哀慟歌をめぐって

柿本人麻呂の泣血哀慟歌を取り上げて具体的にすすめよう。

柿本朝臣人麻呂、妻が死にし後に、泣血哀慟して作る歌二首　并せて短歌

天飛《あまと》ぶや　軽の道は　我妹子が　里にしあれば　ねもころに　見まく欲しけど　止まず行かば　人

目を多み　まねく行かば　人知りぬべみ　さね葛　後《のち》も逢はむと　大船の　思ひ頼みて　玉かぎる　磐垣淵《いはかきふち》の　隠《こも》りのみ　恋ひつつあるに　渡る日の　暮れぬるがごと　照る月の　雲隠るごと　沖つ藻の　なびきし妹は　もみち葉の　過ぎて去《い》にきと　玉梓《たまづさ》の　使ひの言へば　梓弓　音に聞きて〈一に云ふ、「音のみ聞きて」〉　言はむすべ　せむすべ知らに　音のみを　聞きてあり得ねば　我《あ》が恋ふる　千重の一重も　慰もる　心もありやと　我妹子が　止まず出で見し　軽の市に　我《あ》が立ち聞けば　玉だすき　畝傍の山に　鳴く鳥の　声も聞こえず　玉桙《たまほこ》の　道行き人《びと》も　ひとりだに　似てし行かねば　ずべをなみ　妹が名呼びて　袖ぞ振りつる　〈或本には、「名のみを　聞きてあり得ねば」という句あり〉　（二〇七）

短歌二首

秋山の　黄葉を繁み　惑《まと》ひぬる　妹を求めむ　山道知らずも　〈一に云ふ、「路知らずして」〉（二〇八）

もみち葉の　散り行くなへに　玉梓の　使ひを見れば　逢ひし日思ほゆ　（二〇九）

うつせみと　思ひし時に　〈一に云ふ、「うつそみと　思ひし」〉　取り持ちて　我《わ》が二人見し　走り出の　堤に立てる　槻の木の　こちごちの枝の　春の葉の　繁きがごとく　思へりし　妹にはあれど　頼めりし　児らにはあれど　世の中を　背きし得ねば　かぎろひの　もゆる荒野に　白たへの　天《あま》領《ひ》巾《れ》隠《がく》り　鳥じもの　朝立ちいまして　入日なす　隠《かく》りにしかば　我妹子が　形見に置ける　み

どり子の　乞ひ泣くごとに　取り与ふる　物しなければ　男じもの　わき挟《ばさ》み持ち　我妹子と　二人我《わ》が寝し　枕づく　つま屋の内に　昼はも　うらさび暮らし　夜はも　息づき明かし　嘆けどもせむすべ知らに　恋ふれども　逢ふよしをなみ　大鳥の　羽易《はがひ》の山に　我《あ》が恋ふる　妹はいますと人の言へば　岩根さくみて　なづみ来し　良けくもぞなき　うつせみと　思ひし妹が　玉かぎるほのかにだにも　見えなく思へば　（二一〇）

短歌二首

去年《こぞ》見てし　秋の月夜は　照らせども　相見し妹は　いや年離《さか》る　（二一一）

衾道《ふすまぢ》を　引手《ひきで》の山に　妹を置きて　山道を行けば　生けりともなし　（二一二）

或本の歌に曰く

うつそみと　思ひし時に　携《たづさ》はり　我が二人見し　出で立ちの　百足《ももだ》る槻の木　こちごちに　枝させるごと　春の葉の　繁きがごとく　思へりし　妹にはあれど　頼めりし　児らにはあれど　世の中を　背きし得ねば　かぎるひの　もゆる荒野に　白たへの　天領布隠り　鳥じもの　朝立ちい行きて　入日なす　隠りにしかば　我妹子が　形見に置ける　みどり子の　乞ひ泣くごとに　取り委《まか》す　物しなければ　男じもの　わき挟み持ち　我妹子と　二人我が寝し　枕づく　つま屋の内に昼は　うらさび暮らし　夜は　息づき明かし　嘆けども　せむすべ知らに　恋ふれども　逢ふよし

をなみ　大鳥の　羽易の山に　汝《な》が恋ふる　妹はいますと　人の言へば　岩根さくみて　なづみ来し　良けくもぞなき　うつそみと　思ひし妹が　灰にていませば　（二一三）

短歌二首

去年見てし　秋の月夜は　渡れども　相見し妹は　いや年離る　（二一四）

衾道を　引出の山に　妹を置きて　山道思ふに　生けるともなし　（二一五）

家に来て　我が屋を見れば　玉床の　外《よそ》に向きけり　妹が木枕　（二一六）

複雑な異伝のあることがおおくの論議を呼んできたことは知られるとおりであるが、[5] 問題にしたいのは、異伝に対する態度である。

人麻呂作歌の異伝をめぐって伝誦説と推敲説とがあるが、そのことをここで取り上げようというのではない。伝誦、推敲のいずれであれ、要は、異伝はそれぞれのかたちで作品として成り立つものだったということである。わたしは、石見相聞歌の異伝をめぐって「異伝のかたちでひとつの歌として成りたち、本文は本文で当然そのかたちでひとつの歌を成りたたしめる」と述べ、「本文と二つの異伝と、それぞれが独自な主題的統一を示している」ことを見ようとしたことがある（小論「異伝の意味」『柿本人麻呂研究』塙書房、一九九二年）。そのことをたしかめなおそう。[6]

本文と異伝と、どちらが先行しようが、それぞれ作品として成り立つものである。その把握が問われ

るのである。(7)

泣血哀慟歌についてもおなじことだ。鉄野昌弘「人麻呂泣血哀慟歌の異伝と本文――「宇都曾臣」と「打蝉」――」（『万葉』一四一号、一九九二年一月）が、「まず必要なのは、かかる大きな相違を持つ異伝と本文とを、各々別の構想になる、別の作品として読み解くことではあるまいか」というとおりである。

或本歌がそれ自体で完結するということについては、伊藤博「人麻呂の推敲」（『万葉集の表現と方法 下』塙書房、一九七六年）が明確に示している。長歌が「灰にて座せば」と結ぶことをうけて、反歌は「次元を『山』から移して、また別のものによって『妹』を嘆かなければならないはずである」といい、第三反歌（二一六歌）の、家にもどりついて悲嘆を述べるという展開を、「この結末の位置に絶対的に必要な歌だった」という。それに対して、「ほのかにだにも見えなく思へば」と閉じる本文歌第二歌群は、「山路を行けば生けりともなし」（二一二歌）と山における彷徨につないでおわるのだともいう。両者の主題的統一が異なることを明確にしたというべきであろう。

鉄野は、或本歌では、不滅の生命力の信念が「灰にて座せば」によって一挙に逆転させられるのに対して、本文歌は、「ほのかにだにも見えなく念」うといい、この世にあると信じることを裏切られながら、「妹」を見失っているというのであって、生から死への逆転とは異質であり、「二つの作品は、ドラマツルギーを基本的に異にする」という。死にかかわる歌いかたという点において、主題的統一（鉄野はドラマツルギーといった）の違いを見とどけるのである。

要するに、或本歌と本文歌第二歌群とは、異伝だが、同じ歌の異なりということではなく、違う歌としてある。そして、本文歌においても、第一歌群と第二歌群とは、異なる歌としてあるというべきではないか。

妻のありようが異なるのである。第一歌群は、「止まず行かば人目を多み　まねく行かば人知りぬべみ」と、行くことをはばかっていたかのようにいう。「妹」の死の知らせを聞いて行ったのは「軽の市」であり、そこにとどまる。家に赴いたことをいわないのを、「人麻呂は、妻の家に急行する途中でそこを通過した」（伊藤前掲論文）というかたちで整合するのでなく、第二歌群が、「我が二人見し」「二人我が寝し」「相見し」と二人でともにあったことを繰り返しいい、「みどり子」もいるというのとはあきらかに異なることを見るべきであろう。

曾倉岑「泣血哀慟歌」（『セミナー万葉の歌人と作品　第三巻』和泉書院、一九九九年）が「作品上の事実から「『妹』、『われ』と『妹』との関係をどのようなものとして表現しているか」を検討した結果として、「第一歌群の『妹』と第二・第三歌群の『妹』とは、別人として作品化されていると考えるべきであろう」というのが、作品理解として正当だと認められる。ただ、わたしは別人説によるべきだといいたいのではない。大事なのは、別人かどうかではなく、別のかたちで歌うということだ。

曾倉が、「同一テーマによる連作的作品」というのが正当であろう。別のかたちで妻の死という主題を実現して見せたということである。

泣血哀慟歌だけの問題ではない。吉野讃歌（巻一・三六〜三九歌）についてもおなじことをいわねばならない。「宮柱　太敷きませば　ももしきの　大宮人は　船並めて　朝川渡り　船競《ふなぎほ》ひ　夕川渡る」（三六歌）と、現実の大君と奉仕する官人とを歌う第一歌群（三六〜三七歌）と、「神ながら　神さびせす」ものとして「やまつみの　奉《まつ》る御調《みつき》と　春へには　花かざし持ち　秋立てば　黄葉かざせり　行き沿ふ　川の神も　大御食《おほみけ》に　仕へ奉ると　上つ瀬に　鵜川《うかは》を立ち　下つ瀬に　小網《さで》刺し渡す　山川も　依りて仕ふる　神の御代《みよ》かも」（三八歌）と、大君が現実を超えた神性のレベルに浸透して、山川の神を奉仕させると歌う第二歌群（三八〜三九歌）とは、別個な主題的統一をもち、別のかたちで歌うことを見るべきである。[8] あえていうとすれば、多声的な吉野讃歌として見るべきなのだ。

泣血哀慟歌にたちもどっていえば、実際に妻の死にあったかどうかということや、虚構を問題にしようというのでもない。妻の死の悲しみを歌うことの可能性をそこにひらいたと見るべきではないか。見たいのは、虚構にせよ、そうでないにせよ、歌がそのように違ったかたちで、妻の死の悲しみを歌いうることを示すものとしてあるということである。

伊藤博「歌俳優の哀歓」（『万葉集の歌人と作品　上』塙書房、一九七五年）の、人麻呂＝「歌俳優」説は、歌って見せるという、こうした歌の成り立ちかたの一面を衝くものであったといえよう。

挽歌が、殯宮など儀礼的な場とはべつに、妻の死という私的な場面、ないし、私的な領域とそこにおける悲しみまでカバーしてしまう。それを、歌の可能性をひらくという点で注意したいのである。[9]

三　私的領域をふくむ世界

こうした泣血哀慟歌をふくんで、『万葉集』の「歴史」は、ある。

ことは「歴史」のありようにかかる。私的な領域までカバーし、組み込んでしまうという、歌による「歴史」世界の構築のありようを見るべきなのではないか。

相聞の部の石見相聞歌にもふれながら、問題をより具体化しよう。[10]

「石見国より妻を別れて上り来る時の歌二首　并せて短歌」という題詞のもとに長歌二首反歌各二首で構成され、「或本歌」として異伝も載せられるが、その全体（巻二・一三一〜一三九歌）はここには掲げない。当面、対象とする第二歌群（一三五〜一三七歌）のみを掲げる（「一に云ふ」として書き込まれた異伝は省略する）。

つのさはふ　石見の海の　言《こと》さへく　辛《から》の崎なる　いくりにぞ　深海松《ふかみる》生《お》ふる　荒磯にぞ　玉藻は
生ふる　玉藻なす　なびき寝し児を　深海松の　深めて思へど　さ寝し夜は　いくだもあらず　延
ふつたの　別れし来れば　肝向かふ　心を痛み　思ひつつ　かへり見すれど　大船の　渡《わたり》の山の
もみち葉の　散りのまがひに　妹が袖　さやにも見えず　妻隠《つまごも》る　屋上《やかみ》の山の　雲間より　渡らふ
月の　惜しけども　隠らひ来れば　天伝《あまづた》ふ　入日さしぬれ　ますらをと　思へる我《あれ》も　しきたへの
衣の袖は　通りて濡れぬ　（一三五）

反歌二首

青駒が　足掻《あが》きを速み　雲居《くもゐ》にそ　妹があたりを　過ぎて来にける　（一三六）

秋山に　落つるもみち葉　しましくは　な散りまがひそ　妹があたり見む　（一三七）

注意したいのは、長歌の末部である。「天伝ふ　入日さしぬれ　ますらをと　思へる我も　しきたへの　衣の袖は　通りて濡れぬ」というのは、「ますらを」と自負していたにもかかわらず妻を思う悲しみにながされて、袖もぬれとおるほど涙にくれるというのである。「ますらをと思」うという官人意識を言明したうえで、それにふさわしくないようなものとしていわれるのは、まさに私的な思い、私情にほかならない。第三者にかかわらせず、自らのうちにとどめておいてよい感情である。

自らのうちにあるままにとどまっておわるはずのものが歌となったのである。第三者にかかわりないものを、そのように歌として社会化して見せ（公表される私情というのがふさわしい）、相聞の部におくことの意味はなにか。

私情の発見とその社会化というべきだとわたしは考える。離別の悲しみのなかにあることを、「ますらを」ならぬ「我」がかかえるものとして取り出してかたちをあたえるのである。歌うことによって見出されたというのがより適切かと思う。もとより何もなかったというのではない。別れに悲しみを覚えること自体はあっただろう。しかし、去ってゆく風土に「妹」のイメージを重ねて表現しながら（「つのさはふ石見の海の……玉藻なすなびき寝し児」）、道行きのなかにあって「ますらを」らしからぬ、女々しい悲しさにくれてしまう「我」は、そのように歌うことによってはじめて取り出されえた。

はじめてありえたということを、第一歌群の第二反歌、一三三歌「笹の葉は　み山もさやに　乱《みだ》るとも　我は妹思ふ　別れ来ぬれば[11]」にそくして、さらにいおう。

第三句「乱友」の訓については、ミダルかサヤグか、なお説がわかれる。ことばの用例に徴していえば、ミダルは視覚的であり、サヤグは聴覚的だということができる。ただ、「乱」という字自体はサヤグと訓むのは無理があろう。ミダルトモと訓む説をとりたいが、構文は、「笹の葉は（み山もさやに）乱るとも」と、「み山もさやに」を挟みこんでいる。ミダルと視覚的にとらえられた笹の葉と、サヤと、山全体に満ちたざわめきをいうのと、併存・対照しているのである。その外界を表現したとき、そのなかで「妹」を思ってあるものとして「我」は明確な輪郭を得る。

それは、心情にあわせて外界を表現したというようなものではない。鉄野昌弘「人麻呂における聴覚と視覚」（『万葉集研究』十七集、一九八九年）は、「笹の葉の顫動の一様な広がり」のなかにあって「囲繞する顫動は、『吾』を占めようとしつつ、まさにそのことによって、『別れ来』たことに『吾』を目覚ませずにはおかない」といった。一様に乱れる笹の葉とそのざわめきとに囲まれ迫られると表現したときに、その迫り来るもののなかにあったものとして、「別れ来」て「妹思ふ我」が、はじめて明確な輪郭をもって立ち上がるのだといわねばならない。それは、表現が立ち上げるのであって、歌うことによってはじめてたしかな心情のかたちを見出された「我」というのが正当であろう。

「ますらを」のありようとは違うものとして見出され、分離される私的な領域を私情といおう。私情を見出したうえで、世界を、それを包括したものとしてあらわそうとするのである。私的領域まで余すことなくからめとる世界構築というべきである。歌を機軸に『万葉集』がつくろうとしているのは、そうした世界であることを見よう。

泣血哀慟歌を石見相聞歌とあわせ見つつ、私的領域をふくめた世界として構築するということに目を向けたい。

四 「歴史」のありよう

「歴史」という視点からは、部立てもまた「歴史」の世界構築の問題であったと見ることに導かれる。それは、生活にかかわる場面を切り分けるものだといってよい。場面というのはかならずしも適切ではないかもしれない。ただ、それぞれの部立てがどういうものを内包するかということは、「雑歌」「相聞」「挽歌」の名に標示されるとして、そして、それぞれの名の意味はいわれてきたとおりだとして、その全体がつくるものをどうとらえるか。世界という点から見るとき、世界の生活的局面ないし場面の切り分けというのは不適切ではないであろう。

そして、『万葉集』は、切り分けられたそれぞれの局面において、私的領域（および、そこにあったものとしての私情）を見出しながら、それをもふくめて世界を構築するのである。挽歌の部の泣血哀慟歌、相聞の部の石見相聞歌について見てきたが、相聞や挽歌だからそうだというのではない。雑歌にしてもおなじである。

たとえば、一・五～六歌は、

讃岐国の安益郡に幸せる時に、軍王、山を見て作る歌

霞立つ　長き春日《はるひ》の　暮れにける　わづきも知らず　むら肝の　心を痛み　ぬえこ鳥　うらなけ居《を》れば　玉だすき　かけの宜《よろ》しく　遠つ神　我が大君の　行幸《いでまし》の　山越す風の　ひとり居る　我《あ》が衣手に　朝夕《あさよひ》に　かへらひぬれば　ますらをと　思へる我《あれ》も　草枕　旅にしあれば　思ひ遣《や》る　たづきを知らに　網の浦の　海人娘子《あまをとめ》らが　焼く塩の　思ひそ燃ゆる　我が下心《したごころ》（五）

反歌

山越《ご》しの風を　時じみ　寝《ぬ》る夜落ちず　家なる妹を　かけて偲ひつ（六）

右、日本書紀に検すに、讃岐国に幸しことなし。また、軍王も未詳なり。ただし、山上憶良大夫の類聚歌林に曰く、「記に曰く、『天皇の十一年己亥の冬十二月、己巳の朔の壬午に、伊予

の温泉の宮に幸す云々』といふ。一書に、『この時に、宮の前に二つの樹木あり。この二つの樹に、斑鳩と比米との二つの鳥大く集けり。時に勅して、多く稲穂を掛けてこれに養はしめたまふ。仍て作る歌云々』といふ」といふ。けだし、ここより便ち幸せるか。

と、行幸のなかにある（左注は「類聚歌林」を見合わせることによって、行幸を確認しようとするのであった。その左注とともに、舒明天皇の伊予行幸のなかにあった歌として成り立つ）にもかかわらず、「燃ゆる」と歌われるのは私的なものである。「ますらをと思へる我も」は、石見相聞歌とおなじ表現である。「家なる妹」への思いという、供奉の官人たる「ますらを」（「大夫」という原文の表記には官人意識を読み取るべきであろう[12]）にあらざるものをかかえてしまうことをいう軍王歌が、「吉野に幸せる時に、柿本人麻呂が作る歌」と題される、まさに讃歌そのものたる三六〜三九歌とならんでいるのである。

さらに、吉野讃歌にすぐ続く、やはり人麻呂のいわゆる留京三首は、留守の発想として「らむ」で歌う[13]。

伊勢国に幸せる時に、京に留まれる柿本人麻呂が作る歌[14]

あみの浦に　船乗りすらむ　娘子《をとめ》らが　玉藻の裾に　潮満つらむか　（四〇）
釧《くしろ》つく　答志《たふし》の崎に　今日もかも　大宮人の　玉藻刈るらむ　（四一）

潮さゐに　伊良虞《いらご》の島辺　漕ぐ船に　妹乗るらむか　荒き島廻《しまみ》を　（四二）

ここでは、「らむ」によって思いやられる対象を、三首のなかで呼びわける。これについて、澤瀉久孝『万葉集注釈』は、

作者は意識してはじめに「をとめら」と云ふひろい呼び名で呼び、次にその範囲をせばめて「大宮人」といひ、ここではじめて「妹」と云つて我が心中の唯一人の人であることを明らかにしてゐる（以下略）

と説く。明快であり、そのこと自体はあやまっていないが、「妹」についてなお踏み込みたい。四二歌は、五〜六歌を裏返しにして、旅にある「妹」を思いやるというものである。「妹」が、直前の四一歌において、「大宮人」と客観的に行幸にあるものたちをいうのに対置してあらわれることに注意したい。「我が心中の唯一人の人」というとおり、公的な立場から分離されたものとして、それはある。行幸にかかわりながら見出してしまう私的領域なのである。こうして、旅を思いやるという連作のなかで、私的領域を見出してゆくことに留意したい。三首が連ねられるなかで、はじめて私的な領域までからめるかたちで成り立つものとなったというべきだ。

『万葉集』の「歴史」は、私的領域を見出しながら、そこまで組みこんだ世界をあらわしだすのだといってよいであろう。

そうした「歴史」の問題として見るとき、『古事記』『日本書紀』の「歴史」が世界を語るありようとは異なるということができよう。私的領域をふくむ世界を語るという、独自な「歴史」のありようだといわねばならない。

五 感情の組織

泣血哀慟歌が『万葉集』の世界の本質にかかわるところを見てきたが、その題詞「哀慟」にも注意したい。部立ての切り分けとともに、標題・題詞・左注があいまって成り立たせる、『万葉集』の「歴史」世界にとって、これも本質にかかわる問題ではないか。

巻一、二の題詞において、そうした心情ないし感情をあらわす語をふくむのは、泣血哀慟歌のほかにも、たとえば、「高市古人感傷近江旧堵作歌」（巻一・三二～三三歌題詞）のごときがある。直前の、おなじ近江荒都をうたう人麻呂の一・二九～三一歌の題詞、「過近江荒都時柿本朝臣人麻呂作歌」が、ことがらを述べるだけなのとの違いに注意したい。古人歌の、題詞「感傷」と「見れば悲しき」（三二歌）「見れば悲しも」（三三歌）という結びとが相応じることはいうまでもない。人麻呂歌も「見れば悲しも」と結ぶ（二九歌）。ともに感情を表出する形容詞に託して歌うのであるが、古人歌の題詞には直接感情を示すのである。

こうした題詞を巻一、二から抽出してみると以下のようになる。

1、麻績王流於伊勢国伊良虞嶋之時人哀傷作歌 （巻一・二三）

2、麻績王聞之感傷和歌 （巻一・二四）

3、高市古人感傷近江旧堵作歌 （巻一・三二〜三三）

4、有間皇子自傷結松枝歌二首 （巻二・一四一〜一四二）

5、長忌寸意吉麻呂見結松哀咽歌二首 （巻二・一四三〜一四四）

6、移葬大津皇子屍於葛城二上山之時大来皇女哀傷御作歌二首 （巻二・一六五〜一六六）

7、皇子尊宮舎人等慟傷作歌廿三首 （巻二・一七一〜一九三）

8、但馬皇女薨後穂積皇子冬日雪落遥望御墓悲傷流涕御作歌一首 （巻二・二〇三）

9、柿本朝臣人麻呂妻死之後泣血哀慟作歌二首并短歌⑮ （巻二・二〇七〜二一二）

10、柿本朝臣人麻呂在石見国臨死時自傷作歌一首 （巻二・二二三）

左注にもおなじ問題がある。

11、右、検山上憶良大夫類聚歌林、曰、飛鳥岡本宮御宇天皇元年己丑、九年丁酉十二月己巳朔壬午、天皇大后幸于伊予湯宮。後岡本宮馭宇天皇七年辛酉春正月、丁酉朔壬寅、御船西征、始就于海路。庚戌、御船泊于伊予熟田津石湯行宮。天皇御覧昔日猶存之物、当時忽起感愛之情。所以因製

歌詠、為之哀傷也。（以下略）（巻一・八）

八歌左注は「類聚歌林」を引き、そこには、斉明天皇が、舒明天皇とともに行幸した時の風物が昔のままにあるのを見て作った歌として載せるという。左注と題詞とが異なる作者の歌として示すのである。それは、『万葉集』が、歌を複線的で多重的にあったものとして示すのだととらえたい。

12、（前略）路上見花感傷哀咽作此歌乎（巻二・一六六）

これらは、「傷」「哀」「悲」に集中する。「感傷」「悲傷」「哀傷」などと熟するが、すべて悲しみをいうものである。

4〜10は挽歌であって、悲しみが主になるのは当然といえるかもしれない。ただ、挽歌であっても、このように直接心情や感情を示す題詞は普通ではない。「天皇聖躬不予之時太后奉御歌一首」（巻二・一四七歌）のように、事態ないしことがらを記すにとどまるのが一般的である。これらには、歌自体において「かなし」と表現するのとはちがう意味がある。

主題が悲しみであることを外形的に明示するのである。問うべきなのは、それが『万葉集』の「歴史」にとってもつ意味である。

端的に、それら題詞・左注における「哀」「傷」は、感情の組織という点から見るべきであろう。さまざまな場面の歌を組織して世界を覆うことは、当然、ことがらにとどまらず、感性・感情のレベルにもかかわるが、感情まで組織して世界を成り立たせることをここに見よう。歌自体によるのみでなく、感情を外形的に明示して、そうした世界構築を担うのがこの題詞ではないか。

麻績王、有間皇子、大津皇子という事件にかかわる感情も、ここで、「哀傷」ということに、いわば統制されて「歴史」に定位されている。泣血哀慟歌のような、私情として見出されてありえたものも、おなじく「哀」であって、おなじ題詞のもとに組織されるのである。悲しみの感情の枠をつくるのでもあるといえよう。

以上をまとめていえば、私的領域を見出し、これを組み込むとともに、感情を組織して世界を成り立たせてある、それを、『万葉集』の「歴史」の問題としてとらえようということである。

注1　歴史の現実とは区別するためにカッコをつけて「歴史」とする。『万葉集』を「歴史」としてとらえることは、小著『複数の「古代」』(講談社現代新書、二〇〇七年)において提起した。

2　伊藤博が、「巻一〜巻四の生いたち」(新潮日本古典集成『万葉集　二』解説。新潮社、一九七六年)等において、巻三、四を、巻一、二の「拾遺」というのは正当であるが、単線的でなく延伸するということに注意したい。

3 参照、小論「解説　萬葉集巻第六」（『西本願寺本萬葉集（普及版）巻第六』主婦の友社、一九九四年）。

4 こうした把握の方向について、わたしは、内田賢徳・神野志隆光・坂本信幸・毛利正守「座談会　万葉岳の現況と課題」（『万葉語文研究』2、二〇〇六年）のなかで提起し、「「人麻呂歌集」と『万葉集』――『万葉集』のテキスト理解のために」（美君志会編『万葉集の今を考える』新典社、二〇〇九年）によってその具体化をこころみてきた。本稿はその線上にある。

5 曾倉岑「泣血哀慟歌」（『セミナー万葉の歌人と作品　第三巻』和泉書院、一九九九年）に、問題が適切に整理されている。

6 なお「独自な主題的統一」といったことについて、西條勉『柿本人麻呂の詩学』（翰林書房、二〇〇九年）は、「どのような点でなのか、その独自性が具体的に示されているわけではない」というが、異伝が別個な作品を成り立たせることを、石見相聞歌にそくしてそれぞれの異伝のかたち（二首構成と一首構成など）の主題的統一の違いにおいて具体的に述べたのである。西條には、「独自な主題的統一」ということが理解できなかったらしい。

7 西條勉注6前掲書のように、異伝のうちにのこされる「声の歌」をさぐろうというのは、文字テキストの把握として正当ではない。『万葉集』の歌は、異伝であれ、本文であれ文字において成り立つもの以外ではない。「異文系が誦詠の場に即しているのに対して、本文系の方は（略）文字テクストにおいて自己完結する」（注6前掲書一四七ページ）とか、「声の歌の生態に即して受け取れば」（同書二〇二ページ）などというのは、文字の表現の問題としていうことはできない。それは「詩学」を標榜しうるものではない。

8 吉野讃歌の理解にかんしては、参照、小論「人麻呂作歌の世界」(『セミナー万葉の歌人と作品』第三巻、和泉書院、一九九九年)。同時作か別時作かという論議もあったが、この作品の把握にとっての本質的問題ではないといわねばならない。

9 妻の死を主題とする潘岳の悼亡詩(『文選』)のような例も、詩にはある。それを歌でも実現して見せたのである。

10 以下、注8前掲小論「人麻呂作歌の世界」をもととして述べる。この論は、本稿のモチーフにつながっている。

11 新編日本古典文学全集は第三句を「さやげども」と訓むが、原文「乱」は、サヤグと訓むのは無理があるのでミダル説をとる。

12 参照、稲岡耕二「軍王作歌の論」(『万葉集の作品と方法』岩波書店、一九八五年)。

13 参照、神野志隆光「『松浦河に遊ぶ歌』追和三首の趣向」(『柿本人麻呂研究』塙書房、一九九二年)。

14 四四歌左注に、

　右日本紀に曰く、「朱鳥六年壬辰の春三月、丙寅の朔の戊辰に、浄広肆広瀬王らを以て留守の官となす。ここに、中納言三輪朝臣高市麻呂その冠位を脱きて朝に擎上げ、重ねて諫めまつりて曰く、『農作の前に、車駕未だ以て動すべからず』とまうす。辛未に、天皇諫めに従ひたまはず、遂に伊勢に幸す。五月乙丑の朔の庚午に、阿胡の行宮に御す」といふ。

とあるのは、四〇〜四二歌にまでかかる。行幸にかかわる歌なのであることに留意して、四二歌が「妹」を思いやって歌うことの意味を見たい。

　なお、この左注は、五月に阿胡の行宮にあるかのようにいうが、『日本書紀』が三月の行幸の際阿胡の行宮の御膳の料を献上した者たちへの褒賞をいう記事を途中で切って引用したことによる。それを、左注の筆者が『日本書紀』を誤読したことによって生じたと見てきた。しかし、左注筆者は『日本書紀』そのものを見ておらず、『日本書紀』を簡略化したテキストを「日本紀」として引用したと見るべきである。誤りは、簡略化したテキストにおいて生じていたのであった。参照、小著『変奏される日本書紀』東京大学出版会、二〇〇九年。

15「或本の歌に曰く」として、二一三～二一六歌を載せるが、その「或本」の題詞は正確には不明というほかない。

＊『万葉集』の引用は新編日本古典文学全集本による。

「たのし」と「楽」

垣見修司

一　はじめに

「たのし」は喜怒哀楽の「楽」にもあてはまり、現在の我々にとっても「たのしい」は感情を表す上ではなはだ基本的な語である。そのため意味も明白で、万葉集において「たのし」と詠む歌も、その心情表現において表面上理解困難なものはない。難解でなく明白であるがゆえに、あまりかえりみられない語のようにも感じられる。一つには、明解な「たのし」の語義をあらためて確認することで、歌の意味もはっきりする場合があるのではないか。そしてまた、古代において、「たのし」がどのような状況に置かれていたのかということも考えてみたい。

◆二　訓字について

万葉集の「たのし」は仮名書きでは「多努之《たのし》（斯・志）」のように記されるが、訓字は「楽」のみであることが注意される。但し、このほか議論のあるものについて確認しておきたい。まず、讃酒歌の一首、

世の中の　遊びの道に　冷者　酔ひ泣きするに　あるべかるらし　（巻三・三四七）

の「冷者」は「冷」を「怜」の誤写として、「たのしきは」と訓ずる説がある。

「冷者」については、旧訓「まじらはば」とあったのを、宣長が万葉集問目において、

> 心得ヌ事也、一説ニ怜《ノ》字トシテ、淤伽斯幾波トヨメルモ、ナホ心ユカズ、又、冷咲ト云事アレハ、冷《ノ》字ニテ於訶志幾トヨメト云モ、イヨ、物ドホシ、怜《ノ》字ニシテ、多奴斯幾波トヨミテハ、イカ、候ヘキ、ソモタシカニハ候マジクヤ、

として、「たのし」と訓じた。(1) この誤写説は、万葉集に「さぶし」の語が、

…ももしきの　大宮人の　罷《まか》り出て　遊ぶ船には　梶棹《かぢさを》も　無而不楽毛《なくてさぶしも》　漕《こ》ぐ人なしに

（巻三・二五七）

今よりは　城山《きやま》の道は　不楽牟《さぶしけむ》　我が通《かよ》はむと　思ひしものを

（巻四・五七六）

荒雄らが　行きにし日より　志賀の海人《あま》の　大浦田沼《おほうらたぬ》は　不楽有哉《さぶしくもあるか》

（巻十六・三八六三）

のように、「不楽」と記される例があり、また

楽浪《ささなみ》の　志賀津《しがつ》の児《こ》らが〈一に云《い》ふ「志賀の津の児が」〉罷《まか》り道《ぢ》の　川瀬《かはせ》の道を　見者不怜毛《みればさぶしも》

（巻二・二一八）

風早《かざはや》の　美保《みほ》の浦廻《うらみ》の　白《しら》つつじ　見十方不怜《みれどもさぶし》　なき人思へば〈或は云ふ、「見れば悲しも　なき人思ふに」〉

（巻三・四三四）

秋萩を　散り過ぎぬべみ　手折《たを》り持ち　雖見不怜《みれどもさぶし》　君にしあらねば

（巻十・二二九〇）

…うら悲し　春し過ぐれば　ほととぎす　いやしき鳴きぬ　ひとりのみ　聞婆不怜毛《きけばさぶしも》…

（巻十九・四一七七）

我のみに　聞婆不怜毛《きけばさぶしも》　ほととぎす　丹生《にふ》の山辺《やまへ》に　い行《ゆ》き鳴かにも

（巻十九・四一七八）

とあって「不怜」とも記され通用すると捉えられることが一つの根拠となっている。さらに、同じ旅人の讃酒歌の中で続く二首は、

この世にし　楽しくあらば　来《こ》む世には　虫に鳥にも　我はなりなむ　（巻三・三四八）

生ける者《ひと》　遂《つひ》にも死ぬる　ものにあれば　この世にある間《ま》は　楽しくをあらな　（巻三・三四九）

と「たのし」を詠み込み、酒を飲むことによる楽しさを希求する心情を歌う。それゆえ、この歌についても、「遊びの中でもとりわけ楽しいものが酔い泣きである」という解釈が認められ、沢瀉注釈をはじめ釈注や新大系、全歌講義などに支持されている。

ただ、讃酒歌の他の二例はともに、訓字「楽」を用いる。ここだけに「怜」を用いることは不審とせざるを得ないし、山田講義にも指摘されるように、単独の「怜」と「楽」の直接的なつながりは字書類からは確認出来ず、「怜」を「たのし」と訓みうるかどうかには疑問が残る。

一方、新編全集は、拾穂抄に見える「洽者」の本文を採り、「かなへるは」と訓ずる。これは類聚名義抄に「洽、カナフ」とあり、原本系玉篇[2]の「洽」にも「合也」の訓詁があることにもとづき、「しばらくこれによる。」としている。

古写本の本文は「冷」とあり「まじらはば」の訓にも目立った異同はない。その「まじらはば」の訓に

沿って、私注は「冷」を「洽」の誤写と認めて「まじらはば」の訓を採った。私注は

マジラハバの訓を本として考へれば、「冷者」は「洽者」を誤つたものであらう。二水三水は殆ど通用と見られるし、「合」を「令」に「洽」を「怜」に誤る例は古写本に屢、見られる。「洽」を「冷」に誤つたのは決して稀《メヅ》らしいこととは思はれない。拾穂抄に「洽」とあるのも根據あつてのことであらう。「洽」は字書に和也合也として「洽比其隣」の例が見えるからマジハルの訓は當然である。

として、「まじらはば」の訓は本来「洽者」とあった本文にあてられたものであると捉える。「洽比其隣」は、毛詩・小雅「正月」の句で、「其の隣《となり》を洽比《かうひ》し」などと訓み、隣人と親しみあうことを言う。「洽比」と熟合した形ではあるが、これによればたしかに「まじらははば」には「冷者」よりも「洽者」の方が適当といえる。観智院本類聚名義抄の「冷」に「カナフ」とあるのも、「洽」を「冷」と誤認した結果ではないか。とはいえ、「洽」から「まじる」を導くことも意訳に過ぎるとすると、ここは新編全集の採用する「かなふ」が良いのではないか。古写本の「まじらはば」の訓はもともと「洽」とあった本文に付されたたが、漢字と訓みとの結びつきの弱さゆえか漢字が「冷」に誤写され、訓はそのままのこされた事情を裏書きするものと考えられる。従って、この三四七歌の例は「たのし」の用例とは認められない。「遊びの道」がどのようなものかを追究する必要もあるが、「酔ひ泣き」して楽しいというのも、後述する「たの

し」の語義からはふさわしくないように思われる。

次いで、

矢釣山《やつりやま》　木立《こだち》も見えず　降りまがふ　雪驪朝楽毛　（巻三・二六二）

には「朝楽毛」を結句「あしたたのしも」と訓ずる説がある。ただ「雪驪朝楽毛」は難訓とされ、「雪驪」には「雪のさわける」や「雪の降りしく」「雪にあつまる」などの訓が試みられている。結句は「まいでくらくも」のように「楽」を音仮名として訓む説もあるが、「朝」の字を「まゐづ」と訓むことは集中例がなく、従いがたい。「驪」の本文については「驟」の異同もあり、四句目をどのように訓むかについてはなお慎重に考える必要があるが、結句は「あしたたのしも」で動かないのではないかと思われる。いずれにしても、この歌は柿本人麻呂が新田部皇子に献じた長反歌で、皇子の宮において雪が降り来るさまを詠み込んでいる。この反歌は、雪の降るめずらしい朝のはしゃぐような楽しさを歌ったものと思われる（後述）。

三　用例について

古代の「たのし」の語については、とりわけ万葉集の用例に関わって、しばしば佐竹昭広氏の説(3)が参照される。氏は「たのし」の用例について、「大多数は宴席の歌の中に見出される」ことを指摘し、旅人の讃酒歌や、定訓を得ていない先掲「朝楽毛」（巻三・二六二）を別にした上で、

萬葉集の「たのし」はもっぱら酒宴の歌に集中している。

として、「たのし」は「酒ほかひ」の伝統にもとづく表現と把握する。それ以後の諸注釈書はおおむねこの説に従っており、

形容詞「楽し」は、万葉集では殆ど宴に関して用いられる（巻六・一〇一五新大系脚注）

楽シという語は酒宴の席に関連して用いられることが多い。（巻十七・三九〇五新編全集頭注）

など、「たのし」には概ねこのような語釈がほどこされる。

宴と「たのし」の語に関わっては、古語拾遺の次の一節がよく引き合いに出される。天照大神が石窟から出た場面での、八百万の神の言動を描いている。

此の時に当りて、上天《あめ》初めて晴れ、衆俱《もろもろとも》に相《あひ》見て、面皆《おもみな》明白《しろ》し。手を伸《の》して歌ひ舞ふ。相与《とも》に

称《い》日はく、「阿波礼《あはれ》。〔言ふこころは天晴《あまはれ》なり。〕阿那於茂志呂《あなおもしろ》。〔古語に、事の甚だ切《せち》なる、皆阿那《あな》と称《い》ふ。言ふこころは衆《もろかみ》の面明白《おもしろ》きなり。〕阿那多能志《あなたのし》。〔言ふこころは手を伸して舞ふなり。今楽しき事を指して多能志《たのし》と謂ふは、此の意《こころ》なり。〕阿那佐夜憩《あなさやけ》。〔竹葉《ささば》の声《こゑ》なり。〕飫憩《おけ》。〔木の名なり。其の葉を振る調《しらべ》なり。〕」

「たのし」の語源を歌い舞うときの手を伸ばす所作から「手伸《たの》し」であると俗解する。古事記にも、「酒《さか》楽《くら》の歌」として、息長帯日売命《おきながたらしひめのみこと》の勧酒歌と、太子にかわって建内宿禰命が答えた謝酒歌が載せられる。

この御酒《みき》は　我が御酒ならず　酒《くし》の司《かみ》　常世《とこよ》に坐《いま》す　石立《いはた》たす　少御神《すくなみかみ》の　神寿《かむほ》き　寿き狂《くる》ほし
豊《とよ》寿き　寿き廻《もとほ》し　奉《まつ》り来《こ》し御酒ぞ　止《あ》さず飲《を》せ　ささ　（記三九）

この御酒《みき》を　醸《か》みけむ人は　その鼓《つづみ》　臼《うす》に立てて　歌ひつつ　醸みけれかも　舞ひつつ　醸みけれ
かも　この御酒の　御酒の　あやに甚楽《うただの》し　ささ　（記四〇）

日本書紀にも類歌（紀三二・三三）を持つこれらは、酒を献る行為の中で歌われており、「今その神の醸した酒が太子に献じられるということによって、太子の神性を証す。（新編全集頭注）」とも、「ウタダノシのウタはウタタ（転）と同源で、はなはだ・とてもの意。（同）」とも説かれる。このような例から、「たのし」は神との関わりにおいて用いられる語と解され、

〈たのし〉は手を伸ばして舞うことだという。これは〈たのし〉がこちら側から神へはたらきかけている状態であることを示す。神が降臨し、祭の参加者がそれを認識し、こちら側から舞という行為を通して神へはたらきかけ、神からの最大の祝福を引き出す[(4)]。

と言われたり、

「タノシ」は、心身ともに満ち足りた状態の形容。本来、神の呪力によって不足のない理想の状態が現出された時に発せられる讃詞。宴の歌に多用されるのは、神の来臨を迎える祭りに起源をもつゆえ。（全解、巻五・八二五脚注）

とまで説かれたりするようになる。ただ、ここに見える「たのし」は古語拾遺ではもろもろの神が歌い舞うときに発せられいて、記四〇でも少御神が歌い舞いつつ酒を醸造したであろうことを想像する中で歌われる言葉であって、直接的には神とのつながりよりもむしろ歌い舞うことにより得られる感情と把握しておくのが適当と思われる。紀において「楽」がしばしば「うたまひ」と訓ぜられるのは、無論「楽」の有する音楽といった意味に応じているが、そこから得られる感情も「楽」とすることとの関連が想起されるところである。

また佐竹氏は、布勢の水海への遊覧の際の遊行女婦《あそびめ》土師《はにし》の歌

垂姫《たるひめ》の　浦を漕ぎつつ　今日《けふ》の日は　楽しく遊べ　言ひ継《つ》ぎにせむ　（巻十八・四〇四七）

について「遊女が待っていたからには船中の酒宴歌と解される」としているが、そこには風光を愛でることにより得られる楽しさも含まれるはずで、純粋に宴の楽しみと解しうるかどうかには問題が残る。

古事記には、仁徳天皇が吉備国に行幸し、黒比売《ひめ》が菘菜《たかな》を摘んでいるところへおもむいて詠んだ歌、

山方《やまがた》に　蒔《ま》ける青菜も　吉備人と　共にし摘めば　楽《たぬ》しくもあるか　（記五四）

もある。これは若菜摘みの場面を描いたものであるが、「若菜摘む山遊びの宴歌という印象が強い。」と説く佐竹説には、やや付会があるように感じられる。

さらに、検税使大伴卿の、筑波山に登りし時の歌にみえる

…紐《ひも》の緒《をと》解きて　家《いへ》のごと　解けてぞ遊ぶ　うちなびく　春見ましゆは　夏草の　繁《しげ》きはあれど
今日《けふ》の楽《たの》しさ　（巻九・一七五三）

も山遊びの楽しさをいうものではあっても、宴席との関わりを問うことは困難であろう。それゆえ、たとえば新編全集が、

楽シは飲酒による悦楽を表すことが多く、万葉集では酒宴の歌に限って現れる。

（新編全集巻五・八一五頭注）

とするのはやはり言い過ぎとせねばならない。松村嘉幸氏は、平安宮廷歌謡の例も参照しつつ、

やはり「たのし」は『万葉集』に見られたように、「酒・宴・遊ぶ」に関連したものであり、神事においては「直会」の段階の心持ちを表した言葉であると考えられる。[5]

としており、万葉集においても「たのし」が酒や宴に加えて「遊ぶ」の語とともに表れることに注意している。

また万葉集の中で、「たのし」の唯一の訓字「楽」が、橋のたもとでの鄙の男女の野遊の表記「小集楽《をづめ》」（巻十六・三八〇八）に用いられ、論語（雍也篇）の「知者は水を楽しみ、仁者は山を楽しむ。」をふまえた「唯性便レ水、復心楽レ山」[6]（巻五・八五三、松浦川に遊ぶ序）や、「打毬之楽」[7]（巻六・九四九左注）といった漢文に用いら

れる背景には、「たのし」や「たのしぶ」といった言葉が意識されていたものと思われる。これらは宴と関わるものではないが、「楽」の義を「たのし」と理解した上での用い方であろう。

つまり、「たのし」が宴や酒の席において多く見られるのは、万葉集での現れ方に宴で用いられた場合が結果的に多いだけのことであって、他の場面においても心が満ち足りた状況について「たのし」と表現することは十分に可能であったと思われる。必ずしも宴専用の語と解する必要はないし、むしろなぜ宴において多く歌われるのかということに注意するべきであろう。

四 語義について

いったい「たのし」とは、どのような言葉なのか。そのことを考えるにあたり、次の記述が一つの解を示してくれている。

正《タダ》シ・楽《タノ》シ・全《との》シのタはもと手で、下のダ・ノ・のは接辞の関係にある。タダは副詞の直・唯にも転じ、タノはタナ知ル・との曇ルなど一面・十分にの意のタナ・とのの異形にも連なる。正シはひた向きにの意、楽シはじゅうぶんにの意が原義で、これも手が干与している。(8)

手と関連するかどうかはともかく、「たな」の語とのつながりは認めて良いのではないか。「たな」は、時代別国語大辞典上代編には、「形状言。一面に・十分に、の意を表わす。トノの形で現れることもある。」とされ、「たな知る」や「たなぐもる」「たなぎらふ」などの語を構成する。

…もののふの　八十宇治川《やそうぢがは》に　玉藻《たまも》なす　浮かべ流せれ　そを取ると　騒《さわ》く御民《みたみ》も　家忘れ　身もたな知らず　鴨じもの　水に浮き居て　我が作る　日の御門《みかど》に…　（巻一・五〇）

金門《かなと》にし　人の来《き》立てば　夜中《よなか》にも　身はたな知らず　出《い》でてそあひける　（巻九・一七三九）

…行きかぐれ　人の言ふ時　いくばくも　生けらぬものを　なにすとか　身をたな知りて　波の音の　騒く湊の　奥《おく》つ城《き》に　妹が臥《こ》やせる　遠き代に…　（巻九・一八〇七）

葦垣《あしかき》の　末掻《か》き別《わ》けて　君越ゆと　人にな告《つ》げそ　言はたな知れ　（巻十三・三二七九）

たな霧《ぎ》らひ　雪も降らぬか　梅の花　咲かぬが代《しろ》に　そへてだに見む　（巻八・一六四二）

こもりくの　泊瀬の国に　さよばひに　我が来《きた》れば　たな曇《ぐも》り　雪は降り来《く》　さ曇り　雨は降り来　野《の》つ鳥《とり》　雉《きぎし》はとよむ…　（巻十三・三三一〇）

十分にわきまえる意の「たな知る」は、「たな知らず」と否定形で用いられることも多く、巻九・一七三九は、待つ人が来たかと思うと我が身も十分にかえりみずに外に出てしまったという上総の末の珠名娘子を描き、巻八・一六四二はすっかりと霧りわたるような雪の降り方を言う。このように「たな」は限定された空間や領域が一つのものによって充足してしまう意を有する。「たのし」もまた、「心身ともに満ち足りた状態の形容」とされるように、心情においては文字通り心が充足した状況をさすものである。そうであれば、「たのし」が宴席において多用されることも理解しやすい。

…やすみしし　我が大君の　神《かむ》ながら　思ほしめして　豊《とよ》の宴《あかり》　見《め》す今日の日は　もののふの　八《や》十伴《そとも》の緒《を》の　島山に　赤《あか》る橘《たちばな》…（巻十九・四二六六）

上代、酒宴は「豊楽」や「豊明」とも記され「とよのあかり」と訓まれる。「とよ」の語が示すように、宴では酒だけでなく多くの山海の幸が饗されたはずであり、物質的な豊かさをも享受する機会であった。「たのし」のこのような性格は、後世、裕福の意を持つことを許容したものと思われる。

便《たよ》リ只付キニ付テ、家ナド儲《まうけ》テ楽シクゾ有ケル。（今昔物語集・長谷に参りし男、観音の助けによりて富を得たる語《こと》）

臣、深く懼《お》づらくは、佐魯麻都《さろまつ》、是韓腹《これからのはら》なりと雖《いへど》も、位大連《くらいおほむらじ》に居《を》り。日本《やまと》の執事《つかさ》の間《あひだ》に廁《まじは》りて、栄班《さか》え貴《たふと》盛き例《つらい》に入れり。（欽明紀五年三月条）

欽明紀の「貴盛」は、「タノシキ」の古訓を持つが、中古以後の意義をもって付されたものと思われる。宴はまた、多くの人々が集う場でもある。「たのし」には、人々と豊かさを共有することにより生じる満足感が表現されているとも思われる。

しなざかる　越《こし》の君らと　かくしこそ　柳かづらき　楽しく遊ばめ　（家持、巻十八・四〇七一）
天地に　足らはし照りて　我が大君　敷きませばかも　楽しき小里《をさと》　（家持、巻十九・四二七二）

いずれも宴席に集ったときの歌である。前者は越中において、郡司以下子弟も含めた多数の人々が集まったなかで歌われている。後者は橘諸兄の邸宅に聖武太上天皇が行幸し、肆宴が催されたときの歌であるが、「天地に足らはし照」る豊かさを持つ「我が大君」がともにいることを「たのし」とするのであろう。

もちろん宴は一人で成立するものではないけれども、右の二首や仁徳帝の歌った記五四や後に掲げる巻二十・四三〇〇などに典型的なように、「たのし」はともにあることを確認しえた喜びの表現という側面がある。それが「不楽」を「さぶし」と訓ずることに通じるものと思われる。先に掲げた「不楽《さぶし》」の用例はいずれも、ともにあることがかなわない嘆きを歌う。それは、「たのし」が人のにぎわいをも表現しうるものとして理解されていたことを裏書きする。翻って、巻三・二六二の「朝楽毛」が「あしたたのしも」と訓めるのであれば、四句目の「雪驪」ないし「雪驟」は、三句目「降りまがふ」と重なる雪の描写とみるよりは、その雪をきっかけにして新田部皇子の宮に参集した官人達の描写とみるのがよいのではないか。「雪のさわける」ではなくて、全釈が採用し、小島憲之氏(2)や古典集成、全注も支持する「ゆきにさわける」や新大系の「ゆきにつどへる」など、人を主体とする訓を期待したいところである。その方が長歌の「雪じもの行きかよひつつ」にも応じている。また、そうした場合であっても、「たのし」が酒宴の場で用いられることが多いからといって必ずしも「雪見の酒宴」(新大系)とまで捉える必要はないであろう。そして小島氏が指摘するように「雪驪」=「雪驟」ならば、「驟」の字がもっぱら「さわく」に用いられていることからも「さわく」と訓まれるべきであり、「ゆきにさわける」として、「紛々と降る雪に出仕の人がにぎやかにはしゃいでいる」(古典集成)描写と解し「冬の朝の好景に雀躍してゐる様」(全釈)を思うべきであろう。

玉敷きて　待たましよりは　たけそかに　来たる今夜《こよひ》し　たのしく思ほゆ　(巻六・一〇一五)

天平九年春正月に橘佐為をはじめとする諸大夫が門部王の家に集まって催された宴で詠まれた歌に、榎井王が追和した歌で「たけそかに」は語義未詳ながら「タケは猛シと関係ある語かと思われる。仮に、乱暴に、無遠慮に、の意と解し」て「ずかずか参上した今夜こそ楽しく思われます」(新編全集)と訳されたり、「不意に、突然に、ずかずかと、の意か。」（釈注）とされたりする。これもまた、人々が参集したにぎわいを感じて「たのし」と歌っている点、巻三・二六二に近いと言えるのではなかろうか。

五　「楽」の字義

「たのし」が万葉集において「楽」の訓字しか持たないことは、その強い結びつきを感じさせる。「楽」は、説文解字に「五聲八音総名」とされるように、音楽の意が基本となる。篆隷万象名義には、

楽　吾角反　葥也　娯也　喜也　欲也

とある。葥は節のことでおそらく「和楽謂㆓之節㆒」（爾雅・釈楽）に基づく。他は、

娯　楽也　（説文解字）
喜　楽也　（説文解字）
楽味　闔咢反　蒼頡篇　楽憙也　（一切経音義・巻二）
娯楽　語倶反　下力各反　説文娯楽也　楽喜也　（一切経音義高麗蔵本・巻五）

好楽　呼到反　五孝反　好猶憙也　楽猶欲也　（一切経音義高麗蔵本・巻六）
楽法　五孝反　愛欲曰レ楽　（一切経音義高麗蔵本・巻八）
所楽　音岳　又音洛　又五孝反　好也　（禮記・禮運・鄭氏注）

といった訓詁があり、「たのし」に対応する義を持つほか、「好—このむ」や「欲—ねがふ」などの意味を持つことも知られる。

このような意味をもつ「楽」が、万葉集において酒宴の場で多く用いられるのは、おそらく漢詩文の影響が強いのであろう。

和《こた》ふる歌一首

官《つかさ》にも　許したまへり　今夜《こよひ》のみ　飲まむ酒かも　散りこすなゆめ　（巻八・一六五七）

右、酒は官に禁制して偁《い》はく、京中閭里《けいちうりより》、集宴《じふえん》すること得ざれ、ただし、親々一二《しんしんひとりふたり》にして飲楽することは聴許《ゆる》す、といふ。これによりて和《こた》ふる人この発句《ほつく》を作れり。

大伴坂上郎女の歌一首（巻八・一六五六）に対する返答が、禁酒令の例外規定を根拠としていることを述べる左注には「飲楽」の語があり、他に「楽飲」もみとめられる。

安積山《あさかやま》　影さへ見ゆる　山《やま》の井《ゐ》の　浅き心を　我が思はなくに

（巻十六・三八〇七）

右の歌、伝へて云はく、葛城王《かづらきのおほきみ》、陸奥国《みちのくのくに》に遣《つか》はされける時に、国司の祗承《しじょう》、緩怠《くわんたい》なること異甚《はなは》だし。ここに王の意悦《こころよろこ》びずして、怒りの色面《おもへりおもて》に顕《あらは》れぬ。飲饌《いんざん》を設けたれど、肯《あ》へて宴楽せず。ここに前《さき》の采女《うねめ》あり、風流《みや》びたる娘子《をとめ》なり。左手に觴《さかづき》を捧《ささ》げ、右手に水を持ち、王の膝《ひざ》を撃《う》ちて、この歌を詠《よ》む。すなはち王の意《こころ》解け悦びて、楽飲すること終日《ひねもす》なり、といふ。

白波の　寄する磯廻《いそみ》を　漕《こ》ぐ舟の　梶《かじ》取る間《ま》なく　思ほえし君

（巻十七・三九六一）

右、天平十八年八月を以《もち》て、掾《じょう》大伴宿祢池主大帳使《だいちやうし》に付して、京師《みやこ》に赴向《おもぶ》く。而《しか》して同じ年十一月、本任《ほんにん》に還《かへ》り至りぬ。仍《よ》りて詩酒《ししゆ》の宴を設け、弾糸《だんし》飲楽す。この日、白雪忽《たちま》ちに降り、地《つち》に積《つ》むこと尺余なり。この時復《また》、漁夫《あま》の舟、海に入り瀾《なみ》に浮けり。ここに守《かみ》大伴宿祢家持、情《こころ》を二眺《にてう》に寄せ、聊《いささ》かに所心《おもひ》を裁《の》べたり。

国の掾《じょう》久米朝臣広縄、天平二十年を以て、朝集使に付きて京《みやこ》に入る。その事畢《をは》りて、天平感宝元年閏五月二十七日、本任に還《かへ》り至る。仍《よ》りて長官の館《むつろみ》に、詩酒の宴を設けて楽飲す。ここに主人守《あろじかみ》大伴宿祢家持が作る歌一首　并せて短歌

（巻十八・四一一六・歌は省略）

正税帳使掾久米朝臣広縄事畢り任に退《まか》る。適《たまさか》に越前国掾大伴宿祢池主が館に遇《あ》ひ、仍りて共に飲楽す。ここに久米朝臣広縄萩の花を矚《み》て作る歌一首

君が家に　植ゑたる萩の　初花を　折りてかざさな　旅別るどち

（巻十九・四二五二）

陸奥国に派遣された葛城王が国司の饗応のまずさに機嫌をそこねたところを采女がとりなした場面や、大伴家持が京より帰任した池主や広縄との再会を果たして催された宴、あるいは家持が越中から帰京するときの餞の宴などに用いられる。

樽を合せ席を促《ちか》づけ、満を引いて相罰し、今夕を楽飲し、一酔月を累《かさ》ぬ。

（晋左思「蜀都賦」、文選巻四）

杯《さかづき》を浮かべて楽飲し、絲竹駢羅《しちくへんら》す。

（晋潘岳「閑居賦」、文選巻十六）

公子客を敬愛し、楽飲して疲るるを知らず。

（魏應瑒《おうとう》、公讌「侍㆓五官中郎将建章臺集㆒詩」、文選巻二十）

楽飲して三爵に過ぎ、帯を緩めて庶羞《しょしゅう》を傾く。主は千金の壽を稱し、賓は萬年の酬を奉ず。

（魏曹植、楽府四首「箜篌引」、文選巻二十七）

置酒楽飲、詩を賦し壽を稱す。

（魏呉質「答㆓魏太子㆒牋」、文選巻四十）

漢籍には「楽飲」の例は多く「飲楽」は管見には入らなかったが、風土記に、

卜氏《うらべうじ》の種属《やから》、男も女も集会《つど》ひ、日《ひ》を積《つ》み夜《よ》を累《かさ》ね、飲楽《さけのみたの》しび歌《うた》ひ舞《ま》ふ。（常陸国風土記・香島郡）

夏の暑き時には、遠迩《をちこち》の郷里《むらざと》より、酒と肴を齎賚《もちき》て、男も女も会集《つど》ひ、休《いこ》ひ遊び飲楽《さけのみたの》しめり。（常陸国風土記・久慈郡）

の二例があって、上代日本では通用していたようである。文選・應瑒の詩は「公讌」の一篇であるが、「讌」は「宴」に通じ、漢籍の例も万葉集と同じく宴席の場面を描く。このような「楽飲」の語が「飲楽」も含めて、梅花の歌の一首、

年のはに　春の来《きた》らば　かくしこそ　梅をかざして　多努志久能麻米《たのしくのまめ》

（大令史野氏宿奈麻呂《だいりやうしやじのすくなまろ》、巻五・八三三）

に影響を与えていることは明らかであろう。また、宴との関わりでは、先掲巻十六・三八〇七にも見られる「宴楽」や、「楽宴」の語が存する。

降る雪を　腰になづみて　参《まゐ》り来し　験《しるし》もあるか　年の初めに

右の一首、三日に介内蔵忌寸《すけくらのいみき》縄麻呂が館に会集して宴楽する時に、大伴宿祢家持作る。

（巻十九・四二三〇）

四つの船　はや帰り来《こ》と　しらか付け　朕《わ》が裳《も》の裾《すそ》に　斎《いは》ひて待たむ

右、勅使を発遣し、并せて酒を賜ふ。楽宴の日月未《いま》だ詳審《つばひ》らかにすること得ず。

（巻十九・四二六五）

やはり、越中時代の家持の例や、それ以降の巻十九の遣唐使派遣の際の宴での例である。また日本書紀では「宴楽」を「とよのあかり」（景行紀五十一年正月）と訓む例があるし、日本霊異記にも次の例が見える。

聖武天皇の御世《みよ》に、王、宗《とも》二十三人同じ心に結び、次第に食《じき》を為して宴楽を設け備へき。一《ひとり》の窮《せま》れる女王有りて、宴衆の列に入りき。二十二王、次第を以て宴楽を設くること已《すで》に訖《をは》りぬ。

（日本霊異記・窮れる女王、吉祥天女の像に歸敬して、現報を得し縁　第十四）

ここで「宴楽」は「うたげ」と訓まれており、この説話には宴での饗応の描写も詳細になされている。対する漢籍の例は次のようである。

象《しやう》に曰く、雲、天に上るは、需なり。君子以て飲食し宴楽す。（周易・需）

昔、諸侯、王に朝正すれば、王之を宴楽す。是に於てか、湛露を賦す。則ち天子は陽に當たり、諸侯は命を用ゐるなり。（左伝、文公伝四年）

徒だ恨むらくは宴楽始めて酣なるに、白日夕べに傾き、驪駒《りく》駕《が》に就き、意《い》宣《せん》展《てん》せざるを。（魏應璩《おうきよ》「與㆓満公琰㆒書」、文選巻四十二）

左伝の例は、文選・巻四十七、袁宏「三国名臣序賛」の李善注にも引かれる。一方の「楽宴」はやはり漢籍には見出しがたい。

なお付け加えれば、右の文選の「酣」の語は、万葉集巻十六・三八一六左注、三八三七左注、巻十九・四二三三題詞にも見えるが、説文解字には「酣　酒楽也」とある。この訓詁は令集解にも、「釋に云はく、孔安国注尚書に曰はく、楽㆑酒曰㆑酣。」（巻二十四・宮衛令）と見え、他にも説文解字の「酖　楽㆑酒也」は、扁を違えてはいるが「耽　説文、楽㆑酒也」（令集解巻十七・継嗣令）と利用されている。令集解の例はいずれも玉篇佚文の可能性もあり、[10] 漢籍にしたしむ上代の人々にとって「酒」すなわち「楽」するべきのものという認識は、容易に得られるはずであった。旅人の讃酒歌は「一人静かに飲む酒の『たのし』さ」[11] を歌ったとされ、宴などの雰囲気はなく、人々と共有する「たのし」さと異質なものを感じさせる点は、このような訓詁の知識にもとづくのかもしれない。

◆六 漢籍の「楽」

ともあれ、宴に関わる詩に、楽はたくさん見出されるが、その淵源は毛詩・小雅に求めるべきであろう。

南に嘉魚《かぎよ》有り　蒸然《じようぜん》として罩罩《たうたう》たり　君子に酒有り　嘉賓よ式《もつ》て燕《えん》し以て楽しめ（小雅・南有嘉魚）

小序には「南有嘉魚は、賢と与にするを楽しむなり。太平の君子至誠賢者と之を共に楽しむなり。」とあり、饗宴の詩と解される。また「鹿鳴は、群臣嘉賓を燕するなり。」の小序を有する「鹿鳴」（小雅）にも宴の描写がなされ、

我に旨酒《ししゆ》有り　以て嘉賓の心を燕楽せしめん

と結ばれる。先に掲げた左伝・文公の宴楽において賦される「湛露」も小序に「天子、諸侯を燕するなり。」と述べられる。毛詩は上代の官人には、文選とともに重視され習熟度が高かったとされるが、(12)なかでも小雅については、懐風藻の背奈行文の五言詩「秋日長王が宅にして新羅の客を宴す」の冒頭に、

賓《まらひと》を嘉《よ》みして小雅を韻《うた》ひ、席《むしろ》を設《ま》けて大同を嘉みす。

と歌われ、小雅に賓客をもてなす歌謡が収められているということは、上代官人にとって共通の認識であった。他にも、小雅所収の「伐木」は「朋友、故旧を燕するなり。天子より庶人に至るまで、未だ友を須たずして以て成る者有らず。親を親しみて以て睦まじく、賢を友として棄てず、故旧を遺《わす》れざれば、則ち民徳厚きに帰す。」（小序）とあり、友との交わりについての歌謡との認識のもとに懐風藻では藤原宇合の七言詩「常陸に在るときに、倭判官が留《とどま》りて京に在《いま》すに贈る」冒頭に、

僕《われ》と明公と、言を忘るること歳久し。義は伐木に存り、道は採葵《さいき》に叶ふ。

と引かれている。これらを見て明らかなのは、漢詩文において宴席は賓客を招きもてなすことに主眼があるのであって、賓客とともに酒を飲み楽しむ描写が、遊宴の詩の常套表現であったことである。「楽飲」の例として示した「箜篌引」にも主賓が描かれているし、應瑒の詩句の類例、

公子客を敬愛し、宴を終るまで疲るるを知らず。

（魏曹植「公讌詩」、文選第二十巻）

も見出せる。このように宴の詩には、賓客が重要な要素として描かれている。その点で、「たのし」が、人々との交わりから得られる満ち足りた心情をあらわす性格を有することによって「楽」の訓字となり、他者の不在による孤独感を示す「さぶし」が「不楽」と記されることは訓読や用字におけるじつに適切な選択であったと言える。したがって、巻五・八三三に見られるように梅花の歌や、それ以後の家持の追和作歌などに歌われる「たのし」は、漢語「楽」の訓読語としての性格がはなはだ強いものになっていると思われる。

さらに梅花の宴の歌群は、その冒頭歌に、

正月《むつき》立ち　春の来《きた》らば　かくしこそ　梅を招《を》きつつ　楽しき終《を》へめ　(巻五・八一五)

を有する。四句目の「梅を招きつつ」は、

「招《を》く」というように梅花を擬人化して宴席の客として遇する趣向が、「梅花歌」冒頭歌の一つの眼目であった。(13)

と説かれるように、梅を擬人化することとともに、それを賓客として招く趣向もまた詩の表現をふまえたものと捉えられる。けだし、作者の大弐紀卿は最も身分の高い客として招かれていたことに対し謙譲の意味を込めて、実はこの宴の第一の客は私ではなくて梅そのものなのですと歌ったのではなかったか。当然それは当日招かれた客の中で最も高い身分の者のみが歌いうる趣向であったし、そうすることで梅をその場の主題として引き込む役割を十分に果たしたものと思われる。

そして、この冒頭歌の結句「楽しき終へめ」は、新大系脚注に類聚名義抄の「尽　オハル」の例を引きつつ、漢語「尽歓」の影響を指摘するが、「梅花の歌序」がその強い影響のもとにあるとされる「蘭亭序」には、(14)

目を游ばせ懐《おも》ひを騁する所以にして、以て視聴の娯しみを極むるに足る、信《まこと》に楽しむ可きなり。

とあり、娯楽を追求するという表現が見出される。山上憶良の沈痾自哀文の一節「一代の懽楽、未だも席前《せきぜん》に尽きねば、千年の愁苦、更に座後《ざご》に継ぐ。」も、「席前」、「座後」が宴席を意味するからは同じ発想を認めることができ、このような表現は少なくない。

歓娯未だ尽きずと雖も、能《よ》く紀筆を事とせむ。　（藤原宇合「暮春曲二宴南池一」、懐風藻）

十娘曰く、少府、希《マレ》に来れり。豈に楽を尽《ヒ》くさずや。　（醍醐寺本遊仙窟）

少長同《とも》に游び、且《ま》た山陰の楽びを尽くさん。　（初唐王勃「聖泉宴序」、王子安集註）

永日行《ゆ》いて遊戯し、歓楽猶ほ未だ央《つ》きず。　（魏劉楨「公讌詩」文選巻二十巻）

最後の「猶未レ央」は「年歳の未だ晏《おそ》からず、時も亦猶ほ其れ未だ央《つ》きざるに及ばん。」（屈原「離騒経」、文選巻三十三）の李善注「央　尽也」を参照すれば同様の例と考えうる。こうして「梅花の歌」は、神司《かみづかさ》荒氏稲布《くわうしのいなしき》により、

梅の花　折りてかざせる　諸人《もろひと》は　今日の間《あひだ》は　楽しくあるべし　（巻五・八三二）

と歌われ、「楽しく飲まめ」とも詠まれるように、冒頭歌が導入した趣向を引き継いでいく。それゆえに、大伴書持と家持の追和歌のいずれも「たのし」を歌うのである。

遊ぶ内の　楽しき庭に　梅柳《うめやなぎ》　折りかざしてば　思ひなみかも　（大伴書持、巻十七・三九〇五）

春の内の　楽しき終《を》へは　梅の花　手折《たを》り招《を》きつつ　遊ぶにあるべし　（大伴家持、巻十九・四一七四）

家持歌は梅の花を招《を》くと歌っていて梅花の歌の冒頭歌の発想をそのままなぞっているし、書持歌も同

じ歌群の冒頭に、

三冬継《みふゆつ》ぎ　春は来《きた》れど　梅の花　君にしあらねば　招《を》く人もなし　（巻十七・三九〇一）

の一首を据えて、梅花を客として迎える意図を込める。つまり、追和歌も含めた「梅花の歌」に詠み込まれる「たのし」は、宴席において賓客とともに過ごすひとときを「楽」と歌う漢詩文を受容した結果の表現であり、きわめて文芸的な趣向を帯びている。

もちろん、それ以前に、酒宴の席ですっかり満ち足りた心情を「たのし」と歌うことは当然あったにしても、あくまでもそれは酒宴に限られた表現ではなかったと思われ、万葉集にあって、宴席に「たのし」の表現が多く見出されるのは、漢籍の表現に学んだ歌が多く載せられたからにほかならない。

七　池主の「たのし」

大伴池主の次の書簡には漢籍への造詣を背景にしつつ果たし得ない「楽」が希求され、その七年後の作歌に詠み込まれた「たのし」にはようやく満たされた思いを見て取ることができる。

忽《たちま》ちに芳音《はういん》を辱《かたじけな》みし、翰苑《かんゑん》雲を凌《しの》ぐ。兼ねて倭詩を垂れ、詞林《しりん》錦を舒《の》ぶ。以て吟じ以て詠じ、能《よ》く恋緒《れんしよ》を蠲《のぞ》く。春は楽しぶべく、暮春の風景最も怜《あは》れぶべし。紅桃灼々《こうたうしやくしやく》、戯蝶《きてふ》は花を廻りて儛《ま》ひ、翠柳依々《すいりういい》、嬌鶯《けうあう》は葉に隠りて歌ふ。楽しぶべきかも。淡交に席を促《ちかづ》け、意を得て言を忘る。楽しきかも美《うるは》しきかも、幽襟《いうきん》賞《め》づるに足りぬ。豈慮《あにはか》りけめや、蘭蕙藂《らんけいくさむら》を隔て、琴罇《きんそん》用ゐるところなく、空《むな》しく令節を過ぐして、物色《ぶつしよく》人を軽《いるかせ》にせむとは。怨《うら》むる所ここにあり、黙已《もだを》ること能《あた》はず。俗《よ》の語《ことば》に云はく、藤《ふぢ》を以て錦に続《つ》ぐといふ。聊《いささ》かに談笑に擬《あてはか》らくのみ。

（巻十七・三九六七書簡）

国司として越中に赴任し、翌年の春二月に病に臥した大伴家持は、池主との贈答をかわす。右の書簡は、二月二十九日付の家持からの書簡を承けて、池主が三月二日に贈ったものである。これらは家持が病気のために三月三日上巳の日の遊覧に参加出来ない無念を歌と書簡をもってあらわしたもので、続く四日付の池主による晩春三日遊覧一首の序が、同様に上巳の曲水の宴を描く「蘭亭序」を意識したものとされる以上、(15)すでに二日の書簡にもその影響は認めてよいだろう。「春は楽しむべし」には、ともに芸文類聚（歳時上・春）に収められる晋の夏候湛「春可楽」や王廙《おうい》「春可楽」の影響が指摘されているが、(16)それだけでなく蘭亭序にも「信に楽しむ可きなり。（信可レ楽也）」とあり、「淡交に席を促け、意を得て言を忘る。」や「蘭蕙藂を隔て、琴罇用ゐるところなく、」といった表現には明らかに三日の遊覧において設けられる宴の席が意識されており、そこに「楽」が多用され心を通わす者同士の交わりがたたえられるとともに、交流が実現されないことへの恨みが述べられるのである。

池主は、この天平十九年春の贈答からほぼ一年のうちに越前国掾に転任し、それ以後ふたりは越中と越前に別れて歌をかわすことになる。

そうした時代を経て、家持が少納言に遷任されて先に都へかえり、後れて池主も帰京をはたした末の天平勝宝六年の正月四日には、家持の邸宅において大伴氏の一族が集う年賀の宴が催され、池主も歌を残している。

霞《かすみ》立つ　春の初めを　今日のごと　見むと思へば　楽しとそ思《も》ふ　（巻二十・四三〇〇）

ともに越の国に過ごしながらも隔てられていた日々を思いつつ、今年の春は家持とともに奈良・佐保の地で迎えることのできた満ち足りた心境がここに示されている。酒宴の席での用例が多いとはいえ、ここに歌われた「たのし」は池主にとっては心から実感された言葉だったのであろう。

八　おわりに

「たのし」は、万葉集に十数例あり、そのうちの大半は宴の席で詠まれた歌にある。しかし、宴というよりもひろく遊興と捉えた方がふさわしい場において用いられる例も存在し、宴専用の言葉と言う理解は適切ではない。宴での用例が多く存するのは、漢籍の宴に関わる詩文において用いられる漢語「楽」を「たのし」と訓読して受容することで、逆にその漢籍の影響のもとに、宴の場において「たのし」と表現する歌が詠まれるようになった結果と思われる。

「楽」を訓読する際に、「たのし」を対応させたのは、「たのし」が、食べ物の豊かさや人々とのまじりから得られる満ち足りた気持を表現することばとして、かねてから宴のときにも使用されていたために、やはり宴の詩に多数見出される「楽」との共通性が認識されたからでもあろうが、少なくとも万葉集の宴で詠まれる「たのし」の大半は、その場や時代などの状況を考えてもそこからさらに進んで漢籍の「楽」の影響を色濃く受けている状況を反映していると思われる。「たのし」と「楽」のそれぞれの用例を検討し、関係をたどっていこうとすると、その二つのことばは満ち足りた心境を表す点で非常によく似ていることが実感される。古代において、和語「たのし」がはたしてどこまで漢語「楽」の影響を受けないでいられたのか、その境界を見定めるのはたいへん困難なことのように思われる。

注1　生田耕一氏『万葉集難語難訓攷』（春陽堂、昭和八年八月）に、「冷者」のままで、「すずしきは」と訓む説が示されているが、沢瀉注釈に批判があるように、従い難い。

2　篆隷万象名義にも、「胡夾反　霑也　合也」とある。

3　「意味の変遷」（『万葉集抜書』岩波書店、昭和五十五年五月）。

4　古代語誌刊行会編『古代語誌―古代語を読むⅡ―』（桜楓社、平成元年十一月）、久原清治氏執筆。

5　「神歌に見える『うれし』について―『たのし』との比較から―」（真鍋昌弘氏編『歌謡 雅と俗の世界』和泉書院、平成十年九月）

6　新編全集は、「ただ性《ひととなり》水に便《なら》ひ、また心《こころ》に山を楽しぶ。」と読み下す。

7　新大系は、「打毬《まりうち》の楽《たのしび》」と訓ずるが、新編全集は「打毬《ちやうきう》の楽《あそび》」と訓み、「宮廷内で行われる場合、合間に音楽を奏することがあった故か、とする説がある。この球技を模した舞楽の一つに『散金打毬楽』というのがある。」と注し、音楽の義の可能性を示す。

8　吉田金彦氏『国語意味史序説』（明治書院、昭和五十二年十一月）。

9　『上代日本文学と中国文学　中』（塙書房、昭和三十九年三月）。

10　小島憲之氏「令集解と小学類」（『国風暗黒時代の文学　中（上）』塙書房、昭和四十八年一月）。

11　注3前掲論に同じ。

12　芳賀紀雄氏「毛詩と万葉集―毛詩の受容をめぐって」（『万葉集における中国文学の受容』塙書房、平成十五年十月）。

13　奥村和美氏「越中のほととぎすは家持に何と鳴いたか」（高岡市万葉歴史館論集12『四季の万葉集』笠間書院、平成二十一年三月）。また、鉄野昌弘氏「『追和太宰之時梅花新歌』六首をめぐって」（『大伴家持「歌日誌」論考』塙書房、平成十九年一月）にも、「『をく』とは無論、開花を促すのではなく、梅を賓客として迎えることである。」とする。

14　興膳宏氏「遊宴詩序の演変―「蘭亭序」から「梅花歌序」まで―」（『万葉集研究第二十八集』塙書房、平成十八年十一月)。

15　注9前掲書および注14前掲論。

16　注9前掲書および新編全集頭注。なお、晋の夏候湛の「春可楽」は「君子を招きて以て偕《とも》に楽しみ、淑人を攜《たづさ》へて以て微行す。」と結ばれる。

＊万葉集の引用は『新編日本古典文学全集　万葉集』による。

家持にとっての七十歳
——賀寿の視点から——

関　隆司

一　はじめに

万葉歌人の平均寿命は五十六・六歳だった、という試算がある。(1)

無論、万葉歌人の多くは生没年未詳であり、右の数字は、万葉歌人のうち没年が判明している男女二十九名によって算出されたものである。つまり、万葉時代に没年が記録されるような身分や地位にいた人物たちの平均寿命が、五十六・六歳だったと言ったほうが正確だろう。

古代日本の律令制下では、二十一歳から六十歳までが「丁」（天平勝宝九歳に二十二歳から五十九歳に変更）として、税や労役などの基本を担うことになっていた。無名の一般人の平均寿命ではなく、史料に名前の残る人々のそれが、税などが軽減される六十一歳以上の「老」（天平勝宝九歳に六十歳に変更）や、国家への負担がなくなる六十六歳以上の「耆《き》」（天平勝宝九歳に六十五歳に変更）ではなく、現代でいえば働き盛りの

「(正)丁」年代に当たるということは、驚きである。

ところで、平均寿命五十六・六歳の万葉歌人の中で、もっとも長寿だったのは大中臣清麻呂である。延暦七年(七八八)七月の薨伝に八十七歳と記されている。次は、天平勝宝五歳(七五三)三月に八十四歳で亡くなった巨勢奈弖麻呂がおり、養老元年(七一七)三月に七十八歳で亡くなった石上麻呂、天平四年(七三二)二月に亡くなった阿倍広庭や、天平宝字元年(七五七)正月に亡くなった橘諸兄の七十四歳と続く。天平五年(七三三)作の「沈痾自哀文」に七十四歳と記していて、その後まもなく亡くなったと想像されている山上憶良もいる。

以上の四人は、戸令の規定では「耆」になるわけだが、石上麻呂は「左大臣正二位」と現職のまま亡くなっている。古代の官人に定年退職はなく、令の規定には、

凡そ官人年七十以上にして、致仕聴《ゆる》す。五位以上は上表せよ。六位以下は官に申牒して奏聞せよ。(選叙令21)

と、七十歳以上での辞職が認められているものの、五位以上の者は天皇の直接の許可がなければ辞めることはできなかった。そのため、高官であればあるほど辞めにくかったようである。

たとえば、大中臣清麻呂が桓武天皇の許可を得て引退できたのは三度目の致仕願いの時で、すでに八

十歳になっていた。七十歳と七十三歳の時に出した致仕願いは、光仁天皇の清麻呂に対する厚い信頼によって許可されず、桓武天皇の即位によってようやく許されたのである。

光仁天皇は、病を理由に致仕を願った文室大市も、一度目は「力の堪《た》ふるに随ひて常の如く仕へ奉るべし」（宝亀三年二月）と、可能な限り勤めなさいと許さず、二年後の二度目の致仕願いで許した時でさえも、「体力如《も》し健《すこやか》ならば時節に随ひて朝参せよ」（宝亀五年七月）と、たまには朝廷に顔を出せと、杖を授けている。大中臣清麻呂も致仕が許されたとき、几《き》（ひじかけ）と杖を賜っている。

これは、『礼記』の「典礼上」に見える「大夫は七十にして事を致す。もし謝することを得ざれば、則ち必ずこれに几杖を賜ひ…」という、致仕が許されない場合に几と杖を賜ることになっているのとは逆である。高齢の高官に杖を授けることは、『続日本紀』文武天皇四年（七〇〇）正月十三日の記事にも、

詔《みことのり》有りて、左大臣多治比真人嶋に霊寿杖《れいじゆぢやう》と輿《こし》とを賜ふ。高年を優《めぐ》めばなり。

などと見えており、大宝律令制定以前から行われていたことなのかも知れない。そもそも「高年」つまり高齢者を優することは、古代日本の基本姿勢と考えてよい。なぜならば、氏族を中心とした集団行動というものを考えれば、当然年長者への敬意は不可欠であったと想像されるからである。しかも、「律令」そのものも、手本とした唐のそれが儒教の伝統的な理念に基づいているのだから、高齢者に優しい

政治だったと想像される。たとえば「戸令」11条には、

凡そ年八十及び篤疾には、侍《じ》一人給へ。九十に二人。百歳に五人。…

と、障害者と八十歳以上の高齢者には「侍」が当てられているが、この「侍」は遙役が免除されたり、他に代わりの者がいない場合には刑罰が軽くされたりと、高齢者や障害者の世話に専念できるように配慮されているのであった。また、次のような疫病の流行による大赦の詔にも、

…高年百歳以上には穀三石を賜へ。九十以上は穀二石、八十以上は穀一石。…

(『続日本紀』天平七年閏十一月十七日条)

とあったり、元正太上天皇の病気平復を祈る詔にも、

…高年百歳以上に穀人ごとに四石、九十以上に三石、八十以上に二石、七十以上に一石。…

(『続日本紀』天平八年七月十四日条)

と見えるように、七十歳から十歳ごとに高齢者により厚く手当が施されている。このような治政の姿勢は、『続日本紀』神護景雲三年（七六九）十月二十八日の記事に、

无位上村主《かみすぐり》刀自女に従五位下を授く。時に年《とし》九十九。高年を優めばなり。

とあるように、九十九歳ということだけで一般女性に従五位下を授けていることにつながっている。

話を官人に戻そう。

大宝律令制定後約三十年で朝廷に出仕できない高齢官人が多数存在していたと想像させる史料がある。聖武天皇の時代、『続日本紀』の神亀六年（天平元年・七二九）正月二十一日の記事に、

詔したまはく、「五位以上の高年の、朝に堪へぬ者は、使を遣して第に就きて慰め問はしめよ」とのたまふ。兼ねて物賜ふこと、八十已上の者には絁《あしぎぬ》十疋、綿廿屯、布卅端。七十已上の者には絁《あしぎぬ》六疋、綿十屯、布廿端。

とある。「朝に堪へぬ者」は朝廷に参列できない者ということ。五位以上で七十歳を越えて朝参できない者に対して聖武天皇が自宅まで使いを派遣して慰労したのである。一、二名のことであれば、実名が記

されただろうと想像できるし、正月二十一日にこのような使いを派遣したのは、正月元日から数回あった節日や宴に一度も姿を見せない者が多数いることに気づき、労ったものかと想像される。大宝律令制定後すでに三十年を経過していることと、位階は官職に付随するものではないため、致仕しても位はそのままであったことを加味すれば、五位以上で七十歳を過ぎた者の数は少なくなかったと思われる。無論、七十歳になれば誰もが致仕を願ったわけではないだろう。たとえば山上憶良もこの正月に七十歳を迎えていたが、筑前守の任にあって慰問を必要とするような状態ではなかった。それでも数年後には体力の衰えを嘆いた「沈痾自哀文」を表わしているように、この時代の高齢者がいったん病に倒れれば回復は覚束なかっただろう。七十歳以上の高齢の官人が多くいたということは、当然、病気などの理由で朝参できない者も多かったと考えてよい。平均寿命五十六・六歳という数字は、高齢者が元気に生活するには厳しかったことを示しているのだろう。

官人の一生は、この世に生を受けて成長し、無事に「丁」の年齢となって官人として働きはじめ、平均寿命を越えた者が「老」となり、やがて「耆」となっても可能な限り働き続け、引退して数年で死を迎えるといったものであったと考えられよう。

そのような官人の人生においては、七十歳という年齢を無事に迎えるのは感慨深いものだったのではないかと想像されるのである。そこで、橘諸兄の七十歳の賀に関わるのではないかと想像されている万葉集の歌を見てみよう。

◆二 四十歳の賀宴

万葉集巻十九に次の歌がある。

二月十九日に、左大臣橘家の宴に、攀《よ》ぢ折れる柳の条《えだ》を見る歌一首

青柳《あをやぎ》の　上枝《ほつえ》攀ぢ取り　かづらくは　君がやどにし　千年寿《ちとせほ》くとそ　（巻十九・四二八九）

作者は大伴家持。天平勝宝五年（七五三）二月十九日に左大臣橘諸兄邸での宴に参加して詠んだ歌である。宴での作だが、この題詞以外に他の史料はなく、また宴で詠まれたはずの他の歌も記録されていないので、その宴の詳細は不明としかいいようがない。

それでも、この年諸兄が七十歳であったことはほぼ間違いなく、そのことを踏まえた上で、桜井満氏がつぎのような指摘をしている。(2)

この歌は諸兄七十の賀をことほぐ歌だったとみてよかろう。『東大寺要録』によると、天平十二年（七四〇）に聖武天皇御年四十の賀が催されている。杜甫の「人生七十古来稀なり」（「曲江」）という「古稀」の称は後のことであるが、『古今集』の「賀歌」には四十の賀から十年ごとに八十の賀まで、その長寿を祝う歌が伝わっている。万葉の時代にあっても七十歳という年齢は祝福されたにちがい

ない。万葉の宴の歌には、こうした賀宴の歌がほかにもあると推測されよう。

桜井氏のこの論は、主として万葉集のヤナギについて論じたものであり、その最後に右のように説かれているので説明不足なのは否めないのだが、一点訂正をしなければならない。

『東大寺要録』には、「其年天皇御年四十満賀之設講。初開講時、空現紫雲。」とだけあって宴とはないのである。また、「四十の賀」と言えばすぐに『源氏物語』の主人公光源氏のそれを思い浮かべるが、『東大寺要録』のこの文章は「十月八日、於金鐘山寺。良弁僧正奉為聖朝。請審祥師初講華厳経。」と、良弁が新羅から帰国して大安寺にいた審祥に頼んで初めて華厳経の講説をしてもらった記事に続いているので、聖武天皇四十歳の講は、華厳経の講説であったかと想像されるのである。[3]

『東大寺要録』の記述は、直接宴とは結びつかないのである。むしろ、天平勝宝三年（七五一）の序文を持つ『懐風藻』のつぎのような詩が参考となる。なお下段に示した訓読は江口孝夫『懐風藻　全訳注』（講談社、平成十二）による。

五言　賀五八年
縦賞青春日　相期白髪年
清生百万聖　岳出半千賢
下宴当時宅　披雲広楽天

五八の年を賀す
縦賞す　青春の日　相期す　白髪の年
清は百万に聖を生み　岳は半千に賢を出す
宴は下す　当時の宅　雲を披く　楽広の天

茲時尽清素　何用子雲玄

（刀利宣令）

この時　ことごとく清素　なんぞ子雲が玄《げん》を用ゐむ

五言　賀五八年宴

万秋長貴戚　五八表遐年

真率無前後　鳴求一愚賢

令節調黄地　寒風変碧天

已応螽斯徴　何須顧太玄

（伊支古麻呂）

五八の年を賀する宴

万秋　貴戚に長じ　五八　遐《か》年を表す

真率　前後なく　鳴求　愚賢を一にす

令節　黄地を調へ　寒風　碧天に変ず

すでに螽斯《しうし》の徴に応ず　なんぞ須《もち》ゐん太玄《たいげん》を顧みるを

両方に見える「五八年」は五×八で四十を示す。後者の題詞に「宴」とあるから、奈良時代に四十歳の賀の宴が行われたことを示す史料となる。

問題は、両方とも題詞に四十歳の賀の相手が明記されていないこと、また、『懐風藻』は作品を作者別に載せているため両者が同一の場で作られたものかどうか正確にはわからないことである。そのため『懐風藻』の注釈書の多くは誰の宴かなどについて触れていない。しかしながら韻がともに「年・賢・天・玄」であること、前詩に見える「子雲」の撰じたものが後詩に見える「太玄」経であり、どちらの詩も太玄経を否定しているなどの共通点があるので、同じ宴で詠まれたものと考えるのが穏やかである。

一方、右の二詩の前後に並べられた作品を見ると、前者は、

調古麻呂
五言　初秋於長王宅宴新羅客
刀利宣令
五言　秋日於長王宅宴新羅客
五言　賀五八年
下毛野虫麻呂
五言　秋日於長王宅宴新羅客並序賦
田中浄足
五言　晩秋於長王宅宴

のように並べられており、後者も、

塩屋古麻呂

春日於左僕射長王宅宴
伊支古麻呂
五言　賀五八年宴

のようにあって、長屋王の名前が自然と浮き上がってくる。さらに、伊支古麻呂の詩に「秋長貴戚」（万世まで残る高貴な家）とあることを加味すると、やはり長屋王しかないと想像されるだろう。

無論、『懐風藻』に残された詩文の偏りの可能性も考慮しなければならないのだが、それだからこそ長屋王の四十歳の賀宴という可能性が高いと思う。

ところで長屋王の没年は『懐風藻』と『公卿補任』で八歳ほどの差があり、前者が正しければ長屋王が四十歳を迎えたのは霊亀元年（七一五）となり、後者なら養老七年（七二三）となる。私は前者の没年を正しいとする説[4]に従うので、長屋王の四十歳の賀宴は聖武天皇より半世紀も早く行われたこととなり、さすがは長屋王と考えている。なお念のため記しておけば、平安朝に見られる「四十の賀」という呼称は、『懐風藻』にも『東大寺要録』にも使われていないので、奈良時代のそれを何と呼んでいいのか迷うところであり、いまは便宜的に「四十歳の賀宴」としておく。

しかし、そもそもなぜ四十歳なのだろうか。

手がかりになるような史料はほとんどない。ただ、『続日本紀』に載せる天平宝字改元（七五七）の孝謙天皇の詔が参考になるのかも知れない。「五八数を双《なら》べて、宝寿の不惑に応へ…」との表現が見えるのである。この「五八」も四十歳を指している。「五八数を双べて…」とは、改元のきっかけともなった、駿河国から献上されたカイコの記した文章に「五月八日開下帝釈標知天皇百年息」とあったことを指す。五月八日は、聖武上皇の一周忌が行われた日である。無論、カイコが文字を記したというのは誰かが仕組んだものであり、五×八＝四十ということと孝謙天皇がちょうど四十歳であったということを利用したものだろうが、当時の人々が四十＝不惑という知識を持っていたということは間違いない。

四十歳を「不惑」と言ったのは孔子である。周知のように、

子曰、吾十有五而志於学。三十而立。四十而不惑。五十而知天命。六十而耳順。七十而従心所欲、不踰矩。

（『論語』為政第二）

（子の曰く、吾れ十有五にして学に志す。三十にして立つ。四十にして惑わず。五十にして天命を知る。六十にして耳順う。七十にして心の欲する所に従って、矩《のり》を踰《こ》えず。）

と『論語』にあるのだ。個人的には「三十にして立つ」よりも「四十にして惑わず」の方が宴に向いていたということだと思うが、七五七年の史料であるから、長屋王の宴から四十年も後のものである。

なお年表を確認しておけば、長屋王が式部卿になったのが和銅三年（七一〇）で、霊亀二年に正三位

となり、右大臣になったのは養老五年で、左大臣就任は神亀元年（養老八年）の元正天皇から聖武天皇に譲位された直後のことである。十月に両眼が赤い白亀が献上され、その大瑞を契機として元正から聖武への譲位、そして神亀改元へと流れて行くのである。

桜井氏の論に戻ろう。

長屋王と聖武天皇は四十歳という年齢を契機として祝うような行為――その詳細は不明としかいいようがない――を行ったというところまでは認めてよい。しかし、そのことと橘諸兄が七十歳の賀をしたと結びつけるのは、まだ飛躍がある。

三　算賀

長屋王と聖武天皇のそれは、『懐風藻』と『東大寺要略』という史料に見えるだけである。一方、正史の記録としては、『日本後紀』の逸文に天長二年（八二五）の嵯峨天皇の「五八之御齢」を奉賀するとの記事が見え、以後、『三代実録』などに天皇などの五十、六十、七十の賀が行われた記録が残っている。

一方、和歌集においては、十世紀初頭に醍醐天皇の命令で編纂された『古今和歌集』の巻七が「賀歌」で、その冒頭には有名な、

題しらず　　　　　　　　　　　　　　　読人しらず

わが君は　千代に八千代に　細《さざ》れ石の　巌と成りて　苔のむすまで

が置かれて、「読人しらず」の歌三首に続いて、

仁和の御時、僧正遍照に七十の賀たまひける時の御歌（光孝天皇）

仁和の帝の親王におはしましける時に、御をばの八十の賀に、銀を杖につくれりけるを見て、かの御をばにかはりてよみける（僧正遍照）

堀河大臣の四十の賀、九条の家にてしける時によめる（在原業平）

貞辰親王のをばの四十の賀を大堰にてしける日よめる（紀　惟岳）

貞保親王の、后の宮の五十の賀奉りける御屏風に、桜の花の散るしたに、人の花見たる形かけるをよめる（藤原興風）

本康親王の七十の賀のうしろの屏風によみてかきける（紀　貫之・素性法師）

藤原三善の六十の賀によみける（在原滋春）

良岑経也が四十の賀に、女にかはりてよみ侍りける（素性法師）

尚侍の、右大将藤原朝臣の四十の賀しける時に、四季の絵かけるうしろの屏風にかきつけたりける

歌（素性法師・凡河内躬恒・紀　友則・壬生忠岑・坂上是則）

春宮の生れたまへりける時にまゐりてよめる（藤原因香）

と配列されている。最後の一首だけが誕生の祝い歌である。このことについて、小沢正夫・松田成穂『古今和歌集』（小学館　新編日本古典文学全集）の頭注には、つぎのような説明がある。

巻第七の実例から考えると、「賀歌」とは、人が一定の年齢（四十、五十、六十、七十歳など）に達した時に行う祝いに際して、他人が詠んで贈る歌である（最後の一首は例外）。それらの歌には、祝いの調度としての屏風に書く歌として詠進されたものもあるが、口誦として披露されたものもあったであろう。当時の歌として、公的性格が強いので、型にはまった作品が多い。配列の順序は最初に「読人しらず」の四首を置き、その後はほぼ年代順である。部立名を「祝」「祈」などとする古写本もあるが、のちの勅撰集ではだいたい「賀」と呼び、祝いの意味が長寿まで広がっている。

右の「一定の年齢に達した時に行う祝い」を「算賀」と呼び慣わしているのである。

長屋王・聖武天皇・嵯峨天皇と、その間を埋める史料は見つかっていないが、『古今和歌集』が編纂された十世紀初頭までに算賀の歌が詠まれていたことは間違いない。

片方に奈良時代から確認できる四十歳の賀宴があり、片方に平安時代の算賀の歌がある。桜井氏は、諸兄の七十歳と家持の歌を結びつけたのだが、もうすこし傍証が欲しい。

実は、四十歳の賀宴に詠まれたのではないかと想像させる歌が、万葉集の巻六にある。並べられた前後の歌の関係から、天平五年（七三三）の作と考えられる次の歌である。

市原王宴禱父安貴王歌一首

春草《はるくさ》は　後《のち》はうつろふ　巌《いはほ》なす　常磐《ときは》にいませ　貴《たふと》き我《あ》が君　（巻六・九八八）

歌意は平易で、青々と茂りながらもいつかは枯れてしまう春草と地味ながらもいつまでも変わらずにある厳を対比させ、厳のようにいつまでも変わらずにいてくださいと、息子が父親を言祝いだ歌である。

土屋文明『私注』に、

市原王が父の安貴王を宴席でほぎ祝つた歌である。四十とか五十とかの賀の時のものであらうか。

という指摘があるのだ。この見立てが正しければ聖武天皇よりも早い四十歳の賀となる。

歌を贈られた安貴王は、『続日本紀』には、無位から従五位下に叙せられた天平元年（七二九）三月四日の記事と、従五位上に昇叙した天平十七年（七四五）正月七日の記事にしかその名を見せず、歌の通りに華々しい経歴を残すことなく歴史から消えたようである。その最大の理由は、若い頃に采女と恋に落ちて処罰されたためと想像される。その事件は万葉集の巻四に、次のように伝えられている。

安貴王の歌一首　并せて短歌一首

遠妻の　ここにしあらねば　玉桙の　道をた遠み　思ふそら　安けなくに　嘆くそら　苦しきものを　み空行く　雲にもがも　高飛ぶ　鳥にもがも　明日行きて　妹に言問ひ　我がために　妹も事なく　妹がため　我も事なく　今も見るごと　たぐひてもがも　（巻四・五三四）

反歌

しきたへの　手枕まかず　間置きて　年そ経にける　逢はなく思へば　（五三五）

右、安貴王、因幡の八上采女を娶る。係念極まりて甚しく、愛情尤も盛りなり。時に、勅して不敬の罪に断《さだ》め、本郷《くに》に退却《まか》らしむ。ここに、王の心悼み怛びて、聊かにこの歌を作る。

安貴王は、因幡国八上郡出身の采女と恋に落ち、不敬の罪とされたのだ。本郷に返されたのは采女だろうが、安貴王もそれなりの処分を受けたはずである。

右の歌は、確実に養老三年（七一九）以降と考えられる歌（五二一番歌）より後ろ、神亀元年（七二四）の歌（五四三～五四五番歌）より前に並べられており、天平元年（七二九）に従五位下に叙せられたのは、事件のほとぼりが冷め、貴族としてのやり直しと考えてよい。従五位上に昇叙するのは天平十七年（七四五）まで待つことになるので、市原王の歌は、やり直しからなかなか芽の出ない父親に向けて、息子が贈ったものということになる。市原王自身は、この後天平十五年五月五日に従五位下に叙せられているので、安貴王・市原王親子は二年ほど同じ位階だったことにもなる。どのような思いであったかは想像すらできない。

問題は、安貴王の年齢である。土屋『私注』が四十歳か五十歳かとあいまいなのは、それが確定できなかったからである。安貴王の年齢は、本人の史料だけで判断することができないのだ。

一方、子の市原王の生年についてはすでにいくつかの考察がある。それは、市原王が天平十一年に写経舎人として史料に見えており、同年七月には「知」と署名していることから写経司の知事になったかと想像されること、そして天平十五年に従五位下に叙せられていることなどの事実と、出仕年齢の二十一歳を重ねやすいからである。たとえば、二十一歳で写経舎人に出仕したと想像すれば養老三年の誕生で、天平五年の作歌時には十五歳という計算になる。偶然ではあろうが、大伴家持の初作歌も天平四、五年のもので十五、六歳の時と考えられている。九八八番歌も市原王の初作歌である可能性が高いだろう。

大森亮尚氏は志貴皇子の子孫を考察する中で、(5) 九八八番歌について「なぜ天平五年のこの時期に安貴王が十五歳の息子から長寿を言寿ぐ歌を奉られねばならなかったのか」と問い、安貴王の父春日王がこの時五十歳台と考えられることから、安貴王四十歳の賀の祝いとしている。ただし大森氏の結論には年齢の問題だけではなく、土屋『私注』が、

「春草は後は散りやすし」は或は何か指す所があつたものかも知れぬ。さもなければ突然すぎる。

と指摘している疑問についても、四十歳の賀が、

四十歳をもって一歩老境に入ったとして、今の還暦に相当する祝いを、その人の健康長寿を記念して行なう年の賀の祝いである。その年齢に達した人の変若返りを希求して、若菜を奉るところから別名「若菜の儀」とも呼ばれ、通例では該当者の四十歳の正月の子の日を選んでその儀礼が行われてきたものである。

という観点に立ち、その「若菜を奉る」行為は、もともと「若菜摘み」という行事から発展したものととらえている。現在、我々が正月に七草粥を食べる風習の基には、平安時代以降正月初の子の日に食べられる「若菜」を捧げる儀式や「小松引き」といった貴族たちが野山に出かけて楽しんだ野遊びがあり、さらにその源流に若菜摘みという風習があったのだと見る。市原王の眼前には安貴王に捧げられた若菜があったから、「春草は後は散りやすし…」と詠んだのだろうと説明している。

この大森論は、発表後に刊行されたいくつかの注釈書に引かれることはなかったようだが、伊藤博氏が、『釈注』完結後に発表した論文上で紹介している(6)。

そもそも伊藤『釈注』十(平成十年十二月刊)は、本稿の出発点となった橘諸兄七十歳の賀宴での歌かと想像される四二八九番歌の釈文に約十頁を費やして、歌の作成契機から万葉集編纂までの経緯を詳細に説明している。ただ、その釈文の後の〔補〕に平成十年六月十三日の研究会でこの歌をとりあげたと記してあり、『釈注』十の原稿は七月一日に加筆を終えたと記してある。その後発表された、平成十一年一

月十四日稿との注記がある論文の〔追記〕には、

この論文は、拙著『万葉集釈注』の第九・十・十一冊のあちこちで述べたところを集約し統一したものである。集約統一にあたって、根拠を補充したり、『釈注』では主張について控え目であった姿勢を取り払ったりしたところがある。

とある。この「控え目な姿勢を取り払った」部分に、万葉集の算賀という視点が大いに含まれている。

四　算賀と万葉集の編纂

万葉集全二十巻が編纂されていく過程を現時点でもっとも詳細に示しているものは、伊藤博『釈注』十一（平成十一年）に収められた「万葉集の成り立ち」である。二百四十七頁を費やして説明される万葉集編纂論は、同書の「あとがき」によれば、新潮日本古典集成『万葉集』一〜五（昭和五十一年〜五十九年）に掲載した「万葉集の生い立ち」を、『釈注』の新しい解釈によって改訂したものであるという。さらに、その新しい解釈は「万葉集の生い立ち」の原拠となっている『万葉集の構造と成立』上下（昭和四十九）に対しても「とくに末四巻の形成をめぐって変貌がある」と記されている。

右の「末四巻」とは、万葉集の巻十七・十八・十九・二十の四巻のこと、また『万葉集の構造と成立』上下は、伊藤氏が万葉集全二十巻の構造を精査しその成立過程を詳細に論じたもので、『万葉集の歌人と作品』上下・『万葉集の表現と方法』上下・『万葉集の歌群と配列』上下の八冊を含む「古代和歌史研究」の第一巻、第二巻に当たり、昭和三十三年から昭和四十九年までに発表された論文を収めている。

一方、万葉集全歌を注釈した『釈注』の成稿は、昭和五十五年七月から開始され、「末四巻」の注釈を収めた『釈注』九、十の二巻は平成九年八月に脱稿し、上にも触れたように平成十年七月に加筆を終わらせている。つまり、『万葉集の構造と成立』刊行から『釈注』の新しい解釈の誕生までは二十五年近い月日が経っているわけで、旧説が変貌するのは、ある意味当然のことである。その変貌した全体像を紹介するのは容易ではないのだが、今、算賀に関わる部分だけを取り上げてみよう。

『釈注』十一別巻に「万葉集時代年表」が収められている。この年表は、伊藤氏が万葉集全二十巻の構造を精査し、その成立過程を詳細に論じた上でまとめられたものである。今、その年表から万葉集の編纂に関わる記述のある部分を抜き出すと、次のようになる。

慶雲三年（七〇六）

柿本人麻呂歌集の原形この年頃成るか、以降、大和風・東国風衆庶の歌々蒐集、編纂か。

霊亀二年（七一六）

この年以降、七二一年までの前半に、元明万葉（巻一の八三首本と巻二原本）成立か。

養老八年（七二四）

この年頃、万葉集巻三・四第一次本成立か。この時巻一・二に追補あり。
天平五年（七三三）
この年頃、万葉集巻三・四第二次本、憶良歌巻成立か。
天平六年（七三四）
万葉集巻九・十一・十二・十三・十四等の原本、この年以降、七四四年頃までに成立か。
天平十年（七三八）
養老末期～神亀初期より編纂りなりし万葉各歌巻、集成の気運この頃より高まる？
天平十二年（七四〇）
この年頃、家持ら、万巻十五遣新羅使人歌群をまとめる？
天平十四年（七四二）
この年頃、家持、万葉集巻十五後半の歌群をまとめたるか。
天平十五年（七四三）
この年五月頃、万葉集大成の気運熟す？
天平十七年（七四五）
この年後半以降から七五一年の間に、十五巻本万葉集（巻一～十六の原形）成立か。
天平勝宝二年（七五〇）

この年の春三月下旬、家持・妻大嬢、都の母（姑）大伴坂上郎女五十の賀を記念して越中小型歌巻を編みて贈りしものと見らる。小型歌巻は巻十九の原核となれるものの如し。

天平勝宝三年（七五一）

この年七月以前、都にて十五巻本万葉集（元正万葉）成立か。

天平勝宝五年（七五三）

三〜七月、第一次大伴宿禰家持（巻十九原本）成立、左大臣正一位橘朝臣諸兄に献本か。引き続き巻十七・十八相当分第二次大伴宿禰家持歌集の編纂を営み翌年三月頃までに一往の形成ありしものと見らる。

天平勝宝六年（七五四）

この年三月頃、第二次大伴宿禰家持歌集（巻十七・十八原本）一往成りしか。

天平勝宝七年（七五五）

この年三月、家持、防人歌巻（四三二一〜四三二）を編みて橘諸兄に献上せしものと見ゆ。

天平勝宝九年（七五七）

この年、家持四十の賀、秋から翌年前半にかけて第三次大伴宿禰家持歌集（巻二十原本即ち巻十七〜二十原本）成立か。なお、この年孝謙女帝も四十歳。

天平宝字三年（七五九）

この年以降数年間に、十五巻本万葉集の目録成立か。付録巻第十六相当分に追補ありしはこの時期か。

天平宝字九年（七六五）

この年頃より数年間に付録「有由縁雑歌」に増補ありしか。

宝亀二年（七七一）

この年、家持ら、皇后等の意を奉じ万葉集二十巻の撰進に着手せしか。

宝亀三年（七七二）

廃后・廃太子により家持ら万葉集二十巻本撰修の企画、挫折せるものの如し。

天応元年（七八一）

この年五月頃より翌々年暮にかけて、家持万葉集二十巻の集成を企画、付録「有由縁雑歌」を「万葉集巻第十六」とし、宿禰家持歌集四巻（現存巻十七～二十）の万葉第二部としての整備を行いたるものの如し。

これが、伊藤氏の論究した柿本人麻呂歌集の誕生から万葉集全二十巻完成までの道筋である。

注目したいのは天平勝宝二年と天平勝宝九年である。

都の母（姑）大伴坂上郎女五十の賀を記念して越中小型歌巻を編みて贈りしものと見らる。

（天平勝宝二年）
家持四十の賀、秋から翌年前半にかけて第三次大伴宿禰家持歌集成立か。（天平勝宝九年）

と「五十の賀・四十の賀」という説明が見えている。橘諸兄七十歳の賀は、天平勝宝五年に当たるが、右の年表にはそのことについての記述がない。しかし、『釈注』の釈文などには橘諸兄への「献本」理由が「七十の賀」と説明されている。万葉集の編纂に橘諸兄が関わっているということは古くからある考え方であったが、それを具体的に七十歳の賀と関わらせ、さらに大伴家持四十歳の賀、大伴坂上郎女五十歳の賀が万葉集の編纂に関わるという視点は、興味深い。

伊藤論の全容を簡潔にまとめるのは容易ではないが、本稿にとって重要な部分は説明しておかなければならない。

まず、大伴坂上郎女五十歳の賀についてである。

これは大濱真幸氏の論[7]を下敷きにしている。大濱氏は、巻十九に収められている天平勝宝二年（七五〇）の大伴家持の次の歌を、坂上郎女の「年の賀」をことほぐための賀歌とみなした。

家婦が京《みやこ》に在《いま》す尊母に贈らむために、誂《あとら》へられて作る歌一首　并せて短歌

ほととぎす　来鳴く五月《さつき》に　咲きにほふ　花橘の　かぐはしき　親の御言《みこと》　朝夕《あさよひ》に　聞かぬ日まねく　天離《あまざか》る　鄙にし居《を》れば　あしひきの　山のたをりに　立つ雲を　外《よそ》のみ見つつ　嘆くそら　安

けなくに　思ふそら　苦しきものを　奈呉《なご》の海人《あま》の　潜《かづ》き取るといふ　白玉の　見が欲《ほ》し御面《みおもわ》　直《ただ》
向かひ　見む時までは　松柏《まつかへ》の　栄えいまさね　貴《たふと》き我《あ》が君　（巻十九・四一六九）

反歌一首

白玉の　見が欲し君を　見ず久《ひさ》に　鄙にし居れば　生《い》けるともなし　（四一七〇）

題詞に見える「家婦」は家持の妻大嬢のこと、「京に在す尊母」は大伴坂上郎女をさす。妻に頼まれて家持が作った歌である。歌意は明白で、「栄えいまさね　貴き我が君」と坂上郎女をことほぐ歌であることは間違いない。長歌に詠みこまれた「花橘・白玉・松柏」の三語の「寿詞性」も指摘できる。

焦点はこの時の坂上郎女の年齢にある。坂上郎女の年齢も、すでに取り上げた安貴王と同じく史書から推測できるわけではなく、万葉集に残された他の人との関わりを示す状況証拠から類推するしかない。いくつかの学説のうち、大宝元年生年説によればこの歌の詠まれた天平勝宝二年がちょうど五十歳となるのだ。『釈注』十はこの大濱説を紹介した上で、表現の解釈をめぐる批判を加えて、大濱氏が説いた五十歳の賀を直接ことほぐ歌と見るのではなく、

この長反歌は、夫婦二人して遠く越の国に離れ住んでいるがゆえに、五十の算賀も営むことのできない、坂上大嬢および大伴家持の心の痛みを詠んだ歌と見てはどうか。われら越にあってともに算賀の儀を催すことはできないけれども、せめてわれらが帰るまで、五十の齢をいとしんで、常磐に

栄えていてほしいと願って贈った歌なのではあるまいか。
ただし、筆者は、ここで重要なことを思う。前歌群（四一六六～八）の釈文で述べた、巻十九冒頭の四一三九～四〇の歌群から当面の歌群まで三二首は、正訓字主体の表記によって浄書した上で、小型ながら上質の歌巻として母（姑）坂上郎女に贈ったのではないかというのが、それである。

と結論している。これが、年表に「記念して」という言葉が含まれている理由である。

一方、大伴家持の四十歳の賀については、『釈注』十に次のようにある。

…すでに成っていた巻十七～十九相当分の「宿禰家持歌集」三巻に、天平宝字元年秋の頃から翌二年の前半にかけて合わせられた「宿禰家持歌集」一巻があったと述べた、巻二十原本がそれである。この年から翌年にかけてさような歌集が形成されていたのであれば、当然その理由が問われなければならない。／理由の最大なるものは、家持がこの年数えてちょうど四十歳であった点（『大伴系図』『公卿補任』参照）に求められると思う。（七五〇頁）

家持が、四十歳の節目に自ら詠んだ歌は次の三首である。

勝宝九歳六月二十三日に、大監物三形王の宅にして宴する歌一首

移り行《ゆ》く　時見るごとに　心痛く　昔の人し　思ほゆるかも　（二十・四四八三）

右、兵部大輔大伴宿禰家持が作

咲く花は　うつろふ時あり　あしひきの　山菅《やますが》の根し　長くはありけり　（四四八四）

右の一首、大伴宿禰家持、物色の変化《うつろ》ふことを悲しび怜びて作る。

時の花　いやめづらしも　かくしこそ　見《め》し明《あき》らめめ　秋立つごとに　（四四八五）

右、大伴宿禰家持作る。

三形王宅の宴で詠んだ歌とあり、家持四十歳の賀宴ではない。しかし伊藤氏は、これが家持四十歳の歌としてふさわしいという。『釈注』は次のように説く。

時にぴったり四十歳。家持は自己の生涯の節目ということをつくづくと考えながら、この三首の歌を詠じたのではなかったか。悲しい事件の相継いだ年に、家持が我が「四十」の年、我が「四十」の坂ということを思わなかったはずはなく、「四十」と知ればこそ、回想の念も種々様々、敬仰の人の死も畏友たちの死もひとしお無常を誘い、時代の支柱であった主役については、伴の家の代表者としての認識のもと、遙かなる夢幻の境に、永久不変の存在としていますことを願わずにはいられなかったのであろう。

つまり、伊藤氏は四十歳の賀歌と考えているわけではないのだ。大森氏や大濱氏の「年の賀」という視点を下敷きにした上で、四十歳、五十歳という年齢による区切りを契機とした作歌事情を想像しているのである。『釈注』完結後の伊藤論文でも、奈良時代に後の「算賀」と呼ばれるものがあったと認めるような論証はしていない。「五十以上の算賀の確例には、上代についていはいまだ接していないけれども」と明記した上で、「四十の賀が以上のように明確におこなわれていた以上、五十以上の算賀が存したことは疑う余地がない」とするその根拠は、坂上郎女へ献上した「小型歌巻」の存在にあるというのだ。論が成立していない。

ところで、ここまで明言していなかったのだが万葉集には誰々の誕生を祝う歌はない。誕生後の成長に合わせて祝う歌もない。少なくとも、題詞や左注にそのような作歌事情を記す歌は一首もない。だからこそ、冒頭で触れた桜井氏は「こうした賀宴の歌がほかにもあると推測されよう」と言ったのだ。

奈良時代の史料に、明確に後の「算賀」と呼べるような歌はない。確認できる史料は、長屋王四十歳の賀宴と聖武天皇四十歳の講の存在だけである。長屋王四十歳の賀宴では漢詩が詠まれているが、安貴王四十歳の賀歌かと想像される九八八番歌は、四十歳の賀宴で歌われたものとするには傍証が乏しい。たとえば大森氏が説明している若菜を摘む風習があったという説明を採り入れて、そのような宴において詠まれた歌とするだけでも十分に説明可能であり、新編古典全集の頭注に見える、

春草は―「春草のいやめづらしき我が大君」（二三九）の例もあり、来会者の中にそのような賀歌を詠む者があったのでいうか。

という説明でも十分かと思う。

四一六九番歌に対する大濱論の注には、次のような説明もある。

「橘」以下三語を、〈年の賀〉という視点から再度見直すと、中古の算賀、年寿の例では、こうした際に祝賀の品々を献ずるのが通例であり…中略…、上代においても中古ほど盛大ではなかったにせよ何程かの贈り物が進上されたと思われ、〈最上の品々〉という三語の背景を踏まえるならば、「橘」以下三語が、祝賀の品々に託した言祝ぎの表現であった可能性も十分考えられるであろう。

私はこの説明は誤りでないと思う。ただ、贈り物が〈年の賀〉の時だけに限られるとは思えない。誕生日ではなくても、何かの折りに贈り物をしなかったとは言えないだろう。同じように、伊藤氏が家持が坂上郎女や諸兄に歌集を贈ったという説も、なぜ五十歳、七十歳という区切りの時だけに歌集を贈るのかということを疑問視することは可能だろう。たとえば左大臣就任時はどうだろうか。

坂上郎女四十歳の時、家持は内舎人として聖武天皇に仕えていた。家持は前年に「亡妾挽歌」を詠んでいるから、大嬢とは関係が切れていたのかも知れないが、坂上郎女が四十歳の賀宴を開いていたらそこにはきっと家持の姿もあったと想像される。宴が開かれていれば、必ず家持ではなくとも誰かが歌を詠んでいたのではないか。そしてそれは万葉集に残っていたのではないか。

諸兄の宴は、その時諸兄が七十歳だったという事実だけがあり、四十歳の賀や五十歳の賀は確認できない。なぜ七十歳の賀だけが開かれたのか。もし開かれたのだとすれば、なぜ万葉集には家持の歌だけしかないのか。

平安時代以降に算賀の風習があることを知れば、平均寿命五十六・六歳の万葉歌人も、四十歳、五十歳、六十歳、七十歳という区切りに何かしらの行事をしていたのではないかと想像してしまう。

しかし、長屋王がなぜ四十歳の賀宴を開いたのか、史料的な説明はできない。

四十歳の賀宴と和歌を明確に結びつける史料も存在しない。史料を駆使して説明できることは、家持四十歳、坂上郎女五十歳、橘諸兄七十歳の時に、家持が歌を詠んでいるということだけである。

算賀と歌をつなぐ手がかりは、何もない。

長屋王も聖武天皇も五十歳を前に亡くなっている。家持は六十八歳まで生きたが、家持の万葉集最後の歌は四十二歳。五十歳、六十歳の歌があったのか想像すらできない。橘諸兄は七十歳にあたる年に宴を開いているが、四十歳、五十歳、六十歳の時のものがない。家持が呼ばれなかっただけなのだろうか。大濱氏は、坂上郎女が天応元年（七八二）に八十一歳で亡くなったという説をとっている。その六十歳、七十歳、八十歳の賀宴はどのようなものだったと想像しているのだろうか。

年齢に関わる賀宴の歌があるだろうと推測してみたが、万葉集にはそのような歌は一首もないのではないだろうか。

五　おわりに

万葉歌人中もっとも長生きをした大中臣清麻呂と大伴家持は、官人としての面識以上に確かな交流が

あった。万葉集には、二人が出席した宴の歌が三組残されている。その最初の歌は、

十月二十二日に、左大弁紀飯麻呂朝臣の家にして宴する歌三首

手束弓　手に取り持ちて　朝狩に　君は立たしぬ　棚倉の野に　（巻十九・四二五七）

右の一首、治部卿船王の伝誦する久邇の京都の時の歌。未だ作主を詳らかにせず。

明日香川　川門《かはと》を清み　後れ居て　恋ふれば都　いや遠《とほ》そきぬ　（四二五八）

右の一首、左中弁中臣朝臣清麻呂伝誦する古き京の時の歌なり。

十月《かみなづき》　しぐれの常か　我が背子が　やどのもみち葉　散りぬべく見ゆ　（四二五九）

右の一首、少納言大伴宿禰家持、その時に梨のもみてるを矚《み》てこの歌を作る。

という天平勝宝三年（七五一）十月の三首。この歌は、家持が越中守から少納言に遷任してすぐのものである。この時清麻呂はちょうど五十歳であった。紀飯麻呂の家での宴であるから、清麻呂の五十歳は関係がないだろうが、坂上郎女の五十歳を記念して歌巻を贈る家持であれば、古歌を教えてくれた清麻呂の五十歳に何か感じるものがあってもいいのではないか。

それから二年後には、大伴池主も一緒に酒壺を持って高円山に登っている。

八月十二日に、二三の大夫等、各壺酒を提りて高円野に登り、聊かに所心を述べて作る歌三首

高円の　尾花吹き越す　秋風に　紐解き開けな　直《ただ》ならずとも　（巻二十・四二九五）

右の一首、左京少進大伴宿禰池主

天雲に　雁そ鳴くなる　高円の　萩の下葉《したば》は　もみちあへむかも　（四二九六）

右の一首、左中弁中臣清麻呂朝臣

をみなへし　秋萩凌《しの》ぎ　さ雄鹿の　露別け鳴かむ　高円の野そ　（四二九七）

右の一首、少納言大伴宿禰家持

酒を酌み交わしながらどのような会話をしたのか、まったく想像できない。

さらに五年を経て、天平宝字二年（七五八）には、清麻呂宅での宴に市原王などとともに参加して十五首もの歌が残されている。その歌群の中に家持と清麻呂のやりとりがある。

はしきよし　今日《けふ》の主人《あろじ》は　磯松《いそまつ》の　常にいまさね　今も見るごと　（巻二十・四四九八）

右の一首、右中弁大伴宿禰家持

我が背子し　かくし聞こさば　天地《あめつち》の　神を乞ひ禱《の》み　長くとそ思ふ　（四四九九）

右の一首、主人中臣清麻呂朝臣

家持の「常にいまさね　今も見るごと」に対して、「神を乞ひ禱み　長くとそ思ふ」と清麻呂が応じているのは「算賀」を想像させるが、この時清麻呂は五十八歳で年齢と宴は関係がない。清麻呂は、この後三十年も生きるのだが、歌の通りに「神を乞ひ禱」んだからとは考えられない。家持と清麻呂の応答は歌の表現としてだけのものであろう。以前に古歌を伝誦していることもあわせて考えれば、清麻呂宅での宴で多くの歌が詠まれたのは、主人清麻呂が歌を好きだったからだと想像できよう。

その清麻呂の六十歳は天平宝字五年（七六一）である。五十歳のときには何もしなかった家持も、そのときは賀宴に呼ばれて歌を献上したのかもしれない。それから十年後の宝亀二年（七七一）に清麻呂は最初の致仕を願っている。悠々自適の生活を望んだのかも知れない。七十歳の賀宴が開かれたのだろうか。たとえ開かれたとしても、天平宝字三年の歌で終わる万葉集に残るはずはない。

最後にもう一人、天平勝宝五年（七五三）三月に八十四歳で大納言として現役のまま亡くなった巨勢奈弖麻呂に触れておこう。奈弖麻呂は、家持の父旅人の母方の叔父にあたる。家持にとっては大叔父である。その大叔父と家持が同席した歌がある。

二十五日、新嘗会の肆宴にして詔に応ふる歌六首

天地と　相栄えむと　大宮を　仕へ奉れば　貴《たふと》く嬉しき　（巻十九・四二七三）

右の一首、大納言巨勢朝臣

天《あめ》にはも　五百《いほ》つ綱延《つなは》ふ　万代《よろづよ》に　国知らさむと　五百つ綱延ふ　（四二七四）

右の一首、式部卿石川年足朝臣

天地と　久しきまでに　万代に　仕へ奉らむ　黒酒白酒を　（四二七五）

右の一首、従三位文室智努真人

島山に　照れる橘　うずに刺し　仕へ奉るは　卿大夫《まへつきみ》たち　（四二七六）

右の一首、右大弁藤原八束朝臣

袖垂れて　いざ我が苑に　うぐひすの　木伝《こづた》ひ散らす　梅の花見に　（四二七七）

右の一首、大和国守藤原永手朝臣

あしひきの　山下ひかげ　かづらける　上《うえ》にや更《さら》に　梅をしのはむ　（四二七八）

右の一首、少納言大伴宿祢家持

天平勝宝四年十一月の新嘗の宴の歌である。四二七三番歌の作者「大納言巨勢朝臣」が奈弖麻呂。このとき八十三歳で現役の大納言であった。家持は三十五歳。同じ宴で天皇の詔に応えて歌を詠んだのだから、大変晴れがましいことであっただろう。その奈弖麻呂の八十歳の賀はどんなものであっただろうか。その年、天平勝宝元年に家持は越中守であったから出席していないのだろうか。奈弖麻呂七十歳の時、家持は二十五歳でまだ内舎人であった。賀宴に呼ばれる身分ではなかったということだろうか。

そうではあるまい。

万葉から古今までの間に算賀が生まれたことは間違いがないが、年齢に関わる賀の宴で和歌を詠むようになるのは、万葉集の時代が終わってからのことなのだろうと、今は推測しておく。

天平勝宝六年（七五四）の正月に家持宅に大伴氏の人々が集まっている。

六年正月四日に、氏族の人等、少納言大伴宿禰家持の宅に賀き集ひて宴飲する歌三首

霜の上に　霰《あられ》たばしり　いや増しに　我《あれ》は参《ま》ゐ来《こ》む　年の緒《を》長く　（巻二十・四二九八）

右の一首、左兵衛督大伴宿禰千室

年月《としつき》は　新《あら》た新たに　相見れど　我《あ》が思《も》ふ君は　飽き足《だ》らぬかも　（四二九九）

右の一首、民部少丞大伴宿禰村上

霞立つ　春の初めを　今日《けふ》のごと　見むと思へば　楽しとそ思《も》ふ　（四三〇〇）

右の一首、左京少進大伴宿禰池主

その理由について、大森論の注に興味深い指摘がある。今では顧みられることのない家持霊亀二年（七一六）誕生説を、さらに一年繰り上げればこの年が家持四十歳と当たるというのだ。現在の定説は家持養老二年（七一八）誕生であり、この宴は家持の四十歳とは関係ない。それればかりではなく、木下正

俊『全注』二十はこの三首について、
　この月末に帰朝することになる胡麻呂の出席がないのは当然としても、稲公や駿河麻呂、麻呂らの家持と同列ないしそれ以上の者が列席した様子もなく、家持自身の歌も記されていない。これだけで家持宅での族人年賀がこの年だけであったろうなどとも断ぜられないが、事によると、折柄の気候のせいばかりでなく、うそ寒い賀宴だったのではないか。

と想像している。
　宴にどのような客が招かれるか、招かれた客によって宴の性格も変化するだろう。その点では、古代の宴も現代の宴と同じだっただろう。右の宴は家持宅で行われているが、それが池主四十歳の賀宴と想像したらどうかという説もある。否定はできないが、何も根拠のない思いつきだけの説である。
　大伴家持は、天平勝宝三年（七五一）、越中守の任を終えて都に帰る途上か帰京後に次の歌を詠んでいる。

　　左大臣橘卿を寿《ほ》かむ為に予め作る歌一首
古《いにしへ》に　君の三代《みよ》経《へ》て　仕へけり　我が大主《おほぬし》は　七代《ななよ》申さね
（巻十九・四二五六）

　二句目の解釈に諸説あるが、橘諸兄を「寿かむ為」に作った歌であることは間違いない。諸兄は二年前の天平勝宝元年（七四九）に左大臣正一位に上りつめている。家持はどのような場を想像してこの歌を作ったのだろうか。

諸兄が七十歳を迎えるのは二年後である。

家持が坂上郎女の五十歳の祝いに歌巻を贈ったとするならば、政治的庇護者である諸兄の七十歳の賀に何をするかすでに考え始めていてもおかしくはない。だからこそ伊藤論は、「第一次大伴宿禰家持（巻十九原本）成立、左大臣正一位橘朝臣諸兄に献本か」と考えたのだ。

しかし、四二五六番歌の「我が大主は　七代申さね」という表現は、諸兄の長寿を直接祈ってはいない。家持が大中臣清麻呂に対して「常にいまさね　今も見るごと」と詠みかけたのとは大きな違いがある。むしろ大叔父巨勢奈弖麻呂の「大宮を　仕へ奉れば　貴く嬉しき」という表現に見えるような、清麻呂や奈弖麻呂のように何歳になっても天皇に仕える長老の姿が頭に浮かんでくる。家持が諸兄の「七十歳」を意識していたとしても、それは、賀としての七十歳ではなく、致仕年齢としての七十歳だったと考えてもいいのではないだろうか。

家持がずっとお仕え続けて欲しいと願った諸兄は、七十歳を越えてわずか数年、天平勝宝八歳（七五六）二月に七十三歳で致仕している。前年十一月の酒の席での不用意な発言の責をとったのだ。

翌年七十四歳で亡くなっている。『続日本紀』には「前左大臣正一位」とある。家持の失意はどれほどであっただろうか。

その家持が亡くなったのは延暦四年（七八五）。六十八歳であった。私は、家持は七十歳を迎えても致仕することはなく、また祝いの賀宴もなかったと思うのだが、どうであっただろうか。

注1　川口常孝「万葉歌人年齢考」（『人麿・憶良と家持の論』桜楓社、平成三年）。さまざまな試算が揚げられているうちの第六表の数字である。なお、星野五彦「万葉人の平均寿命」（「解釈」昭和五十八、六）には、五十八・九歳という数字も掲げられている。刑死した者をどうするかなどによって数値は変化するので、五十六・六という数字もあくまでひとつの試算として掲出した。

2　桜井　満「千歳寿くとぞ―万葉のヤナギ―」（『記紀万葉の新研究』おうふう、平成四年）

3　橋本不美男「算賀と和歌」（「語文」二三、昭和四十年十月）は、良弁が花厳経を講じたと記しており、「本朝文集にこの願文がある」との追記があるのだが未見。

4　木本好信『大伴旅人・家持とその時代―大伴氏凋落の政治史的考察―』（桜楓社、平成五年）、寺崎保広『長屋王』（吉川弘文館、平成十一年）など。

5　大森亮尚「志貴皇子子孫の年譜考―市原王から安貴王へ―」（「万葉」一二一、昭和六十年三月）

6　伊藤博「君がやどにし千年寿くとぞ―大伴家持橘家宴歌一首―」（『万葉集研究』二三、平成十一年　のち『万葉歌林』塙書房　平成十五年）

7　大濱真幸「大伴家持作四一六九・七〇番歌の賀歌性」（「万葉」一二七、昭和六十二年九月）

＊使用した万葉集は、新編日本古典文学全集（小学館）であるが、ふりがなは取捨選択した。律令は、日本思想大系『律令』（岩波書店）。続日本紀は、新日本古典文学大系『続日本紀』（岩波書店）に準拠した。

『万葉集』と「無常」

西澤一光

一　無常と文学

今もなお、人の運命や世の儚《はかな》さについて言う時に、「無常」という言葉が発せられるのを時として耳にする。

たしかにそれは日常茶飯の事ではなかろう。しかし、ついこの前まで元気だった人が急に逝《い》ったり、大企業が倒れて街ぐるみ衰退してしまったりするのを目の当たりにすれば、ふと「この世は無常だ」と感じないではいられまい。たとえ、そういう言葉が自分自身の口からは出てこずとも、聞けば肺腑《はいふ》にすとんと落ちてくるものがあろう。

「祇園精舎《ぎおんしょうじゃ》の鐘の声、諸行無常《しょぎょうむじょう》の響あり」云々という『平家』開巻の発語はなお人々の口の端にかかることをやめないし、「夏草や兵《つはもの》どもが夢の跡」という芭蕉の発句に不思議な慰めを見出す者も少なくあるまい。それは、たしかに学校で教えられる古典だからということもあろう。しかし、それだけではあるまい。いつの世も、人は、生の儚《はかな》さに悩んで、煩悩と寂寥を癒す言葉を求めて止まない。そういう人の眼を生の実相に向けて開いてくれる言葉の代表が「無常」でありつづけてきた、そういうことなのだろう。

『平家物語』は貴族権力にとってかわった武家の栄枯盛衰の物語であり、芭蕉はその平家を討った義経主従の功名さえもが一時の夢となったと落涙した。こうした文学の流れが「無常」という語に深い陰翳を刻んだ。

なるほど、「無常」という語が日本語に深く根付くにあたっては、一つには親鸞や道元のような宗教家が繰り返し「無常」を説いたことが大きい。亀井勝一郎(1)や唐木順三(2)は、第二次大戦前から高度経済成長期にかけて、その流れを発掘する仕事をした。だが、同時に、文学の流れもまた大きな力を持ったのだ。つまり、「無常」は思想的な言葉であると同時に文学を通して磨かれてきた言葉である。そこに先鞭をつけ、亀井、唐木に先立って「無常」の問題に関して主として文学の観点から斬り込んだのが大正期の佐藤春夫(3)であった。佐藤は、「無常感」が「我々の民族の詩魂に触れるあの一種の感情(4)」だと言い、それを敢えて「無常美感」であると表現する。「無常感」は日本人の宗教観のみならず、審美的感受性の領域にまで根を張っていることを佐藤は指摘してみせたのであり、また、そのことが後の亀井や唐木の研究を豊かなものにしたと言えるだろう。

二 「無常」の思想史

このように日本文化史において「無常」の問題は、思想的側面及び文学的側面――言い換えれば、「無常観」と「無常感」の二つの側面――から見るべきことが明らかになっている。しかし、そのいずれであれ、「無常」ということの成り立ちは平安以後のことであり、『万葉集』においては無常の観方・感じ方はきわめて限定されたものであるか、もしくは未成熟だと位置づける流れが今日なお一般的である。果たして本当にそうなのか、また、なぜそうした歴史認識が一般を蔽っているのか。

そういう問題意識から私も私なりに「無常」に関する文献を渉猟して見たのであるが、その結果、そういう歴史認識の一般化に当たって大きな影響力をもったのは津田左右吉ではなかったかと推測している。

佐藤よりも先に「無常」の問題に着目していた津田左右吉は、大正五年刊行の『文学に現はれたる我が国民思想の研究[5]』において「人生の無常をはかなむ仏教的厭世観」の成立を「貴族文学の沈滞時代」(長元頃から承久頃までの約二百年間)に位置づけ、武士が台頭してくる中世初期こそが無常観の成立期だとしている。津田は仏教思想と無常観が文学にいかに現れているかに関して、時代ごとに綿密な考察を展開している。それだけに、後世に与えた影響は大きかったのであろう。これまでに挙げた佐藤春夫、亀井勝一郎、唐木順三らが、そろって『万葉集』における「無常」に言及しながらも、「無常」が定着するのは平安以後としているについても津田思想史が陰に陽に影響しているのではないか。

実は、津田以前の日本文学史は、『万葉集』における仏教思想の受容を重く見るのが主流であった。津田から四半世紀遡る明治二三年に公刊された三上参次・高津鍬三郎の『日本文学史』[6]では、仏教の伝来は漢文体の伝来と表裏であるとの視点を明確に打ち出しつつ、仏教が列島の文学に与えた影響が文体と思想の双方に及ぶことを論じている。三上・高津以後も、永井一孝の『国文学史』(早稲田大学出版部、一九〇四年)、高野辰之の『国文学史教科書』(上原書店、一九〇二年)、藤岡作太郎の『国文学史講話』(開成館、一九〇八年)など、仏教が文学の成立に与えた影響を大きなものとみている。[7]少なくとも明治期までは大陸文化の影響の一環として万葉歌における仏教的要素を重く見るのが通説であった。

ところが、大正期からは様相が逆転する。『万葉集』における仏教的要素は、平安末から中世の時期と較べて希薄であるという認識になっていく。大正末年に公刊された和辻哲郎の『日本精神史研究』[8]においてほとんど「無常」に関する論及がないのは私には不自然なことと思われる。[9]思想史における仏教文化の影響を重視する和辻が、なぜ「無常」の問題系に関してほとんど一言も言わなかったのかはなお謎だが、[10]それは少なくとも、津田の『我が国民思想の研究』を読んだうえでの沈黙であったのではないか。

三　「万葉集に仏教ありや」

万葉研究者で言えば、たとえば第二次世界大戦後の山田孝雄の講演「万葉集に仏教ありや[11]」なども、万葉歌における仏教の影響を「低調」なものと見る立場をとっている。その結論はともかくとして、考証・論証は詳細をきわめ、論点に関しては網羅的であって、なぜ、『万葉集』においては仏教の影響が「低調」であると論じられるかという問題を考え直す上での好個の材料となろうから細かくその論旨を紹介しておく。

山田は、奈良朝の仏教史に関する論著が奈良朝仏教の隆盛を主張していることを引用し、当時の造寺・造仏・写経や国家的な仏事の空前絶後たることを言いながら、『万葉集』への影響ということを実地に調べると、「なるほど万葉集には流石に奈良時代でありますから、坊さんの名前が大分出てをる。又歌を詠んだ僧尼も大分あります。けれども本当に仏教の教義や教理若くは信仰といふものを詠んだものは数が少い。[12]」と主張する。その上で、僧尼の詠んだ歌や僧や仏を詠んだ歌などを引用して「まづそんな風でありまして、万葉集の中に仏教に関することがらはまじめなものはあまりない。それより力士だの婆羅門だのといふやうに滑稽化してある。[13]」と論を進めていく。

さすがに憶良、旅人、家持については「仏教に対して相当関心もあり理解もしてをつたやうでありま[14]す」としつつも、憶良については「結局仏教を知つてゐたといふ程度[15]」、旅人・家持に関しては「どれ位大伴氏が仏教を信じてゐたらうかとなると、これ又極めて微弱なもの」[16]と言う。

後に見る旅人の「凶問に報《こた》ふる歌」（七九三）や家持の「世間の無常を悲しぶる歌」（四一六〇）などをめぐっても「さふいふやうに沢山ありますが、さてそれ程深く思ひ入つてゐるとも思へないのであります」という評価を下していき、ついに、

どうも万葉集関係の仏教といふもの、即ち仏教に関する万葉の歌といふものは、誠に低調なものである。仏教の方から万葉集をみればさういふことになるのではないかと思ふのです。即ち当時の人は仏教に関してどれだけの知識をもつてゐたか。世の中は常なきが如しといふことは知つてゐた。世の中は所謂虚仮である、仮の世の中だといふことは知つてゐたが、さて後世の浄土宗、浄土真宗のやうに、世の中はきたないところだ、これを早く離れてしまひたいといふやうなひたむきな思想は一つもないのです。[17]

という結論に至るのである。

こうして山田は、思想的に仏教が万葉の歌に働きかけ、しみこんでいる度合いが微弱であるという判断を示すわけだが、山田がそのように判断するに至る理由を私なりに整理すると、それは大きく三つの論点にわたっている。

論点の第一は、社会における仏教浸透の未成熟である。山田によれば、仏教に関する信仰が上層の人々にはひろくゆきわたっていたかもしれないが、下の方には徹底していなかったという。また、人間

の罪に関しては神道が大祓をするという考えがあったことも条件として顧慮されるべきことを言う。

論点の第二は、当時の仏教が担っていた社会的機能である。当時の仏教は鎮護国家の仏教であり、政治と密接に結びついていたと同時に、学問・社交の方面を担っていたと思われることなどを論じている。[18]

論点の第三は、万葉歌における仏教受容の未成熟である。この点の山田の論旨は講演の最後の方にも端的に示されていて、要するに、『万葉集』は仏教思想に関しては、「世間虚仮諸行無常」の思想は熟していたと見てもよいが、人生は苦なりという観念や輪廻転生については徹底して信じてはおらず、「解脱の願も捨身の行も知られない。さればこの世を穢土なりとして浄土を欣ひ求めるといふことも不徹底である」ということを言っている。[19]

第一の論点については、私も大きな異論はない。しかし、第二、第三の論点に関しては、いくつかの点で批判的な見直しが必要であろう。本稿では、以下、山田の論点に対する批判を提示しつつ、『万葉集』における「無常」の表現について見ていく心算である。

ただ、ここで一言だけ書いておきたいのは、山田の論理が前節で瞥見した思想史家たちと大同小異であって、結局、津田思想史以来の枠組みで語られているということである。それは、奈良仏教は鎮護国家仏教ないし学問仏教であって、平安以後の仏教——親鸞、道元ら——と比較して未成熟だと言う論理である。

だが、思想史・文学史の方法として、後代の仏教を基準として奈良までの仏教を断ずるのは端的に不当ではないだろうか。見つめなければならないのは、同時代的な地平である。「無常」の問題にしても、後世の隠者思想との比較ではなく、『万葉集』の時代における「無常」ということ自体の掘り下げが必要である。

そういう点で、佐竹昭広が『万葉集再読』に収められた二論文によって、倭語「過ぐ」に凝縮して示されるような列島の自然観と仏教思想が二重写しになって、列島独自の「無常観」を織りなしていく様を考察し、その背後に窺われる仏典を渉猟しているのは思想・表現史の研究として学ぶべき方向を示すものと思う[20]。

本論は佐竹論考に屋上屋を架すべくもないが、山田に至る思想史・表現史が軽視した、万葉歌における仏教思想の浸透・受容の筋道と意義に関して能う限りの考察をしていきたい。

四 『万葉集』の時代の仏教受容のありかた

『万葉集』と仏教ということを歴史社会的視点から改めて見直してみよう。山田の考察は、詳細と言っても、奈良時代の仏教に局限されており、南都仏教についての記述もきわめて表面的だと思われる。また、万葉歌の読み方にもかなり疑問を感ずる。そのために仏教受容の背景を十分に見ないままに『万葉集』における仏教思想の受容のありようを見誤っている可能性があるように思われるからだ。

まず、倭国の仏教は六世紀半ばに百済からもたらされたことに始まる。[21] 百済国王から倭国王へというルートでの「公伝」は、当時の中国・朝鮮の先進的知識・技術と結びついた形での伝来であった。熊谷公男は、仏教そのものが「一個の高度な文化複合」であったと指摘するが、[22] その通りであろう。

実際、推古朝の百済僧・観勒や高句麗僧・曇徴らに象徴されるように、渡来の僧侶たちは仏教とともに暦本、天文、地理書、遁甲・方術の書、五経、彩色、紙墨、水臼（水車利用の臼）などをもたらしたわけであり、当時の政府は書生をつけてそれを学習させてもいる。その様は、あたかも、明治初年に新政府がいわゆるお雇い外国人教師を多数招聘して進めた西欧文明吸収のあり方に比せられよう。

仏教は、まさに、倭国の新たな国家建設のインフラストラクチャーをなすものであった。飛鳥京の建設以後は、枢要な仏寺の建設が宮都空間の構築のための要となっていく。[23] 国家権力にとっては、造寺・造仏などの大規模なモニュメントの建設と写経・読経などのイベントの実施が、自らを視覚的に現前化するためのもっとも強力な手段として機能したのである。

同時に、その根拠として、仏教に関する知識・思想の整備もまた着実に行われている。当時受容されていた仏教の知識・思想のレベルを低いものとすることはけっしてできない。また、それを伝えようとする僧侶の熱意にも並々ならぬものがあった。

先に述べたように、仏教受容は、六世紀に中国南朝の梁が国王主導で興隆に努めた鎮護国家の仏教が百済経由でもたらされるという形で始まったが、[24] 七世紀になると倭国の側から遣隋使、遣唐使に伴う形で学僧を中国本土に直接派遣し、先端の仏教を学ばせている。たとえば、推古朝に来朝した裴世清《はいせいせい》が帰国する際に、学生として高向《たかむくの》漢人《あやひと》玄理《げんり》が派遣されたほかに、学問僧として新《いまきの》漢人《あやひと》日文《にちもん》（僧旻《みん》）、南淵《みなぶちの》漢人《あやひと》請安《しょうあん》、志賀《しがの》漢人《あやひと》慧隠《えおん》らが派遣された。これが第一世代で、彼らは舒明朝には帰朝し、いわゆる大化改新後の諸政策において目覚ましい貢献をすることとなったとされている。これもまた、明治新政府がお雇い外国人に習わせた鷗外や漱石の世代をヨーロッパ留学させたのに似ている。

帰朝留学僧の活躍に関して仏教関連にしぼって言えば、舒明朝から孝徳朝にかけて上記の慧隠が『無量寿経』を講説したとの記事が『日本書紀』にある。特に、白雉三年の講では、沙門恵資を論議者に立て、沙門一千が作聴衆として経論をめぐる論議を聴くという形をとったことが記されている。当時の政府が、読経・写経といったイベントのみならず、大乗経典の思想そのものを吸収しようとしていることが注目されるのである。また、その前年の白雉二年には味経宮に二千一百余もの僧尼を請じて一切経を読ませている。

これらは、孝徳朝期における大乗仏教の国教化とその体系的理解の充実ぶりの一端を示す記事として理解することができよう。そうした流れの中で遂行されたのが、白雉四年の遣唐使派遣に際しての多数の学問僧の派遣である。この年の遣唐使派遣の記述において、『日本書紀』は、第一船百二十一人に関して、大使、副使のすぐ後に学問僧の名前を列記しており——大使・副使の位階の低さとともに——異例な印象を与える。

その当時の留学僧でもっとも有名なのは道昭であろう。彼の伝記はこれまた異例と言える詳しさで『続日本紀』(文武四年三月)に述べられているが、白雉四年五月に渡唐し、やがて中国の訳経史に一時代を画したとされる[25]三蔵法師玄奘に親しく教えを受け、「舎利・教論」を授けられたと伝える。

道昭が学んだ仏教は、龍樹(ナーガールジュナ)の流れを汲む無着《むじゃく》(アサンガ)・世親《せしん》(ヴァスバンドゥ)らによって確立された唯識の教えであり、きわめて思弁的な教学であった。その教学は、玄奘から弟子の基《き》に至って法相教学として確立されるに至る[26]のだが、当時の中国でも新しい動向であったという[27]。また、法相の第二伝として知られる智通・智達は新羅船に乗って渡唐し、やはり玄奘に師事したことが、『日本書紀』(斉明四年七月)に見える[28]。

要するに、彼らは倭国に当時として最先端かつ最高水準の教学をもたらしたのであった。そして、この、仏教の国教化とも言うべき流れは天武・持統朝にも受け継がれていく。天武は一切経の収集・書写に力を入れている(二年紀、四年紀、六年紀)し、また、『金光明経』・『仁王経』といった護国経の講説をさせている(五年紀)。

「南都六宗」の成立の背景には、こうした推古朝以来の仏教受容の一貫した政策と、渡来僧や留学僧らの真摯な布教活動とがあったわけである。鎮護国家のためにと言いつつ、ついには一切経の書写にまで至るこの流れは、教理の本質的かつ体系的探究への情熱がなければ考えられないことであろう。末木文美士によれば、南都六宗は、部派仏教（小乗）から大乗仏教に至る膨大な教学の流れを体系的、網羅的に把握しようとするものであり、大陸輸入の学問仏教に過ぎないといった記述で片づけられる程度のものではないらしい[29]。とりわけ、華厳宗や法相宗では、内部には活発な論争や自由な学風もはらまれていたという。さらに、八世紀中ごろの鑑真の渡来によって出家者の戒がもたらされ、南都では大小乗を問わずすべての仏教の基礎が整ったともいう。

このように見てくると、当時の仏教受容の状況と万葉歌の関係を見るうえでは、山田の講演と同じ一九五三年に公刊された堀一郎の論文[30]が説明として極めて妥当な見通しを示していると思われる。長いけれども引用しておく。

万葉集の歌人の中にも、山上憶良、大伴旅人、大伴家持を始めとして、仏教思想を教養としても信仰としても身につけた人は多く、仏を詠じ経をよみ、寺塔を題材とした作品も、僧侶自身の作品も散見してゐる。しかるに彼等によつて作製せられた挽歌の中に、死者の行方や他界について、仏の引接をたのみ、来迎を期待する風の表現が全くないのは、一つの問題である。これは仏教が当時の知識人に浸透してゐなかつたといふことではなく、当時の仏教が比較的純粋に保たれてゐて、一般に死後霊魂や他界観に干与してゐなかつたことを示すものかと思はれる。そして仏教教理は当時の学派のものは、主として因明、法相等、論理的哲学的の諸説が中軸をなして、情緒に訴へる面が乏しく、詩の世界との調和が出来にくかつた面も見遁せない。だから、死後を仏にたのむにしても、そこには在来の霊魂観、他界観が、その底に強くひそんでゐる。

（「万葉集にあらはれた葬制と他界観、霊魂観について」）

民俗学・民間信仰に関しても深い造詣を持っていた筆者が、当時の仏教教学がまだ在来の霊魂観・他界観とは習合していなかったと述べていることも興味深いが、仏教が詩（歌）の世界とは調和できにくかった理由として、その論理性・哲学性を明確にあげている点が首肯されよう。

平明に言えば、当時の仏教思想は、歌になりにくいものであったということだ。それが旅人、憶良、家持らによって「歌」の主題になっていくのだから、やはり、『万葉集』にとって仏教はきわめて重要な表現上の源泉の一つと見得るのだ。

たしかに、山田も「世間虚仮、この世は仮のものである、むなしいものであるといふことは、日本人には徹底してをつたやうであります。これを詠んだ歌は割に多い」と述べているし、[31]山上憶良と大伴旅人に関しては「仏教に対して相当関心もあり理解もしてをつたやうであります[32]。」と認めてはいる。ただ「結局仏教を知つてゐたといふ程度であつて、それだから後世の仏教信者のやうにどうしようといふ頭はまづない[33]」と、結局、鎌倉期以後の仏教と比較しての判断に傾いてしまうのだ。

しかし、「世間虚仮、この世は仮のものである、むなしいものである」という仏教教理が「歌」という情の世界の表現に取り込まれてくることそのものが、文学史の上でも、思想史の上でも、問われるべき問題なのではなかったか。

また当然のこととして、仏教教理の受容以前から、人間の死ということに関しての一定の想念というものが、古代の列島の人々の間にはあったはずである。「死」とは異界への旅であるという想念があったらしいことは、六世紀の福岡県吉井町珍敷塚《めづらしづか》古墳の横穴式石室の奥壁に赤・青の二色で描かれた壁画などからもはっきり窺われることで、そこには、太陽の輝く現世から月の支配する夜の世界・来世へ鳥に導かれてまさに船出しようとする人の姿が描かれている。『古事記』に語られる神（イザナミ）の死、青人草（人）の死や『万葉集』に歌われる山に迷いこむ姿としての死など、それぞれに列島固有の死生観の痕跡をとどめるものと見られてきた。

そこに仏教の「無常」、「空」の思想が入って来て、列島人の精神世界に大きな変化が生じて行ったわけであるが、その受容に際して「歌」が関わっていることは実に注視すべき問題にちがいない。

五　仏典の受容と『万葉集』の文字表現

山田が仏教思想から『万葉集』への浸透は「低調」なものと見ることすでに見たとおりだが、私はむしろ仏教の『万葉集』への浸透は、その基盤的部分から始まっていたと考える。その基盤的部分が問題の急所であり、それは即ち文字である。

先にも述べたが、文字文化の発展は、仏教の受容と表裏の関係にある。つまり、思想を書き表す媒体としての文字そのもの、言い換えれば、漢字および漢字語彙の学習に際して仏典の受容の影響は大きかった。書くということの基盤に仏典の学習が絡んでいたこと、また、仏典の訓読ということが歌の書記にも大きなヒントを与えたであろうことは、『柿本人麻呂歌集』の表現からも窺われることである。ここで、その一端に触れておきたい。

先ず言えるのは、人麻呂歌集の作者が旅人や憶良にずっと先んじて「無常」を詠んだということである。次の歌は『代匠記』『童蒙抄』以来、「無常」を詠んだ歌と評されるものだ。

巻向《まきむく》の山辺響《とよ》みて往く水の水沫《みなあわ》のごとし世の人吾等《われ》は　（巻七・一二六九）

この「水沫のごとし」は、憶良「老身重病歌」における「水沫なす微き命」（巻五・九〇二）と同様、仏典から着想した表現とされてきた。武田『全註釈』に「仏典の句から出ている」と言う。また、「世の人われは」と続けて言う口吻には、すでに仏教的世界観の深甚なる感化を読み取って過つまい。すなわちこの「世」は、仏典語「世間」の意味を映していると思う。「水沫のごとし世の人吾等は」とは、世間に生きる吾が身の「無常」あるいは「空」なることを比喩によって言ったものである。

「大正新脩大蔵経テキストデータベース」[34]によって見るに、「是身如泡沫」「是身如聚沫」といった表現は部派仏教の経典から大乗経典に至るまで広く拾いうる。例えば、『維摩詰所説経』「方便品第二」に「是身無常、無レ強無レ力無レ堅。速朽之法、不レ可レ信也。為レ苦為レ悩、衆病所レ集。諸仁者、如レ此身明智者所レ不レ怙。是身如二聚沫一。不レ可二撮摩一。是身如レ泡。不レ得二久立一。」とある。この文脈は「是の身の無常なること」を色々喩えるなかで「是の身は聚沫の如し。撮摩する可からず。是の身は泡の如し。久しく立つことを得ず。」と言うもので人麻呂歌集歌の文脈に近い。

ただし、歌集歌の場合、「巻向の山辺響みて往く水の」という景の叙述から「水沫」が導出されてくるので、必ずしも仏典からの着想ということを意識させない。この点、斎藤茂吉の『万葉秀歌』が「『もののふの八十うぢ河の網代木にいさよふ波の行方《ゆくへ》知らずも』（巻三・二六四）でもそうであるが、この歌も、単に仏教とか支那文学とかの影響を受け、それ等の文句を取って其儘《そのまま》詠んだというのでなく、巻向川（痛《あなし》足川）の、白く激《たぎ》つ水泡《みなわ》に観入して出来た表現なのである。」というのが参考になろう。要するに、この作者の姿勢として、原典の句を十分に咀嚼し、反芻した上で、新たな歌語の創造に向かうという傾向のあることが知られるのである。人麻呂歌集の作者は、「無常」あるいは「空」の真理を、仏典語であることが分からないくらいまで「歌」の表現の領域に落とし込んで歌ったのである。

これは、外来の思想である仏教の「理」を自国の言葉の「情」の世界において引き受ける方法を示した例として興味深い。〈仏典語の翻案による歌ことばの創造〉であり、それは仏教思想を倭語のインフラ部分に組み込む働きをしていったにちがいない。

この意味でも、人麻呂歌集に即してさらに興味深いのは、「古体歌」（「略体歌」「詩体歌」とも）の恋の歌

にも仏典から着想された〈歌ことば〉のあることである。その典型例が、

大土は採り尽くすとも世の中の尽くしえぬものは恋にしありけり　（巻十一・二四四二）

であろう。これについては、契沖が、

最勝王経如来寿量品偈云。一切ノ大地ノ土ハ可レ知ニ其ノ塵数ヲ一、無キハレ有ルコトニ能ク筭知スルコト一釈迦ノ之寿量ナリ。

を出典に挙げている。(35)『代匠記』から推察される契沖の釈文は、「一切の大地の土は其の塵数を知る可くあれども、能く筭《さん》知《ち》すること有ること無きは釈迦の寿量なり」といった風になるであろうか。大地の土の塵の数をすべて数え知ることができるとしても、数え知ることの出来ないのが釈迦の寿量であるという意になる。さらに『代匠記』は上の経文の引用にすぐさま続けて「迷悟異ナレト此意ト同シ」と評している。「迷」とは恋の迷いの尽きぬこと、「悟」とは釈迦の無量寿を言うのだろう。「迷」と「悟」の違いはあるけれど、歌は経文と同じ意味だと契沖は解いているわけだ。(36)

というのは、両者ともに大地の土というものを尽くすことができても、尽きないものは……という誇

張法的レトリックによる表現だからだ。つまり、「大土は採り尽くすとも世の中の尽くしえぬものは恋にしありけり」という歌自体が誇張法のレトリックそのものの表現であり、それが上記の経文から来た着想であることは間違いないわけで、どうやら契沖はそのことを「迷悟異ナレト此意ト同シ」と言ったらしい。もし、「大土は採り尽くすとも」まで聞いて釈尊の無量寿を讃える歌かと分かるような人がいたとしたら、後半を聞いて大いに笑ったことでもあろう。

ただ、ことはそれで済まないのであって、このような歌の作り方が出来るためには、作者が経文のレトリック自体を普段から面白がって熟読・玩味していて、それを念頭に浮かべたり、舌頭に転がしたりしつつ、あれこれ表現を練っているというのでなくてはならないであろう。

これは、前の「水沫のごとし」を着想する場合などにも通じる問題だと思う。

ちなみに、『最勝王経』とは唐の義浄が長安三年（七〇三）に訳出した『金光明最勝王経』（十巻三十一品）であって、人麻呂歌集の出典としては時代が合わないわけで、人麻呂が見得たのは、曇無讖《どんむしん》訳『金光明経』（四巻十八品、西暦四一四～四二一年ごろ漢訳）か、宝貴らが合糅した『合部金光明経』（八巻二十四品、五九七年編纂）であろう。その両者に「一切大地　可知塵数　無有能算　釈尊寿命」（寿量品第二）の同文がある。[37]

それから、この歌の書記で注意しなければならないのは、「世の中」を「世中」と書いていることである。仏典に通暁した人麻呂歌集の編者が「世の中」を書くに当たって「世間」という語彙を浮かべなかったはずがないからだ。人麻呂はなぜ「世中」と書いたのか。

「世間」と言う仏典語の意味は、『望月仏教大辞典』に「梵語路迦 loka の訳。又 laukika に作る。巴梨語同じ。」とあって、「毀壊すべきものゝ意。略して世とも名づく。即ち毀壊すべく、又は対知せらるべき有為有漏の現象を云ふ。」とあり、中村元『仏教語大辞典』に「世は漂流、間は中の意。うつり流れてとどまらない現象世界をいう。」とある。

憶良は仮名書の作品においても、多くの場合「よのなか」を「世間」と書いている。「世間《よのなか》の憂けく辛けく」（巻五・八九七、「老身重病歌」）、「世間《よのなか》のすべなきものは年月は流るるごとし」（八〇四、「哀世間難住歌」）、「かくばかりすべなきものか世間《よのなか》の道」（八九二、「貧窮問答歌」）、「世間《よのなか》を厭しとやさしと思へども」（八九三、同前）、「手に持てる我が子飛ばしつ世間《よのなか》の道」（九〇四、「恋男子名古日歌」）など、原文が「世間」と書かれている作品はでは、すべて、「世の中」は毀壊すべく、うつり流れてとどまらない世界を言う。憶良はやはり仏典語としての「世間」を意図していたのであろう。ついでに言えば、憶良は「歌」においては無常観を言うのに「世間《よのなか》」の歌ことばによったのである。

しかし、憶良の歌でも「余乃奈迦」と仮名書される「ますらをの　男さびすと　剣大刀《つるぎたち》　腰に取り佩《は》き　さつ弓を　手《た》握り持ちて　赤駒に　倭文鞍《しつくら》うち置き　這ひ乗りて　遊びあるきし　余乃奈迦《よのなか》や　常にありける」（八〇四、「哀世間難住歌」）などは、稲岡『和歌大系』に「……遊びまわった若い盛りの時がいつまでつづいただろうか」と現代語訳されている。

また、「令反或情歌」の冒頭に「父母を　見れば尊し　妻子《めこ》見れば　めぐし愛《うつく》し　余能奈迦《よのなか》は　かくぞ理《ことわり》」（八〇〇）と仮名書になっているのは、儒教的道徳観に即した「よのなか」であろう。憶良は、毀壊すべく、うつり流れてとどまらない意味での「よのなか」に「世間」と当てたのだ。(38)

ところで、人麻呂歌集の作者が「世間」という仏典語を知らなかったと想定することはまずもって不可能であろうから、「世中」は、仏典語「世間」を意図的に避けた書記だと考える他はあるまい。

やはり人麻呂歌集の歌で「世の中」を「世中」と書いた歌に、

世中　常如　雖念　半手不忘　猶戀在　（巻十一・二三八三）

がある。ここでの「世中《よのなか》」の意味もまた仏教的「世間」とは没交渉である。上三句原文「世中常如雖念」については、『万葉考』以来、「世の中は常かくのみと念へども」と訓まれるが、きわめて形式的な言い方でいったい何を謂わんとしているのか見当がつきにくい。ところが、下二句で「はた手《た》忘れずなほ恋ひにけり」（一方では忘れられずにやっぱり恋をしてしまうことだ）と性懲りもなく恋をしている自分を自嘲する歌だと判明するわけだ。「世間常如」と書いてあったなら、世の無常を言った文句になりかねないが、実際は、男がいつも通り振られてしまったという俗世間の話なのである。

最後にもう一例だけ触れておくことにするが、

水上　如數書　吾命　妹相　受日鶴鴨　（巻十一・二四三三）

については、契沖が『大般涅槃経』から「是ノ身無常ニシテ念念ニ不ルコトレ住セ、猶シ如二電光ト暴水ト幻ト炎トノ一、亦如シ二畫クニレ水ニ随テ畫ケハ随テ合フカ一。」（巻第一、壽命品第一）の箇所を抜いている。「画水」という語は広く仏典に拾いうるが、契沖が引いた例がもっとも適合するのではないかと思われる。人麻呂歌集歌の上二句は稲岡『全注巻十一』『和歌大系（三）』の説くように「水の上に数書く如く」と訓み、「水の上に数を書くように、甲斐もなく」の意と解して初めてよく通じる。下の三句は「吾が命を妹に逢はむとうけひつるかも」と訓んで、「妹に逢おうとわが命にかけてウケヒをしたが甲斐もなかった」というのだ。

これは経文の文脈では「是身無常念々不住」の喩えとして出されている表現なのであるが、作者はそれを「うけひ」の結果が空ぶりに終わったということの比喩に転用しているわけである。これもまた、「迷悟」は異なるが同じ意を言ったものと言えるかもしれない。

こうした例は、新たな歌ことばを創造するに際して、仏典を読み込んで得た知識が動員されたことを示すものであり、また、その文脈から言っても人麻呂歌集の作者の関心のありかが「無常」の理にあったことを暗示するものだろう。いずれにしても、これらは、作者が平素仏典を熟読・玩味していて、その経験の中から胸に響いた表現を歌ことばの創造に援用していたことを示すケースだろう。

他にも佐竹昭広「『無常』について」が「宇治川の水沫逆巻き行く水の」（巻十一・二四三〇）に関して『法句

経』、『出曜経』、『中本起経』から出典を指摘しているのが参照されよう。[39]
人麻呂歌集の「古体歌」にこうした例があったからこそ、「新体歌」では「無常」の思想を「歌」の表現にした一二六九のような作品ができるようになったのであろう。人麻呂歌集には、仏教の「理」を「情」の言葉に落とし込んでいくプロセスが看て取られるのである。

六 『万葉集』と仏教思想

さて、文字を介して言語の基盤に吸収された仏教思想は、その後いかなる展開を遂げて行ったのか、果たして、山田の言うが如くに「低調」な次元にとどまっていたのか。

たしかに、『万葉集』の巻十六には婆羅門（三八五六）だの力士（三八三一）だのを滑稽化して歌ったり、僧・法師を茶化したりしたような歌（三八四六—三八四七）がある。恐らく天平年間も後半期の作であろう。しかし、それらの歌々は仏教それ自体を滑稽化する意図から出たものではなく、都の官人たちの褻《け》の世界における享楽を反映した部分と見た方が分かりやすい。たしかに仏法僧に対する反応の振れ幅の一端を示すものではあれ、そこを拡大して当時の人々の仏教信仰の薄さを議論をするのは筋違いだと思う。

実は、巻十六には、そうした世俗臭と俳諧味にあふれた歌々にはさまれた形で、「厭世間無常歌二首（世間の無常を厭ふ歌二首）」と題された作品や道教的無常観の歌が並んで収められている。これらの歌は真摯に彼岸を求めるものだ。それを見逃してはなるまい。

生死の二つの海を厭はしみ潮干の山を偲ひつるかも　（巻十六・三八四九）
世間《よのなか》の繁き借廬《かりほ》に住み住みて至らむ国のたづき知らずも　（巻十六・三八五〇）
右の歌二首、河原寺の仏堂の裏《うち》に、倭琴《やまとごと》の面に在り。

河原寺（川原寺）は、『代匠記』が注しているように、孝徳が僧旻の死を悼んで造らしめた仏像の安置せられたことが見え（白雉四年六月紀）、天武はそこで一切経を書写、読経させている。その仏堂にあった倭琴の面に歌が書いてあったというのである。

前者の「生死の海」については契沖が新訳の『華厳経』から「何能度生死海入佛智海」の個所[40]を引いている。「生死海」は仏典の常套語で、生死という苦の海とも、生死を繰り返す輪廻の海とも解される。「潮干の山」は、仏典に「涅槃山」という語があることからの着想であろう。これもある意味で仏典語の歌語化のありようを示す例であろう。契沖は「寂滅無為ノ処」として強いて付けた名だと注す。生死という苦の海を厭って涅槃の山に思いをよせる歌であり、まさに穢土厭離、欣求浄土の歌だ。

二首目は、この、煩わしいことばかり仮の世に住み続けて、どうして浄土に行き着く事が出来るか、その手段も分からないでいることだという。煩悩の深さを告白し懺悔する歌と見る。仏教に抗うといった歌ではあるまい。

さらに、この二首の後には、題詞を欠く形で、

心をし無何有《むがう》の郷《さと》に置きてあらば藐孤射《まこや》の山を見まく近けむ　（巻十六・三八五一）

鯨魚《いさな》取り海や死にする山や死にする死ぬれこそ海は潮干て山は枯れすれ　（巻十六・三八五二）

の二首が続く。前は現世を超えたユートピアを志向する歌。後は現世の無常を言う歌だ。「無何有の郷」「藐孤射」などが『荘子』「逍遥遊篇」に由来する言葉であることなどはこれまでも指摘されてきたことで、目新しく言うほどのことでもないが、仏教の歌の後に道教の歌が置かれているのはなぜなのか。

実は、鎌田茂雄の『中国仏教史』(41)は、中国六朝において仏教と道教の習合が生じていたことを指摘し、僧・支遁（三一三―三六六）などは「逍遥遊篇」の注釈をものしつつ、仏教的「空」の思想を『荘子』を介して説いていたという。また、西郷信綱『壬申紀を読む』(42)は、「道教は仏僧の手でいわば非公式に伝えられた」と指摘している。首肯すべき見解である。

こうしたことは、大伴旅人において、仏教的な「空」の歌（巻五・七九三）と同時に道教思想の絡んだ「讃酒歌」――たとえば、「古《いにしへ》の七《なな》の賢《さか》しき人たち」（巻三・三四〇）など――が共存していることを捉える際にも考えあわせられるべきことがらであろう。

あるいは、また、巻九に収められた高橋虫麻呂の「水江《みづのえ》の浦島子《うらしまこ》を詠む一首」（一七四〇）で、主人公の浦島子が「世間之愚人（世の中の愚か人）」と呼ばれ、その老相の描写が漢訳仏典に負っているのに(43)、浦島子は「常世」「常世辺」と呼ばれる不老不死のユートピアに行ったことになっている。

都人の褻の文化圏の息遣いを伝える巻十六にこうした厭世的なユートピア志向の四首歌群が収められているのも、仏・道習合的な文化状況が反映せられたものであろう。

四首目の「いさなとり海や死にする山や死にする」が旋頭歌であるが、これについて思い合わせられるのは、巻十の元興寺の僧の「自嘆歌」（一〇一八）が旋頭歌であること、また、仏前で歌われたとされる仏足石歌がやはり五七五七七七という特別な歌体であることである。つまり、――「自嘆歌」は別だが――旋頭歌体、仏足石歌体等は、釈教的な歌を唱歌するためにも用いられた歌体ではなかったのか。

ところで、最初の「厭世間無常歌二首」にしてからが、「唱歌」の問題に関わるのである。『万葉集』巻八によれば、天平十一年（七三九）十月に催された光明皇后宮での維摩講《ゆいまこう》では、終日、大唐や高麗など各国さまざまの音楽を演奏して供養し、「仏前唱歌」の一首「しぐれの雨間《ま》なくな降りそ紅《くれなゐ》ににほへる山の散らまく惜しも」（一五九四）を一同が歌ったという。その際、市原王・忍坂王が弾琴し、田口朝臣家守、河辺朝臣東人、置始連長谷ら十数人が歌子を務めたとある。仏前で和歌を弾琴唱歌するということのあったことを示す資料としてきわめて貴重である。

ちなみに、「仏前唱歌」は一見仏教思想と関係がないかのように見えるが、「紅ににほへる山の散らまく惜しも」というのは、仏教的な「無常」への思いを「歌」の表現に落とし込んだものである。「にほふ」は、伊原昭[44]が家持に即して述べているように、「すべての物の発展であり物の最盛のすがた」であり、これは「仏前唱歌」における「にほふ」にもあてはめて考え得る。「紅ににほふ」山が「散る」とは、「最盛のすがた」が「衰退下降」すること、つまり、無常観の美的表現に他ならないのである。やはり「無常美感」の淵源は『万葉集』にまで遡るわけである。

七 「空」と「無常」

このように『万葉集』を読むことによって、仏教思想が「歌」において受け止められ、「歌」を介して社会的な広がりを持ったことが明らかになってくる。さらに、神亀から天平の時代、すわなち聖武帝の時代には、「歌」を介しての仏教思想の深化も顕著となってくる。今までも注目されてきたように、それは、大伴旅人と山上憶良に於いて著しい。この二人は、中国文化と密接に結びついた仏教を『万葉集』に持ち込みつつ、「歌」の歴史に新たな飛躍、新たな切断面をもたらした。そういう視点からまず見直すべきなのが、神亀五年（七二八）に大伴旅人が作った次の歌であろう。

世の中は空しきものと知る時しいよよますます悲しかりけり　（巻五・七九三）

旅人は大胆にも大乗仏教の根本を表わす語を歌にした。龍樹の思想の中心をなす「空」の語を端的に歌ったのである。ずばり「世間空」の文字列が『大智度論』（龍樹著、鳩摩羅什《くまらじゅう》訳。『大品般若経』の注釈書）に見えること夙に新編古典全集の指摘するところである。

世の中は空しい、つまり「世間空」である、そういう思想を歌にした作品は、『万葉集』に乏しい。後に挙げる「悲二傷膳部王一歌一首」とこの旅人作歌の二首だけである。その他の用例を含めても、「空し」は『万葉集』にわずか五例を数えるのみである。

空観はいっさいの言語的認識の否定である。それ自体、「歌」にはなりにくい思想である。旅人がそれを「歌」になし得たのは、「知」であり、「理」であるものを、「情」において受け止める「歌」を作ったからである。「世の中は空しきもの」という「理」が「理」である限り、それは表層的認識にとどまる他はない。しかし、「知る時しいよよますます悲しかりけり」と、「知」が「情」の次元にくいこんでくる時、「世間空」の思想は倭ことばの知情意に染み入っている。

旅人は「空し」をもう一例用いている。それは、天平三年に帰京した際に妻の姿の無い家を

人もなき空しき家は草枕旅にまさりて苦しかりけり　（巻三・四五一）

と歌ったものである。この「空しき」も、単に空っぽという意味ではなく、世間虚仮の実相を如実に示

す我が家を詠んだのだろうが、七九三のような「空」の意味あいはほとんど感じられない。

　残りの三例のうち二例は、憶良晩年の「士《をのこ》やも空しくあるべき万代《よろづよ》に語り継ぐべき名は立てずして」（巻六・九七八）とそれを模倣した家持の「丈夫《ますらを》や空しくあるべき」（巻十九・四一六四・長歌）の用例である。これは、むしろ世俗的な功名心を表現したもので、仏教的な空観の対極にあるものだ。

　そして、最後の一例が「悲二傷膳部王一歌一首」だ。


　世の中は空しきものとあらむとぞこの照る月は満ち欠けしける　（巻三・四四二）

この歌は、『古歌集』所出歌

　こもりくの泊瀬《はつせ》の山に照る月は満ち欠けしけり人の常無き　（巻七・一二七〇）

と類想と言ってよく、当時は月の満ち欠けということによって、「世の中は空しきもの」とも「人の常無き」とも言ったことが分かる。こうした例を見ると、一般的な感性の水準に於いては、「空」と「無常」とは区別せずに受け止められていた面があるらしい。

　しかし、「世の中は空しきものとあらむとぞ」には、長屋王の変に接した人が一切の実体的存在の

「空」なることを実感した衝撃が反映されているのではないか。膳部王《かしはでのおほきみ》は長屋王の変の時に自縊《じい》してみまかった子息である。だから、この歌は、長屋王の挽歌

大君の命《みこと》恐《かしこ》み大殯《おほあらき》の時にはあらねど雲隠《くもがく》ります

（巻三・四四一）

の次に配列されている。この二首は、藤原四子による長屋王謀殺事件がもたらした精神的衝撃の深刻さを物語る作品だ。だからこそ、「世の中は常無きものとあらむとそ」と言うより、「世の中は空しきものとあらむとそ」と言った方がより根本的な不条理感を伝えるのだ。よほどのケースでなければ、「空し」という語を用いればかえって浮き上がってしまうに違いない。長屋王の変は「世の中は空しきもの」と認識させるには十分な出来事であった。

端的に言って、倭語とよく調和するのは、「空」よりも「無常」の方であった。「無常」はパーリ語経典で「アニッチャ anicca」、サンスクリット語経典で「アニトヤ anitya」である。しかし、万葉人は「無常」の思想を漢語「無常」によって受容したのだった。いわゆる外典にも「無常」は用いられる語だが、ここでは省く。ともかく、これは「常無し」と訓読すればすぐに倭語になる表現である。「常無し」が倭語として自然なものだったかどうかは定かではないが、少なくとも「つね」という語はごく一般的な語彙で、『万葉集』でも頻用されている。その「つね」が無いのが「常無し」である。

平常底に無い状態が「常無し」である、そう直ちに理解しえただろう。

しかし、「空し」は、そうそう簡単な語ではなかったらしい。空観を「空し」と表現した例が『万葉集』全体でもわずか二例しかないという事実がそれを物語っている。しかしながら、同時に、旅人の歌が万が一「世の中は常無きものと知る時しいよよますます悲しかりけり」となっていたとするならば、歌の衝撃力には天と地ほどの開きを生ずるようにも思われる。(45)「空し」という形容詞は哲学的、思弁的な仏教教理を表していたため、歌語としては定着しがたいところを有していたが、これをきわめて適切に使ってみせたのが旅人の歌だったと言えるであろう。

この旅人の七九三歌に関して、土橋寛『万葉開眼』(46)は「旅人が『常なきもの』でなく、『世の中は空しきもの』という表現を用いたのは、三論宗の『空』の教理に基づくものと思われるが、もしそうだとすれば、世の中が空であることを知ることによって『いよよますます悲しかりけり』と歌っていることは、煩悩解脱を説いた仏教思想に対する反撥といえなくもない」と主張しているが果たしてどうだろうか。「空」の思想の由来を三論宗に限定しているのは全く解せない見解だから、土橋の論理自体が成り立たないように思えるが、土屋文明『万葉集私注』にも「世の中が空なることを知り、生死も無常も悲しむべきものではないと知る時に、実際の吾が感情は、仏教の理にかかはらず、一層悲しくあつたと解釈すべきであらう」と類似の解釈を見る。

たしかに、「世の中は空しきものと知る時し」という上三句における「知る」という認識の働きと、「いよよますます悲しかりけり」という下二句における「悲しかりけり」という「情」の働きとが、構成上対比的に照らし合うように見えなくもない。しかし、「世の中は空しきものと知る時し」の「知る」は客体的認識の意味での「知る」ではない。

この点で参考になるのは斎藤茂吉『万葉秀歌』[47]に「今迄は経文により、説教により、万事空寂無常のことは聞及んでいたが、今現《げん》に、自分の身に直接に、眼《ま》のあたりに、今の言葉なら、体験したという程のことを、「知る」と云ったのである。」とあることだ。旅人歌の「知る」は客体的認識の語ではなく、「自分の身に直接に、眼のあたりに」「体験した」という意味の語なのだ。現代語で言えば「思い知る」というのに近いだろう。

だから、「知る」と「悲し」とをめぐって、「空」の「理」に対する「感情」の反発と捉えるのはいささか早計な考え方だ。この点、憶良が「日本挽歌」の序に「四生起滅方夢皆空」（あらゆる生物の生死は夢が皆空しいのと全く同じである）と言っているのが注意されねばなるまい。

蓋《けだ》し聞《きく》く、四生《ししやう》の起滅《きめつ》するは、夢《いめ》の皆空《みなむな》しきが方《ごと》く、三界《さんがい》の漂流《へうる》は、環《たまき》の息《や》まぬが喩《ごと》し。所以《このゆゑ》に維摩大士《ゆいまだいじ》は方丈《ほうぢやう》に在《あ》りて、染疾《せんしつ》の患《うれ》へを懐《むだ》くことあり、釋迦能仁《しやかのうにん》は双林《さうりん》にいまして、泥洹《ないをん》の苦《く》を免《まぬか》るることなし。

故《ゆゑ》に知る、二聖《にしやう》の至極《しごく》すら、力負《りきふ》の尋《たづ》ね至ることを払《はら》ふこと能《あた》はず、三千世界《さんぜんせかい》、誰《たれ》か能《よ》く黒闇《こくあん》の捜《さぐ》り来《きた》ることを逃《のが》れむ、といふことを。

「四生起滅方夢皆空」は、間違いなく、旅人の「世の中は空しきものと知る時し」に呼応した表現であろう。序には他に「枕頭に明鏡は空しく懸かりて」の表現もある。いずれにしても、憶良は、旅人における「世間空」への悟入を本物と認めていたのだと考えざるをえまい。

結局、「世の中は空しきものと知る時し」という上三句と、その時の心の状態を表す「いよよますます悲しかりけり」という下二句とは、同じ経験事象の表であり裏の表現なのだ。「世間空」の教理が本当に身にしみてわかった今こそ悲しみは一層深まるばかりです、そう歌っているのである。別におかしな論理でも何でもない。「理」を悟ったからとて癒されるはずもないのが、愛する人を喪った悲しみである。それは死ぬまで癒えることがない。旅人は漢文では「永《なが》く崩心《ほうしん》の悲《かな》しびを懐《むだ》き、独《ひと》り断腸《だんちやう》の涙《なみた》を流《なが》す。」と言っていたではないか。ただ、周囲の心配りで余命をつなぐだけなのだ――「但《ただ》し、両君《りやうくん》の大助《たいじよ》に依《よ》りて、傾《かたぶ》ける命《いのち》をわづかに継《つ》ぐのみ」。

八 旅人から家持へ

さて、旅人の「世の中は空しきものと知る」という歌ことばが、折に触れ、大乗経典の文言や思想に触れるなかで醸成されるに至ったものであることは間違いないところであろう。龍樹の『大智度論』は、当時の人々が般若経典の教理を理解するために重視したものである。『大智度論』の他にも『大般涅槃《だいはつねはん》経《ぎょう》』や『大般若波羅蜜多経《だいはんにゃはらみったきょう》』など、朝廷が重視した経典に多数「世間空」の文字が見られる。

『大般涅槃経』の「聖行品《しょうぎょうぼん》」は、前世の釈迦（雪山童子）が自らの身を羅刹（実は帝釈天）に与えて「諸行無常　是生滅法　生滅滅已　寂滅為楽」（諸行は無常なり、是れ生滅の法なり。生滅の滅し已わりて、寂滅するを楽と為す）の「雪山偈《せつざんげ》」を聞いたという説話を述べていることで有名で、その説話は「施身聞偈図《せしんもんげず》」として七世紀の製作という玉虫厨子の須弥座部に描かれている。

『大般若波羅蜜多経』は、七世紀に玄奘が漢訳した般若経典の集大成で、『金光明経』、『最勝王経』、『妙法蓮華経』などとともに、護国経典として繰り返し読まれ、写されている（『続紀』）。

しかし、ここで一つ考えなければならないのは、「世間空」を翻読して作りだされた「世の中は空しきもの」という言い方の新しさである。「世の中」という語が人麻呂や憶良によって多様な意味に用いられていることはすでに見たとおりで、それ自体、従来の意味を濃厚に帯びた語である。原初的には「ヨ（寿命）」のある「ナカ（間）」と分析し得る在来の倭語だ。

ところが、旅人が「世の中は空しきもの」と歌った時、それは、仏典語「世間」の翻読ないし翻案語となった。旅人の芸術上の盟友である憶良が「哀世間難住歌」の初案（異伝）の一例以外はすべて「世間」という仏典語によって「世の中」を書き表したのは、旅人の歌がもたらした「世の中」の新たな意味合いを文字に書き表そうとする意志に発するものだったのではあるまいか。

旅人が「世間空」の文言を「歌」の表現に落とし込んで新たな「世の中」観を示したことは、憶良のように「理」に精通した表現者には、「歌」がなしうる可能性について根本的な啓示を与えたのではなかったか。そのことが、以後、旅人と憶良のあいだに、政治や利害を超越した純粋に文芸上の交流を展開させていったのだし、「世間《よのなか》」を共通のキーワードとする巻五の生成をもたらしたのであろう。

まさに、「無常」なる世界としての「世間」は、巻五を充たす苦悩と煩悶が究極的に至りつく場である。旅人の七九三歌はまさにその世界の口火を切った歌だったと言えよう。

この新たな世界観を受け継いだのは、やはり家持であった。家持の無常詠は天平十一年（七三九）に最初の妾《つま》を失った時点からはじまっている。

うつせみの世は常無しと知るものを秋風寒み偲《しの》びつるかも　（巻三・四六五）

家持二十二歳の折のことである。こんなに若い時期から世の無常を言語化し得たのは、どう考えても父親の影響ということになろう。たしかに、「世の中は空しきものと知る時しいよよますます悲しかりけり」における悟入の徹底ぶりに較べれば甘いかもしれない。しかし、ここで注意したいのは、家持もまた「うつせみの世は常無し」という新たな言い方を創り出していることである。「世の中」という語のままにその「無常」なることを言い表すのではなく、「うつせみの」という「空」を連想させる枕詞を導入することで、より倭語、和歌の文脈に即した言い方を工夫したのだろう。人麻呂あたりから始まった仏教思想の歌ことばへの落とし込みは、家持に至ってさらに一転機を画すに至ったのだ。

さて、すでに予定の紙幅を大きく超え、家持については詳述する余地がないが、最後に「悲世間無常歌（世間の無常を悲しぶる歌）一首」（巻十九・四一六〇–四一六二）に触れておきたい。

旅人没後約二十年経った天平勝宝二年（七五〇）三月九日、越中守・家持は、出挙《すいこ》を実施するために自ら旧江村に出向いた。その途上、家持は、「天地《あめつち》の遠き初めよ　世の中は常無きものと　語り継ぎ流らへ来《きた》れ」で始まる「悲世間無常歌」を作った。

その同じ三月の一日[48]は、「春の苑紅にほふ桃の花下照る道に出で立つ娘子」（巻十九・四一三九）をものにした日であった。さらに、同じ日に、「春まけてもの悲しきにさ夜更けて羽振き鳴く鴫誰が田にか住む」（四一四一）、翌二日に、「もののふの八十娘子らが汲みまがふ寺井の上の堅香子の花」（四一四三）、「あしひきの八つ峰の雉鳴きとよむ朝明の霞見れば悲しも」（四一四九）、「朝床に聞けば遥けし射水川朝漕ぎしつつ唄ふ舟人」（四一五〇）など、「越中秀吟」と呼ばれる家持独自の歌境の進展を示す作品が立て続けにつくられていく。

この年、家持は、多くの「興に依りて作る」歌をものにし、[49]創作意欲の昂揚は長期にわたって続いていった。そして、家持が中国詩論における「興」の方法によりながら、外界の事物によってよび起される情緒を歌う作品を集中的に制作していく中で、この「世間《よのなか》」の「無常」、「うつせみ」の「無常」を主題とする作品「悲世間無常歌」が作られたのである。それは、なぜか。

この点、鉄野昌弘[50]は、「憶良が老いを愚痴りながら生に執着する自分を戯画化しつつ客観的に凝視するのに対し、家持は、自然界の推移から、老いゆき、この世を去って行った人々を想起し、自己もまたその運命にあることを予感して、悲しむのである。」という。首肯されよう。そして、家持にあっては、その無常の悲しみが嘱目の美を彩り、春の光景の中で映発しあっているのである。ここに佐藤春夫、亀井勝一郎らの言うところの「無常美感」がすでに成り立っているのは明らかだ。

家持においては、旅人が歌った「悲しかりけり」のような濃密な無常表現は消えて、うららかな春の陽光の中で、眼に映るすべての物のなかに染み入っていく希薄・微細な粒子のごとき無常感に変貌していったのである。

注1　亀井勝一郎、「無常感」、『日本文化研究　第三巻』、新潮社、一九五九年。
2　唐木順三、『無常』、筑摩叢書、一九六五年。
3　佐藤春夫、「「風流」論」、一九二四年（大正一三）、『中央公論』第三九年第四号。『定本　佐藤春夫全集』第19巻、臨川書店、一九九八年。
4　全集19、二一七ページ。

5 津田左右吉、『文学に現はれたる我が国民思想の研究』「貴族文学の時代」、洛陽堂、一九一六年（大正五）。

6 三上参次・高津鍬三郎、『日本文学史』、金港堂、一八九〇年（明治二三）。

7 ただし、藤岡作太郎に関しては、『国文学史講話』に先立って一九〇一年に公刊した『日本文学史教科書』（開成館）において、『万葉集』の歌は率直なる感情をありのままに顕したものという主張がされており、仏教の影響が度外視されていることは注記しておくべきであろう。また、一九一三年に公刊された芳賀矢一の『国文学史概論』（文会堂書店）においても仏教の影響に関しては憶良に限定して述べているのみで、人麻呂や赤人がすぐれているのは支那の感化を受けることが少なく、純粋な国風を伝えるゆえだという主張がなされている。しかし、これらの論著の記述は論証に乏しく、きわめて簡単であって、佐藤、亀井らに大きな影響を与えたとは思えない。

8 和辻哲郎、『日本精神史研究』、岩波書店、一九二六年（大正一五）。

9 推古朝から奈良時代にいたる時代の考察が六本、王朝文学についての考察が四本あるのだが、そのいずれにおいても「無常」はとりたてて着目せられてはいない。もっとも紙数を割いた論文「沙門道元」においても、道元がしばしば口にしていている「無常」に関しての記述はほとんど言及の範囲にとどまる。しかし、和辻が津田の書物の熱心な読者であったことは、津田の裁判における和辻の証言記録が明確に物語るところである。

10 津田や唐木が無常観の分析において「もののあはれ」を取り上げていることからして、和辻が「もののあはれ」に着目しながらも「無常」に言及しないのは問題的であろう。

11 山田孝雄、『萬葉集考叢』、一九五五年（昭和三十）、寶文館。これは、昭和二十八年十月九日に愛知県商工館ホールにてなされた講演「万葉集に仏教ありや」にもとづく原稿である。

12 同前、三九四ページ。
13 同前、四〇〇ページ。
14 同前、四〇一―四〇二ページ。
15 同前、四〇二ページ。
16 同前、四〇三ページ。
17 同前、四〇三―四〇四ページ。
18 同前、四〇四―四〇五ページ。
19 同前、四〇七ページ。
20 佐竹昭広、「自然観の祖型」、「『無常』について」、『万葉集再読』、平凡社、二〇〇三年。
21 六世紀中頃、対外的な積極政策に打って出ていた百済は、梁に対しては仏教教義とともに毛詩博士などを招請し、翻って、倭国に対しては梁から受容した仏教と五経博士等をもたらして繋がりを深め、朝鮮半島における優位を図ろうとしていた。また、百済による倭国への文化の供与には、百済が高句麗・新羅と戦うための援軍を倭国に要請していたことへの見返りの意味があったとされている（熊谷公男、『日本の歴史3　大王から天皇へ』、講談社、二〇〇一年、一六七および一九九ページ。和田萃、『飛鳥』、岩波書店、二〇〇三年、四七ページ。田中俊明、「百済と倭の関係」、『古代日本と百済』、大巧社、二〇〇二年、二八ページなど）。
22 熊谷前掲書、二〇〇―二〇一ページ。
23 「飛鳥」という宮都空間を創るために蘇我氏が飛鳥寺を建設したという解釈を提示した遠山美都男『天皇と日本の起源――「飛鳥の大王」の謎を解く――』（講談社現代新書、二〇〇三年）の仮説は興味深いと思う。
24 平野邦雄『帰化人と古代国家』（吉川弘文館、二〇〇七年、初出、一九九三年）によれば、まず六世紀半ばの南朝の梁から百済に『金光明経』や『涅槃経』などがもたらされ、それがほぼリアルタイムで、百済を通じて倭国にもたらされていたのである。倭国にもたらされた仏法の淵源は梁であり、当時の梁は、インドから真諦《しんだい》三蔵（Paramārtha）を招いて、経論の翻訳作業を行なわせていた。藤谷厚生、「金光明経の教学史的展開について」（『四天王寺国際仏教大学紀要』第39号、二〇〇五年三月）によれば、「真諦は承聖元年（552）に建康に来り、正観寺において願禅師など二十余人とともに金光明経を訳した」という。

25 鎌田茂雄、『中国仏教史』、岩波全書、一九七八年、二三四ページ。

26 富貴原章信、『日本唯識思想史』、大雅堂、一九四四年。

27 末木文美士、『日本仏教史―思想史としてのアプローチ―』、新潮文庫、一九九六年、五七ページ。

28 古典大系本『日本書紀』下、補注26―三によれば他、『仏祖統記』、『宋史日本伝』などにもほぼ同様の所伝があるという。

29 末木前掲書、五〇ページ以下。

30 堀一郎、「万葉集にあらはれた葬制と他界観、霊魂観について」、『万葉集大成8　民俗篇』、一九五三年初版、一九八六年新装復刊。

31 山田前掲書、四〇一ページ。

32 同前、四〇一―四〇二ページ。

33 同前、四〇二ページ。

34 大藏經テキストデータベース研究会（SAT）制作（http://21dzk. l. u-tokyo. ac. jp/SAT/index. html）。

35 原文「一切大地土　可知其塵數　無有能筭知　釋迦之壽量」。

36 ちなみに契沖は、一二六九歌について、「人麿の哥に、惣して無常を観したる哥おほし。大権の聖者にて和光同塵せるなるへし」（初稿本）と言っている。

37 金光明経については、『仏典解題事典』（水野弘元等編集、春秋社刊、一九七七）、注24藤谷厚生論文などを参照。

38 「哀世間難住歌」「一云」に「常なりし 笑まひ眉引き 咲く花の 移ろひにけり 余乃奈加伴《よのなかは》 かくのみならし」とあるのは、「毀壊すべきもの」としての「世の中」を仮名書にしたもので例外である。後考を俟つ。

39 佐竹前掲書、八四ページ。

40 『大方広仏華厳経』巻第六十二（実叉難陀訳「入法界品第三十九之三」）。

41 注15書、六八―七一ページ。

42 西郷信綱、『壬申紀を読む――歴史と文化と言語――』、平凡社、一九九三年。

43 佐竹前掲書六五ページ以下参照。同書は、浦島子が「世の中の愚か人」と呼ばれるのは、奈良時代に写されていたことが分かっている『仏説略教誡経』や『尊婆須蜜菩薩所集論』などに見られる「世間愚人」に負うものであると指摘している。浦島子が櫛笥を開いた後に「若かりし肌も皺みぬ 黒かりし髪も白けぬ」とあるのも『法華経』、『大般涅槃経』、『大智度論』他に「髪白・面皺」「面皺・髪白」と連語形で見られるのと合致するというのも頷かれよう。

44 伊原昭、「『にほふ』と『うつろふ』――大伴家持における――」、国語と国文学、一九六九年十二月号。他に、同氏の論文として「うつろふ」（和洋国文研究7、一九六九年三月）、「うつろふ――大伴家持における――」（上代文学二四、一九六九年四月）などが参照される。

45 土屋文明『万葉集私注』も「それにしても此の『空しきもの』を『常なきもの』と置きかへて受け入れたのでは作意に到達することは出来ない。巻三、（四四二）の「空しきもの」が「常なきもの」に置換へられるのは、其が此の作の浅薄なる模倣であるが為である」と断じている部分の、特に前半部には共感される。

46　土橋寛、『万葉開眼』下、日本放送出版協会、一九七八年。

47　斎藤茂吉、『万葉秀歌』上、岩波新書、一九三八年。

48　新編全集四一三九歌頭注によれば、太陽暦の四月十五日に当っているという。

49　小野寛、「家持の依興歌」、『大伴家持研究』、一九八〇年、笠間書院。

50　鉄野昌弘、「『興』と『無常』――『歌日誌』への試論――」、『大伴家持「歌日誌」論考』、二〇〇七年、塙書房。

付記：本文のルビは現代仮名遣いによったが、引用文では旧仮名遣いに従った。

謝辞：参照論文の入手については、高岡市万葉歴史館図書室の梶良枝さんの手を煩わせた。

＊萬葉集本文は、『新日本古典文学大系　萬葉集』岩波書店を用いたが、適宜、表記を改めたところがある。

海山川のあそび

――海人　鵜　鷹の歌――

藤原茂樹

海をみることも、川や野や山にあそぶことも、わたしたちの心を慰め生きる力を与えてくれる。万葉時代の人々も、所々の海山川を思い思いに逍遥し、命を洗い、憂さを晴らし、心を満たし、心身を活性化したのではないだろうか。ここでは、海人・鵜・鷹の歌をとりあげて、海山川に出遊する、万葉人の遊びや愉しみについて、後世の民俗資料文献資料などを用いながらその姿の一端を追ってみる。

一　海の游観

〔一〕海人を見る

漁をするおもしろみは、日がな一日空と水平線の広がりをみつめる日和見《ひよりみ》の老人になっても失わない記憶であろう。『万葉集』には海人自身が歌うものがないため、民俗調査などで聞く海の知識や漁の面白さを、この集は書きとどめない。万葉集歌では、都からの旅人が海浜を見渡すとき、海人を好んで歌の題材にする。古代において海人は早くから宮廷と深い関係にありながら、海に生きるゆえに異郷感をもって受け止められていた面がある。

『万葉集』では海人は見られ詠まれる存在としてある。たとえば、万葉集歌の三分の一に歌われる植物やその他よく詠まれる題材の用例数(1)とくらべても、海人はその数約九十例におよんでいて遜色がなく、『万葉集』の描き出した風景に無くてはならない存在感を示している(2)。

海を見る旅人は、そこに働く海人に興味を抱いた。万葉集では、「海人・海部・海子・白水郎・海夫・磯人」と原文表記される男の海人も詠まれ、また海の生活者全体を海人ともよび注視をする(3)。海人を漁業にかかわる海民全般とすればその漁獲対象は、数え切れない海の幸すべてといえる。たとえば、ことを現代も生業を続けている海女にだけしぼってみても、貝類（アワビ・サザエ・トコブシ・アコヤガイ・カラスガイ・イガイ・イタボガキ）、動物（ウニ・ナマコ・イセエビ・タコ）、植物（テングサ・オバクサ・オオブサ・オニクサ・エゴノリ・キリンサイ・オゴノリ・スギノリ・イタニソウ・トリノアシ・ワカメ・コンブ・カジメ・ヒジキ）などを獲物とする(4)。『万葉集』で歌われる海人の生業に関することばは、網手綱干《あみてつなほし》・網引《あび》き・網子《あご》・釣・釣舟・釣舟の綱・鮪《しび》釣・鱸《すずき》釣・鰹《かつを》釣・鯛釣・いざり・いざり釣・明し釣・鮪突・鱸取る海人の燈火《ともしび》・つなし捕る・塩焼・藻塩《もしほ》焼・火気《ほけ》焼き立てて焼く塩・潜《かづ》き・あさり・いざり（焚く）火・玉藻刈り・沖つ藻刈り・藻刈り・浜菜摘む・磯に刈り干す等々で、獲物は、玉藻《たまも》・沖つ藻・名告藻《なのりそ》・浜菜・深海松《ふかみる》・稚《わか》海藻《め》・和海藻《にきめ》・縄のり・玉・白玉・鮑玉・忘れ貝・小螺《しただみ》・蜆・蜷《みな》・鮪・鱸・鰹・鯛・つなし（このしろ）葦蟹等々、他にいさなとりのことばがみえるため、鯨を対象としたことも記録されている。こうしてみると、万葉集歌は、漁業全般の広い知識を詠むものではなく、対象は選ばれていると知る。とりわけ、玉藻刈・塩焼き・鮑玉を求める潜水・釣りは多く詠まれる。「鹿島なる釣する海人を見て帰り来む」（一六九）「湯羅の崎釣する海人を見て帰り来む」（一六七〇）など海人を見ることは、旅人の旅情を刺激するものであった。

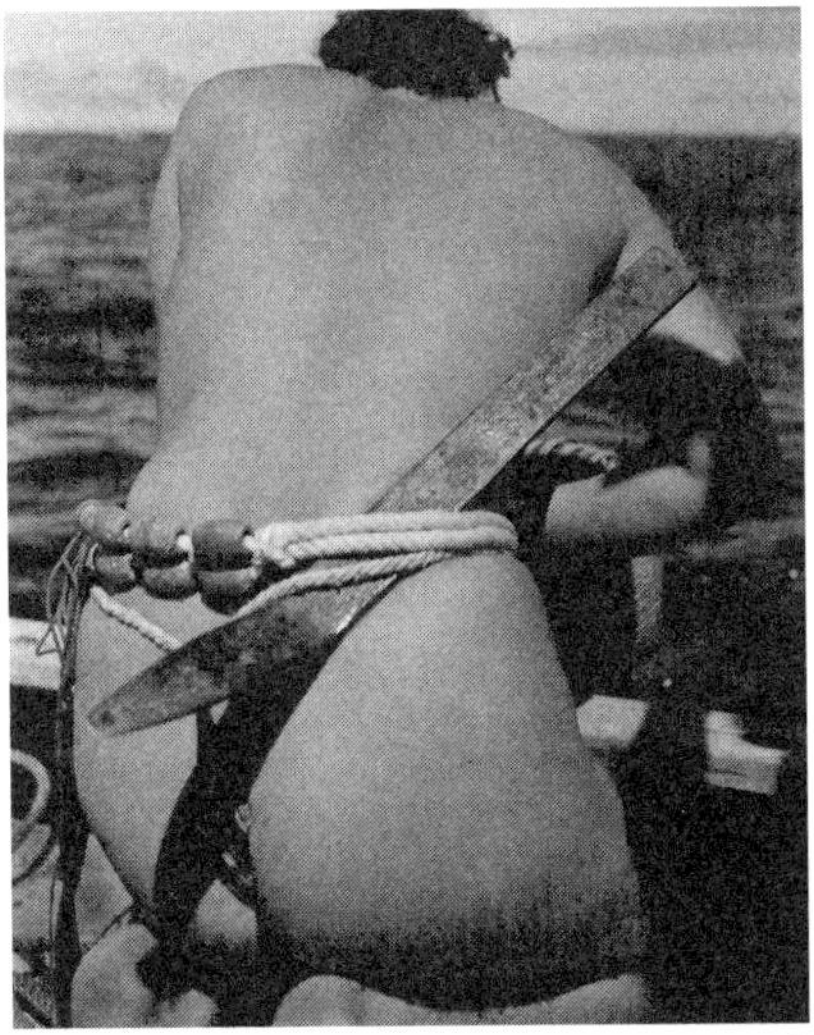

海女（撮影：芳賀日出男　舳倉島　昭和37年6月）

海人の中でも特に、海女は旅人の目と心を慰める存在である。海女への興味の深さは、『万葉集』の多様な表記を眺めるだけでその興趣の一端を知ることができる。「海女・海童女・海処女・海未通女・海部未通女・海部處女・海嬬孀・阿麻越等売」。海女は、身を覆うものをほとんどまとわず、強い日差しをうけて赤銅色に焼け艶のある肌の引き締まった裸体で、死と隣り合わせの危険の待つ海底へ深く沈んでゆく。歌人が浜辺に現れる以前の遙か太古から最も原始的な漁法を行っているのが海女である。

潜女《かづき》ともいう海女のことを記録したものは、『万葉集』以外には、『魏志倭人伝』『古事記』『日本書紀』『延喜式』『和名類聚抄』『伊呂波字類抄』『類聚名義抄』『袖中抄』以下近世近代現代を通じて多く、海女が原始漁法を維持するゆえに、海の神秘に最も深く関わる未知の存在であることが、人のまなざしと心とを引きつける根本の理由となる。「海神の　神が手渡る　海人娘子ども」（三二六）とみるように、海神の手即ち、「海の神の支配する岩礁」（渡瀬昌忠全注）「海神の支配する恐ろしい難所」（伊藤博釋注）「大海の神のいる海峡」（新編全集）とされる神の領域を渡る特殊な存在として、海人娘子の水際だった印象深い姿を旅人は歌い、「浜菜摘む　海人娘子らが　うながせる　領巾も照るがに　手に巻ける　玉もゆららに　白たへの　袖振る見えつ」（三四二）では、海藻を摘む海女の日常の着衣としてはふさわしくない領巾や手玉の着飾りをさえ歌うのは、海の娘子を、実態としてより、むしろ空想性を帯びて描出し、「常世の国の海人娘子かも」（八六五）「玉藻刈る海人娘子ども汝が名告らさね」（一七二六）と異界の女性として形象化しまた接触を求めたりするように文芸的に仕立ててゆく。こうして海人娘子は、都人の幻想を誘うには、充分な異郷意識をもたらす神秘性をもつ比類ないものとされた。もっとも、海人を見たいという歌では、その生業にたずさわる姿に興味を示している。そこでは、海とかかわる生態そのものへの興趣が先行する。

潮干の三津の海女のくぐつ持ち玉藻刈るらむいざ行きて見む（巻三・二九三）
玉藻刈る海人娘子ども見に行かむ舟梶もがも波高くとも（巻六・九三六）
～朝なぎに　玉藻刈りつつ　夕なぎに　藻塩《もしほ》焼きつつ　海人娘子　ありとは聞けど　見に行かむ　よしのなければ～（巻六・九三五）

その生業の中で、藻刈り、潜水については、古代の海人と現代の海人との漁法のちがいは少ないようにみえる。海人を見ることは、いまも可能であるだけに、万葉歌のまなざしの傾向を相対化できる。併せて、ともに現代の目をも相対化する。海人を見ることは、万葉人の感受性にふれる意識をよびさます営為につながる。過去の目といまの目とをむすぶ方向はこうした中にあると考える。

〔二〕　潜きする海人と真珠と

『日本書紀』（允恭天皇十四年九月条）に、淡路島の海底六十尋《ひろ》に大きなアワビがあるのを、所々の海人に潜らせてみたが、誰一人として取り上げられなかったのを、阿波国長邑《ながのむら》の海士の男狭磯《をさし》が命がけでとってきたところ、中に真珠が入っていた。男狭磯は、アワビ貝がある海底が光っていると話し、再び潜り、大アワビを抱えて浮上してきたが息絶えた、という記事である。アワビ貝を発見するのは、光の加減がだいじなのだろう。島周辺の浦々には底深く潜れる海人が多数いたことが知られる。現代の海女でも、息が続かなくなる頃に鰒を見つけて、欲を出すと危険だからとして、アワビの貝がらの内側を海面に向けておいてつぎの潜水の目印にすることがある。その際他者《ひと》にみつかりにくいように実際の場所よりは　二〜三メートル離しておく。それを「光り《ひか》」という。

底清み沈《しづ》ける玉を見まく欲《ほ》り千度《ちたび》そ告《の》りし潜《かづ》きする海人は　（巻七・一三一八）

真珠の輝きを手に入れるには、海人はいくたびも磯笛を海面に吹きだす。聞きようによって悲しい音色にも響くが、しかし、この歌に云う〈玉を求めて潜る海人〉という叙述は、生業の実態理解としては正しくない。古来アワビは食料として求められていたためである。

京の家に贈らむ為に真珠を願ふ歌一首

沖つ島い行き渡りて潜《かづ》くちふ鮑玉《あはびたま》もが包《つつ》みて遣《や》らむ　（巻十八・四一〇三）

我妹子が心なぐさに遣《や》らむため沖つ島なる白玉もがも　（巻十八・四一〇四）

（右、五月十四日に大伴宿祢家持興に依りて作る）

大伴家持は、越中にいて能登の珠洲の海に真珠を願っている。「珠洲《すず》の海人の　沖つ御神《みかみ》に　い渡《わた》り

て　潜き取るといふ　鮑玉　五百箇《いほち》もがも」（巻十八・四一〇一）。その五百箇という過大な願望は、京においてきた愛しい妻の寂しさを慰める目的による。妻は、海神のもつ真珠を手にすることにより、夫の心持ちを知り、遠い海へのあこがれを抱き、身の回りを飾る宝石として珍重し、白玉に呪的な力と神秘を抱えた美の極致を見出すことだろう。珠洲の沖つ神は、七つ島の辺津比咩神か、舳倉島の奥津比咩神、もしくは島それ自体をいう。古代真珠は、正倉院御物や東大寺三月堂の不空羂索《ふくうけんさく》観音に残されているものが有名だが、『延喜式』（内蔵諸国年料供進）に志摩国から毎年「一千丸」を献上させていたことからすると、都に集積したはずの膨大な真珠の数にくらべ、現代に残された古代真珠の数は少ない。正倉院御物の中では、聖武天皇が大仏開眼会に使った御冠「礼服御冠残欠」（北倉一五七）に、三八三〇個の真珠を垂飾にしたものが印象的である。ただし、御冠は原形を留めていない。他には、帯、履、刀子、如意、数珠などの飾りともされる。正倉院の四千をこえる宝物真珠は、海水産貝の天然真珠で、その大半は『万葉集』にでてくるアワビ玉ではなく、アコヤ貝の真珠であるという[5]。しかも、礼服御冠残欠の三八三〇個の中で、アワビを母貝とする比較的大きい真珠は、目視で七つ同定され、他に科学分析により指定できるアワビ真珠は十数個に限られるという。ちなみに、太安萬侶墓出土の真珠はアコヤ貝を母貝とするという[5]。アコヤ貝はそもそも房総以南に生息するため、能登の沖の島の海底から採取される真珠は、アワビを母貝としたものであるはずだ。家持がアワビ貝の真珠を欲したことに適う。正倉院御物の真珠の材質傾向から知ることは、『万葉集』がアコヤの玉を歌っていない謎をもつことである。万葉集歌の素材には、選別と傾向があることが知られる。アコヤ貝は、主に真珠を求めて採取されるため、『延喜式』にみえる一千丸の真珠はアコヤの真珠が主体とみたほうがよいだろう。アワビは、海女たちにより、いまに至るまで食料として採取しつづけられている。そのなかにごくまれに真珠がはいっている。アワビ玉とは、あくまでも希少な副産物である。松月清郎(6)によると、アワビ真珠について、貝殻内面同様に強い金属光沢を伴うとし、かたちに特徴があり、円錐形や動物の牙か角を思わせる物が多いと記す。なかには、緑色をしたアワビの肝そっくりのものもあるということだ。そうしたかたちや色の変化を、海神の手に巻き持てる玉、海の霊性の多様な現れとみたのかと考えれば、人々に空想力を起こさせるものがアワビ玉であったといえるかもしれない。家持が妻に送ろうとしたのは、神秘の中にあるあこがれ心であったのであろう。それが家持の妻への深い思いのありようなのである。

〔三〕鱸釣る海人とか見らむ

旅先で、自らを海人と見られるだろうかと想像する歌がいくつかある。

荒たへの藤江の浦にすずき釣る海人とか見らむ旅行く我を　（巻三・二五二）
網引《あびき》する海人とか見らむ飽《あく》の浦の清き荒磯《ありそ》を見に来《こ》し我《われ》を　（巻七・一一八七）
浜清み磯に我《あ》が居《を》れば見る人は海人とか見らむ釣もせなくに　（巻七・一二〇四）

潮早み磯回《いそみ》に居れば潜きする海人とや見らむ旅行く我《われ》を　（巻七・一二三四）

藤波《ふぢなみ》を仮廬《かりほ》に造り浦回《うらみ》する人とは知らに海人とか見らむ　（巻十九・四二〇二）

海を見、浜や磯を歩く歌人は、観察を鋭くしている。たとえば、「荒たへの　藤井の浦に　鮪釣《しび》ると　海人舟騒《あまぶねさわ》き　塩焼くと　人そさはにある」（山部赤人巻六・九三八）の歌は、鮪釣りの漁師の、舟での動きの活発さと、浜辺の塩焼きの多人数とを描写する。赤人が随行した行幸は『続日本紀』神亀三年十月といわれる。鮪漁期の十二月〜三月にやや早いとはいえ、鮪は回遊性の大形魚のため、繰り広げられる鮪漁は躍動感あふれる活気に満ちたものである。「鮪突くと海人の燈せるいざり火《ひ》」（巻十九・四二一八）などの夜の漁も同様。この場合、海人舟は、活気に満ち、絶え間ない動作「騒き」をしている。そうした海人の躍動に対して、旅人たちは、騒ぎの中にいる自分を想定することはない。右歌の旅人たちは、「荒磯を見に来し我」「磯に我が居れば」「磯回に居れば」「藤波を仮廬に造り浦回する」と、磯を見に来たり、磯に座している動作性の静かな点描とともにある。四二〇二歌は、船の遊覧をしている自身を示すけれども、船人としての海人を想定しているのであろう。いずれの歌にも自身のいる環境を表現する句がある。一二五二歌の場合にもそれはあるが、一二三四歌（「潮早み磯回に居れば」「旅行く我を」）とすこしちがうのは、どこそこに居るという形をとらず、「旅行く我」だけですませている点で、そこがやや漠然としている。

志摩国答志郡的矢村外七八ヶ村の鱸釣り之図（『三重県水産図解』）

〔四〕『三重県水産図解』にみる鱸《すずき》漁

明治十六年第一回水産博覧会出品の『三重県水産図解』[7]には、近代化される前の古い漁法が巧みな筆致で精細に描かれている。明治初期の三重県の海辺川辺の漁がいかに、魚貝海藻類の性質を心得たうえでの、智恵と工夫の集積による漁撈であったかを示している。そして、なによりも、そこに描かれた絵が清く美しい。その絵の丁寧な仕上がりぶりを見ると、描かれた絵の正確さを信じて好い気持ちにさせてくれる。水産博覧会出品作であることも総合性正確性を保証している。

この図解には、さまざまな漁法の図が収められている。その目録の一部を作りならべてみる。

1 紀伊国南牟婁郡阿田和村・下市本村の鯨漁
2 紀伊国北牟婁郡須賀利浦・矢口浦の鮪漁法之図

3紀伊国北牟婁郡引本浦の海豚漁法
4紀伊国北牟婁郡三浦のワラサ漁法
5志摩国答志郡小浜村の鯛鮮（ツエ　＊黒鯛のこと　稿者注）漁法之図
6志摩国両郡・伊勢国度会南浜・紀伊国南北牟婁郡の鰹釣り之図
7紀伊国北牟婁郡嶋勝浦の鰹網漁之図
8南北牟婁・度会・答志・英虞などの小鰹網漁之図（＊小鰹とは、方言で横輪・ソマ・シビコ・メシ　稿者注）
9伊勢国度会郡贄浦の小鰹網漁之図
10各郡村浦の鰊捕魚之図
11紀伊国南北牟婁伊勢度会志摩両郡　蝦漁法之図
12志摩国英虞郡の鰩漁法網掛方之図
13志摩国英虞郡和具村の鯖釣り昼漁之図
14答志英虞度会南北牟婁郡の鯖釣り夜漁之図
15各郡の鯖長縄釣之図
16志摩国英虞郡浜島村の鰶漁（＊鰶　ツナシ・コノシロ　稿者注）
17志摩国英虞郡船越村の鯥漁楯網使方之図（＊鯥　ムツ　稿者注）
18伊勢国度会郡田曽浦の大鯵小鯛捕魚之図

19志摩国答志郡的矢村外七八ヶ村の鱸釣り之図
20伊勢国安濃以北各郡村の大地引網鰯魚之図
21伊勢国志摩国各郡村の鰯漁場繰網仕方図
22志摩国両郡伊勢国度会郡南浜紀伊国南北牟婁郡のボケ網ニテ鰯ヲ漁スル之図・志摩国英虞郡波切村の鰯釣りノ図
23志摩両郡伊勢度会紀伊南北牟婁郡の鰯網漁船引ノ図
24紀伊国北牟婁郡引本浦の鰯網船引沖漁之図
25南牟婁郡木ノ本浦新鹿村の鰯網轆轤引之図
26鰯大漁トツタ網ニテ魚ヲスクイ採ルノ図

(以上巻一・二)

その図解は、全体五巻の構成であり、他三巻は、鯔(ぼら)、鯡魚(いな)、章魚、烏賊、白魚、雑魚漁法、楯干漁、鰒(あわび)、文蛤(はまぐり)、真珠、海鼠、石花菜(ところてんぐさ)、鱒魚(かわます)、鰻鱺(うなぎ)、モロコ魚、鯉魚・鮒魚・鯰魚(こい・ふな・なまず)、イザサ魚、香魚(あゆ)、鯢魚(げいぎょ)、鮠(はや)の採集漁撈の図を収録する。そのどれもが色彩も筆致も輪郭をくっきりとさせ、周囲の浜や建物や浜に働く人の様子を描き、対象となる船や網や水面を丁寧に描き、全体明るい印象を帯びている。そうした中で、一つの絵に目がとまる。19図 志摩国答志郡的矢村外七八ヶ村の鱸釣り之図である。14図「鯖釣り夜漁之図」などにも船上の釣り人に余裕の表情をみるが、この鱸釣りの図には、他の図には少ない、ゆるやかな印象が見て取れる。その理由が、図の解説に書かれている。

鱸漁ハ釣リヲ主トス最モ縣内捕魚スルモノ多カラス茲ニ勢州飯高郡猟師村ノ漁事ヲ録ス　漁候ハ六月ヨリ八月迄ヲ良季トス之レヲ捕スルニハ小舟一人或ハ二人乗リニテ適宜ノ漁場ニ漕出テ二尺許リノ竿ニ綸糸ヲ附ケ綸糸ノ長サ八丈其末端五尺許リノ（テグス）ヲ付ケ釣針一本ヲ着ク其末緒ヘ釣一本アリ餌ハ生鰕ヲ用ユ最モ餌鰕ノ死セザルヤウ注意シテ針ヲ刺シ水中ニ投シ艪ヲ押シ回漕ス故ニ釣海底ニ沈ムコトナク水中ニ動揺ス鱸餌ヲ食ムトキハ綸糸ヲ持チタル手ニテ感覚ス此トキ舟ヲ留メ糸ヲ手操リ漸ク舟ニ収ム此法ハ大ニ巧拙アルモノニテ若シ急速ニ操揚クレハ魚激シ繇《テグス》ヲ切リ逃逸ス依テ魚ノ疲労ヲ見テ捕獲スルモノトス而シテ此ノ魚ハ生ニテ直ニ鬻クト云

（『三重県水産図解』一一四頁）

鱸を釣るに際し、艪を押し回漕するが、鱸が餌の生鰕に食いついてきたとき、舟を留め糸を手操りゆっくりと舟に収めることをする。もし、急速に操り揚ぐれば、魚は激し、テグスを切り逃げてしまう。そのため、魚の疲労を待つようにゆっくりと気を配りながら捕獲すると説いている。ゆるりと魚を遊ばせるが如くに回遊させつつ、慎重に鱸を引き寄せて、そろりとすくいあげるものであるようだ。図は、その捕獲直前の、魚が疲れて抵抗力を失い水面に浮上させられるに至ったときをのがさず描いている。他の船人の視線がみなその獲物に集まっているのは、そうした苦労の最後の瞬間を見つめているのである。これを思うに、ここには、志摩国の鱸釣りの伝統的な技術的知識が書かれていることを知る。

ここでは、まず、鱸漁の良季を六月から八月とする。鱸漁は必ずしも四季を問うものではないが、柿本人麻呂の一連の羈旅歌に夏草の語があるため、旅の季節が夏だとすればその良季に適する。

玉藻刈る敏馬を過ぎて夏草の野島の崎に舟近付きぬ　（巻三・二五〇）

つぎに、明石海峡での鱸釣りが、志摩の漁法のようであれば、舟は小舟で、舟人は小人数。「海人とか見らむ」をそのまま受ければ、人麻呂の位置は、小舟の上となる。

図では釣り人四人に艪漕ぎ一人である。同様な小人数の釣りは同書の図によると、鰯釣り（釣り人二人、艪役一人）、鯵夜釣り（釣り人八人　＊艪役も篝火役も釣り糸を垂れている）、烏賊釣り（釣り人二人、掛鈎役二人、艪役一人）がみえる。こうした小舟の小人数との見分けは、鈎役が不在であることや、鯵や鰯用の竿が長いこと、また鱸釣りの竿は、引き寄せる関係上、二尺の短さであることが、その一特徴である。そして、なにより、鱸釣りに特有なことは、釣人の所作が醸す、ゆったりとしたおもしろみであろう。そこには、歌人たちがとりあげる、他の釣りとはおよそ異なる時間が流れる。釣りの醍醐味を味わうかにみえる余裕の所作が見てとれるのである。

しかも釣りする海人と自分とに、なんらかの心的共通を認めている。ともあれ、この歌については多く説があるが、官船上に作者がいると考え、「官人であるものをとの自負、またはその裏返しの自嘲」「一緒に官船で旅に来ている官人たちの気持を代表して歌いあげたものということができる」(井手至)[8]や、「官命によって船旅をしているこの私」(伊藤博釋注)「官命による旅人であるこの私」「官命によってする旅人であり、官人たちの旅愁に託して屈折した感情を、人麻呂が代弁表白した歌」(西宮一民全注)との見解が強い。歌の理解への詳細な言及は本論の主旨でなく避けておくが、これに関して、この歌から受け取れる感覚が、官船(官人たちが乗りあっている規模の大きい船との想定)だとすると納得がいかない。[9]漁事の実態の想定からすると、『三重県水産図解』の鱸漁にみる、「之レヲ捕スルニハ小舟一人或ハ二人乗リニテ適宜ノ漁場ニ漕出テ」「針ヲ刺シ水中ニ投シ艪ヲ押シ回漕ス故ニ釣海底ニ沈ムコトナク水中ニ動揺ス」との漁法が、鱸という魚の釣り方である。そのためには、小回りのきく小舟でないと、釣り針を海底に沈めることなく水中で動揺しつづける状態にはできない。どのように歌を理解するかによって異なるが、釣りのこの仕方から、「海人とか見らむ」の句を理解するならば、陸にいるのでもなく、他官人多数と共に乗る船上を想うのでもない、小舟の人として旅ゆく人麻呂を、この歌に関しては、想定するべきということになる。実際の漁法の知識について、これまでの論や注釈は皆目ふれることなく説いてきた。ただ、鱸釣りの実際が右述のようであれば、作者のみた海上風景は、卑しむべき海人の釣り風

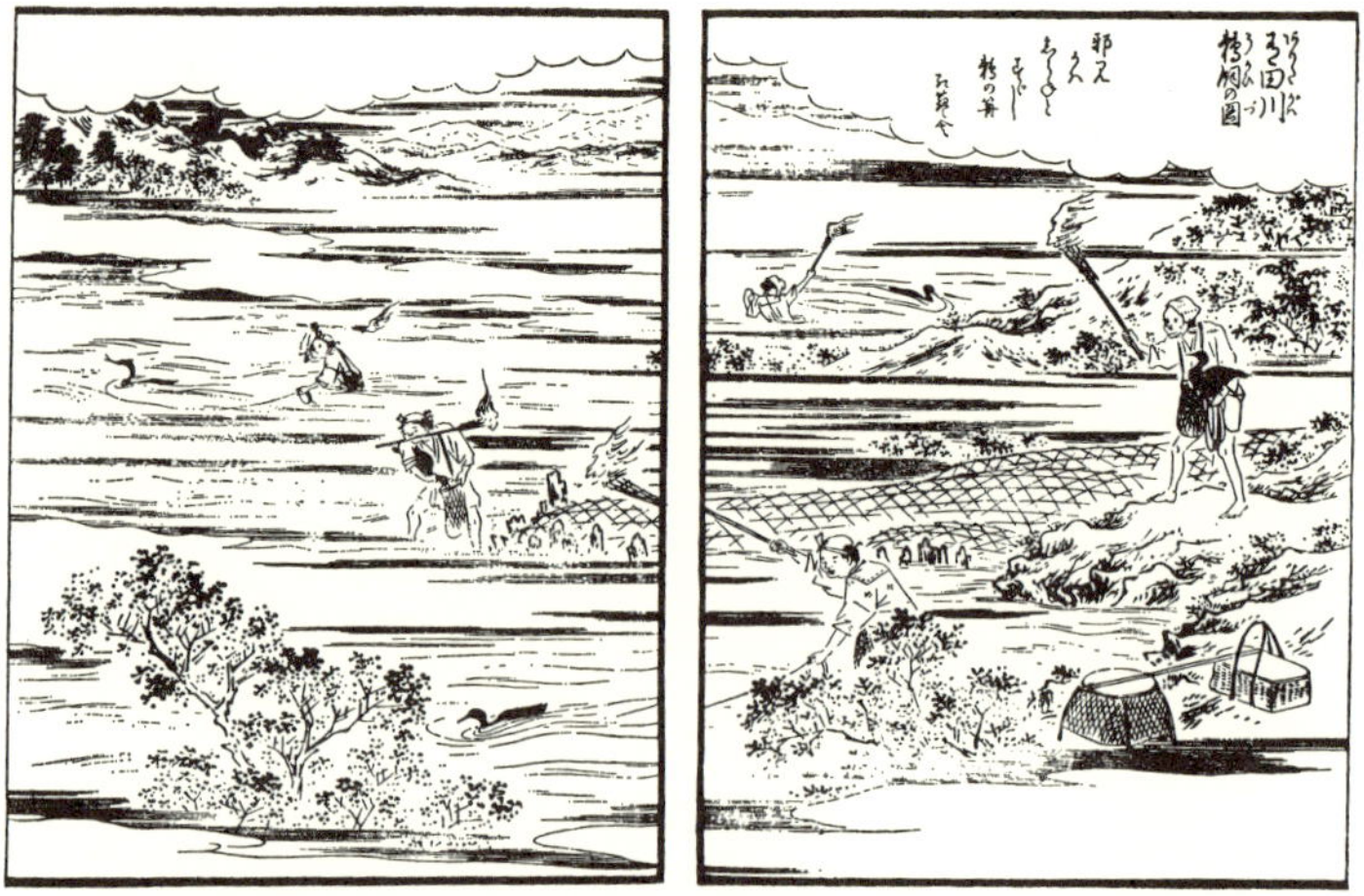

「有田川鵜飼の図」『紀伊国名所図会』後編巻之二（『日本名所風俗図会 12』）

景とばかりはいえない興趣がある。[10]

◆二　川逍遥

〔一〕鵜飼

現在日本全国で鵜飼が行われている川は、山梨県石和町笛吹川、岐阜県岐阜市長良川、同県関市長良川、愛知県犬山市木曽川、京都府宇治市宇治川、京都府京都市保津川、和歌山県有田市有田川、広島県三次市江の川（馬洗川）、山口県岩国市錦川、愛媛県大洲市肱川、大分県日田市三隈川、福岡県朝倉市筑後川などである。ほとんどは船上から多くの鵜を使う船鵜飼であり、笛吹川有田川は一人で一羽を使う徒歩《かち》鵜飼である。「有田川鵜飼の図」『紀伊国名所図会』（後編巻之二）[11]では、右手にたいまつを持って水面にかざし、左手に鵜をつなぐ手縄を握り、四人の鵜飼が川に入っている。鵜飼人は、腰や胸ま

『鮎漁鵜飼之図』（『三重県水産図解』）

で川につかり、浅瀬にいる一人は口に松明をくわえ、右手に鵜をかかえてその口から首にかけた首綱《くびたも》に捕獲した魚をはき出させている。岸には鵜を運ぶ鵜籠が置かれ、もうひとりの鵜飼が川に入ろうとしている。松明は、水面を照らして鮎をおどし、鮎の居場所を鵜にみせ捕獲しやすくする意味を持つ。

『三重県水産図解』にも徒歩鵜飼図があり、二人の鵜飼が首綱ではなく腰に魚籠をさげ、左手の手縄を短めに右手に松明をかかげて、浅瀬を歩いている。「伊賀国名張郡瀬古口村外各村」と図に記載がある。この地の青蓮寺川は山中のためさして広くなく、岩場が川中に点在し、浅瀬が続いている。これを反映している図であろう。

鵜狩ハ六月ヨリ八月下旬ニ至ル名張ヨリ十町ヲ距レ夏見村ト唱フル一村アリ此地鵜狩ヲ主トス

而テ鵜ヲ使フハ夜間ニ限レリ右手ニ松明ヲ點シ左手ニ鵜手縄ヲ持此手縄ハ棕呂ニテ細カニ製シタル縄ナリ日没ヨリ漁場ニ至リ深サ二三尺ノ所ニ於テス鵜ハ急流ニ逆リ魚ヲ呑ム漁夫ハ縄ヲ持テ鵜ト共ニ奔走ナスニ其速カナル飛カ如シ或ハ岩石ノ上ヲ飛走シ或ハ水中ニ投シ進退ノ神速ナルコト叙難シ而テ大魚ハ一尾呑ム毎ニ直ニ吐カス小魚ハ二尾或ハ三尾ヲ呑タル后チ之レハ吐カス鮠ノ如キハ数尾ヲ呑ミタル后チ亦同シ極老練ノ者ハ二羽ヲ一時ニ使フト云　鵜鳥ハ年々江州竹生島ヨリ購求シ秋季ニ至リ漁事畢ラハ悉ク放チテ川ニ流ス里人之ヲ見テ香魚ノ仕舞ト云（『三重県水産図解』二八二頁）

図ノ解説文に、鵜飼の岩石の上を飛走しあるいは水中に身を投じる進退の神速なることが書かれている。『古事記』神武天皇が「をえ」（毒気にあたり倒れ）たときに、鵜飼を呼ばわるのは、飢えにより食料を渇望したことはもとよりであるが、川中の岩石も飛び越え水にくぐるような神速の勢いある力をその危機に瀕して渇望したのかもしれない。

解説文には、また、鵜飼にあたり鵜を下流から遡らせることが説かれている。このことは、万葉歌を詠むとき参考になる（後述）。可児弘明[12]『鵜飼』によると、かつて鵜飼を行っていた土地は、全国で百五十箇所にのぼるという。古代の鵜飼には、宮廷直属の鵜飼（職員令大膳職『令義解』に「鵜飼」『令集解』に「鵜飼三十七戸」とみえる）がいた。淵源はさらに古く、『日本書紀』では、神武即位前紀の吉野川と、雄略紀三年四月廬城《いほき》河（三重県一志郡雲出川）で確認できる。またそもそも『古事記』神話では、櫛八《くしや》玉神《たまのかみ》が鵜に化し、海底から土と海布《め》の柄《から》を鎌《か》り臼とし、海蓴《こも》（ホンダワラ）の柄《から》を杵として火を欑《き》り出した。火が海の世界からもたらされるに際して鵜が媒介者になっている。また豊玉毘売《とよたまびめ》の安産にかかわる呪力として鵜羽が産小屋の屋根に葺かれたことは、鵜が、海の世界からこの世界へ大事なものをもたらす存在であったとみえる。能登気多神社の鵜祭りの占いにおける神鵜や、鵜と直接かかわるものではないが、遠い都に春を送る若狭水送りの水が鵜の瀬の水中洞穴から湧き出てくること、弥生時代の土井が浜遺跡（山口県）に葬られていた鵜を抱いた女の遺骨の存在、江田船山古墳出土鉄剣に鵜が刻まれていることなど、鵜が日本人の宗教心に霊的な役割をもっていたことを想わせる。[13] 鵜飼は、貴族ややがては武家も好んだため全国に広がったものであろうが、農民も行っていたことを可児は明らかにしている。農民のそれは、見せ鵜飼ではなく、徒歩《かち》鵜飼である。

（二）万葉集の鵜飼

さて、万葉集の時代は徒歩鵜飼が盛んであった。

婦《め》負川《ひがは》の早き瀬ごとに篝《かがり》さし八十伴《やそとも》の緒《を》は鵜川《うかは》立ちけり　（巻十七・四〇二三）

～夏の盛りと　島《しま》つ鳥《とり》　鵜養《うかひ》が伴《とも》は　行《ゆ》く川の　清き瀬ごとに　篝さし　なづさひ泝《のぼ》る～　（巻十七・四〇一一）

あしひきの　山下とよみ　落ち激《たぎ》ち　流る辟田《さきた》の　川の瀬に　鮎子《あゆこ》さ走《ばし》る　島つ鳥　鵜養伴なへ
篝さし　なづさひ行けば　我妹子《わぎもこ》が　形見がてらと　紅《くれなゐ》の　八入《やしほ》に染《そ》めて　おこせたる　衣《ころも》の裾《すそ》も
通りて濡れぬ　（巻十九・四一五六）

～松田江の　長浜過ぎて　宇奈比川《うなひがは》　清き瀬ごとに　鵜川《うかは》立ち　か行《ゆ》きかく行《ゆ》き　見つれども　そ
こも飽《あ》かにと～　（巻十七・三九九一）

浅瀬ごとにかがり火をかかげて鵜飼いをするものたち（四〇二三）は、夜の徒歩鵜飼をしている。その仕方はといえば、瀬のあるごとにかがり火をさし、水に入りなづさひながら下流から上流へと泝《のぼ》る（四〇一一）。家持は、鵜養らを伴い、自らも川の流れに入り、紅の染め衣の裾を濡らしている（四一五六）。作者の家持自身は、腰や胸まで浸かる漁をしたとは詠んでいないが、裾が濡れる程の瀬は歩いている。火をかかげながら鵜をつかい、川中を歩くのは、爽快をともなうが激しい運動であったろう。なぜならば、先引のように、鵜が鮎を追う勢いに劣らないように、川中で手縄をもつ人が神速のごとく飛走できるかが、漁獲の多寡につながるからである。鵜飼は、奈良時代の貴族のスポーツとして趣味と実益を兼ねた夏を代表する川あそびであったといえる。川辺を歩き、鮎がいそうな清瀬を選んでは、鵜籠から鵜を取り出し、鵜川を立てる（鵜飼をする）。

叔羅《しくら》川瀬を尋ねつつ我《わ》が背子《せこ》は鵜川立たさね心なぐさに　（巻十九・四一九〇）

とあるように、別の浅瀬を探しながら、だんだんに川を遡って行った（三九九一・四〇一一）「清き瀬ごとに鵜川立ち　か行きかく行き」（三九九一）というのはそうした、あちらこちらへ思いのままに好漁場を求めて瀬を探索してゆく川逍遥をいう。

〔三〕鵜八頭《やつ》潜け

こもりくの　泊瀬の川の　上つ瀬に　鵜を八つ潜《かづ》け　下つ瀬に　鵜を八つ潜け　上つ瀬の　鮎を食はしめ　下つ瀬の　鮎を食はしめ～　（巻十三・三三三〇）

年のはに鮎し走らば辟田川鵜八つ潜けて川瀬尋ねむ　（巻十九・四一五八）

大和国の泊瀬《はつせ》川でも、越中国の辟田《さきた》川でも、潜ける鵜は八頭。一人一鵜とすれば、川を歩く鵜飼の人数は、古代では八人が基本であったようだ。「八十伴の緒は鵜川立ちけり」（四〇二三）「鵜養伴なへ」（四一五六）「ますらをを　伴なへ立てて　叔羅川　なづさひ泝り」（四一八九）とはその人員展開をいう。ただ、前掲の鵜飼図でその定数の確認はできていない。八人にて鮎を追うときに、川に入ったばかりは、およそ川幅に横に広く展開して呼吸をあわせて鵜をつかいはじめ、やがてそれぞれに上流をめざすものと思われる。先の図は、だいたいにおいて、各鵜飼間の距離を遠くないものに描いている。

ところで、万葉でも昼鵜飼と思われるものがある（三八、三九一）が、『肥前州産物図考』（巻五）[14]は、そうした昼鵜飼の様子をうかがわせるものである。川に立つのは八人。一列になっている五人が一人一鵜をつかい、その中の一人は鵜を抱き獲物を魚籠に吐き出させている。一羽は浮上し獲物の魚を口にくわえている。五人の後方に二羽の鵜かと思われるのが浮かんでいて、それを後方の一人が監視しているようにみえる。これは手縄をもたないので放ち鵜飼の姿であろう。家持のいる越中は、おおむね山近く川の流れが早いから放ち鵜飼は考えにくいが、肥前のこの松浦川のものでは流れの緩やかなところで行われたようである。全体下流から上流へ進むようにみえるが、五人のすぐ上に川幅一杯に縄を張り上流にひっぱりあげながら、魚を威《おど》し、かりだす。縄には蓬葉や沈石を結びつけてある。これを鵜縄《うなわ》といい、おどろいてかり出された魚を後方の鵜が捕獲するのである。昼間の魚は敏捷だからこうして漁獲高をあげてゆく。この鵜縄をもつのが二人で、計八人になる。鵜が七頭で、万葉の歌とは異なるが、こうした

鵜飼之図（『肥前州産物図考』国立公文書館）

人員配置で鵜飼が行われている好例である。川端では目の前の川で捕れたばかりの魚を焼き、酒盃を傾けながら夏を楽しむ。遊興客の目前の川岸や川中では、四人の男が鵜棹《うさお》を突きだしたり水中にさしいれては、鮎を威嚇して、川上の仕掛け網に追い込んでゆく。これを「鵜垣」というと図に記載がある。万葉集に「平瀬には小網《さで》さし渡し」(四一八九)というのはこうした鵜垣の古いありかたかもしれない。川中に仕掛け網を設定するのではなく、鵜を運んで移動しながらだから、小網を多人数に各々持たせ川幅をふさぐように横一列に並んで鮎を待ちかまえるのであろう(多人数による小網の用い方は『三重県水産図解』の、鮎漁ではないが、浅い海での「サデ網ニテ白魚ヲ捕ルノ図」が参考となる。この図ではサデを持つ十人が横並びで漁労している。次頁)。

ますらをを　伴なへ立てて　叔羅《しくら》川　なづさひ泝り

サデ網ニテ白魚ヲ捕ルノ図（『三重県水産図解』）

平瀬には　小網《さで》さし渡し　早き瀬に　鵜を潜けつつ　月に日《ひ》に　然《しか》し遊ばね　愛《は》しき我《わ》が背子《せこ》（巻十九・四一八九）

しかして、これらの歌にみるように鵜飼とは、貴族にとり「遊び」であり、心の「なぐさ」め（四一九〇）であった。

（四）島つ鳥鵜

ちなみに、大伴家持は、鵜を「島つ鳥」（四〇一一・四一五六）と歌う。これは、すでに『古事記』歌謡「島つ鳥鵜飼が伴《とも》　今助《す》けに来《こ》ね」（神武天皇条）にみることばであるため家持の独創ではない。鵜飼の鵜は海鵜を捕獲し、飼育する。見せ鵜飼の場合、越年飼育するがこれは、漁期以外は手間や費用がかかるため、徒歩鵜飼の場合、それを避けて年切りにする。

秋には鵜を海に帰す（『三重県水産図解』）。現在船鵜飼をしている地では、茨城県十王町伊師浜海岸岸壁の捕獲場からの海鵜を取り寄せて越年飼育しているが、徒歩鵜飼の残る有田川の鵜は、みなべ町や由良町沿岸において捕獲されるもので、二〜六歳ぐらいの鵜が捕まえられ訓練され、漁期がおわると放たれる。また沖の島に鵜が生息していることも多いが、たとえば知多半島など海近くに鵜がコロニーをつくることもあるようで、島の鳥と特定できるわけではない。ただ、先に触れた能登の気多神社の鵜祭りの鵜は、代々続く鵜捕部《うとり》が生け捕りにして、鵜籠を背負い二泊三日の旅程で気多神社まで歩いて運ぶ。その鵜は、七尾市鵜浦町鹿渡島観音崎海岸で捕獲されることが決まっている。また福井県敦賀の疋田の鵜飼は徒歩づかいで、「疋田鵜匠共江州より鵜を借来り」（『指掌録』[15]）とあり琵琶湖の鵜を用いている。名張の夏見村でも、琵琶湖の竹生島から鵜を入手している（先引『三重県水産図解』）。こうした島や海岸の崖にやってくる鵜の習性からこの語が生まれたのであろう。家持が、越前にいる大伴池主に、水鳥（海鵜であろう 四一八九）を贈ったのは、能登の海岸で海鵜を捕獲する習俗を背景にしているとすれば、島つ鳥という言いかたはそれにふさわしい言葉といえる。家持にとって、「島つ鳥鵜」とは、こうした北国の土地柄を肌で感じることばなのであった。

（五） 松明とかがり火

越中にいる大伴家持は、鷹を養い、山野に狩りを楽しんだ。

放逸せし鷹を思ひ、夢に見て感悦して作る歌一首〈并せて短歌〉　（巻十七・四〇一一）

八日に、白き大鷹を詠む歌一首〈并せて短歌〉　（巻十九・四一五四）

たとえば、先引四〇一一歌「鵜養が伴は　行く川の　清き瀬ごとに　篝さし　なづさひ泝る」は、「鵜養伴なへ　かがりさし　なづさひ行けば」（巻十九・四一五六）などと同じように、水面にかがり火をさして鮎を照らし、鵜を潜かせながら遡ってゆく夏の夜の川遊びを描くが、諸注釈のこの箇所についての解説には問題が残されている。四一五六歌では「衣の裾も　通りて濡れぬ」とあるから川中を歩いて漁をする、いわゆる徒歩鵜飼をいう。これを、「ここは夜川で舟を用いず、左手に篝火を持ち、右手で一羽の鵜をさばいていて漁をする様子が詠まれている」（古典全集四〇一一頭注）、「ここは夜川で舟を用いず、左手に篝火を持ち、右手で一羽の鵜をさばいている」（新編全集四〇一一頭注）とあり、橋本全注もこれに従う。これらの書では依拠資料を示さないため不明だが、『日本捕魚図志』[16]福井県大野市金塚の夜川の徒歩づかい図では、左松明右鵜の徒歩鵜飼を確認できる。これは、北陸の鵜飼の図として好例といえるため、右の解説は一見適正ともみえるが、先掲の両図と左右の手が逆となっていることを考慮におくと、片方に特定する解説は避けるべきところである。また、この際手にする「可賀里」（四〇一一）「可我理」（四一五六）を、「夜間の照明用に火を焚く時に用いる鉄製の籠。燃料には松の根を用いた」（古典全集四〇一一頭注）「カガリは夜間の照明用に火を焚くための鉄製の籠。またそれで焚く篝火の略称にも用いた。このサスは火をともすこと。燃料には松の根を用いた」（新編全集四〇二頭注）とすると、徒歩鵜飼にそぐわない。たとえば、カガリを、『和名抄』「篝火　漢書陳勝傳云夜篝火 師説云比乎加々利迩須今案漁者以鐵作籠盛火照水者名之此類乎」（二十巻本　巻十二）に依拠すれば、鉄製の器に火をともすことになるが、そうなると、徒歩鵜飼の道具として裏付けを得ることが難しい。もし、船から水面に差し出す、船鵜飼の道具をさすとならば、鉄の器で問題は起こらないしむしろふさわしい。ただ、管見の範囲でいえば、徒歩鵜飼の持ち物として適したものは、本論掲載図に示された松明が、その実際に即しているといえる。したがって、一人鵜飼であるならば万葉にいうカガリは、『和名抄』に依拠しての鉄製の籠ではなく、松明を考えることが適正となる。ただ、万葉では松明を「手火」（二三〇）と呼んでもいるため、なお、問題は残されている。伴の者に火をもたせたとも考え得るが定かではない。ともあれ、鵜を追いつつ、早き瀬を迅速に移動するためには、鉄籠は不便きわまりなく思われるのである。

三　養鷹放鷹に関する技術用語（鷹詞）と家持歌

このように、事態や物を具体性をもとめて調べ考える試みは、鷹に関する家持の万葉歌においてその理解を助長する。鷹狩りは、かつて皇族貴族武家の楽しみとして長い伝統をもち、鷹匠はその庇護下にあったが、近代を迎えるにおよんで衰微する。幕藩体制崩壊以降鷹匠は、その庇護者を失い鷹を以て生計をたてることができなくなり、その結果庶民に技術が伝わることになるが、だんだん衰微し現在に至る。それでも戦前までは、たとえば、秋田では鷹で捕った兎を魚屋によい値で卸して生計の助けにしたが、これも戦後は食料として兎が必要とされなくなり鷹匠は激減する。(17) 一方、伝統の蓄積は、早くに嵯峨天皇代『新修鷹経』以来、幾多の鷹狩養鷹などの書に書き残されるに至っていて、これが、万葉時代の鷹狩りの具体を照らす面をもつ。(以下、本論では群書類従・続群書類従所収の一群の鷹書を参考とする)

家持の残した歌は、洗練され流派をもつに至る以前の鷹狩の姿を留める貴重な文献資料となると同時に、歌にかかえられている養鷹放鷹の技術用語(18)が後代の鷹詞と無関係ではないことを示している。

○〜露霜の　秋に至れば　野もさはに　鳥集《すだ》けりと　ますらをの　伴誘《ともいざな》ひて　鷹はしも　あまたあれども　矢形尾《やかたを》の　我《あ》が大黒《おほぐろ》に〈大黒といふは蒼鷹《おほたか》の名なり〉　白塗《しらぬり》の　鈴取り付けて　朝狩に
五百《いほ》つ鳥立て　夕狩《ゆふがり》に　千鳥《ちとり》踏み立て　追ふごとに　許すことなく　手放《たばな》ちも　をちもかやすき
これをおきて　またはありがたし　さ馴《なら》へる　鷹はなけむと　心には　思ひ誇りて　笑《ゑ》まひつつ
渡る間《あひだ》に　狂《たぶ》れたる　醜《しこ》つ翁《おきな》の　言だにも　我《われ》には告《つ》げず　との曇《ぐも》り　雨の降る日を　鳥狩《とがり》すと
名のみを告《の》りて　三島野を　そがひに見つつ　二上《ふたがみ》の　山飛び越えて　雲隠り　翔《かけ》り去《い》にきと
(略)あしひきの　をてもこのもに　鳥網《となみ》張《は》り　守部《もりへ》を据ゑて　ちはやぶる　神の社《やしろ》に　照る鏡
倭文《しつ》に取り添へ　乞《こ》ひ祷《の》みて　我が待つ時に(略)　(巻十七・四〇一一)

右、射水郡の古江村にして蒼鷹《おほたか》を取獲《と》る。形容美麗《うるは》しく、雉を捕ること群に秀れたり。ここに養吏山田史君麻呂、調試節を失ひ、野猟候を乖《そむ》く。風を搏《う》つ翅《つばさ》は、高く翔《かけ》りて雲に匿《かく》り、腐鼠《ふそ》の餌も、呼び留むるに験靡《しるしな》し。ここに羅網を張り設《ま》けて、（略）

○八日に、白き大鷹を詠む歌一首〈并せて短歌〉

～石瀬野《いはせの》に　馬だき行《ゆ》きて　をちこちに　鳥踏み立て　白塗の　小鈴《こすず》もゆらに　あはせやり　振り放け見つつ　憤《いきどほ》る　心の内を　思ひ延《の》べ　嬉《うれ》しびながら　枕づく　つま屋の内に　鳥座結《とぐらゆ》ひ　据《す》ゑてそ我が飼ふ　真白斑《ましらふ》の鷹　（巻十九・四一五四）

矢形尾の真白《ましろ》の鷹をやどに据ゑ掻《か》き撫《な》で見つつ飼《か》はくし良しも　（巻十九・四一五五）

家持の手に入れた鷹は二種類。大黒という蒼鷹と、真白・真白斑の鷹。ともに矢形尾。大黒は古江村で捕獲し、形容は美麗という。『新修鷹経』には詳細に鷹を描いた見事な図があり、そこに良鷹・醜鷹の形相が書き分けられている。家持は大黒の詳しい形容をしていないが、良鷹の形相の一部を書き抜くと、「良き鷹の體は。魁岩を得んと欲す。（略）遠くにして之を視れば。毛羽多きが如し。近くして之を視れば。毛羽少なきに似たり。骨肉還《また》多し。前者《は》胸腹に羽翼無し。彎《そ》れること軒の如し。後者《は》羽翼を以て（略）」と判断される。（＊次頁掲出　良鷹図）家持の鷹の容姿を以て知るべきである。蒼鷹とは、『和名抄』に「三歳を名づけて青鷹白鷹とす」「鷹の白は雌雄を論ぜず、みな之良太賀。」「青白を論ぜず、大な

良鷹図（『新修鷹経』上）

るはみな於保太加、小なるはみな勢宇とす」（巻十八）という。鷹は、大型は雌、小型は雄だから、この大黒は雌三歳。大とは大鷹をいうとすると、家持は兄鷹《せう》も飼育していたのであろう。雌の方がよく狩りをする。躰の色に関わらず青鷹というため、黒とは躰のどこかが黒いものをいうか。「大クロフ。小クロフ。是ハ白キ所ナクテ。トコロ〳〵ニシノギゲノスヂミナルヲ云ナリ。」（『鷹聞書』年代不明）真白・真白斑とは、「鷹ノフガハリノ事。白フノタカト云ハ白也。又マ白ノ鷹ト云ハマユノ白キナリ。コトナルコトナシ。」（『鷹聞書』）等が参考になる。「雪ふれば鷹やしらふにまがふらん」（『後普光院殿鷹百韻連歌』十四世紀）とあるから雪にみまがう白さをもつのであろう。ただ、「しろふのたかとは白き所なくして尾しろなるをいふ也」（『禰津松鷗軒記』十四世紀）ともあり不明なところが残る。矢形尾は、『禰津松鷗軒記』『責鷹似鳩拙抄』（永正三年一五〇六年）に図があり確認できる。前書には、「やかた尾と云は尾の数十二有。尾のふの切様八文字也。二ふきりにだん〳〵しろく。こますりのごとく星有べし」との記事がある。鈴はこの尾につけた。

鷹は、巣から幼鳥を捕獲する巣鷹《すたか》と、鳥網で捕獲する羅鷹《あかけのたか》がある。それぞれに養育の仕方のちがいが諸書には指示される。その大黒は羅鷹であろう。失って後「鳥網」（四〇一二）「羅網を張り設け」（四〇一五左注）たのは同様な捕獲を狙ったものである。「腐鼠」（四〇一五左注）については、鼠を餌にすることが『新修鷹経』などにみえ、鼠の宍は切って温湯に湛えるとあるため、腐った鼠肉ではないとの指摘がよい（橋本達雄『万葉集全注』）。「鈴は。朝に傅《つ》けて、夕に解《と》け。しかせざるは鷹鈴を噛む」（『新修鷹経』）と朝狩りする前につけ、夕べには解かねばならない。「手放ち」（四〇一二）「あはせやり」（四二五四）は、『鷹口伝』（年代不明）に「たはなしといふ事　是は鷹をつかひはじむる事をいふなり」「鳥にあわするとき。鷹おのれと風にふかれて」「鷹は上へあがりて。すゑにてとりに立あひてとるをいふなり」など後々までも、手はなし・あう・あわすという用語を使っている。万葉の例が最も早い事例となる。さて、家持は大黒を失ってしまったが、このように鷹が戻らないことは多くあったようだ。秋田の鷹匠も三日間追い求めて

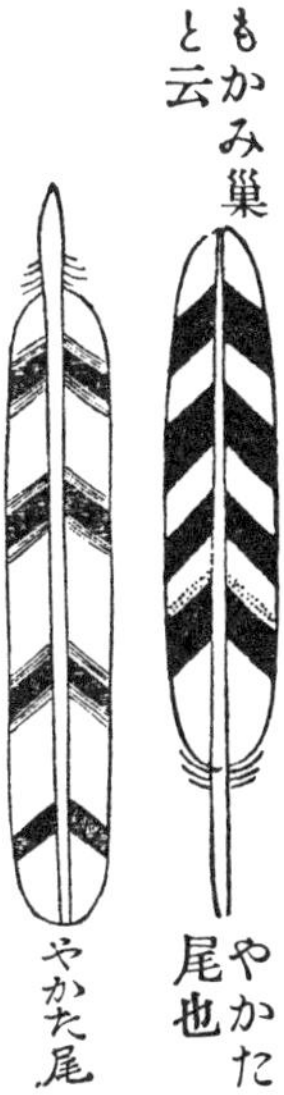

『禰津松鷗軒記』　『責鷹似鳩拙抄』

ようやく戻った[15]（『鷹匠ものがたり』）といい、越中立山の開山伝説がそもそも逸れた鷹を追いかけることから発している。『龍山公鷹百首』（天正十七年　一五八九年）にのせる伝説「昔雄略天皇鷹狩し給けるに御鷹うせけるを。野守をめして尋てまいらせよと勅諚ありければ。御鷹は彼木のうへにありけると申ければ。いかでとて是を叡覧と。奥義抄にも委しるせり。鷹のうせる時。しぎをふせると云事あり。ふせ様おほしといへ共。野守ふせと云事ありとなん。」同書に「鷹をくこゑもほう〳〵と云は。鳥〳〵とおく心也。をき声も遠近に心もちあると也。遠く鷹をよびかけおく声は。ほうといふ声をながく引となり。近きは常のごとし。」鷹が逸れて戻らなくなったときの呼び戻しの呼び声について書かれているがそれは、日常心こまやかに鷹を養うにあたり、鷹を手放ち、餌を置いてよぶときの声を用いるものである。「ほうほう」「ほう」と長くこえをひくというのは、「たかのをきかゑの事　大鷹は　ほう〳〵と四こゑ。せうは　おう〳〵と五こゑ。はやぶさはゑひ〳〵と六こゑ」（『養鷹秘抄』文安四年　一四四七年）「鷹の置声の沙汰の事　けう〳〵と置也。声数は雄大鷹の位に大小置分る也。間にありやと一声置べし。さしはもけうの声也。熊鷹わうの声也。鶚けうの声也。口傳」（『荒井流鷹書』寛文三年　一六六三年）

したがって、これを伝統の置き声として遡らせるならば、大伴家持は蒼鷹を呼び戻すために、二上山の空にむかって、逸れた大黒を思い「ほうーほうー」と長い呼び声を発し続けたにちがいない。「つま屋の内に　鳥座《とぐら》結ひ　据ゑてそ我が飼ふ　真白斑の鷹」（四一五四）「鷹をやどに据ゑ　掻き撫で見つつ　飼はくし良しも」（四一五五）と家持は飼育の様子を歌う。大鷹の鳥屋を、「横五尺三寸。竪六尺三寸」（『責鷹似鳩拙抄』）などとみえるが、鷹によりまた流派により異なるようだ（『斎藤朝倉両家鷹書』永正三年　一五〇六年）。なにより、鷹は清潔好きゆえ、清浄と静寂をもって日々を送らねばならない。そのことは、つぎの記事がよく示している「鷹屋の禁。右馴擾の道。理清浄ならしむる。喧塵の事。尤も是れ禁ずべし。（略）屋内に燎煙燻徹および戯譃せしむること得ざれ」「穢れたる器の禁　右飼養の道。鮮潔を貴しとす。醎臭の物あらば必ず以て鷹を傷ふ。」（『新修鷹経』）これよりすれば、鷹をやどに据えて撫でながらすごす、家持の様子が伝わるようだ。そうした生活は、越中時代の彼の日々が、鷹とともに静寂と清潔を基調とした落ち着いたものであったことを伝えている。

鷹にかかわる用語を追うことが、家持の発した呼び声や、越中の日々の生活の静寂な事や、鷹への衛生的でこまやかな養育の姿勢を保持していたであろうことを教えてくれるのである。

注1　植物では、萩百四十一例、梅百十八例、ぬばたま八十例、橘六十八例、菅四十九例、桜四十例などが多い（松田修『増訂萬葉植物新考』による。同書は万葉の植物名を百七十種類あげる）。動物では、ほととぎす百五十三例、雁六十七例、鹿六十例、鶯五十一例、鶴四十六例、鴨二十七例などが多い。気象では、月百九十六例、雲百九十余例、雪百五十六例、露百十六例、雨七十六例、霧六十五例などが多い（『国文学解釈と教材の研究』三三巻一号）

2　尾崎富義・菊地義裕・伊藤高雄『万葉集を知る事典』東京堂出版　平成十二年「漁労の生活」による

と、海人・海人おとめ、および海の生業や信仰を詠んだ歌は九十八首一〇四例あるとする。

3 海人については、折口信夫がこれを「海《ア》部《マ》民」と理解してつぎのように述べることが参考になる。「海部民　日本民族の主流以外の一種族。主として海岸を移動したもの。元、南方から来て、日本の両沿岸を東北へ上つた痕跡の見えるもの」「近代まで普通の良民とは一つに見られなかつたもの。古く海人部《アマベ》又海部、此を略してあまとも称へてゐた。単に、漁業を職とするものを言ふのではない。後人の感ずるのと違つて、部落を異にし、交際もせぬ海岸漂流民である。」（「萬葉集講義」『折口信夫全集』九巻二八一〜二頁　新全集七巻二三三頁）

4 額田年『海女《あま》―その生活とからだ』鐘浦書房昭和三十六年『日本民俗文化資料集成④』三一書房平成二年に再録
『目で見る鳥羽・志摩の海女』海の博物館　平成二十一年

5 和田浩爾・赤松蔚・松田泰典「宝物真珠の材質調査報告」正倉院紀要十四号平成八年

6 松月清郎『真珠の博物誌』研成社　平成十二年

7 『三重県水産図解』財団法人東海水産科学協会・海の博物館　昭和五十九年

8 井手至「柿本人麻呂の羈旅歌八首をめぐって」『万葉集研究』第一集塙書房　昭和四十七年「これらの歌句は、官人であるものをとの自負、またはその裏返しの自嘲から出たことばであって、何も知らない人は、その垢づいた衣を纏い、船に乗った自分を、海人と見てしまうだろうか、といったものである」注9参照
諸説多い。いくつかを示しておく。清水克彦「石中の死人を見て作れる歌」『柿本人麻呂』風間書房昭和四十年は、作者の自負を説く。吉永登「柿本人麿の旅の歌八首について」『万葉　通説を疑う』創元社　昭和四十四年は、「自嘲」とする。高木市之助「萬葉のあま」（万葉二十二号昭和三十二年四月）が、

この歌に「恥ずかしいみたいな、きまりわるいみたいな、いかにも旅人のみすぼらしさ」を見出す一方で、「飼飯の海のには良くあらし　刈り薦の乱れて出づ見ゆ海人の釣舟」（巻三・二五六）について「花が咲き鳥が歌うようにあまもまた飼飯の海の美しい海上を飾ってくれている」「自然の一角としてあまを見る見方」との観賞的な目が開けてきたことを、同歌群中の歌に見出すが、むしろ当該歌はその自然の一角として風景に溶けこんでいる自分の愉悦を自覚的にとらえてゆく性質をもつと考える。

9　小舟説を提示しているのは、小考以外に、いまのところ管見に入らないが、「海人の鱸釣る船の乱れた中にこぎ入つての感動であらう。」（土屋私注）。「鱸を釣る白水郎の釣舟の中に、人麿の乗つてゐる船もまじつて」（窪田評釈）とするのが妥当と考える。とりわけ、折口信夫の鑑賞（「萬葉集講義」折口全集九巻）を受けて、桜井満が「確かに、「旅行くわれを」「海人とか見らむ」という嘆きには、「舟なる君」と呼ぶべき貴人のお伴をして官船で堂々と航海している旅びとの心を見ることはできない。」（「人麻呂の旅」『柿本人麻呂論』桜楓社　昭和五十五年）とするのが意識的にこの問題をとらえている。

10　平舘英子「柿本朝臣人麻呂羈旅歌八首」『日本古典文学の諸相』勉誠社　平成九年は、自負自嘲説に立つものの、「鱸釣る海人」が描出される意図に言及した希少説といえる。「荒栲の藤江の浦」から喚起される漁師の日常着「藤衣」と、鱸を豊かな獲物として獲る漁師の生活を、作者と対比させる視点を導入した。ただ、実態としての漁師の日常着を明確に指示する意図をもつ冒頭句とまではにわかには納得いかず、また、漁師のいる共同体の生活との非共有についての気づきが「旅行く我」の把握になるという視点も、共同体の生活を持ち出す前に、海上風景としての鱸釣りの様相をとらえることをまず命題とすべきと考える。

11　『紀伊国名所図会』（後編巻之二）嘉永四年（一八五一年）。鈴木棠三編『日本名所風俗図会　12近畿の巻Ⅱ』角川書店　昭和六十年所収

12　可児弘明『鵜飼』中公新書　昭和四十一年

13　鵜の神秘性については、可児同書、谷川健一『神・人間・動物』平凡社　昭和五十年などに、すでに指摘がある。

14　『肥前州産物図考』巻五　木崎攸々軒盛標作。安永2年（一七七三）～天明4年（一七八四）独立行政法人国立公文書館蔵

15　『指掌録』寛保二年（一七四二年以前成立）『敦賀市史　史料編』第5巻所収

16　『日本捕魚図志』国文学研究資料館蔵　可児前掲書より

17　土田章彦『鷹匠物語』秋田書房　昭和五十四年。同『鷹匠ものがたり』無明舎出版　平成十七年

18　島田勇雄「放鷹諸流と鷹詞との関係についての試論―武家礼式における小笠原流派の放鷹書の基礎的研究」神戸大学文学部紀要4　一九七五年。樋口元巳「鷹詞の基礎的研究―宗益の放鷹伝書の検討」神戸商船大学紀要25　一九七六年に、広義の意味での鷹詞についての定義がみえる。島田によると、放鷹に伴う語彙として、鷹体・飼育・用具・療治・鷹犬・放鷹関係者・鷹狩・表現・歴史・行列次第・架繋ぎ・礼法を鷹詞の対象とする。ここにあげるものはその範疇にはいると考えられることばである。

＊『萬葉集』の引用にあたっては、塙書房CD-ROM版を使用した。

生きる

——万葉びとの医療（医術と呪禁）——

川﨑　晃

天平七年（七三五）・九年の両度にわたる疫病の流行は、政府中枢を構成する公卿の生命をあいつで奪って藤原四子政権を瓦解し、急遽生き残った橘諸兄らによる新政権を生み出した。古代政治史上例を見ない政治的危機をもたらした疫病の脅威に対して、生命を守り、生きるために律令国家はどのような対応策をとったであろうか。

本稿では『万葉集』巻十五に見える「鬼病」に検討を加え、併せて防疫に当たった古代の医療の姿をみてみたい。

一　藤原四子政権と疫病の流行

藤原四子政権と対外関係

長屋王の変後、天平三年（七三一）八月に藤原四子政権が誕生するが、四子政権は唐と渤海の対立を権力集中の契機に転化する。唐と渤海の対立は百済の役に照らせば、対岸の火ではない。渤海との通好を拒絶する道もあったはずであるが、恐らくは中華を自認する大国日本として渤海と結び、背後から新羅を牽制する道を選んだのであろう。九月に太政官の主席の地位にあった大納言藤原武智麻呂は大宰帥を兼任、十一月には畿内惣官と諸道鎮撫使を任命して権力集中をはかった。

こうした背景に、天平七年二月に新羅から使節が来朝し、国号を「王城国」と改めたことが伝えられると、一行を退去させ、翌年六月には遣新羅使（問責使）を発遣した。天平九年二月には正月に帰国した問責使の、新羅の無礼を伝える報告から出兵の意見も出された。こうしたさなか、天平七年と天平九年に疫病が大流行した。

疫病の流行

『続日本紀』天平七年八月乙未［十二日］条に

勅して曰はく、「如聞《きくな》らく。「比日《このころ》、大宰府に疫《えやみ》に死ぬる者《ひと》多し」ときく。疫気《えきき》を救い療《いや》して、民の命を済《すく》はむと思欲《おも》ふ」とのたまふ。是《ここ》を以《もち》て、幣《みてぐら》を彼部《かのくに》の神祇に奉り、民の為《の》に禱み祈らしむ。

又、府の大寺《だいじ》と別国《ことくに》（大宰府管内諸国）の諸寺とをして、金剛般若経《こむがうはんにやきやう》を読ましむ。仍《より》て使を遣して疫《えき》民《みん》に賑給《しんごふ》し、并せて湯薬《とうやく》を加へしむ。又、其の長門より以還《このかた》の諸国の守《かみ》、若《も》しくは介《すけ》、専《もは》ら斎戒《さいかい》し、道饗祭《みちあへのまつり》を祀る。

とある。また、『続日本紀』天平七年是歳条に

是《こ》の歳《とし》、年（穀物）頗《すこぶ》る稔らず。夏より冬に至るまで、天下、豌豆瘡《わんとうさう》〈俗に裳瘡《もがさ》と曰ふ。〉を患《や》む。夭《わか》くして死ぬる者多し。

とある。この年の夏から冬にかけて九州地方で疫病が大流行したらしい。政府は大宰府管内の神社に幣帛を奉って祈祷し、諸寺には金剛般若経を読経させた。また、使者を派遣して賑給し、湯薬を与えている。さらに、疫病の神の侵入を防ぐために、長門以東の諸国の国司は斎戒し、臨時に道饗祭を行った。しかし、それにもかかわらず知太政官事舎人《とねり》親王はじめ死者を多数出したのである。

また、『続日本紀』天平九年十二月是年春条には疫病の猛威を次のように記している。

是の年の春、疫瘡《えきさう》大きに発《おこ》る。初め筑紫より来りて夏を経て秋に渉《わた》る。公卿以下天下の百姓《はくせい》、相継ぎて没死《し》すること、勝《あ》げて計《かぞ》ふべからず。近き代《よ》より以来《このかた》、これ有らず。

この近来まれにみる「疫瘡」の流行は、九州から始まった。四月には大宰府管内の諸社への祈祷や湯薬の投与が行われている。しかし、四月十七日に参議房前《ふささき》、七月十三日には参議麻呂、同月二十五日には左大臣になったばかりの武智麻呂が、そしてさらに八月五日には参議宇合《うまかい》が相継いで亡くなった。藤

原四子政権は瓦解し、新羅征討の強硬論は影を潜めた。疫病の猛威は藤原四子、中納言多治比県守《たじひのあがたもり》、中宮大夫《ちゅうぐうだいぶ》橘佐為《さい》らの政府首脳、さらには多くの人民を死に至らしめた。まさしく「近代以来」未曾有の出来事であった。

◆二　雪連宅満をめぐって

遣新羅使歌群

『続日本紀』によると、天平八年の遣新羅使は二月二十八日に従五位下阿倍朝臣継麻呂《つぎまろ》が大使に任命され、四月十七日に拝朝したことが記されるが、その後の出発時期などについては何も語らない。ところが、『万葉集』巻十五に遣新羅使歌群と呼ばれる一四五首にも及ぶ歌群があり、目録や題詞を参酌すると天平八年（七三六）の遣新羅使を送別する際の贈答歌、及び渡航時の旅愁・旅情歌などであることが判明する。目録には「天平八年丙子の夏六月、使いを新羅国に遣はす時に」とあり、六月に出発したとしている。

『延喜式』大蔵省入諸蕃使条・入新羅使の項に見える乗組員は（賜物は略）

入新羅使（長官）、判官（第三等官）、録事《ろくじ》（第四等官）、大通事《つうじ》（通訳）、史生《ししょう》（書記官）、知乗船事《ちじょうせんじ》（船長）、船師（機関長）、医師、少通事、雑使、傔人《けんにん》（使節従者）、鍛工（鍛冶）、卜部《うらべ》（占い）、柂師《かじし》、水手《かこ》

長《おさ》、狭杪《かじとり》、水手《かこ》

となっており、緊張関係が緩和した奈良時代後半には四等官のうち副使（小使）は置かれなくなったとみられる。

天平八年の使節については『続日本紀』と『万葉集』巻十五「遣新羅使歌群」により

大使―阿倍継麻呂、副使―大伴三中《みなか》、大判官―壬生宇太麻呂《みぶのうだまろ》、少判官―大蔵麻呂

つまり、『延喜式』と異なる大使（長官）、副使（次官）、大判官・少判官（第三等官）といった構成が判明するが、録事、史生以下は不明である。

筑紫の館（巻十五・三六五二～三六五五題詞）を出発した一行は、やがて壱岐島に到着するが「壱岐島に到りて、雪連宅満が忽ちに鬼病に遇ひて死去」（三六八八～三六九〇題詞）したという。遣新羅使歌群には「鬼病」で亡くなった雪連宅満のための挽歌が九首も収載されている。

壱岐《ゆきの》嶋に到りて、雪連《ゆきの》宅満《やかまろ》が忽《たちま》ちに鬼病《きびやう》に遇ひて死去せし時に作る歌一首〈并せて短歌〉

天皇《すめろき》の　遠の朝庭《みかど》と　韓国《からくに》に　渡る我が背《せ》は　家人《いへびと》の　斎《いは》ひ待たねか　正身《ただみ》かも　過ちしけむ　秋
さらば　帰りまさむと　たらちねの　母に申して　時も過ぎ　月も経《へ》ぬれば　今日《けふ》か来《こ》む　明日か
も来むと　家人は　待ち恋ふらむに　遠の国　いまだも着かず　大和をも　遠く離《さか》りて　岩《いは》が根《ね》の
荒き島根に　宿りする君
（巻十五・三六八八）

伊波多《いはた》（石田）野《の》に　宿《やど》りする君　家人《いへびと》の　いづらと我を　問はばいかに言はむ　（巻十五・三六八九）

世の中は　常《つね》かくのみと　別れぬる　君にやもとな　我が恋ひ行かむ　（巻十五・三六九〇）

右の三首、挽歌

天地《あめつち》と　共にもがもと　思ひつつ　ありけむものを　はしけやし　家を離《はな》れて　波の上《うへ》ゆ　なづさひ来《き》にて　あらたまの　月日も来経《きへ》ぬ　雁がねも　継《つ》ぎて来《き》鳴けば　たらちねの　母も妻らも　朝露に　裳《も》の裾《すそ》ひづち　夕霧に　衣手濡れて　幸《さき》くしも　あるらむごとく　出《い》で見つつ　待つらむものを　世の中の　人の嘆きは　相思はぬ　君にあれやも　秋萩の　散らへる野辺《のへ》の　初尾花《はつをばな》　仮廬《かりほ》に葺《ふ》きて　雲離《くもばな》れ　遠《とほ》き国辺《くにへ》の　露霜の　寒き山辺《やまへ》に　宿りせるらむ　（巻十五・三六九一）

はしけやし　妻も子どもも　高々《たかたか》に　待つらむ君や　島隠《しまがく》れぬる　（巻十五・三六九二）

もみち葉の　散りなむ山に　宿りぬる　君を待つらむ　人しかなしも　（巻十五・三六九三）

右の三首、葛井《ふぢゐの》連子老《こおゆ》が作る挽歌

わたつみの　恐《かしこ》き道を　安《やす》けくも　なく悩み来て　今だにも　喪《も》なく行かむと　壱岐《ゆき》の海人の　ほつての卜部《うらへ》を　かた焼きて　行かむとするに　夢のごと　道の空路《そらぢ》に　別れする君

（巻十五・三六九四）

昔より　言ひけることの　韓国《からくに》の　辛《から》くもここに　別れするかも　（巻十五・三六九五）

新羅《しらき》へか　家にか帰る　壱岐《ゆき》の島　行かむたどきも　思ひかねつも　（巻十五・三六九六）

右の三首、六鯖《むさば》が作る挽歌

作者未詳の挽歌と、葛井連子老、そして六鯖（恐らくは六人部《むとべの》連鯖麻呂）の三人の挽歌である。歌中に「遠の国　いまだも着かず　大和をも　遠く離りて　岩が根の　荒き島根に　宿りする君」（巻十五・三六八八）とあることから、宅満の病死は目的地である新羅にまだ到着する以前の、つまり往路での事件であったことが知られる。

宅満は「伊波多野に宿りする君」（巻十五・三六八九）とあるように「伊波多野」に葬られたが、「伊波多野」は『和名抄』に壱岐島石田《いはた》郡石田郷、延喜民部上式に壱岐嶋石田郡とある地で、現在の長崎県壱岐市東南部の石田町付近と推定される。

雪連宅満

「雪連宅満」は題詞にみえる表記で、巻十五・三六四四左注には「雪宅麻呂」とある。氏姓の「雪連」は壱岐の地名に由来する。名の「宅満」という表記は、遣唐使となった三野岡万呂の「美努岡萬」（美努岡萬墓誌）という表記を念頭に置けば中国風の表記で、雪（壱岐）連宅万呂（巻十五・三六四四）が本来の名であろう。

滝川政次郎氏は『延喜式』巻三・臨時祭条に神祇官の卜部が伊豆、壱岐、対馬からとられていること、同じく『延喜式』大蔵省・入諸蕃使条の入新羅使の乗組員に卜部があることから、この宅満が神祇官の卜部で遣新羅使の卜部に任ぜられたとされ、六鯖の三六九四番歌はその証であるとされた。[1] しかし、雪連宅満の挽歌については、帰国後に詠まれた歌、或いは編纂時に補入された歌とする説がある。[2]『続日本紀（二）』（岩波書店）補注［12—三七］は宅満を壱岐の卜部とする滝川説を支持するが、宅満の挽歌については、氏名表記に着目して葛井連子老と六鯖の挽歌をのちの誦詠、或いは添加とする吉井巌氏の説を支持し、遣新羅使の一行の中に入れるのは適当ではないとしている。

そこで伊吉（壱岐）連についてみると、伊吉連の旧姓は史《ふひと》で、天武紀十二年（六八三）十月己未［五日］条に壱伎史に連が賜姓されたことがみえる。『新撰姓氏録』によると「伊吉連、長安の人、劉家楊雍《やうよう》自り出づ」（左京諸蕃上・右京諸蕃上）、「板茂《いたもちの》連。伊吉連同祖、楊雍の後《すゑ》なり」（河内国諸蕃）としている。また『続日本後紀』承和二年九月乙卯条に「河内国人左近衛将監伊吉史豊宗及び其の同族、惣て十二人に姓を滋生《しげおの》宿祢と賜ふ。唐人楊雍の七世の孫、貴仁の苗裔《びようえい》なり」とあり、伊吉史（連）が中国（唐）系渡来氏族と称していたことが知られる。

一族では伊岐史乙《おと》等が引唐客使（舒明紀四年十月条）、伊吉史（連）博徳《はかとこ》が遣唐使・告唐客使・送百済使使・遣新羅使を歴任、また『律令』の編纂にたずさわっている。その後も伊吉連古麻呂が遣唐使（『続日本紀』慶雲四年五月壬子［十五日］条、時に従八位下）、そして今問題としている雪（壱岐）連宅満が遣新羅使、さらに伊吉連益麻呂が遣高麗副使（『続日本紀』天平宝字六年十二月乙卯［十一日］条）となっており、遣外使として活躍したことが知られる。

壱岐の卜部

卜部は神祇官に属する伴部で、亀を灼いて吉凶を占う亀卜のことを掌る（職員令義解1神祇官・卜兆）。定員は二〇人とされ、『延喜式』臨時祭条では卜部を貢する国は伊豆・壱岐・対馬の三国で、「伊豆五人、壱岐五人、対馬十人」とされている。壱岐の卜部では平安時代の史料であるが、伊伎是雄が知られる。

①『三代実録』貞観五年（八六三）九月七日丙申条

壹伎嶋石田郡人宮主外従五位下卜部是雄。神祇権少史正七位上卜部業孝等賜二姓伊伎宿祢一。其先出レ自二雷大臣命一也。《壱伎嶋石田《いはた》郡の人、宮主《みやじ》外従五位下卜部是雄《これを》、神祇権少史正七位上卜部業孝《なりたか》らに姓を伊伎宿祢《すくね》と賜ふ。其の先《おや》は雷大臣命《いかづちのおほおみのみこと》自り出づるなり。》

②『三代実録』貞観十四年（八七二）四月二十四日癸亥条

宮主従五位下兼行丹波権掾伊伎宿祢是雄卒。是雄者。壹伎嶋人也。本姓卜部。改爲二伊伎一。始祖忍見足尼命。始レ自二神代一。供二亀卜事一。厥後子孫伝二習祖業一。備二於卜部一。是雄。卜数之道。尤究二其要一。日者之中。可レ謂二独歩一。嘉祥三年為二東宮々主一。皇太子即位之後。転為二宮主一。貞観五年授二外従五位下一。十一年叙二従五位下一。拝二丹波権掾一。宮主如レ故。卒時年五十四。《宮主従五位下兼行丹波権掾伊伎宿祢是雄《これを》卒《しゅつ》しぬ。是雄は壱伎嶋の人なり。本姓の卜部を改め伊伎と為《な》る。始祖は

忍見足尼命《おしみのすくねのみこと》なり。神代より始めて亀卜の事に供《つか》へ、厥《そ》の後の子孫、祖業を伝習し、卜部に備《そなへ》る。是雄は卜数の道、尤《もつとも》其の要を究《きは》む。日者《につしや》（占い師）の中、独歩（並ぶ者がない）と謂ふべし。嘉祥三年（八五〇）東宮宮主《みやじ》と為り、皇太子（清和天皇）即位の後、転《うつ》りて宮主と為る。貞観五年（八六三）外従五位下を授《さづ》けらる。十一年（八六九）従五位下に叙せられ、丹波権掾《ごんのじょう》に拝《め》さる。宮主は故《もと》の如し。卒する時、年五十四。》

是雄は壱岐の人で本姓は卜部氏、貞観五年に伊伎宿祢を賜った。代々亀卜に従事し、雷大臣命を其先とし、あるいは忍見足尼命を始祖としている。忍見足尼命は「壱伎県主《あがたぬし》先祖押見宿祢」（顕宗紀三年二月丁巳朔条）とあるように、壱岐県主の先祖とされており、壱岐の卜部は壱岐宿祢の系統から輩出されている。

ちなみに『新撰姓氏録』には伊伎宿祢と同祖するものに壱岐直《あたい》があり「天児屋命の九世孫、雷大臣の後なり」（右京神別上）としている。一族の壱岐直才麻呂は天長五年（八二八）正月に外従五位下で壱岐嶋造に任じられ（『類聚国史』巻十九・国造）、壱岐直氏成は天長七年に『新撰亀相記《きそうき》』を撰している。[3]

右のように見てくると、壱岐を称する氏族のなかには遣外使を輩出した渡来系の壱岐連（史）と、卜部を出した壱岐宿祢や嶋造を出した壱岐直の系統があった。滝川氏は雪連宅満を壱岐出身の遺新羅使の卜部とされたが、伊吉連（史）の職歴からすると卜部ではなく、史生や通事などとみる余地もあろう。題詞が宅麻呂を外交官にふさわしい「宅満」と表記していることも傍証となる。

遣新羅使の悲劇

遣新羅使大判官《だいはんがん》従六位上壬生使主《みぶのおみ》宇太麻呂《うだまろ》、少判官正七位上大蔵忌寸《おおくらのいみき》麻呂らの帰朝報告によれば、大使の阿倍継麻呂は、帰路津嶋《つしま》（対馬）で亡くなり、副使の従六位下大伴宿祢三中《みなか》も病気で京に入れなかったという（『続日本紀』天平九年正月辛丑［二十六日］）。

天平九年の「筑紫より来たりて」という疫病の原因はこの遣新羅使にあったらしい。しかし、天平八年に壱岐に到着する以前に「鬼病」に罹患した雪連宅満は、恐らく前年の天平七年に大宰府で流行し、終息したと思われた「豌豆瘡《わんとうさう》」により罹病したと推測される。新羅で感染したとする説が根強いが（『続古事談』第五・諸道など）、新羅で感染したのではなく、一端終息したかにみえた天平七年の筑紫の疫病が原因とみられる。

三　律令国家の医療制度

古代の医療制度

周知のように天皇をはじめ中宮・東宮の医療を担当したのは中務省所管の内薬司《ないやくし》であり、侍医も配置された（職員令11内薬司）。一方、貴族や一般官人の医療を担当したのは宮内省所管の典薬寮《てんやくりょう》で、五位以上の官人（貴族）が病気となったときには、許可があれば医師が往診もした（医疾令24五位以上疾患条）。典薬寮は官人の医療のみならず、医師の養成、薬草の栽培にもあたっている。

注意されるのは、典薬寮には医・針・按摩・薬のほかに呪禁《じゆごん》が置かれている点である。これは唐の医療官制にならい置かれたものである（『大唐六典』巻十四、大医署）。呪禁生が学ぶべき「呪禁・解忤《げご》・持禁《ぢこむ》の法」（医疾令14按摩呪禁生学習条）については『政事要略』巻九十五所引義解に

謂。持禁者、持二杖刀一読二呪文一、作レ法禁レ気。為二猛獣・虎狼・毒虫・精魅・賊盗・五兵一不レ被二侵害一。又以二呪禁一固二身体一、不レ傷二湯火刀刃一。故曰二持禁一也。解忤者、以二呪禁法一解二衆邪驚忤一。故曰二解忤一也《謂ふこころは、持禁《ぢこむ》とは、杖刀を持して呪文を読み、法を作《な》して気を禁ずるをいふ。猛獣・虎狼・毒虫・精魅《せいび》（怪物）・賊盗・五兵の為に侵害せられず。又た呪禁を以て身体を固めて、湯火刀刃に傷《やぶ》られず、故に持禁と曰ふなり。解忤《げご》とは、呪禁の法を以て衆邪の驚忤《きようご》を解く（邪気を祓う）なり。故に解忤と曰ふなり。》

とあり、僧尼は仏教以外の呪術的行為による療病が禁じられていることから（僧尼令2卜相吉凶条）、医疾令にいう「呪禁」は道教の呪文（道呪）であることが指摘されている。[4] 古代の医療には、このような呪文までが含まれていたのである。

四　天平九年の流行病対策

さて、天平七年・天平九年、両度の疫病の流行に律令国家の医療組織はどのように対応したであろうか。天平九年に流行した疫病に対する対応策としては、『朝野群載《ちょうやぐんさい》』巻二一「凶事」に収載される典薬寮の勘文《かんぶん》（答申）、及び『類聚符宣抄《るいじゅうふせんしょう》』第三「疾疫」に収載される太政官符が知られる。(5)

（一）『朝野群載』所収「典薬寮勘文」

典薬寮の勘文

長文であるが煩をいとわず典薬寮の勘文を左に掲げる。意訳を［　］内に示した。勘申は大きく三項目二十四箇条からなり、（ア）傷寒後禁食《傷寒（熱病）後の禁食》、すなわち発熱後の慎むべき食事法十二箇条、（イ）傷寒豌豆病治方《傷寒豌豆《わんとう》病（天然痘）の治方（治療法）》七箇条、（ウ）豌豆瘡滅レ瘢《豌豆瘡《わんとうそう》の瘢《はん》（あばた）を滅ず》、すなわち天然痘の瘡痕《そうこん》（あばた）の治療法五箇条といった内容である。

典薬寮《てんやくりょう》、疱瘡治方《ほうそうちほう》（疱瘡の治療法）の事を勘《かむが》へ申《まう》す。

（ア）傷寒後禁食。

1、勿レ飲レ水〈損二心胞一、掌炙不レ能レ臥〉。［水を飲んではならない。心胞を損い、掌炙《しょうしゃ》して〈胸苦しく〉、寝ることができない。］

2、大飲食、病後致レ死。［食べ過ぎ、飲み過ぎは、死ぬ危険もある。］

3、又勿レ食二肥魚・膩魚鱠、生魚類、鯉・鮪・蝦・蛆［䱙］・鯖・鰺・年魚・鱸一。令二泄痢一不二復救一。［又肥魚《ひぎょ》・膩魚《じぎょ》〈脂肪分の多い魚〉の鱠《なます》〈細かく切る〉、鯉《こい》・鮪《まぐろ》・蝦《えび》・䱙《うなぎ》・鯖《さば》・鰺《あじ》・年魚《あゆ》・鱸《すずき》などの生魚類を食べてはならない。泄痢《せつり》〈下痢〉して治らない。］＊「蛆」はうじの意味、䱙の誤りか。

4、又五辛食之、目精失不明。［五辛《ごしん》〈韮・葱など〉を食べると、視力を失う。］

＊「五辛」は五種類の辛味のある蔬菜〈僧尼令7飲酒条〉。

5、又諸生菜菓〈鬲《れき》〈かなえ〉上為二熱蝓一〉。［生野菜・果物は火を通すこと。］

6、又生魚食之、勿二酒飲一。泄利難レ治。［生魚を食べたら飲酒してはいけない。下痢が治りにくい。］

7、又油脂物、難レ治。［脂肪分の多い食物を取ると治りにくい。］

8、又蒜与レ鱠合食、令二人損一。［蒜と鱠《なます》とを合食〈食べ合わせ〉すると、人に害がある。］

9、瓜与レ鱠合食、病後発。［瓜《うり》と鱠《なます》と合食すると、病気をおこす。］

10、又飲酒陰陽復病、必死。［飲酒は病気をおこし、死に至らしめる。］

11、食二生薬［菜］一陰陽復病、死。［生野菜を食べると病となり、死ぬ危険がある。］

12、病癒後大忌。大食飲酒、酔飲レ水〈汗出无レ忌〉。
［病後、食べ過ぎ、酒の飲み過ぎに注意、酔いは水を飲め〈汗が出るのは良い〉。］

（イ）傷寒豌豆病治方。

13、初発覚欲作、則煮二大黄五両一服レ之。［発病したら、大黄《だいおう》五両を煎じて服用させる。］

＊「大黄」は『和名本草』に「和名於保之（おほし）」とある。薬剤で、ダイオウ（タデ科）の根茎を健胃剤、下剤に用いる。

14、又青木香二両、水三升、煮取二一升一、頓服。
［青木香《せいぼくこう》二両と水三升を煮て、一升を取って、頓服《とんぷく》（服用）させる。］

＊「青木香」は薬剤で、鑑真が日本に将来しようとした薬物の一つ（『唐大和上東征伝』）。

15、又取二好蜜一通身麻子瘡上。［千金方］
［良い蜜を取り、通身（全身）の麻子《まし》（痘痕《とうこん》）の瘡《そう》（かさ）に上《のせ》る（塗布する）。］

16、又黄連三両、以二水二升一煮、取二八合一、服レ之。
［黄連《おうれん》三両を、水二升と混ぜて煮て、八合を服用させる。］

＊「黄連」は『和名本草』に「和名加久末久佐（かくまぐさ）」とある。地下茎を乾燥させ健胃剤とする。

17、又小豆粉、和二鶏子白一、付レ之。［小豆粉を鶏子白《けいしはく》（卵白）に混ぜてこれを塗布する。］

18、又取二月汁一、水和浴レ之。［月汁（月経水）をとって水に混ぜ入浴する。］

19、又婦人月布拭二小児一。［婦人の月布（生理用品）で小児をぬぐう。］

（ウ）豌豆瘡滅レ瘢。

20、以二黄土末一塗レ上。［黄土末《おうどまつ》（黄土の粉末）で塗布する。］

＊「黄土」は薬物、絵具に用いられる。

21、又鷹矢粉土干和二猪脂一塗レ上。［鷹矢粉土（鷹の糞）と猪の脂を混ぜて塗布する。］

＊「鷹矢粉土」『本草和名』に「鷹矢白……和名多加乃久曽（たかのくそ）」とある。

22、又胡粉付レ上。［胡粉《ごふん》を塗布する。］

23、又白殭末付レ之。［白殭末を塗布する。］

＊「白殭」は、或いは「白薑《はくきょう》」、白いショウガのことか。乾して薬剤とする。

24、又蜜付レ之。［蜜を塗布する。］

右、宣旨《せんじ》に依り勘《かんが》へ申す。

天平九年六月　日　頭

右は典薬寮が宣旨に対して勘申（答申）した二十四箇条からなる処方である。ここに見る処方のほとんどは現存する日本の最古の医学書である『医心方《いしんほう》』（永観二年［九八四］丹波康頼《やすより》撰）に引用される中国の医学書に依拠していることが明らかにされている。(6)（イ）「傷寒豌豆病の治方（治療法）」七条のうち13、

14、15、17、19は引用される『千金方《せんきんほう》』に、14、16、17、18、19は『宋版千金方』にみえることから、『千金方』に依拠していたことはほぼ誤りない。また（ウ）「豌豆瘡《わんとうそう》の瘢《はん》を滅ず」る治療法五条のうち三条は『新録方《しんろくほう》』に合致する。そして（ア）の「傷寒《しょうかん》（急性熱性病の古名）の後の禁食」十二条のうち七条が『七巻食経《しょくけい》』(7)に依拠しており、その他は『養生要集』、『養生志』などに類似の記述があるという。(8)

典薬寮の処方は中国医学の知識を踏まえた治療法であり、十世紀末の『医心方』の水準にあったとされるが、貴族や一般官人が対象であり、大黄《だいおう》、青木香《せいぼくこう》、黄連《おうれん》などの高価な薬剤は庶民が使用できる可能性はなかった。

（二）『類聚符宣抄』所載「太政官符」

『類聚符宣抄』の太政官符

『類聚符宣抄《るいじゅうふせんしょう》』は七三七（天平九）〜一〇九三（寛治七）の間の宣旨、太政官符などを部類別に編集した法令集で、一〇巻（現存は八巻）、『左丞抄《さじょうしょう》』ともいう。この『類聚符宣抄』の巻三・疾疫の項に天平九年六月二十六日付の太政官符（七箇条からなる疫病への対処法）が収載されている。

太政官符す、東海・東山・北陸・山陰・山陽・南海等諸国司、合わせて疫《えやみ》に臥すの日の治身及び食

物等を禁ずる事七条

①一、凡是疫病名二赤斑瘡一。初発之時、既似二瘧疫一。未レ出前。臥床之苦、或三・四日、或五・六日。瘡出之間、亦経二三・四日一。支体府蔵、太熱如レ焼。当二是之時一、欲レ飲二冷水一〈固忍莫レ飲〉。瘡入［又］《カ》欲レ愈。熱気漸息。痢患更発。早不二療治一。遂成二血痢一〈痢発之間、或前或後、無レ有二定時一〉。其共発之病、亦有二四種一。或咳嗽〈志波夫岐〉、或嘔逆〈多麻比〉、或吐血、或鼻血。此等之中、痢是最急。宜下知二此意一能勤中救治上。

《凡そ是の疫病を赤斑瘡《せきはんそう》と名《な》づく。初発の時（発病時）、既に瘧疫《ぎやくえき》（おこり）に似る。未だ出でざる前に、臥床の苦あり。或は三・四日、或は五・六日。瘡《そう》（できもの）出づる間、亦た三・四日を経る。支体府蔵、太熱焼ける如し（全身は焼けるように熱い）。当《まさ》に是の時、冷水を飲まんと欲す〈固く忍びて飲ます莫かれ〉。瘡《そう》、また愈《いえん》（癒る）とするに、熱気漸《や》く息む。痢患《りかん》更た発《おこ》る。早《すみやか》に療治せざれば、遂に血痢《けつり》（血便）を成す〈痢発の間、或は前、或は後、定むる時有るなし（定まらない）〉。其れと共に発《おこ》る病、亦た四種有り。或は咳嗽《がいそう》〈志波夫岐《しはぶき》（せき）〉、或は嘔逆《おうぎやく》〈多麻比《たまひ》（嘔吐）〉、或は吐血、或は鼻血。此等《これら》の中《うち》、痢（下痢）是れ最も急なり（注意すべき）。宜しく此の意を知り能《よ》く救治（治療）に勤むべし。》

②一、以二肱巾并綿一、能勒二腹腰一、必令二温和一、勿レ使二冷寒一。

《肱巾《はらまき》并びに綿を以て、能く腹・腰を勒《ろく》し（抑える）、必ず温和にして、冷寒せしむるなかれ（冷や

してはいけない）。》

③一、鋪設既薄、無レ臥二地上一。唯於二床上一、敷二簀席一得二臥息一。
《鋪設《ほせつ》（寝具）は既《すで》に薄《うす》くも、地上に臥《ふ》せること無かれ。唯だ床上に簀《すのこ》・席《むしろ》を敷きて臥息《がそく》を得ん（寝かせる）。》

④一、粥饘并煎飯粟等汁、温冷任レ意、可レ用レ好之。但莫レ食二鮮魚完［宍］及雑生菓菜一。又不レ得二飲レ水喫一レ氷。固可二戒慎一。其及レ痢之時、能煮二韮・葱一可二多食一。若成二赤白痢一者。糯粉和二八九一、沸令レ煎、温飲再三。又糯糒粳糒。以二湯饘一飡レ之。若有レ不レ止者、用二五六度一、無レ有二怠緩一〈其糒舂砕。勿レ令レ全レ麁。〉
《粥《かゆ》・饘《せん》（おもゆ）并びに煎飯・粟《あわ》等の汁は、温冷意に任せ、好みに用ふべし。但し鮮魚・宍《しし》（肉）、及び雑《くさぐさ》の生菓菜（果物・生野菜）を食ふなかれ。又飲水・喫氷《きつぴよう》は得ざれ。（水と氷は）固く戒慎すべし。其れ痢《り》（下痢）に及ぶの時、能く韮《にら》（ニンニク）・葱《ねぎ》を煮、多く食ふべし。若し赤白痢《せきはくり》（血便・乳状便＊青木氏に依る）に成らば、糯《もちごめ》の粉を八九に和し、沸して煎《に》せしむ。温飲すること再三。又糯糒《だび》・粳糒《こうび》を湯饘《とうせん》（おもゆ）を以て之を飡《そん》（食べる）せよ。若し止まらざれば、五六度用ゐよ。怠緩《たいかん》（おろそか）有ること無かれ。〈其の糒《ほしいい》を舂《つ》き砕き、麁《そ》に全くせしむるなかれ（荒くしてはいけない）。〉》

⑤一、凡此病者。定悪二飲食一。必宜二強喫一。始レ従二患発一。灸火海松并擣塩屢含二口中一。若口舌雖レ爛

可レ用良之。

《凡そ此の病は、定めし飲食を悪《にく》む（嫌がる）。必ず強喫《きようきつ》（無理にも食べる）すべし。患発《おこ》りて従《よ》り始め、炙火海松《しやかみる》（焼いた海草）并びに擣塩《とうえん》（搗いた塩）を屡《しばしば》口中に含ましむ。若し口舌爛《らん》（ただれる）と雖も用ふべきが良し。》

⑥一、病愈之後、雖レ経二二十日一、不レ得下輙喫二鮮魚・完［宍］・菓菜一、并飲レ水及洗浴、房室、強行、歩中当風雨上。若有二過犯一、霍乱必発、更亦下痢、所レ謂勢発〈更動之病、名曰労発〉。兪附扁鵲、豈得二禁断一。二十日已後、若欲レ喫二魚完［宍］一、先能煎炙、然後可レ食。餘乾鰒・堅魚等之類、煎否皆良〈乾脯亦好〉。但鯖及阿遅等魚者。雖レ有二乾腊一慎不レ可レ食。〈年魚者。煎炙不レ可レ喫〉。其蘇蜜并豉等不レ在二禁令一。

《病愈《びようゆ》の後、二十日を経ると雖も、輙《すなわ》ち鮮魚・宍《しし》（肉）・菓菜を喫《きつ》し、并びに飲水及び洗浴《せんよく》、房室《ぼうしつ》の強行、歩きて風雨に当たるを得ざれ。若し過犯有らば霍乱《かくらん》（嘔吐）必ず発《おこ》り、更に亦た下痢す。所謂《いわゆる》、勢発《せいはつ》せば〈更動（またの）の病名を労発《ろうはつ》と曰ふ〉、兪附《ゆふ》（名医の名）・扁鵲《へんじやく》（名医の名）豈に禁断を得む。二十日已後、若し魚・宍（肉）を喫せんと欲さば、先ず能く煎炙《せんしや》（あぶる、焼く）し、然る後に食ふべし。余の乾鰒《ほしあわび》・堅魚（なまり）等の類。煎否《せんぴ》皆良し〈乾脯《ほじし》（乾し肉）亦た好し〉。但し、鯖《さば》及び阿遅《あぢ》（鰺）等の魚は、乾腊《きたひ》（乾し肉）有ると雖も慎みて食ふべからず。〈年魚は、煎炙《せんしや》、喫すべからず〉。其の蘇《そ》（乳製品）・蜜《みつ》并びに豉《し》（とうふ）等は禁令にあらず。》

⑦一、凡欲レ治二疫病一。不レ可レ用二丸・散等薬一。若有二胸熱一者。僅得二人参湯一。

《凡そ疫病を治さむと欲さば、丸（丸薬）・散（散薬）等の薬は用ゐるべからず。若し胸に熱有らば、
僅かに人参湯《にんじんとう》を得よ。》

以前、四月已来、京及び畿内、悉《ことごと》く疫病に臥す。多く死亡有り。明らかに諸国佰姓、亦た此の患に遭うを知る。仍りて件の状を条す（箇条書きにする）。国之を伝送せよ。（符）至らば写取るべし。即ち郡司主帳《しゆちよう》（第四等官）已上一人を差して使に宛て、早《すみやか》に前所に達し、留滞有ること無かれ。其れ国司、部内を巡行し、百姓に告示し、若し粥《かゆ》・饘《せん》（おもゆ）等の料無くば、国量《はか》りて官物を賑給《しんごう》すべし。具《つぶさ》に状を申送る。今、便りに官印を以て之に印す。符到らば奉行せよ。

正四位下行右大弁　紀朝臣　　従六位下守右大史勲十一等　壬生使主

天平九年六月二十六日

この太政官符は京・畿内、西海道を除く、東海以下六道に出されている。六月の時点で京・畿内、西海道が除かれているのは、すでに同様の命令が伝達されていたからであろう。

末尾には官符が届いたならば直ちに国で写し取り、滞留することなく伝送すること、国司は部内を巡行し百姓に告示することなどが厳命されている。石川県津幡《つばた》町加茂遺跡から出土した牓示札《ぼうじさつ》が想起される。

この官符にみる対処法は典薬寮の研究成果とみる説もあるが、丸山氏の指摘にあるように、貴族・中下級官人を対象とした典薬寮の勘文とは異なり、中国医書に依拠せず、より現実的な知見から作成されたとみるのが妥当であろう。[9] 病名の相違（後述）、韮・葱など五辛の摂取方の相違（典薬寮勘文は摂取を禁じ［(ア) 4］、太政官符は勧める［④］）などは著しい相違点である。

現実的な対処法とはいえ④にある糯糒《だび》・粳糒《こうび》を湯饘《とうせん》（おもゆ）にして食べられる者、⑥の蘇《そ》・蜜《みつ》を食べられる者、⑦の人参湯の服薬をうけられる者はごく限られた階層の人々であったろう。

この官符は疱瘡の対処法の水準とされ、一〇世紀末の『医心方』、一一世紀末の『水左記《すいさき》』承保四年（承暦元年、一〇七七）八月九日条、鎌倉時代前半の『続古事談《ぞくこじだん》』第五・諸道、鎌倉時代後半の『拾芥抄《しゅうがいしょう》』下「養生部」などに引き継がれ、繰り返し引用されている。

（三）木簡にみる流行病対策

「鬼病」と「豌豆瘡」

『続日本紀』は天平七年の流行病を「豌豆瘡《わんとうさう》」と記し、「俗に裳瘡《もがさ》」というとしているが（是歳条）、天平九年の流行病に対しては「疫瘡《えきさう》」と表記している。また、典薬寮勘文では「疱瘡《ほうそう》」、「豌豆病」、「豌豆瘡」、太政官符では「赤斑瘡《せきはんさう》」と記し、病名はさまざまに呼ばれている。

太政官符に「赤斑瘡」とあることから、これを「あかもがさ」、すなわち麻疹《はしか》とみて、天平七年の「豌豆瘡」、すなわと天然痘（もがさ）とは異なる病気であるとする見解があるが、(10)『医心方』巻十四所引『葛《かつ》氏方《しほう》』や『政事要略』巻九十五所引医疾令25義解などをみると、奈良時代にはまだ厳密な区別はなされていなかったとする丸山説に左袒したい。(11) このようにみると『万葉集』遣新羅使歌群の「鬼病」は天平七年の「豌豆瘡」や、天平九年の「疫瘡」、「赤斑瘡」と同じ病気であったとみて誤りなかろう。

ところで、この「豌豆瘡」とか「疫瘡」という呼称は医学的な呼称であって、中務省所管の内薬司や宮内省所管の典薬寮など医療機関による病名であろう。それに対して「鬼病」というのは俗信的、迷信的な呼称で、あるいは曹植の「説疫気」の「疫なる者は鬼神の作す所」（『太平御覧』巻七四三所引）といった文学的知見によるとみられるが、それだけにかえって万葉びとがこの恐ろしい病気を「鬼」（死霊）の仕業とみていたことがうかがえる。

同様な例として二条大路木簡に「唐鬼」と記された例がある。

「唐鬼」を食らう大蛇

左に掲げた木簡は、二条大路の南端を大路に沿って東西に走る濠状遺構（SD五一〇〇）から出土した木簡のひとつである。『平城宮発掘調査出土木簡概報（三十一）』によると、この濠状遺構（SD五一〇〇）から出土した木簡は約三万八千点あり、木簡に記す年紀は神亀二年〜天平十一年で、特に天平七・八年が多いという。

・南山之下有不流水其中有
一大蛇九頭一尾不食余物但
食唐鬼朝食三千暮食
・八百　急々如律令
111×27×4　011
（『平城宮発掘調査出土木簡概報』三十一、三七頁下）

《南山の下に不流水有り。其の中に一大蛇有り。九頭一尾にして余物を食らはず、但だ唐鬼を食らふ。朝に食らふこと三千、暮れに食らふこと八百。急々如律令》

大形徹氏は孫思邈《そんしばく》（?～六八二）『千金翼方《せんきんよくほう》』巻二九「禁経」に類似した文言が散見することを指摘され、一例として

……南山有地、地中有蟲、赤頭黄尾、不食五穀、只食瘧鬼、朝食三千、暮食八百、……急々如律令。

（「禁経」上・勅禁瘧鬼法）

を挙げ、それが駆瘧《くぎやく》の呪文であることを明らかにされた。氏によると「禁経」は世俗に伝わるまじないを収録したもので、「瘧鬼《ぎやくき》」は体内に入り込んで熱病のオコリを引きおこす鬼のことであり、右の文はその鬼が体内に入り込まないようにする、あるいは体内から追い出すための威しの呪文だという[12]。

この木簡の文言が駆瘧の呪文であることからすると、木簡の年代から推して、天平七年、もしくは九年の疫病の流行の際、とりわけ猛威を振るった天平九年に使用された可能性が高いといえよう。

孫思邈は『旧唐書』方技伝などに伝がある道家として著名であるが、七世紀半ばに医学書である『千《せん》金方《きんほう》』三十巻を著した。『日本国見在書目録』は九世紀末の日本にあった漢籍を部類別に書き上げたものであるが、それに「千金方三十一巻」とある。『目録』の方が一巻多いが、多い一巻は目録とみられている。また、『日本紀略』弘仁十一年（八二〇）十二月癸巳条には『千金方』中の治瘡方が針生の兼修とされているので、遅くも九世紀初頭までには将来されていたことが確認できる。しかも、前述の如く天平九

年の典薬寮勘文に『千金方』の文言が認められることからするとさらに将来時期はさかのぼる。

また、孫思邈は晩年に『千金方』を補うものとして右記の『千金翼方』三十巻を編んだとされる。[13]『千金翼方』は『千金方』より道教的色彩が濃いもので、『日本国見在書目録』にみえず、九世紀末にはまだ将来されていなかったらしい。小曽戸洋氏は十世紀末の『医心方』にも引用されていないとされる。[14]

ところが、和田萃氏は『千金翼方』には大形氏が例示された以外にも

登高山、望海水、水中有一龍。三頭九尾、不食諸物、惟食瘧鬼。朝食三千、暮食八百。……急急如律令（「禁経」上「呪瘧鬼法」）

のように木簡の呪言ときわめて類似した文言がみえることから、木簡の呪言は『千金翼方』に依拠しており、『千金翼方』は天平七年に唐から帰国した下道真備（吉備真備）が将来した可能性が高いことを指摘された。また、天平八年六月の吉野行幸に関わる木簡が二条大路の両側（南と北）の溝から検出されており、溝の北側の邸宅が藤原麻呂邸であることから、漢文学に素養をもつ麻呂が『千金翼方』の呪言の「南山」を吉野の山々と結びつけ、「三頭九尾の龍」を吉野にいると伝えられる「九頭一尾の大蛇」と結びつけたとされたのである。[15]

行論の必要上、和田氏が挙げられた「呪瘧鬼法」の全文を掲げる。

「呪瘧鬼法」

①登高山望海水。水中有一龍。三頭九尾。不食諸物。惟食瘧鬼。朝食三千。暮食八百。食之不足。差使

来索符薬入五臓。虐鬼須屏跡。不伏去者縛送与河伯。急急如律令。

《高山に登り、海水を望む。水中に一龍有り。三頭九尾にして諸物を食らはず、惟だ瘧鬼を食らふ。朝に食らふこと三千、暮に食らふこと八百。之を食ひ足らざれば、使を差《つか》はし来索し、符薬を五臓に入る。虐鬼屏跡《へいせき》（姿を隠す）すべし。伏去（去る）せざれば縛送して河伯《かはく》に与ふ。急急如律令》

②〈一云。登高山望海水。天公下捕瘧鬼。咄。汝不疾去。吾家有貴客子各破。頭如東山。軀如東澤。不食五穀。但食百鬼。朝食三千。暮食八百。一食未足催促来索。急急如律令。〉

（「禁経」上「呪瘧鬼法」）

《一に云はく、高山に登り、海水を望む。天公下りて瘧鬼を捕らふ。咄（以下、威嚇の文言）。汝疾《と》く去らざれば、吾家に貴客有り、子各破。頭は東山の如く、躯は東沢の如し。五穀を食らはず。但だ百鬼を食らふ。朝に食らふこと三千、暮に食らふこと八百。一食足らざれば催促して来索す。急急如律令。》

唐鬼木簡

和田氏が挙げられた「呪瘧鬼法」の文言は、確かに木簡の呪文と近似している。注意されるのは、木簡の呪文は『千金翼方』の呪言に比してきわめて簡要で、「瘧鬼」とある部分を「唐鬼」とし、瘧鬼を食らう「三頭九尾の龍」を「九頭一尾の大蛇」としている点である。

木簡の「唐鬼」は「瘧鬼」の誤りとも考えられるが、文字は「唐」字で誤りない。天平七年、八年には遣唐使・入唐留学生が帰朝している。霊鬼が海の彼方からやってくると考えたことから「瘧鬼」を「唐鬼」に改めたのであろう。疫病が唐からもたらされたという考えがあったことを示している。『万葉集』の歌の用字は必ずしも作者の用字であることを示すものではないが、この「唐」字に着目すると、中国を「唐」と書くのはまれで、山上憶良の「好去好来の歌」に限られる。[16] このことからも「虐鬼」を「唐鬼」と記した人物の中国認識がうかがえよう。

同様の呪言は他にも例がある。南朝宋（劉宋）の陸修静《りくしゆうせい》撰、唐の杜光庭《とこうてい》序及び補になる『太上洞玄《たいじようどうげん》霊宝《れいほう》素《そ》霊真《れいしん》符《ぷ》』には病気治療の多数の呪符と呪文が収載されている（『正統道蔵《しようとうどうぞう》』六―三四三〜三六一）。杜光庭の補になる下巻には次のような呪文がある。

1、登高山望寒水、臨虎狼捕瘧鬼。咄。飲汝血、汝何不疾去、吾家有貴客字為破石、頭如西山、軀如東澤、不食五穀、只食瘧鬼、朝食三千暮八百、一鬼不盡、守須索、急急如律令　（「治瘧疾」）

《高山に登り寒水を望む。虎狼の瘧鬼を捕ふるに臨み、咄。汝の血を飲まん。汝何ぞ疾《と》く去らず。吾家に貴客有り、字を破石と為す。頭は西山の如く、軀は東沢の如し。五穀を食らはず、只だ瘧鬼を食らふのみ。朝に食らふこと三千、暮に八百。一鬼尽きざれば、守りて索《もと》むべし。急急如律令》

2、登高山望海水、検虎狼捕瘧鬼。咄。如何不疾去吾家有貴客字為破石、頭如西山、軀如東澤、不食五穀、但食瘧鬼、朝食三千暮食八百、食汝不足今来更索、急急如律令　（「同」）

《高山に登り海水を望む。虎狼の瘧鬼を捕らふるを検し、咄。如何して疾く去らず。吾家に貴客有り、字を破石と為す。頭は西山の如く、躯は東沢の如し。五穀を食らはず、但だ瘧鬼を食らふのみ。朝に食らふこと三千、暮に食らふこと八百。汝を食らひて足らざれば、今来りて更に索む。急急如律令》

3、**登高山望寒水。使虎狼捕瘧鬼。朝食三千暮八百。一鬼不去移。名河伯食之未足。催速求索。急急如新出。老君律令。**（「治禁呪文」）

《高山に登り寒水を望む。虎狼をして瘧鬼を捕らへしむ。朝に食らふこと三千、暮に八百。一鬼去り移らず。名は河伯、之を食らふも足らざれば、催速して求索す。急急如新出、老君《ろうくん》（太上《たいじょう》老君）律令》

右の呪文では呪符に描かれた神が虎狼に瘧鬼を捕まえさせて威嚇している。これを虎狼型とすると、二条大路木簡の「九頭一尾の大蛇」は龍型に属す。

『千金翼方』には前述の如く「三頭九尾の龍」が、またのちの例であるが『茶香室四鈔《さこうしつししょう》』巻七に引用される元の伊世珍『琅嬛記《ろうけんき》』の呪言には九頭十八尾の龍が見えるという[17]。このことは瘧鬼を威嚇する駆瘧の呪言には、瘧鬼を食い尽くす神、もしくは神の使いとして複数の頭尾を備えた龍があるという認識を示している。駆瘧の神、もしくは神の使いが龍とされたのは、瘧鬼が湿地に棲む霊鬼と考えられたことによる（干宝『捜神記』巻一六「疫鬼」）[18]。木簡に「九頭一尾」の「大蛇」とあるのは、そうした駆瘧の神への知見が働いているとみることができる。唐鬼を威嚇する存在として、記紀神話に登場する八岐大蛇（八頭八尾）よりも恐ろしい大蛇を創りだしたのであろうか。

また、偽疑経（中国で偽作した経典）の『大方廣華厳十悪品経《だいほうこうけごんじゅうあくほんぎょう》』（『大正新修大蔵経』八五・一三五九、No. 2875）の一節に、餓鬼地獄にいる巨大な餓鬼を描写して

仏告迦葉、破斎者墜餓鬼地獄。其中餓鬼身長五百由旬。其咽如針。頭如太山。手如龍爪。朝食三千、暮食八百

《仏は迦葉《かしょう》に告げて、「破斎者は餓鬼地獄に墜つ。其の中の餓鬼、身長五百由旬《ゆじゅん》あり。其の咽は針の如く、頭は太山の如く、手は龍の爪の如くにして、朝に三千を食らひ、暮に八百を食らふ。」》

とある。『大方廣華厳十悪品経』はスタイン蒐集敦煌古写経で、隋の法経『衆経《しゅきょう》目録』七巻に見る『華厳十悪経』に当たるとみられている（『仏書解説大辞典』）。「朝食三千、暮食八百」は道教の呪文と重層するもので、南北朝以来、恐ろしさを強調する常套語であったのだろう。

木簡に記された呪文は『千金翼方』「禁経」にある呪言を典拠とする可能性は高いが、なお検討の余地がある。右に見たように木簡の呪文はきわめて簡潔に選択、抜粋されている。この簡要さは、書物によるばかりでなく、留学生を媒介とする中国俗信（道教）の知見によるとみる余地もあろう。天平七年には唐から僧玄昉《げんぼう》や下道真備《しもつみちのまきび》（のちの吉備真備）が十七年に及ぶ留学を終え帰国していることが注意される。玄昉は内典を（仏教の経論）、真備は外書（仏教以外）を将来した。

下道真備の博学多才ぶりは薨伝（『続日本紀』宝亀六年〔七七五〕十月壬戌〔二日〕条）や帰国時の『唐礼《とうれい》』、『大衍暦経《だいえんれきけい》』をはじめとする献上品からもうかがえ、また『扶桑略記』には「凡そ伝学する所、三史・五経・名・刑・算術・陰陽・暦道・天文・漏剋・漢音・書道・秘術・雑占など一十三道」（天平七年四月辛亥〔二十六日〕条）と伝える。帰朝後、正六位下、大学助となり、天平九年十二月には従五位上中宮亮《ちゅうぐうのすけ》であった。

玄昉は五千余巻の経論を将来したが、光明皇后は玄昉将来経にテキストを変更して写経を行っている。玄昉は藤原四子の死去と交替するかのように天平九年八月に僧正となり、宮中の仏殿である内道場の僧となった。

この時期、長屋王宅は皇后宮職の管理となっていたことが明らかにされているが、唐文化に憧憬の念をもった光明皇后の身近に、唐から帰国したばかりの玄昉や真備の知があった。当該木簡が二条大路の南側の溝から出土していることからすると、呪禁の修法が皇后宮、もしくは二条大路で執り行われ、その後に廃棄されたと推測される。[19] 穿孔《せんこう》は認められず、突きさして使用したのであろうか。

玄昉は僧侶であり用いたのは密教の禁呪（陀羅尼《だらに》）であったが、[20] 道呪にきわめて近接している。光明皇后の周辺にいた、玄昉や真備が何らかの形で関与した可能性は高い。

「南山」が呪文の常套語でないとするならば、瘧鬼を威嚇する九頭一尾の蛇のいる平城京の南の山地としては、室生の龍穴を持ち出すまでもなく、『万葉集』や記紀歌謡に「こもりく」の枕詞を冠せられた泊瀬（初瀬）の山地に注目したい。泊瀬は外界から遮断された神の支配する聖なる空間であった。[21] 長谷寺法華説相図銅板銘には「聖跡」を讃える奇端として、釈天（帝釈天）の降臨と霊鷲山《りようじゆせん》で出現した宝塔の湧出《ゆじゆつ》を伝えるが（『法華経』見宝塔品《けんほうとうほん》）、その「聖跡」は天武天皇の泊瀬行幸の際に宴があった「迹驚淵《とどろきのふち》の上《ほとり》」（天武紀八年八月己未［十一日］条）に比定されている。[22] 興味深いのは、法華経講説を聴聞するために霊鷲山に会衆した八龍王（『法華経』序品）のうち、和脩吉《わしゆきつ》龍王は九頭で妙高（須弥山）を繞《めぐ》り細龍の類を食う（窺基『法華《ほけ》経《きよう》玄賛《げんざん》』大正新修大蔵経、巻三四）とされている点である。九頭の和修吉龍王のことは吉蔵『法華義疏』にも見えるが、窺基『法華経玄賛』に注釈を加えたのが玄昉の師智周の『法華玄賛摂釈《しようしやく》』であり、玄昉は天平十五年に書写発願している。九頭一尾の蛇は和修吉龍王から思いつかれた可能性もある。和田氏が吉野行幸と結びつけたのは卓見であるが、九頭一尾の蛇を吉野の大蛇と断ずるにはなお検討の余地があろう。

なお、疫病流行の時期に絵馬が出土しており、絵馬を瘧鬼を疾去させる乗り物とみる見解も示されている。しかし、絵馬については雨乞いとの関連など多様な解釈が可能であり、紙数も尽きたので後考を期したい。[23]

注1　滝川政次郎「遣新羅使卜部雪連宅満」（『萬葉律令考』東京堂、一九七四年）。

2　後藤利雄「遣新羅使歌群の構成」、阪下圭八「遣新羅使人と古歌」（以上『万葉集を学ぶ』第七集、有斐閣、一九七八年）。吉井巌「遣新羅使人歌群―その成立の過程―」（土橋寛先生古稀記念論文集刊行会『日本古代論集』笠間書院、一九八〇年）。最近の論考では、梶川信行氏が滝川説に疑問を投げかけている（「遣新羅使の『挽歌』―天平期において『挽歌』とはいかなるものであったか―」『万葉集と新羅』翰林書房、二〇〇九年）。

3　伊吉（壱岐）氏については、平野博之「対馬・壱岐卜部について」（『古代文化』一七―三（通巻一〇三号）、一九六六年）、佐伯有清『新撰姓氏録の研究』考證篇第三、第四（吉川弘文館、一九八二年）を参照した。

4　下《しも》出《で》積與《せきよ》『日本古代の神祇と道教』（吉川弘文館、一九七二年）。下出氏によれば、厭魅への恐れから、呪禁師は奈良時代末の神護景雲改元の功労者の一人、末使主望足を最後に姿を消し、『延喜式』には官制上からも無くなる。

5　典薬寮勘文、及び天平九年六月の太政官符については、服部敏良《としろう》『奈良時代医学の研究』（東京堂、一九四五年、のちに再刊『奈良時代医学史の研究』吉川弘文館、一九八八年）、新村拓『日本医療社会史の研究』（法政大学出版会、一九八五年）、丸山裕美子「『医心方』への世界へ」（『日本古代の医療制度』名著刊行会、一九九八年）の研究がある。また、太政官符については青木和夫氏の適切な現代語訳がある（『奈良の都』日本の歴史三、中央公論社、一九六五年）。

6　服部敏良、丸山裕美子、前掲書注5。

7　『七巻食経』は一〇世紀に成立した『和名類聚抄』、『医心方』に引用されている。九世紀末の『日本国見在書目録』には『七巻食経』の書名は見えないが、「新撰食経七（巻）」とあるのがこれにあたるか。

8　丸山裕美子、前掲書注5。

9　この官符は典薬寮の勘文に基づくとする服部氏、新村氏、『続日本紀（二）』（岩波書店）補注12―二七、及び滝川政次郎「典薬寮」（「律令研究会編『譯註日本律令』十、令義解譯註篇二、東京堂出版、一九八九年）などの説が有力であるが、典薬寮勘文とは別の次元にあるとする丸山裕美子説が支持されるべきである（丸山、前掲書注5）。

10 三井駿一「天平九年の典薬寮の勘文について」（一般口演抄録『日本医師学雑誌』二四巻二号、一九七八年四月）

11 丸山裕美子、前掲書注5。

12 大形徹「二条大路木簡の呪文」『木簡研究』第一八号、一九九六年。二四六頁）。

13 『千金翼方』禁経については、坂《さか》出《で》祥伸《よしのぶ》「唐代の呪術について―『千金翼方』「禁経」を中心として」（大久保隆郎《たかお》教授退官紀年論集刊行会編『大久保隆郎教授退官紀年論集　漢意とは何か』東方書店、二〇〇一年）、同『道教とは何か』（中公叢書、二〇〇五年）第四章「呪言」を参照されたい。

14 小曽戸洋氏は『千金翼方』の内容の記述法から、孫思邈に仮託した別人の作の可能性を指摘されている。また岡庭為人氏が『医心方』は『千金方』、『千金翼方』を区別なく引用しているとするのに対して（『中国医書本草考』南大阪印刷センター、一九七四年）、『千金翼方』の直接の引用は認められないとし、確実な日本への将来時期は鎌倉時代になるとする（小曽戸洋『中国医学古典と日本』塙書房、一九九六年）。

15 和田萃「南山の九頭龍」（奈良国立文化財研究所編『長屋王家・二条大路木簡を読む』吉川弘文館、二〇〇一年）。初出一九九七年。

16 川崎晃「天と日の周辺―治天下・阿毎多利思比孤・日本―」（高岡市万葉歴史館論集3『天象の万葉集』、二〇〇〇年）

17 澤田瑞穂『修訂中国の呪法』（平河出版社、一九八四年、修訂版一九九五年）。

18 「昔、顓頊氏に三子あり。死して疫鬼となる。一は江水に居りて瘧鬼となり、一は若水に居りて魍《もう》魎《りょう》鬼となり、一は人の宮室に居りて善く人の小児を驚かす小鬼となる」。先坊幸子・森野繁夫『干寶捜神記』（白帝社、二〇〇四年）、竹田晃『捜神記』（平凡社、東洋文庫）などを参照。

19 渡辺晃宏氏は芳野行幸の目的に、疫病調伏の祈願が含まれていた可能性を示唆されている（『平城京と木簡の世紀』日本の歴史4、講談社、二〇〇一年）

20 『太平広記』巻一一二所引『広異記』に、唐の李昕は「千手千眼呪」を誦持していたために瘧鬼が恐れて近寄れなかったという話が見える。「千手千眼呪」は恐らく『千手千眼陀羅尼経』に見える陀羅尼のことであろう。玄昉は天平十三年（七四一）の盂蘭盆会の日に、この『千手千眼陀羅尼経』一千巻の書写を発願している（京都国立博物館蔵、奥書）。

21 川崎晃「泊瀬」の項（辰巳正明・城崎陽子監修『万葉集神事語辞典』國學院大學、二〇〇八年）。

22 「迹驚淵」については東野治之「七世紀以前の金石文」（列島の古代史6『言語と文字』岩波書店）を参照されたい。

23 奈良県日笠フシンダ遺跡出土の絵馬は併出紀年木簡より天平十年頃のものであることから、疫病流行の祭祀と関わらせて、疫神を根国底之国へ敏速に運ぶ救世主とみる見解がある（菅谷文規・清水昭博「所長トーク絵馬について語る」資料、橿原考古学研究所、二〇〇九年七月）。また、二条大路北側の東西溝（SD五三〇〇）出土の絵馬は、年輪年代測定により七二八年以降に伐採されており、絵馬は七二八年～七三八年の間に描かれたとされている（奈良国立文化財研究所編『平城京左京二条二坊・三条二坊発掘調査報告―長屋王邸・藤原麻呂邸の調査―本文編』奈良県教育委員会、一九九五年）五六六頁。これも疫病流行の時期とほぼ同時期となる。金子裕之氏は麻呂邸、もしくは皇后宮の門に懸けていた可能性を指摘されている（『平城京の精神生活』角川選書、一九九七年）。なお、出土絵馬のデータ集約については、北條朝彦「古代「絵馬」祭祀論―難波宮跡北西部と奈良県日笠フシンダ遺跡から出土した「絵馬」を中心に―」（『続日本紀研究』三八一号、二〇〇九年八月）を参照されたい。

＊『万葉集』は新編日本古典文学全集（小学館）、『続日本紀』は新日本古典文学大系（岩波書店）に拠ったが、私に改めた所がある。

＊『千金翼方』は東洋医学善本叢書13・14、オリエント出版社、一九八九年を参照した。

編集後記

『古今和歌集』にはじまる勅撰和歌集におさめられた歌の大部分を季節の移り変わりを詠んだ歌と恋にまつわる歌が占めている。高岡市万葉歴史館論集の第二期は、この和歌の伝統に則ってテーマを設定し、『恋の万葉集』・『四季の万葉集』と続けてきた。

つづく三冊目、通算で十三冊目にあたる今回は、愛する人・親しい人への思いをうたったり、季節の移り変わりごとに感動を伝えようとした「人」そのものを全体のテーマにしようということになった。そして、「人」を全体テーマにしてどのような項目を選択するかについて議論を重ね、人の一生にかかわるふたつの四字熟語に着目し、『生の万葉集』と名づけて一冊にまとめてみた。

仏教では、人がこの世で味わう逃れることのできない苦痛として「生・老・病・死」の四苦を語る。また、苦しみながら生きている人には「喜・怒・哀・楽」の四つの感情がある。いささか抽象的であるが、この八つの文字をまず項目に選んだ。さらに、誕生・成人・結婚など人生の節目に対する思い「寿」と、仏教が人生に対してくだす「無常」という評価を加えて十項目を設定し、恋をうたいあげ、四季を愛した万葉びとたちが、どんな「生」を生きたか、そして、その「生」にどんな感情を披瀝したかについて探ってみた。それに、民俗学的視点と歴史学からのアプローチによる考察を加えた。

たった一文字をテーマにご依頼したため、いろいろと苦労されたとも承っているが、今回も国文学・歴史学の分野で第一線に立つ先生方のご協力を得ることができた。ご多忙にもかかわらずご執筆いただいた先生方に深謝申し上げたい。また、このたびも編集の労をお執りいただいた笠間書院の大久保康雄氏と重光徹氏に厚く御礼申し上げる。

開館二十周年を迎える来年度の十四冊目は『風土の万葉集』と題し、当館の名誉館長だった犬養孝氏が『万葉の旅』のなかで図式化された「万葉歌の風土圏」に着目し、それぞれの万葉故地ゆかりの万葉歌人や万葉歌について探ってみたい。どうぞご期待ください。

平成二十二年三月

「高岡市万葉歴史館論集」編集委員会

執筆者紹介（五十音順）

飯泉健司《いいいづみけんじ》　一九六二年東京都生、國學院大学大学院博士課程後期単位取得退学、埼玉大学教育学部准教授。『風土記探訪事典』（共著・東京堂出版）、「額田王」（『女流歌人』おうふう）ほか。

大久保廣行《おおくぼひろゆき》　一九三六年東京都生、東京教育大学大学院修了、都留文科大学名誉教授、前東洋大学教授。博士（文学）。『筑紫文学圏論　山上憶良』、『筑紫文学圏論　大伴旅人・筑紫文学圏』、『筑紫文学圏と高橋虫麻呂』（以上笠間書院）ほか。

小野　寛《おのひろし》　一九三四年京都市生、東京大学大学院修了、駒澤大学名誉教授。高岡市万葉歴史館館長。『新選万葉集抄』（笠間書院）、『大伴家持研究』（笠間書院）、『孤愁の人大伴家持』（新典社）、『万葉集歌人摘草』（若草書房）、『上代文学研究事典』（共編・おうふう）、『萬葉集全注巻第十二』（有斐閣）ほか。

垣見修司《かきみしゅうじ》　一九七三年兵庫県生、関西大学大学院修了、高岡市万葉歴史館研究員。博士（文学）。「天武天皇御製歌と巻十三の類歌」（『萬葉語文研究』3集）、「『万葉集』巻十三の編纂」（関西大学『国文学』92号）ほか。

川﨑　晃《かわさきあきら》　一九四七年東京都生、学習院大学大学院修士課程修了、元高岡市万葉歴史館学芸課長。『遺跡の語る古代史』（共著・東京堂）、「聖武天皇の出家・受戒をめぐる臆説」（『政治と宗教の古代史』所収、慶應義塾大学出版会）ほか。

神野志隆光《こうのしたかみつ》　一九四六年和歌山県生、東京大学大学院修了、明治大学大学院特任教授。博士（文学）。『漢字テキストとしての古事記』（東京大学出版会）、『変奏される日本書紀』（東京大学出版会）、『本居宣長『古事記伝』を読むⅠ』（講談社）ほか。

新谷秀夫《しんたにひでお》　一九六三年大阪府生、関西学院大学大学院修了、高岡市万葉歴史館総括研究員。『万葉集一〇一の謎』（共著・新人物往来社）、「藤原仲実と『萬葉集』」（『美夫君志』60号）、「「挹乱」改訓考」（『萬葉語文研究』4集）ほか。

関　隆司《せきたかし》　一九六三年東京都生、駒澤大学大学院修了、高岡市万葉歴史館主任研究員。「大伴家持が『たび』とうたわないこと」（『論輯』22）、「藤原宇合私考（一）」（『高岡市万葉歴史館紀要』第11号）ほか。

平舘英子《たいらだてえいこ》　一九四七年神奈川県生、東京教育大学大学院中退、日本女子大学教授。文学博士。『萬葉歌の主題と意匠』（塙書房）、『セミナー万葉の歌人と作品　第九巻』（共著・和泉書院）『女人の万葉集』（共著・笠間書院）ほか。

田中夏陽子《たなかかよこ》　一九六九年東京都生、昭和女子大学大学院修了、高岡市万葉歴史館研究員。「武蔵国防人の足柄坂袖振りの歌」（『高岡市万葉歴史館紀要』17号）ほか。

西澤一光《にしざわかずみつ》　一九五八年東京都生、東京大学大学院博士課程中退、新潟経営大学准教授。文学修士。「上代書記体系の多元性をめぐって」（『万葉集研究』25）、「歴史的制作物としての『文字』をめぐって」（『万葉歴史館紀要』18）ほか。

藤原茂樹《ふじわらしげき》　一九五一年東京都生、慶應義塾大学大学院満期退学、慶應義塾大学教授。『万葉びとの言葉とこころ』（共著・NHK出版）、「旅の翁考」（『叙説』37号）、「山村に幸行しし時のうた」（『萬葉』191号）ほか。

高岡市万葉歴史館論集 13

生《せい》の万葉集《まんようしゅう》

平成 22 年 3 月 31 日　初版第 1 刷発行

編　者　高岡市万葉歴史館 ©
装　幀　椿屋事務所
発行者　池田つや子
発行所　有限会社　**笠間書院**
〒 101-0064　東京都千代田区猿楽町 2-2-3
電話 03-3295-1331(代)　振替 00110-1-56002
印　刷　シナノ
NDC 分類：911.12
ISBN 978-4-305-00243-3

乱丁・落丁はお取り替えいたします。
出版目録は上記住所または下記まで。
http://kasamashoin.jp/

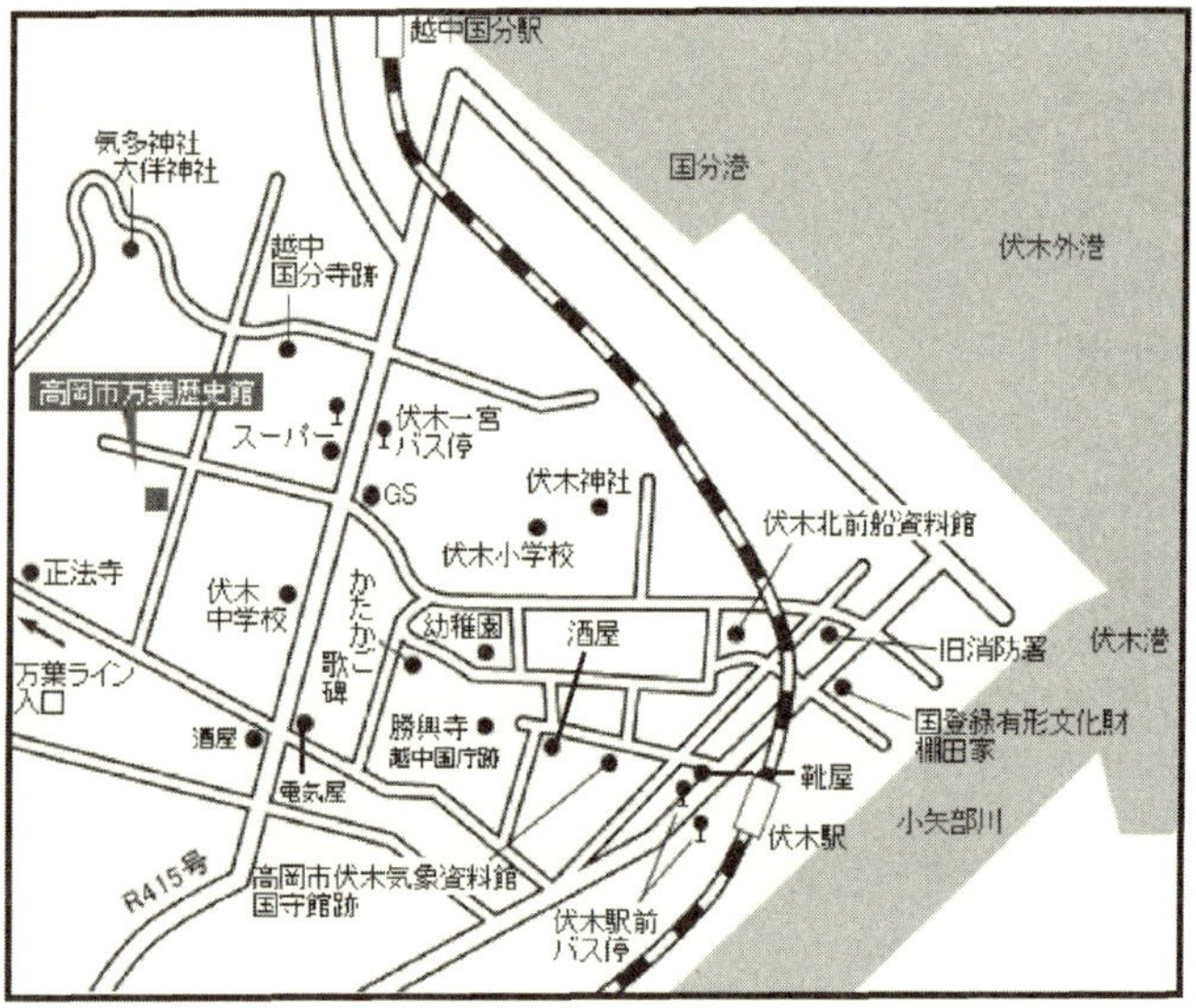

高岡市万葉歴史館

〒933－0116　富山県高岡市伏木一宮1-11-11
電話 0766-44-5511　FAX 0766-44-7335
E-mail：manreki@office.city.takaoka.toyama.jp
http://www.manreki.com

交通のご案内

■ＪＲ高岡駅より車で25分
■ＪＲ高岡駅正面口4番のりばより
バスで約25分乗車…伏木一宮下車…徒歩7分
（西まわり古府循環・東まわり古府循環・西まわり伏木循環行きなど）

◆高岡市万葉歴史館のご案内◆

高岡市万葉歴史館は、『万葉集』に関心の深い全国の方々との交流を図るための拠点施設として、1989（平元）年の高岡市市制施行百周年を記念する事業の一環として建設され、1990（平2）年10月に開館しました。

万葉の故地は全国の41都府県にわたっており、「万葉植物園」も全国に存在していました。しかしながら『万葉集』の内容に踏みこんだ本格的な施設は、それまでどこにもありませんでした。その大きな理由のひとつは、万葉集の「いのち」が「歌」であって「物」ではないため、施設内容の構成が、非常に困難だったからでしょう。

『万葉集』に残された「歌」を中心として、日本最初の展示を試みた「高岡市万葉歴史館」は、万葉集に関する本格的な施設として以下のような機能を持ちます。

【第１の機能●調査・研究・情報収集機能】『万葉集』とそれに関係をもつ分野の断簡・古写本・注釈書・単行本・雑誌・研究論文などを集めた図書室を備え、全国の『万葉集』に関心をもつ一般の人々や研究を志す人々に公開し、『万葉集』の研究における先端的研究情報センターとなっています。

【第２の機能●教育普及機能】『万葉集』に関する学習センター的性格も持っています。専門的研究を推進して学界の発展に貢献するばかりではなく、講演・学習講座・刊行物を通して、広く一般の人々の学習意欲にも十分に応えています。

【第３の機能●展示機能】 当館における研究や学習の成果を基盤とし、それらを具体化して展示し、『万葉集』を楽しく学び、知識の得られる場となる常設展示室と企画展示室を持っています。

【第４の機能●観光・娯楽機能】 １万㎡に及ぶ敷地は、約80%が屋外施設です。古代の官衙風の外観をもたせた平屋の建物を囲む「四季の庭」は、『万葉集』ゆかりの植物を主体にし、屋上自然庭園には、家持の「立山の賦」を刻んだ大きな歌碑が建ち、その歌にうたわれた立山連峰や、家持も見た奈呉の浦（富山湾）の眺望が楽しめます。

以上４つの大きな機能を存分に生かしながら、高岡市万葉歴史館はこれからも成長し続けようと思っています。